蔡文姬

弱女琴声

任经钊 著

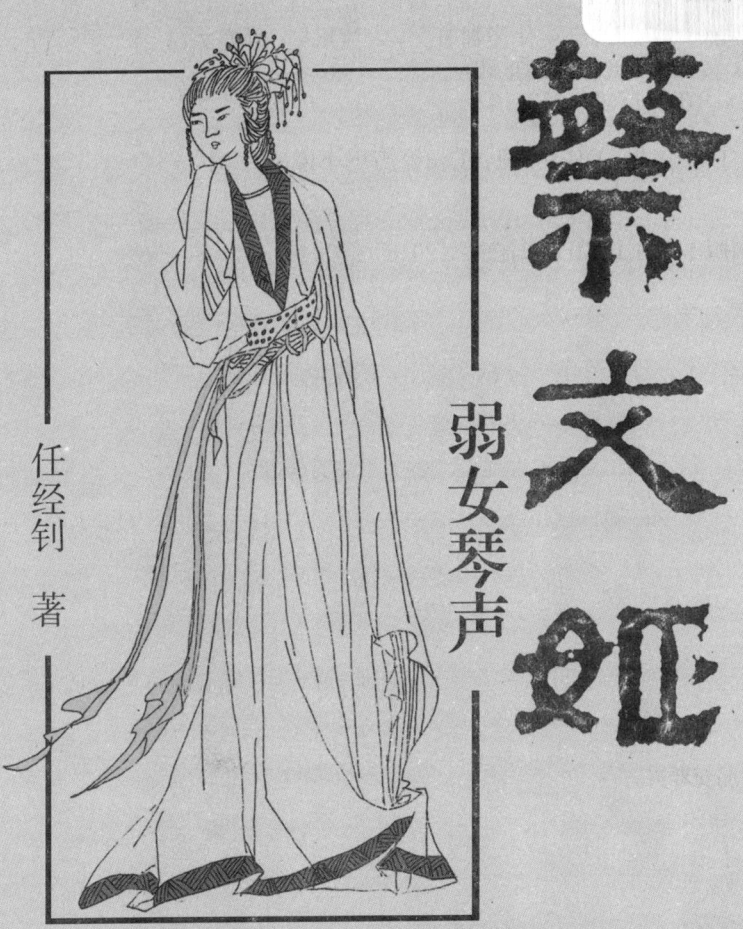

敦煌文艺出版社

图书在版编目（CIP）数据

蔡文姬：弱女琴声 / 任经钊著. -- 兰州：敦煌文艺出版社, 2018.1（2021.8重印）
ISBN 978-7-5468-1537-4

Ⅰ.①蔡… Ⅱ.①任… Ⅲ.①长篇历史小说—中国—当代 Ⅳ.①I247.5

中国版本图书馆CIP数据核字（2018）第004025号

蔡文姬：弱女琴声
任经钊 著

责任编辑：杨 倩
装帧设计：蔡志文

敦煌文艺出版社出版、发行
地址：（730030）兰州市城关区曹家巷1号新闻出版大厦
邮箱：dunhuangwenyi1958@163.com
0931-8773298（编辑部）
0931-8773112（发行部）

北京一鑫印务有限责任公司印刷
开本 787毫米×1092毫米 1/16 印张 16.25 插页2 字数269千
2019年1月第1版 2021年8月第2次印刷
印数：1 001~3 000

ISBN 978-7-5468-1537-4
定价：50.00元

如发现印装质量问题，影响阅读，请与出版社联系调换。

本书所有内容经作者同意授权，并许可使用。
未经同意，不得以任何形式复制。

序(代)

伊大宗之令女,禀神惠之自然。在华年之二八,披邓林之曜鲜。明六列之尚致,服女史之话言。参过庭之明训,才朗悟而通玄。当三春之嘉月,时将归于所天。曳丹罗之轻裳,戴金翠之华钿。羡荣曜之所茂,哀寒霜之已繁。岂偕老之可期?庶尽欢于余年。何大愿之不遂,飘微躯于逆边?行悠悠于日远,入穹谷之寒山。惭柏舟于千祀,负冤魂于黄泉。我羁虏其如昨,经春秋之十二。忍胡颜之重耻,恐终风之我萃。咏芳草于万里,想音尘之仿佛。祈精爽于交梦,终寂寞而不至。哀我生之何辜,为神灵之所弃。仰舜华其已落,临桑榆之歔欷。入穹庐之秘馆,亟逾时而经节。叹殊类之非匹,伤我躬之无说。修肤体以深念,叹兰泽之空设。伫美目于胡望,向凯风而泣血。

——汉末·黄门侍郎丁廙《蔡伯喈女赋》

目录
CONTENTS

001　第 一 章：一谶成恨
011　第 二 章：根系蔡丘
020　第 三 章：儒生悲泪
036　第 四 章：上书惹祸
048　第 五 章：随父徙边
061　第 六 章：栖身安阳
076　第 七 章：戍边上章
086　第 八 章：疫区逃生
100　第 九 章：回乡遭袭
114　第 十 章：避祸吴越
129　第十一章：初恋风波
140　第十二章：故里魂断
152　第十三章：父探虎穴
164　第十四章：父死西京
177　第十五章：远嫁河东
187　第十六章：寻医救夫
202　第十七章：寡居被掳
215　第十八章：弱女琴声
225　第十九章：长安陷难
237　第二十章：滞留萧关
244　第二十一章：强卖匈奴
253　后记

第一章：一谶成恨

　　汉末魏晋之际,江山倾危,世事纷争,兵祸连年,民不聊生。然失之东隅,收之桑榆,此时的文苑空前繁荣,才俊辈出,日月争辉。颍汝党人、洛许名士、建安七子、竹林七贤等,文章云浮,辞述川流,多为青史垂唱。真应了中国古代世乱则文昌、世治则文衰的规律。自然,蔡邕及女儿蔡文姬(蔡琰)当是这一时期文苑奇葩。然而,他们父女二人处俗孤党,不拘于时,命运多舛。二人在文学、音乐、书法上的杰出成就被历史的尘埃渐渐地埋没,即使偶露光芒,不久便归之寂静,让人不免欷歔,喟然长叹!

　　时隔文姬归汉一千七百五十年的一九五九年,二月,一代文豪郭沫若先生在春城广州的寓所里,缅怀古人,仅用了七天时间写下了剧本《蔡文姬》,由此引发了现代文学史上一场关于蔡文姬作品和身世的空前大讨论。随后,蔡文姬和她的父亲蔡邕获得时人极大关注,人们在历史的尘埃里寻觅他们的踪迹,试图还原一对才华绝代却屡遭不幸父女的真实身份,以及他们在纷争乱世中的种种际遇。

　　溯历史的流源而上时,蔡文姬和她父亲的形象渐渐清晰起来……

　　汉灵帝刘宏熹平五年(公元176年),京都洛阳仍被一片王气紫烟簇拥着。东汉王朝像一位年迈的老妪,华丽的外衣与艳冶的粉黛无法掩饰脸面的皱褶与衰弱。宫廷内的斗争及宦官和外戚之间的斗争不断重复,党锢之祸使得朝野怨声载道,贤人逸士或逃遁或匿迹。皇城脚下,洛伊河畔,管弦丝竹之音清悲凄婉。

　　议郎蔡邕的心情随着入春变得振奋了一些。这天是农历二月二十日,明天是他的例行休假日,也叫休沐日。朝廷官员每五天可回里舍休息一次,他把案头要办的一些公务文案处理完之后,想在日落前赶到位于永和里的官邸。他供职的太尉府郎署距永和里有六七里路远,车马行步须半个时辰。他是朝廷俸秩六百石的官员,乘坐的是一辆朱左轓轺车,小舆大车轮。左右车輢向外伸出一轓,靠近车舆部分直立,上部向外翻出,起到挡泥的作用。轓的颜色左朱红右墨皂。车舆上立墨色伞盖,伞盖边缘有四维,与车舆相连。车舆之下伸出双曲辕,由一匹黑马驾挽。马的鞁具绘作朱红色。车夫扶蔡邕上车后,他叮嘱车夫要慢驶缓行,以欣赏日落前这明媚春景开胸襟。

车出三府,他们绕开正前方的左铜驼街,向东沿着阳渠岸边行驶。河水清冽,垂柳依依,雀鸣枝头,岸边的牡丹花长出嫩嫩的枝叶,而迎春花已开放了,淡黄色的小花向着斜阳含笑,把一抹清香欢撒。卵石铺成的路基,被踩了几百年后光滑圆润,马蹄踏在上面,发出清脆的声响。面对此情此景,他怡然自得,乐而忘忧了。这时,河岸柳林里突然传来一位女子的歌声:

> 彼采葛兮,一日不见,如三月兮。
> 彼采萧兮,一日不见,如三秋兮。
> 彼采艾兮,一日不见,如三岁兮。

这是一首《采葛》歌,歌声如同天籁,为这春景更增一抹灵动。蔡邕吩咐车夫停车,下车寻声望去,只见一个青衣女子斜倚着岸边的一棵柳树,一边玩弄着柳条,一边重复着这首歌。蔡邕知道,这是一首男子思念爱人的歌,三章重叠,意境深远。

凭着自己对音乐特有的敏感,蔡邕快速记住了曲调,然后跟着女子的歌声轻轻地吟唱了一遍。他要把这首歌唱给妻子赵兰,让她在这优哉游哉的歌词里感受他的情意。他和赵兰自结发以来,虽几多离合,却恩爱如初。他自被辟召胡广府后,几年来赵兰独守圉县蔡丘屯老家,夫妻俩难得一见。后来,她随他来到洛阳,虽然同在皇城内,但只能在休沐日夫妻才能团聚。这首歌唱出了情人之间的等待和企盼,也唱出了他内心的愧疚。他默记曲谱,不由自主地唱了起来。

他的歌声如那女子的一样,在阳渠两岸回荡。这是一次调与情的绝妙结合,也是一次缘与爱的绝遇。女子忽然听闻有男子合唱,蓦然一惊,慌忙攥着一把柳絮,闻声踏歌而来。

"官人,请受小女一拜!小女姓徐名瑗,颍川人,来到洛阳寻找父亲。父亲十年前从太学结业后,回到老家读书种田,一日被朝廷来人抓走下狱,解至洛阳,从此没有下落。母亲临死前,特嘱小女无论如何要到京城打听家父下落,把他的尸骨搬回老家。"她搐了一下鼻子,继续说道,"小女刚才所唱就是父亲在太学求学时为母亲所作之歌,在小女牙牙学语时父亲就教小女唱,还夸小女唱得好。母亲生前告诉小女,用这首歌就能找到父亲。官人,您若知道小女父亲的消息,劳烦您告知?"

徐瑗说罢,泪如泉涌,扑通一声跪在了蔡邕的面前。蔡邕见状,手足无措,不知如何是好。徐瑗的父亲徐璋,也算是蔡邕的故人,蔡邕对他的事早有耳闻。徐璋在第一次党锢之祸中受牵连,被收监后生死不明。他和朝野那群有志之士一样,是朝廷内争权夺利的牺牲品,是无辜者。据说,徐璋离开妻女时二十六七岁,他的父母因家里突遇横祸抑郁而死,他的妻子因病而亡,留下一女不知所终,谁知今天竟然在此遇到她,真是老天开眼啊。事已至此,他不忍心弃她不顾,便邀她去自己的家里暂住几日,一来打听其父下落,一来让她有个落脚之地。徐瑗见遇到父亲的故旧,感激地抬起头,开始认真地打量眼前这位官人,见他四十来岁,黄白色面孔,高鼻梁,疏眉朗目,中等个头,背略驼,头戴一顶黑巾,穿着缀有菱纹的袍服,鸡心式的袒领,露出淡绿色里衣,整个人看起来稳重而儒雅。她面含忧戚地说:"小女不敢打扰官人,只要官人明日或后日路过这里时告诉父亲的音讯便是。"蔡邕说:"我不知何时才能来这里消遣,今日只是个例外,这条路不是通往我家的便道,我平时不会来这里。你还是随我回家,你一个小姑娘,在这纷乱的城郊多么危险啊!"

蔡邕把徐瑗让进了车内,他坐在车前一些,撩起闱帘,叫车夫快一些行驶。车过耗门大道,过中东门时已近日暮。铜驼街行人渐少,他回头望了望徐瑗焦黄的面孔,猜她常常吃不饱饭、睡不暖觉。他忙叫车夫到一家烧饼店买了四个烧饼,让她先充饥。再看徐瑗,他不由想起自己早夭的女儿,若她在世也该是徐瑗这么大了,也能唱出如此清婉的歌谣来,也能为自己捧上一碗热茶……他想到此,不禁眼眶湿润了。

蔡邕,字伯喈,陈留郡圉县(今河南开封市圉镇)蔡丘屯人,出生于顺帝阳嘉二年(公元 133 年)。蔡邕的祖父名携,字叔业,东汉顺帝时从司空高第任新蔡长,七十九岁时寿终;父亲名棱,字伯直,他为人正直,清白守节,纯行不差,死时五十三岁,谥号为"贞定公";母亲袁氏,是陈郡阀阅之族袁氏、司徒袁滂之妹。蔡邕出仕后阶位不及三公九卿,但由于出身望族,少年成名,早已誉满朝野,名振乡邦。

  蔡邕的家住在永和里靠近步广里处,这里是朝廷现职官员家属随从住宅区。宅第因官员官秩的高低和身世的盛衰而大小不同、格局不同。蔡邕的宅院是几年前买的,宅院的主人是陈留郡人范丹。范丹为莱芜长时,遭党锢之祸,遁身于梁、沛之间。蔡邕入住之后,只在西边添了三间厢房,把原来的斑驳的大门用朱漆刷了一遍。从此这座宅院以"蔡府"闻名于京城的大街小巷。若遇休沐日或逢年过节,求字、求画、求文、拜访者络绎不绝,门庭若市。

  车近蔡府时,太阳已经将大半个身子隐在了西山,一抹晚霞映在城墙的角楼上和高大的桐树上,归巢的鸦雀噪暮声,响成一片。蔡邕看见自家的宅前人头攒动,他急急地跳下车想问个究竟,不料邻居和好友纷纷上前给他报喜,原来他的妻子赵氏在午时诞下一女,虽然提前一个月早产,但孩子无恙。婴儿的啼哭声从院内传到了院外,啊!是新生命的呼唤,他全然不顾禁忌,一下子冲进了妻子分娩的产房中,抱起初生的女儿,喜不自禁:"好啊,好啊!我蔡邕有后了……有后了!"

  蔡邕渐渐地从得女的狂喜中冷静下来,望着躺在床上昏睡的妻子,坐在床前握着她的手。她今年只有四十三岁,但看起来似乎比实际年龄更老一些,而且因为生产脸色苍白,极度虚弱。

  蔡邕要做的第二件事,就是把带回家的徐瑗安置好。他吩咐仆人找来换洗的衣服带她去洗澡,和家中的女客一同进餐。他给家人解释徐瑗是昔日朋友徐璋的女儿,来京寻父,大家一定视她为客人。

  蔡邕回家不足一个时辰,门前有人禀报说他的叔父蔡质携婶母姜氏前来探视,车马快到府前,他急忙出门迎接。蔡质一行人分乘两辆马车,同来的还有他的女儿蔡瑾、儿子蔡谷。

  蔡邕叔父蔡质,字子文,生于安帝永初元年(公元107年)。他是蔡邕父亲蔡棱的胞弟,因兄蔡棱英年早逝,便视蔡邕如同己出。在陈留老家时,他们未曾分家,三代同住,一时成为美谈。蔡质在朝廷任卫尉,中二千石官员,其官阶远远大于蔡邕，但由于蔡邕文名远播，人们倒忽略了蔡家这位地位显赫的老爷子。蔡质乘坐的车和蔡邕的车没多大的区别，唯车舆两边的车耳是朱红色，即所谓的朱两幡，马的鞍具是浅灰色。蔡邕忙上前扶着叔父下车入门，进入朝南的正厅房间。佣人给蔡质沏了一杯刚从蜀地送来的春茶，淡黄色的茶水散发着芳香味。蔡质呷了一口，眯起眼睛问蔡邕："这是蜀地出的贡茶呀，你怎么弄来的？"蔡邕答道："是益州郡刘焉大人派人送来的，就这么一筒春茶，换了我一幅上乘的字，哈哈哈！"他们叔侄二人过去曾在一起度过青少年时光，后来都在朝廷任职，虽在一个天子殿下，但由于二人的官阶悬殊，见面的机会反少了。蔡邕执意要把这筒刚启封的春茶送给叔父，蔡质却急着要探听孙女的消息，眼睛直瞅着东厢房的方向。这时蔡瑾从东厢房出来了，给蔡质回禀了婴儿的情况，蔡质高兴得合不拢嘴，孙辈的出生，是当爷爷的最开心的事。虽然蔡家迎来的是一个女婴，但大家都知道，她对于年过四十的蔡邕来说，是上苍最后的眷顾，自然全家喜气洋洋。

晚上，他们全家最多的话题是给女婴起名。然而，婴儿不断的啼哭声，从厢房传到了正厅，把这种欢乐的气氛搅得有点不宁。猜测是孩子因饥饿引起的啼哭，他们连夜从城内雇来一位乳娘，谁知女婴依然啼哭不止，直到鸡鸣时分，才困乏地睡着了。

她的入睡，也使这个喧哗多时的院子顿时安静下来。城内传来报时的更鼓声，蔡家的男子聚在一起对着几盏油灯给婴儿取名，近百十个词都和玉有关，他们希望孩子如玉石般光洁温润，通透明亮。但孩子生辰八字缺火，再取一炎字，即蔡琰是也。这一名字既补上了五行之火，也完美地组成了水火既济之说。"周易上说过，玉为水为阴，炎为火为阳，正应水火既济之象。"听了蔡邕的解释，家人都不约而同地赞其美妙。最后，蔡质用毛笔在一张麻纸上大大地写下了两个字——蔡琰。

一个以五言《悲愤诗》和《胡笳十八拍》来诉说流亡之苦的女子，一个被后世垂怜和追思不绝的才女——蔡文姬在黎明前被一声司晨的鸡鸣声惊醒了。她嘶哑的声音经过短暂的歇息之后，又恢复了稚嫩清脆的哭声。这哭声似乎像一种神秘的隐语，没于她所置身的时代，等待某一天石破天惊。

第二天，蔡邕派人去城里请来郎中，郎中认真地把了女婴的脉，诊不出什么病症。医生说道："婴儿如果真的患病话，就有精神萎靡、嗜睡、狂躁等症状，眼前她却睁着黑溜溜的眼睛，好奇地打量着这个陌生的世界及周围的人和屋子，干哭不止，不似有病的模样。"蔡家的人越发觉得怪异，蔡邕便唤人去广步里找术士颜先生，请他来看个究竟。

蔡家盼着术士颜先生时，门外忽然来了一位僧人，他穿一件破烂的衲衣，戴着陈旧褪色的平顶帽，肩上挎着一个粗布袋，手摇着铜铃，坐在蔡府门前的上马石上，对着站在门外的徐瑗说："恭喜贵府添千金了，可喜可贺！"徐瑗瞪着眼睛问他："你怎知晓的？"他答道："贫僧过贵府时，只见你家的院子内有株红杏出墙，花蕾开放，满园异香，便知贵府添了千金，贵不可言。"徐瑗也是街头流浪过的人，知道有人为讨一口饭吃，什么诈术都用，不足为信。"去你的，我们家的红杏出墙已多日了，又不是今日独有，你还诓我呢！"她说罢，回转身子，砰的一声关上了院门，任其在门外不断地摇铜铃。她进了正厅内，向蔡邕、蔡质二人问了安。蔡邕向蔡质解释了她的来历和身世。蔡质哼了一声，没有下句。徐瑗也察觉出室内偶然出现的沉闷，忙说："大清早，门外来了个僧人，他诓我说咱府上红杏出墙定是得千金了，想必是听了邻里传言才有这话的。"她的话刚落音，蔡质陡然来了兴趣，说道："不妨让他进来，一来看看他还有什么招数，二来让他看看孩子的八字。"

僧人进门后，徐瑗把僧人领进了西厢房，蔡邕、蔡质也随之进屋。僧人把蔡琰的生辰八字排列了一下，惊诧得说不出话来，沉默了好一阵，然后吟出了这么几句谶言：

　　文曲星落乱世间，苦海波涛万重山。
　　啼哭声中忧思愤，珠玑文章代代传。

　　祖上原本忠门出，因走歧路遭讥讪。
　　中年若沐王庭恩，骨肉分离难言欢。

　　故里桑麻顷田畴，门前斜阳照篱藩。
　　要问卿卿何处去，身明须待两千年。

他吟罢，长嗟一声，对着蔡家父子说："千金乃一文曲星下凡，望官人善养之。"蔡邕一脸茫然，还想再问更多内容，他却摇摇头不肯细说，只是一再叮嘱蔡邕要牢记他刚才吟出的那三段话，玄机尽在其中。蔡邕问他婴儿的啼哭声如何停止，他说："十天之内，必有贵人出现，就能镇住了！"说完便扬长而去了。

蔡琰的哭声又起了，瞬间打破了蔡府的沉闷，一只喜鹊落在院内的杏树上，向着东厢房叽叽喳喳叫个不停。蔡质问蔡邕刚才的三段谶言，蔡邕一字不落地背了一遍，蔡质说："刚才的僧人是否打听到了我们家里的情况了？这个文曲星下凡，我们家已有了，你的文名世人皆知，现世谁能比得过？不过后面的几句谶言，还值得玩味。"经蔡质一说，蔡邕心生疑窦，立即吩咐人追僧人回来。可僧人早不见踪影。"云游四方的寒僧，何处去找他？"蔡邕喃喃道。

临近中午，蔡家没有请到广步里的颜先生，却请来了邙山太清宫的一位道人——邙山真人。他不坐蔡府的马车，自己骑着一头瘦毛驴来了，一到蔡府门口，把驴拴在门前的拴马桩上，撩衣进府。

蔡邕把蔡琰啼哭的情况向道士做了说明，道士不假思索地说："这个孩子被前汉王昭君的灵魂附身，她看见了陌生的洛阳城，便想到了长安，哭着要回长安去。要止住婴儿的哭声就要送走附在她身上的魂魄。""怎么送呢？"蔡邕急着问。道士说："昭君可不是一般人物，肯定不能用驱赶的方法，需做一场盛大的法事活动，要做出当年送昭君出塞时隆重的场面。时间选择在下月的初一早晨，大家还来得及准备。"蔡邕一家听了顿时乱了头绪，这场法事如何去做，那个场面谁见过？何况模仿宫廷的仪式，一旦外传出去，也是僭越之罪，谁能担当得起呀！道士见蔡邕面有难色，便给他出主意："这事都不用真人真东西，用草扎即可。""那先帝呢？"蔡质惊恐地问。"一样啊！"道士说这类法事他经常给人做，法事作罢就地烧毁，绝不外传。经他这样一说，蔡家人才松了一口气，蔡邕吩咐人腾出西厢房原来的杂物间，打扫干净，作为道士专用房间，又差人到街上的店铺购置了纸、竹竿、苇篾、麻线等用物，关紧了大门，谢绝来访者。

女儿的出生，给蔡邕带来了多年未有的快乐，虽然她不能像男儿那样顶天立地，光宗耀祖，但仍能招婿入赘，继承家业，更重要的是给他们夫妻的老年生活带来慰藉。然而，她的啼哭不止，又似一块乌云遮在蔡府的上空，让府里的每一个人都隐隐不安。邙山真人躲在那间杂物房里，日夜在做草人草马，蔡家人的紧张和焦虑也与日俱增。他们请他给蔡琰做了镇邪的道符，贴在她的屋壁上，另一道符缝在了她的衣袖内。衣袖内的是一张横排式道符及朱书解除文，道符由三个方块符横行排列而成，符内画有冒和人形，有耳、月、目、日、六神、石字象形和四个乙字。符文的大意为：水神镇解，上下的道路畅通；神鸟冒引导，死人快离去，天通过它的耳目日月观察万物；六宗之神在此镇守，神石弹压，殃咎邪气休想胡作非为等。道士最拿手的法事，在蔡家的不同声音中进展缓慢，那些所用的草人草马纸楼台宫阙，只完成了不到一半，急得邙山真人像火烧似的。蔡邕等着叔父拿主意，蔡质又过于谨慎，唯恐传到朝廷，被人小题大做，毁了侄儿的前程。

一天，就在蔡琰出生后的第九天，蔡府来了一位官员，他叫曹操，字孟德，沛国谯县人。曹出身于大官宦家庭，祖父曹腾，字季兴，历事安帝、顺帝、冲帝、质帝与桓帝；曹腾在顺帝时为中常侍大长秋，桓帝时封费亭侯。父亲曹嵩，字巨高，桓帝时为司隶校尉，灵帝时先后任大司农、大鸿胪，最后官至太尉。曹操生于汉桓帝永寿元年（公元155年），自小聪明机警，胸怀大志，不受礼俗约束。他早年曾得到名人乔玄和许邵的赞誉。被荐为郎不久，由于司马懿之父——任尚书右丞、京兆伊的司马防的赏识和荐举，被任命为洛阳北部尉。由于共同爱好文学，曹操和蔡邕经常相聚谈诗作赋，臧否人物，指点江山，激扬文字，都把对方视为良师益友。近日，曹操听闻蔡邕喜得千金，特意前来恭贺。见曹操前来，蔡邕忙拉着他的手激动地说："孟德啊，你怎么知道的？你能来，定给我的琰儿添加福气啊！"曹操说："蔡大人，你喜得千金，怎么还瞒着我呢？我只好自己找上门了啊！"蔡邕急忙唤人沏茶，自然是最好的蒙顶山贡茶，又把蔡琰出生后啼哭不止的情况和正在准备的法事活动告诉了他，想得到他的肯定。"蔡大人，那使不得的，也无济于事啊！我从来不信神鬼的事，琰儿可能是患有病，我们要找好的郎中医治，如果能让御医开个药方那就再好不过了。"他摇着手，果决地否定了蔡邕的想法，让蔡邕很沮丧。曹操提议看看蔡琰，蔡邕忙吩咐人抱来女儿。

这个时候的蔡琰，全不像落地不足十天的婴儿，像刚出壳的雏鸡，身上散发着奶腥味。她睁大了眼睛，一动不动地望着眼前这位官人，停止了哭声，仿佛似曾相识一样。屋子的人都觉得神奇，将目光都移到了曹操身上。而此时的曹操，中等身材，戴一顶进贤冠，身穿浅灰色袍服，佩一柄短剑，器宇轩昂，威风凛凛。"孟德贤弟,你的剑有杀气啊,镇住了她!"蔡邕笑着说。"不会吧?"他解下了短剑交由蔡邕,然后俯下身,吮着蔡琰的嫩手指和拳头,笑着说:"小乖乖,不要啼哭,不要淘气,别吓唬你的爹娘了。"他的朗朗笑声,仿佛一股清风吹来,吹开了蔡府的云雾。不知蔡琰被这位佩剑的官人唬住了,还是啼哭多日也疲倦了,只是直愣愣地看曹操。曹操见状,半开玩笑地对蔡邕说:"蔡大人,你嫌千金淘气,就送与我吧,我家男儿众多,琰儿到我家正好,哈哈哈……"

蔡邕又领着曹操看邙山真人准备的各种材料,曹操紧锁双眉,用短剑将那些草人草马草车挑成了一团,厉声问那道士:"你看见她是王昭君魂灵附身了?她在哪里?"道士打着哆嗦语无伦次地说:"大人,她怕你呀,她在你进入婴儿房间的那一刻逃走了,现在已出了皇城的北门,过了临平亭了。""你胡说,她是我大汉的公主,功及塞内外,怎怕我一个小小的北部尉?我若见她,下跪都来不及呢!她既然走了,你做这些何用?去吧,滚回你的邙山继续修炼吧!"邙山道士听到曹操的呵斥,吓出了一身冷汗,连连叩头。蔡邕当着曹操的面不好挽留他,仍按原来的酬金礼送他走了。"他也是讨个饭吃的啊,已耽搁他几天时间了。"蔡邕一面付他的钱,一面看曹操的脸色。

邙山真人走后,蔡邕忙吩咐人设宴款待曹操,几杯酒下肚,曹操为自己一时冲动驱走邙山道人向蔡邕道歉,蔡邕也为自己救女心切做出冒险事而自恨,两人又是连连碰杯,喝得好不尽兴。见宾客喧闹,蔡邕借着酒兴,为众客弹奏了琴曲《广陵散》。微醉的曹操也闻琴舞剑,剑随声动,琴剑相和,人影与剑影相随,觥筹交错,众人好不热闹。蔡邕见众客豪兴不减,又唤来徐瑗,介绍于众宾客,吩咐她唱《采葛》歌,自己伴奏,琴声与歌声相和,又让众人拍手叫绝。就这样他们从上午一直热闹到太阳西斜。临别时,蔡邕又将一筒蒙顶山贡茶送给了曹操,望他能经常来府上做客。

蔡邕喜得千金的消息不胫而走,一方面因邙山真人的"昭君附魂"之说被大家传得神秘兮兮,另一方面因蔡琰满月贺仪之盛大震动了整个洛阳城。那天,闻讯赶来的客人让蔡府车马盈门,人山人海。蔡质的儿女姻亲太山人羊陟、羊续及亲族都来参加贺仪。朝廷名臣官宦如乔玄、荀悦、孔融、王朗、王允、袁绍等,或亲自前来恭贺,或托人送来贺礼。曹操才入蔡府大门,就被一群熟知的同僚围住问这问那。他知道朝廷有一部分重臣非常信奉这类无稽之谈,也不敢轻言造次，只好答非所问，搪塞过去。

喜庆的氛围随着御礼的出现更加热烈。蔡质拉着蔡邕舅父袁滂之手才入门庭，忽然听闻有人禀报：皇上派小黄门宦者丁廙前来祝贺。蔡邕连忙换上礼服，与叔父蔡质、堂弟蔡谷在司仪的引领下，去府外很远的路段迎接御礼。宦者丁廙仅是一个十岁左右的小孩，客人却被他的派头镇住了。蔡邕双手接过黄绸包裹的一枚和田玉佛，感动得老泪纵横，泣不成声。蔡邕一家人连连叩头，谢主隆恩。那玉佛是西域于阗国出产的宝物，白如凝脂，璀璨夺目。正在大家啧啧赞叹美玉之时，天公不作美，一声惊雷，一场春雨骤然而至。谁也没有料到，半个时辰前洛阳城上空云薄日显，风静气温，瞬间随着邙山顶上飘来的一块乌云，下起了大雨，客人都穿着单衣，不敌凉意，挤满了所有房屋，屋檐下也成了避雨的好地方。有客人随即吟起了蔡邕的《霖雨赋》：

夫何季秋之淫雨兮，既弥日而成霖。瞻玄天之暗暗兮，听长溜之淋淋。中宵夜而叹息，起饰带而抚琴。

蔡邕听到吟唱后，像稚孩一般憨笑。他说那篇赋文写的是秋雨，不似这春雨金贵，如若众宾客有雅兴，自己再写一篇《春雨赋》以谢盛情，众宾客连连叫好，此起彼伏的欢笑声顿时驱散了春雨带来的寒意。不一会儿，雨停了，客人们也酒足饭饱，相互道别，这才散去。

送走客人，蔡府突然安静，蔡邕望着雨后的黑夜怅然若失，当天他听闻邙山真人又放出话，说是昭君之魂又来了，她站在南城外的灵台上，俯瞰王土，潸然泪下，雨淋了皇城。蔡邕自知此类谣言有一半是洛阳百姓茶后饭余无聊的谈资，无形中却给蔡邕增添了忧虑。酒馨茶凉之夜，他站在蔡琰母女的炕前，摸摸蔡琰胸前的玉佛，看看嗜睡的弱女，回顾自己半辈子人生，一种无可名状的感慨油然而生。他想写《春雨赋》，铺开了纸笔，却怎么也进入不了写作状态。昔年吟咏《霖雨赋》时的情景，却历历在目。他听见了后半夜谯楼上报时的钟声，月儿已爬在门外大桐树的树梢，春雨过后的夜晚，静谧而温柔。鸡鸣声里，他进入了一个更悠远的年代，回忆的隧道……

第二章：根系蔡丘

自从陈留郡圉县蔡丘屯出了蔡邕之后,这个蜗居于涡河之南铁底河畔,十分原生态的农耕村,一时被时人所瞩目。这不仅因蔡邕才华举世闻名,还与他师事当朝名臣胡广有关。他小时候看到村邻有人摘取蔡氏祠前的栗枝,写了一篇《伤故栗赋》挂于树枝：

人有折蔡氏祠前栗者,故作斯赋。
树遐方之嘉木兮,于灵宇之前庭。通二门以征行兮,夹阶除而列生。弥霜雪之不凋兮,当春夏而滋荣。因本心以延节兮,挺青蘩之绿英。形猗猗以艳茂兮,似碧玉之清明。何根茎之丰美,将蕃炽以悠长。适祸贼之灾人,嗟夭折以摧伤。

这篇赋文被回家省亲的叔父蔡质看到了,蔡质认为蔡邕天赋异禀可以培养,特嘱其好好读书,若有机会便荐于名师教导。元嘉二年(公元152年),二十岁的蔡邕被叔父蔡质带到了洛阳,拜于太尉胡广门下。三年时间里,他发奋读书,习字晓律,并从师傅那里学到了中庸之道。胡广非常看重这位来自乡村的青年学子,认为他心地宽厚,性情率真,文才卓越,将来必成大器,因故用心培养他。正当他学业突进、仕途可瞻之时,他的母亲袁氏患病了,他不得不放弃了求仕的捷径,回到了圉城蔡丘屯。每逢亲朋好友、乡邻劝他应辟出仕时,他淡然一笑作答："年迈的母亲瘫痪在床,我要照料她。古人云:父母在,不远游。我知道忠孝乃人之根本,但人要以孝为先,忠而次之。国家可以没我蔡邕,而母亲不能没有我这个儿子呀！"

蔡老夫人袁氏见儿子没有出仕的念头时，唠叨他道："你是你父亲的化身，把一肚子书白念了，死守着家不出门，真是窝囊啊！"母亲甚至几次操起拐杖打蔡邕，但他不为母亲的嗔怒而有所改变，仍然年复一年日复一日地守护在母亲的床头，白天半步不离，晚上衣不解带。妻子看他劳累，提出代为照料，他却婉拒："我是老娘所生，十月怀胎时我喝的是娘的血浆，七岁离奶前喝的是娘的膏脂，寸草春晖，今世难以还清，能多守候她一天，我就心里多一份安宁。"瘫痪在床的蔡老夫人大小便都要蔡邕接送，蔡邕把母亲抱起，把便盆垫在她的臀下，等她排泄完了又将她平放在炕上，每天如是反复多次。每天他都提着一篮母亲换下的脏衣裳，到门前的池塘洗。他还发明了用草秸灰去污的妙法，洗前从灶膛内掏出草木灰放在篮底，上面盖着母亲的衣物。经他亲手洗过的衣服干净鲜亮，并散发着清香味。蔡老夫人惊奇地问："邕儿，你用了什么法术，我的衣衫经你手后便有一股青草的香味了。"他笑着开母亲的玩笑说："那是娘身上自带的香味啊！"

入夜，蔡老夫人被病痛折磨得痛苦呻吟而无法入睡时，蔡邕彻夜陪着母亲。有时，母亲病痛稍减时，他抚琴而奏，那琴声有时如同皎冷的月光悄悄地划过广宇；有时如同悲兽，向死神发出了巨大的咆哮；有时如同涓涓细流，静静地在夜间流淌。母亲听着听着便睡着了，他疲惫地把头倚在琴案上，却难以入睡。他的《霖雨赋》就是在母亲初患疾病的那一年秋天写的，那是一个秋雨泛滥的季节。入秋后，庄稼还在结穗灌浆，他家的几百亩稻黍正等着晒饱阳光成熟。但雨一下起来就是二十几天，门前池塘的水满溢了，院子的围墙浸塌了，庄稼倒地变霉了。最让他难过的是，他的母亲风湿性关节炎转为偏瘫。父亲去世时他年纪尚小，而母亲的生命又在一天天地消损，他干脆辞退在家教授的弟子阮瑀、路粹等人，一心伺候母亲，完全过起了仆佣式的生活。几百亩薄田幸有雇工打点，不分他的精力，但是因叔父蔡质在朝廷为官，回家甚少，照料叔母生活起居及教育堂弟蔡谷、堂妹蔡瑾之事，他主动承担，全心付出。

那夜，他作完《霖雨赋》后，梦见了父亲蹚在雨水中告诉他，母亲的骨节痛是因双腿受潮，只有房子和炕干燥温暖她才能康复。他将此梦讲于母亲，母亲说那是父亲托梦，可能雨水进了他父亲的坟院。天亮后，他急忙去查看，果然看到了父亲坟头上有田鼠打的许多洞，地里的积水全灌鼠洞进了墓穴。冒着雨，他堵了鼠洞,搬来土坯垫高冢基,以免积水再进坟院。他思索着父亲托梦的另一半意思,母亲的房子虽然是上等木料盖成的,但毕竟是平房,秋后多雨,地面的湿气直接聚在房内难以排出,更是潮湿。等天气转晴,他要为母亲重新设计盖一栋通风透气的干燥房子。

他的《霖雨赋》像一首迷乱烦躁的散曲,为这年的秋季作配乐。雨季结束时,秋季也随之结束。永寿元年(公元155年)十月,即将到了岁末,他设想中母亲宜居的屋子是楼台式的建筑,取名永寿屋,正在紧张地施工。永寿屋两层结构,大小十余间,下层做厨房,存放食物蔬菜、柴薪;上层住宿、会客、读书。为了建永寿屋,他雇人砍了庄前屋后上百棵树木,用作椽檩,卖了一百亩熟地的钱用来买砖瓦。顶着冬季严寒,日夜赶工,终于在腊月小年之前竣工。他的永寿屋兀立在蔡丘屯的原野上,他背着母亲上了新屋,透过窗棂对母亲说:"娘啊,你看东边是你过去蹚水洗衣的铁底河畔,北边是你采桑养蚕的桑坪,西边是你常去买柴米油盐的围城,南边是你以前常背着我去的舅家袁庄。"他原以为这些话能让母亲开心,不料母亲听了号啕大哭,伤心不已。他知道风烛残年的母亲可能再也不能下楼一步了,只能隔窗遥望那些熟悉的景物。他让母亲品评他雕刻好的永寿屋木匾,他要在大年三十贺岁声中挂于厅堂的屋檐下,母亲摸着木匾又流泪了。

那年,大年三十的贺岁爆竹声如阵阵惊雷,震着二楼居室蔡老夫人的心房,她露出了久违的笑容,对新岁充满了惆怅的期待。这些天她旧病未减,又添新病,昼夜咳嗽不止,儿子依然寸步不离守在自己旁边,让她倍感安慰的同时有一丝内疚。

永寿三年(公元157年),州郡辟召的文书十分告急,一月之内三次上门催蔡邕应仕,要他去陈留郡辟仕。正是莺飞草长的季节,他潜心侍弄永寿屋前的花卉草木。他种植的芍药花已开放,玫红色的花瓣,淡淡泛黄的花蕊,已散发出春天的芳香。蔡老夫人是最早闻到花香的,她要蔡邕把她背到院子里赏花。蔡邕说:"等到四月牡丹开了,我亲自背您下楼采花。"他看到母亲长叹了一声,便决定遂母亲的愿,在花圃前支起了一张小床,背着母亲下楼赏花,日复一日,直到母亲将牡丹插在房间的陶瓶内。他还在屋子的东西角种上了紫藤,把它缠绕在母亲的窗棂上,让她倚着窗台也能摸摸鲜嫩的藤蔓。他想为母亲营造一个四季花香的院子，他广植了海棠、丁香、玉兰、樱花、蜡梅等，每日利用闲余时间播种、浇水、剪枝，使之发芽、生长和开花。春天，生机勃勃的树木花草，伴着鸟儿的啁啾声，把春讯告诉母亲每天都有新生命的诞生；夏天，花开如火，热烈欢愉，生命无处不在张扬；秋天，春华秋实，万物绚丽多彩，个性迥异；冬天，脱掉华丽盛装的花草树木变得清爽和利索，静静地伫立在寒风中，它们深谙风的旋律和号令，展现生命的顽强。在大自然的助力下，蔡邕一家人过着恬淡的乡居生活。然而，打破这种宁静的是在一个早晨，他家的院门还紧扣着门闩，那条黑色的猛犬用巨大的爪子刨着门下的挡板，狂叫着驱逐门外的来人。蔡邕站在永寿屋的二楼看得清楚：一辆州府的朱左轓车停在了他家门前，车上坐的县令赵君一行人，他们是奉刺史之命来蔡丘屯选仕的。这本来是一件儒生求之不得的好事，但被蔡邕视如敝屣。蔡邕虽然开了朱红的大木门，但并没有招呼来人进院子的意思，他对赵君说："赵大人，我母亲瘫痪在床，我是不能弃之不管的。"说完竟然眼里涌出热泪，赵君见状忙说："现在汉室衰微，民生堪苦，天下兴亡，匹夫有责啊！"他摇摇头，一母难顾，天下怎能顾好。赵君等人见他坚辞，知道劝也无用，只好悻悻而去。等车轮声远去后，他回到了母亲身边，母亲生气地骂道："读书人不争功名，不事朝廷，与厨下妇人何异？"他还是苦涩一笑，忠与孝二字孰轻孰重，他心中自有杆秤，即使遭天下人耻笑，他也在这一己之私中获得了安慰。

不到一旬的时间，州里又来人了，这次蔡邕事先有所闻，回避了。还是那辆朱左轓车，仍是县令赵君陪着，蔡家的大黑狗被拴在了屋后的树桩上，门是敞开的。永寿屋传出蔡老夫人断断续续的声音："谢谢大人们，你们这么看得起我的儿子，我蔡家倍感荣幸。邕儿到大梁为我求医去了，十天半月回不来。等他一回来，我就督促他出仕。"赵兰准备了一桌丰盛的饭菜，把官家招呼得很周到。直到太阳西斜仍不见蔡邕的影子，他们信以为真，走了。这晚，蔡老夫人伤心地哭了，深知儿子几十年孤灯寒窗、废寝忘食，满腹经纶却无以报效朝廷，全是自己拖累了他。她抽泣了一夜，第二天病情加重了。蔡邕为了安慰母亲，答应若第三次州辟，他就从母命前往，将伺候母亲的事务交于妻子赵氏。他嘴里这么应付母亲，心里却盘算着另外的出路。果不然，第三次辟召又不隔半月来了，他郑重其事地接待了他们，母亲为此特别高兴。然而，令来人失望的是他以同样的

理由婉辞,但他愿举荐一人好让他们复命,他在书案前写下了《被州辟辞让申屠蟠书》,书中写道:

  申屠蟠,禀气玄妙,性敏心通。丧亲尽礼,几于毁灭。至行美义,人所鲜能。安贫乐潜,味道守真。不为燥湿轻重,不为穷达易节。方之于邕,以齿则长,以德则贤。

  州吏们据此也不再为难他了。然而,他所看重的邑人申屠蟠和他禀性相同,被召为主簿却坚辞不任,遂隐居乡间,博贯五经,兼明图纬,成为名流隐士之一。

  在那些最难熬,也是他最为心安理得的日子里,蔡邕组织了圉城第一家琴社,名曰"鹿鸣琴社",琴社设在永寿屋对面的两间瓦房内。他为琴社的会员准备了案椅、板凳。夏天有他采自山涧的绿茶消暑,冬天有他砍伐的薪柴取暖。他办的琴社用意明显:一来是为切磋琴艺,忙中偷闲;二来是让母亲在孤寂中忘记疾病的折磨。果然,琴社伊始,许多富家子弟及棋琴爱好者慕名而来,他择聪颖者十余人,亦师亦友,定期聚会,吹拉弹唱,乐此不疲。每日便有丝竹弦歌声传出,绕宅不散。蔡老夫人的情绪明显好了,还夸赞他们的琴声如同天籁。蔡邕一边弹着七弦琴,一边唱着《鹿鸣》之歌:"……呦呦鹿鸣,食野之芩;我有嘉宾,鼓瑟鼓琴。鼓瑟鼓琴,和乐且湛。我有旨酒,以燕乐嘉宾之心。"圉城人经常从蔡丘屯听到这种流畅清和、悠韶沉绵的乐声,它从蔡家永寿屋院飘出,穿越田畴,穿越幽林,仿佛自皇皇庙堂而入寻常巷陌。

  一日,有一个琴友邀蔡邕去赴宴,他愉快地接受了。蔡老夫人叮咛他不能酗酒。刚到朋友家门口,先闻到了酒香,后又听见了一阵琴声,他潜意识地收回了步入门槛的那一只脚,细心一听,顿觉室内杀气怦然,他心生疑窦:"嘻!以乐召我,而有杀心,何也?"他不由分说,疾步离开了朋友家门,返回了蔡丘屯的家。朋友久等不见,有邻人告诉他,蔡邕来过了又返回了。朋友赶紧追到蔡家,向蔡邕问明原因,蔡邕如实相告,朋友听后大惊:"我向鼓弦,见螳螂方向鸣蝉,蝉将去而未飞,螳螂为之一前一后,吾心耸然,唯恐螳螂之失之也。此岂为杀心而形于声者乎?"蔡邕听后,拊掌大笑说:"此足以当之矣。"这才放心赴宴了。酒宴上，朋友把此事讲于来客，大家都惊叹不已，后被时人传为佳话。他说："琴为之乐，宣情达理，禀赋神明，含章天地，忠孝仁义，尽在音律之中。"

随着"鹿鸣琴社"影响的扩大，他的门生逐渐增多，但也给他带来意想不到的祸端。延熹二年（159年）秋天，也还是他为母亲服丧之时，朝廷五侯之一的徐璜，一向喜欢寻欢作乐，听闻蔡邕弹得一手好琴，就上奏了皇帝刘宏，命陈留太守督促他前往京都洛阳献艺。蔡邕不敢抗命，但他坚持要穿上"孝服"去，召辟的官员决计在蔡邕的衣袖内偷偷地缝上黑纱，并用白线绣上一个"孝"字，这样既行孝又不耽误复命，两全其美。

蔡邕是含泪离开蔡丘屯的。那天淫雨绵绵，道路泥泞，拉车的马也气喘吁吁。为他送行的人很多，大家都向他投去或同情或羡慕的目光。忽然，有一个人拨开人群，跌跌撞撞地向他的车子追来。他吩咐车夫停车，下车迎向那人。来者是圉城一家制作古琴店的雷掌柜，过去蔡邕经常光顾他的小店，也帮熟人介绍来店买琴，一个赏琴，一个制琴，一来二去，变成知音。现在，蔡邕要离开圉城入皇宫做琴师，俩人见面的机会会很少。雷掌柜寻思了好久，盼着蔡邕能路过圉城时再送他一件自家的珍贵古琴。该琴为桐木斫，外表呈紫栗壳色，朱漆修补，鹿角霜灰胎，漆面坚硬爽滑，手感温润如玉。蔡邕接过琴盘，眼前一亮，激动得半天说不出话来。这是他鼓琴以来，一直未寻找到的一把古琴：该琴每代只制几件，仅为皇家乐队所藏。而今日他竟能得到这么一件稀世珍品，真是三生有幸啊！他对雷掌柜说："您的琴是稀世珍品，无价之宝，我蔡邕虽然爱琴如命，但我不能爱人之美。我才疏学浅，少养薄德，不能辱没如此宝琴……"这张古琴声音温劲松透，纯粹完美，形制极浑厚古朴，说明这斫琴者一定深谙琴的原理，并具有深厚的音乐修养，否则是无法制出如此美轮美奂的古琴。蔡邕又说："还是你将它藏起来，或送给更好的琴艺大师吧，我不能爱你之美啊！这把古琴是你家藏珍宝，你可要守住它，不可随便赠人或售人。再说我这次去洛阳，与圉城相距千里，淫雨连绵，道路坎坷，朝餐露宿，不能保证它完好无损；加之世事动荡，人心忧焚，我此去还不知是祸是福，也难保这古琴周全。所以，您的好意我谢了，我蔡邕今日能遇到你这个知音、这把好琴，也是前世的缘分和祖上的积德了。"他说罢，遂向雷掌柜跪谢。雷掌柜立即扶住了蔡邕，说："蔡大人，请你收下它，鄙人家世从事琴行已三百余年了，这把古琴是先父用重金从一家琴行回收来的,是镇行之宝。先父殁时留言,日后如遇旷世琴师,将它送之,不朽之琴送之不朽之人才能成不朽之物。我年近四十,见过多少操琴之人,也见过无数买琴藏琴者。然而,物之所赠者,唯蔡大人一人,请你不要推辞。"他无视蔡邕的拒绝,撩开他坐公车的遮布,将古琴置于车上。蔡邕见状,忙从布袋内掏出了一个小布袋,布袋内装有他这次进京的全部资费,他把布袋塞进了雷掌柜的怀里,跳上车,疾驰而去了。

　　载着蔡邕的公车,向北行了一阵后,开始向西沿着一条古道而行,他盘腿坐在车后,面朝故乡,回望故乡的铁底河,心中泛起情感的涟漪。记得有一年,他家的雇工在河里捞到了一个木柜,柜子装有两大袋五铢钱,还有十几匹好棉布,他的父亲嘱咐家人不要打开装钱的布袋,把棉布晒干后原封不动装入柜子。父亲到圉城和很远的陈留都贴过布告,直到他过世后那个木柜仍放在厢房的一角。当年河边捞柴的雇工提出要分这柜钱物,他的父亲多给了每人半月工钱,才摆平了他们。父亲认为,这个柜子的钱和布匹是主人几辈人积攒的,是多么的不易。主人是遭了水灾而毁了家业的罹难之人,日后若能找到他们及后代的话,一定要物归原主。有一年,他家又捞到了一头未溺死的母牛,不久下了牛犊,主人一直沿河水而下找来了,他很感激蔡家的厚道仁慈,无论如何要把小牛犊留下,蔡邕的父亲虽然留下了牛犊,但给了丢牛的人一定的牛钱。这头牛犊成了蔡家的好畜力,蔡邕父亲亲眼看着它长大,他称蔡邕为邕儿,称那头牛为牛儿,和家里的孩子一样溺爱。当然,铁底河也有许多令他心酸的往事,父母离世前,他将父亲母亲用独轮车推到了河边去看景,看河边啃草的小牛小羊小骡驹;听河边草丛里的野鸦鸣叫。现在,一切都不复存在了,哗哗的流水声渐渐远去。蔡邕无心欣赏一路景色,沿途民生凋敝,路有饿孚,他的心情愈加沉重起来⋯⋯

　　车到朱仙镇,已是午夜了。此地为春秋郑国的启封古城,战国属魏,魏惠王九年(公元前362年)从安邑迁都于此地,也称大梁。战国魏人朱亥出生于该地,朱亥以屠为业,后世屠者尊他为仙人,故名朱仙镇。后来,蔡邕在他的《述行赋》里写到过此地时的感慨:"哀晋鄙之无辜兮,忿朱亥之篡军。"他们到时已是晚上,城门早已关了,只好在城外一家客栈借宿。蔡邕此时才感到身心疲惫,腿像灌了铅似的,躺在床上难以入睡,这时他才记起了自己身上所有资费都抛给了那个送琴人。离开圉城后,他的吃喝都由辟召者公费支付。他想到了自己已身无半文了,而去洛阳尚须多日,总不能由他人负担自己的生活费用,怎么办呢?正是这一夜,他长夜未眠。刚刚过去的党锢之难,余波未平,他的许多好友被杀头、囚禁、革职、流放和逃亡。他的姻亲太山羊氏族人多被牵连,他的叔父蔡质在朝廷任职,如履薄冰。他也被人诬陷过,幸好皇上明察,才躲过了一劫。蔡邕虽也称得上当世名儒,因他身在穷乡僻壤,半耕半读,清静无为,一心治学,才没被卷入政治的漩涡。其实谁能知其他内心的矛盾和痛苦呢?沿途所见,江山破碎,百姓饥寒交迫,官场腐败,党阀倾轧,日甚一日,真是触目惊心。他的满腹经纶,不能经世济用,不能辅佐皇上、匡正朝纲,心里经常被一种激流所挟裹而不能自抑。昔日,他遭到世人包括母亲的讥讪,便以"父母在,不远游"作托词,而现在呢?他又在思考自己这次赴京是否有违初衷,是走上一条不归之路。他深谙音律中风角鸟情那些暗示的,自他离开蔡丘屯的那一天起,秋雨一直在追逐着他,这是晦涩的象征。朱仙镇客栈的此夜此刻,门外知更鸟不停地叫唤,秋蝉的声音喑哑。这时,他翻了一下身,屋檐下的滴水声不断地敲打着石阶,更增添了他的离愁。他的脑子痛胀起来,他为自己又重新做了一条远离政治、回归初衷的计划——他将沿着那条辙印,那条泥泞的路,那些大小河流,回到那个散发着母亲奶香味的地方。

蔡邕起了身,披上衣服,站在客房的屋檐下,任凭檐水滴在他发烧的面颊上。和他同行的官吏们被他的开门声惊醒了,蔡邕给他们说自己受凉生病了,谎称一个晚上拉了六七次之多,已成急性疟疾,需要吃药治疗。天亮后,他们到城内找了郎中,开了一大包药,郎中根据他的叙述,认为这是一种极其害怕和快速传染的肠道疾病,周围接触的人最易感染。医生要他们在朱仙镇住下来治疗,并要蔡邕在自己的药店住下单独隔在一间房子,免得传给同行者。蔡邕向辟召他的官吏提出在此住下,他们却说要赶往京城,京城有良医,况且吏部对他们的往来时间是有规定的。他也只好从命。行到不足两里路,蔡邕躺在车上用手摁着肚子大声呻唤起来,让人觉得他病得很重。车子走走停停,行进缓慢,朱仙镇距中牟县不到百里路程,他们用了三天才赶到。中午到了东古城,蔡邕称自己难以支撑,要求车马歇息。等众人安歇,蔡邕借故离开宿地,到城内饶有兴趣地游逛一圈。这座古城,在中牟县东南,因大乐师师延在古乐的基础上,创造出了新的乐器——箜篌,也称箜篌城。睹城思人,物是人非,古城苍凉。秋风吹起城边的皂角树,那微黄的角荚,吱吱呜呜响。蔡邕仿佛听到了师延在吹奏箜篌,临风泣泪。他站在城的一角,久久不想离去。箜篌城因产箜篌乐器出名,城内有许多制作箜篌的店铺,他想买一支吹奏,然而身无分文了,只好摸了摸那些上乘的乐器,叹气离开。回到客栈,已是日落城下。这夜,蔡邕一个人又偷偷溜出了房子,首次拿上他的古琴,对月欢弹。一曲弹罢,四野寂然,寒蝉封喉,蛙声骤停,只有护城河下的潺潺流水,如游丝般滑过。

出了中牟不远,眼前的浪荡渠与他家乡的铁底河无法相比,河水奔腾咆哮,站在岸边有些头晕。加之连日秋雨,水早已漫过了平时行人的那座石墩木桥。他们乘船渡过,蔡邕还是第一次见识大河大水。七年前,他随叔父蔡质出行洛阳,那时的浪荡渠清澈平静,悠悠而去,丝毫没有今日之凶悍猛烈。那时的他还是热血青年,又是第一次求学洛阳,心情自然激动难抑。如今,被迫行京,心如沧浪,浩浩荡荡,却不知所终。车过圃田,这是一片古之泽地,湖水沉淀下的盐碱和白沙茫茫一片,像大雪后的田野。他看到了横亘于田丘上的魏秦汉长城,过关走隘,一路行走,他一路在装病。和他同行的官员也确信他是患上了疟疾,并有传染的可能,吃住也防着他。到了偃师县城时,已是他们此行的第十五天了,蔡邕的"疟疾"愈来愈严重,他已不能再前行了,恳求留下来治病。召辟蔡邕的那位官员也十分后怕他的病传染于自己,同时因路途延误时间过长,他们批准了他的要求,让他留在偃师治病,并要求偃师县令关照。"一旦痊愈,即来京乐府报到。"他们回京前给蔡邕留下了他所需的资费。蔡邕感激地说:"你们给我的钱,我写信给我叔父蔡质,回京后他很快还给你们,我给你们写张字据。"他们摇摇手说:"君子有信,你是可以信得过的人。"

送走了辟召的公车,蔡邕如释重负。他为自己的那个小伎俩而感到内疚和羞耻。"君子有信"四个字对他是一种嘲弄,像铅块一样沉沉地压在他的心头,使他窒息。他狂奔了一阵,颓废地坐在城门口石狮的底座上喘着气,看着绝尘而去的公车,心里空荡荡的。对于这次的艰难之行,他写的《行述赋》为后人留下了可追寻的踪迹。偃师古城那个车马店,蔡邕一个人躺在床上,听蝉鸣清秋,看雨打芭蕉,却无心浏览这座古汤都城,无心领会"息偃戎师"之意。他闭门三天,仍然理不清心绪的纷乱。他在《行述赋》结尾写道:

> 翩翩独征,无俦与兮,言旋言复,我心胥兮。

第三章：儒生悲泪

那些如烟往事，如黎明前的寒星一样闪烁明灭，又如晨曦中的薄雾一样散淡。从记忆回到现实中的蔡邕，第一件想到的事是要尽忠皇上，当好臣属，以报答皇上对自己及爱女琰儿的隆恩。他不时地亲亲女儿，摸摸戴在蔡琰胸前的那块羊脂玉。他的思想从未有过如此的重压，这种重压就像一根无形的绳索套在他的脖子上，把他牵向一条他曾多少次讳莫如深、视若畏途的路。他不经意间滑向悬崖边，违背了当一名隐士名流的初衷。他很后怕，尧尧者易折，皎皎者易污。他不但自己后怕，也很后怕身边乳臭未干的女儿。生于乱世，男人生存不易，而弱女更是不易啊！那张贴在女儿屋前墙壁上的避邪符已开始褪色了，原来鲜红的朱砂印章也变成了淡红色。蔡琰已开始分辨周围的人与物及色彩，小手也开始乱抓起来。蔡邕急着想知道女儿的未来取向，他采用了时下最简单且易操作的抓阄方法，在蔡琰的面前置放了一支笔、一把琴、一盒针线和一柄桃木制成的剑。刚满一岁的蔡琰，把炕上那几样东西胡乱地抓了一遍，什么也没有抓起，使得蔡家老小哭笑不得。蔡邕暂时放弃了这种预测的计划，说了一句："人生有命，富贵在天"，罢了。

他从朝中执掌刑事的左监中获知，徐瑷的父亲徐璋，于桓帝延熹九年（公元166年）在第一次党锢之祸中被收于洛阳监狱，次年，大赦党人，他因得罪了狱卒而被继续关押，到了灵帝建宁二年（公元169年），又遇朝廷复治钩党，被杀，尸骨弃野，不知置于何处。徐瑷几次催问，蔡邕欲言又止，不想把这个噩耗告诉她。"你不要急，等我有空亲自到洛阳各个狱中去查访，总能弄清楚的。你若慌闷就去我的书房读书，也可以练字。"他躲闪的眼神，让徐瑷暗暗觉得父亲可能百死一生。她在书房里无心看那些堆积如山的书，寻思着如何能早日得到父亲的下落和消息。又一个休沐日,徐瑗又问蔡邕:"您能带我去洛阳狱卒那里探探消息吗?"蔡邕摇摇头,徐瑗不再作声,心里却有了自己的打算。有一天早晨,徐瑗趁人不注意,背上包袱直奔洛阳城,准备亲自去打探父亲的下落。一连好几天,都找不见她的影子,急得蔡府老小四处寻找,还差人去禀告了在议郎署的蔡邕。蔡邕赶回家的那天晚上,徐瑗也推门进来,见她一脸落寞,蔡邕心中已明白一二,知道不能再隐瞒她父亲的事情了。"孩子,你的父亲是无辜的,他在洛阳的牢狱里已经殁了……"她一下像被雷电击中似的,双目圆睁,瞪着蔡邕。"孩子,你节哀……"蔡邕的话还没有说完,徐瑗却发疯一般冲出蔡府大门,冲向了无边的夜幕。她什么都明白了,她的父亲已不在人世了,她孤身一人沿街乞讨跋涉千里寻父的信念,顷刻化为齑粉,被狂风吹散。黑夜像鬼魅一般,牵引她向洛阳内城的方向奔去,奔过巷陌,奔过大街,奔向洛阳内城。蔡邕也顾不得许多,喊来车夫,坐上车紧跟着徐瑗,追赶着她。

　　人在极度痛苦的时候,和极度欢快的时候一样不知疲劳,徐瑗不顾一切地跑,蔡邕紧跟在徐瑗的后面,既不上前劝回她,也不放任不管。终于,徐瑗跌跌撞撞地赶到了洛阳内城北宫,跑向了北宫的南门朱雀门。她失魂落魄,悲泪纵横,一路悲不自胜。虽然是初秋时节,皇城内仿佛一股寒流回荡,除了沙沙的风吹树叶声,便是城墙上巡逻的护城兵往来的脚步声。蔡邕和随从紧随其后,接近朱雀门的宫阙时,徐瑗突然失去理智,一头撞在了朱雀门前那高大的石柱上,鲜血染红了石柱石基。蔡邕抱起了徐瑗,老泪纵横,泣不成声。他后悔自己不该将她父亲的噩耗告诉她。入蔡府时,徐瑗是一个活泼健康的女子,而此刻,已是血溅宫阙的伤残之躯。他如何向她九泉之下的父母交代?他忧悔万分地将她带回蔡府。

　　徐瑗醒来,看到一屋子人的怜悯而惊恐的目光,她为自己一时的冲动懊悔不已。尤其看见蔡邕那慈父般怜爱的目光时,她心里像刀扎似的疼痛。所幸她跑到朱雀门时已筋疲力尽,身子像散架一样,她用仅有的余力只撞伤了头颅,而不能使皇城的石柱有一丝一纹的撼动。石柱上的血斑像秋风吹落的枫叶,天亮后便被人扫除了。而蔡邕被染红的官袍被佣人洗完了一缸水,仍留下像五铢钱大的暗斑。徐瑗坚持要把它收藏下来,直到很久后,她的女儿成为司马师之妻——景献羊皇后,她们仍小心翼翼地收藏着这染有血斑的衣袍。

徐瑷在蔡家人的细心照料下，伤势渐渐好转，情绪也逐渐稳定。她去了位于洛阳城外三十里的西下里牢狱，借着牢狱外的一个土丘，为父亲虚垒了一个坟园，摆上飨酒，烧了冥币，跪下含泪唱了父亲生前给母亲经常唱的《采葛》歌。她的歌声穿过了厚厚的城墙，飞入木槛纵横的狱门狱窗，令仍被拘押的党锢案服刑者为之动容。这里认识徐璋的人都听过这首歌，此时，情歌变成了哀歌，变成了挽歌，如泣如诉，萦绕在每一个人的心头。也就在那一刻，徐瑷决定寄身于蔡家，历史也为她和蔡邕的家人，牵了一根无法割断的线。

　　这年的六月，朝廷发生了一件事情，打破了蔡邕得千金的喜悦。夏天，居于东北的鲜卑族檀石槐部，越过长城，越过濡水，侵扰北方边境。原北地太守、时任乌桓校尉的夏育上书："鲜卑寇边，自春以来，三十余发，请征幽州诸郡兵出塞击之，一冬二春，必能禽灭。"接着护羌校尉田晏得知此事后，觉得这是他自犯刑后能取得立功赎罪的一次绝好机会，行贿了宠臣中常侍王甫，他请王甫出面向皇帝保荐他。王甫为了给田晏谋得一将，便同夏育一起竭力推动朝廷出兵征讨。皇帝刘宏同意出兵伐鲜卑，拜田晏为破鲜卑中郎将。任命一出，朝中大臣议论纷纷，刘宏不得不召集百官上朝议夺。蔡邕虽然参与女儿婴育之事，却对这场关乎国家安宁与否的大事不敢掉以轻心。经过对历史既往经验的总结，他认为不能出兵讨伐，要施以怀柔政策。他的思想深处有一个认识，北方以外的匈奴、乌桓、鲜卑等族，他们是汉民族的分支，是汉人家庭中的一员。由于长期战乱，也因生活所迫，他们与大汉王朝争地掠土，相互为敌。现朝廷检讨自己的边防政策，要以怀柔为主。他接到了朝廷议事的诏旨后夙夜不寐，为这次上朝议事，作了《难夏育请伐鲜卑议》，释明汉朝五不可出兵征讨的理由。面对高高在上的皇帝刘宏，以及站立两边的百官大臣，蔡邕叩拜万岁，侃侃而谈：

　　　　……自汉兴以来，匈奴常为边患，而未闻鲜卑之事。昔谋臣竭精，武夫傃力，而所见常异，其设不战之计，守御之固者，皆社稷之臣，永久之策也。孝武皇帝情存远略，志辟四方，南伐百越，北讨强胡，西征大宛，东并朝鲜。因文、景之蓄，藉天下之饶，兵出数十年间，帑藏空竭，官民俱匮，乃兴盐铁酤榷之利，设告缗重税之令，民不堪命，起为盗贼，关东纷然，道路不通。绣衣直指之使，奋铁钺而并出，然后仅得息宁。既而觉悟，乃息兵罢役，封丞相为富民侯。故主父偃曰：'夫务战胜,穷武事,未有不悔者也。'夫以世宗神武,将帅良猛,财赋充实,所拓广远,而犹有悔焉。况无彼时地利人财之备,而欲轻动！此其不可一也。

蔡邕认为此时若发兵：

三年不成,必迫于害,祸结兵连,不得中休,转运粮饷,不可胜给,天无丰岁,官殚见财,民人流于四方,不能还其骸骨。以此时兴议横发,一发不已,必至再三,诸夏之内,弱者伏尸,强者做寇。边陲之患,手足之疥癣也；中国之困,胸背之癰疽也,其不可二也。"

他举例说：

昔珠崖郡反,孝元皇帝纳贾捐之言,而下诏曰：珠崖背畔,今议者或曰可伐,或曰弃之。朕日夜唯思,羞威化不行,则欲伐之,狐疑避难,财守为长,宜通乎时变,且忧万民。夫万民之饥饿与变夷之不讨,何者为大？宗庙之祭,凶年犹有不备,况避不逊之辱哉！今关东大困,无以相赡,又当动兵,非但劳民而已。凶年随之,罢弊有不可胜言者,其罢珠崖郡。此元帝所以发德音也。

他进一步指出：

育云"自春以来,三十馀发"。方今郡县盗贼,幼劫人财,攻犯官民,日月有之。冠带之圻,吏调政密,尚不能禁,况此丑虏,群类抵冒,心不受仁,胆不畏威,而可使断无盗窃？昔者高祖乃忍平城之耻,吕后甘弃慢书之咎,方之于今,何者为甚？是其不可三也。

他提出了应对策略是：

"宜止攻伐之计,令诸营甲士,循行塞垣,屯守冲要,以坚牢不动为务。

若乃守边之术,李牧善其明,保塞之论严尤申其要,遗业犹在,文章具存,循二子之策,守先帝之规。"缓后出击,以待时变。

他的阐述很长,念得很认真,百官凝神静气,听罢交头接耳。然而,当刘宏听到他所说的二不可时,眉头皱了起来,似乎想打断他的上言。他也觉察出了皇上的不悦,但他倒没有顾虑什么,一口气读完他的《难夏育请伐鲜卑议》,然后,诚惶诚恐地退回到他排序很远的位置上,期待皇上和群臣回应。尚书卢植正欲上前附和他的见解时,被刘宏挥手制止了,皇帝说:"众位大臣,众说纷纭,蔡邕更是慷慨陈词,据理缓兵。朕想问一问诸爱卿,外患重要,内忧重要,我大汉江山社稷重要,还是百姓安居重要?"他发问时内荏而色厉起来,百官面面相觑,拿捏不定。蔡邕看了一下身后的曹操,曹操向他使了一个眼色,这眼色很严肃并且明白地告诉蔡邕,不要再申辩,不要当出头的鸟,要沉住气。蔡邕涌到嘴边的话又慢慢咽回肚子里,等待皇上定夺。这时,站在前排的王甫走出队列,说道:"皇上所问及是,依臣看还是我大汉江山社稷最重要,鲜卑犯我边境,图我王土,必将得寸进尺,所图者我大汉江山,我江山不保,何来百姓福祚?先祖立基一百四十余年,可不能在我们手里疆土丢失,社稷不保啊!"护乌桓校尉夏育紧接着奏本:"臣从边关驰马回京,为的是急报军情,怕朝廷人多言杂,使得皇上难以定夺,而误了大事。"他偷看了皇上一眼,接着说,"臣以为伐兵急拒为之上。"皇上听了夏育的进言后,从御座上站了起来,一步一步走下台阶,走近群臣,朗声说道:"发兵讨之!强虏虽勇,但智化未开,边地虽远,兵甲可抵,有我大汉国威,何虏不克,何功不成?"皇上边说边用眼睛搜寻着议郎蔡邕。蔡邕低着头,不敢看皇上的龙颜。

这次百官朝议鲜卑犯境一事,皇帝任命护乌桓校尉夏育率兵三万铁骑从高柳出发,田晏作为破鲜卑中郎将率兵三万从云中出发,匈奴中郎将臧旻率五万南单于匈奴兵马从雁门郡出击。大军浩浩荡荡,东奔三千余里,出长城,过濡水,与鲜卑檀石槐战于大鲜卑山西南。双方战事激烈,檀石槐将鲜卑族的三个集团联合起来,一个是步度根集团,拥众数万户,据有云中、雁门一带;二是被称为小种鲜卑的轲比能集团,拥兵十余万骑,据有高柳以东的代郡、上谷等地;三是原属于东部大人弥加、索利等所领的若干小集团,分布于辽西、右北平、渔阳一带，有众十余万户。大敌当前，他们放弃了原来的罅隙，抱成了一团，与夏育等人率领的汉军进行决战。草原广袤，山川纵横，他们对地理环境熟悉，又善于骑射，汉军千里奔突，人困马乏，孤军深入，粮草又不能续援。加之鲜卑中郎将田晏立功心切，护乌桓校尉夏育又是自告奋勇，臧旻所领匈奴诸兵不听号令，许多将士和鲜卑原有联系，作战不力等，致使这次征伐溃不成军，丧其节传辎重，各将数十骑奔还，死者十之七八，汉王朝惨败。夏育、田晏、臧旻三人出兵时旌旗蔽日，归来时槛车羁押，收监治罪，后贬为庶人。果应了蔡邕在《难夏育请伐鲜卑议》中的忧虑。

到了七月，天灾却趁着鲜卑的犯境，也频频来临，正在夏育等人还未出师时，全国多处发生灾害，中原地区更是灾上加灾，雷霆疾风，伤树拔木；地震，蝗虫，多灾齐聚。朝廷昭告群臣，各陈政要。对于风角鸟情、天地自然熟悉的蔡邕认为："坤为地道，《易》称安贞。阴气愤盛，则当静反动，法为下叛。夫权不在上，则雹伤物，政有苛暴，则虎狼食人；贪利伤民，则蝗虫损稼……"他和一些大臣的上言，促成了皇帝刘宏亲自迎气北郊，及行辟雍之礼，又诏宣陵孝子为舍人者，全部改为丞尉。这些举措，并未如他所期望的那样，七月之后，及至八九月间，河南、河北灾险不断。七月的西域大雪封路，冻死几万只牛羊。瓜州县城一夜被风沙掩埋，第二天一早，县令推不开城门，只好踏着城墙出入衙门。洛阳一带稍好一些，入秋后，雷电减少，一切平静起来。

一天，徐瑷见是休沐日，蔡邕似乎也闲暇了一些，听闻最近卖官鬻爵一事甚猖，她好奇地向蔡邕询问起来。蔡邕说，此事始于汉安帝永初三年（公元109年），皇帝刘祜接受了三公的奏言，以国库用费不足为由，使朝野用钱和谷物，捐得官爵，充实国库。政府以官阶俸秩大小而出价钱，从关内侯、虎贲、羽林郎、五大夫、官府吏、缇骑、营士等都明码标价。这次卖官，规模不大。到了桓帝延熹四年（公元161年）又一次出卖关内侯、虎贲、羽林、缇骑、营士、五大夫这些官阶。现在正开设的西园官场，远远超过了前代，生意兴隆，价码也不菲。两千石的俸秩，二千万钱；四百石的四百万钱；品德学识好，被朝廷征辟上的可以酌情减去三分之一；皇帝可以卖公卿，公千万，卿五百万钱。开市以来，趋之者如鹜，鱼龙混杂，使得官场风气败坏。那些买官鬻爵的人，到任后，又极力搜刮民财，以填平他们挖下的窟窿。那些看似进入国库的钱，说到底是老百姓的血汗钱，是民脂民膏。"那您呢？"徐瑗问。蔡邕笑了笑说："傻孩子,我可不会用祖先的血汗钱买那个东西,我来京是他们用公车硬拉来的,不但不出钱,还给我管吃管住管零花钱哩。"徐瑗看到蔡邕一脸的骄傲,提出一家人去西园看热闹。"好好,那儿有比这更热闹的太学呢,我们都能看到它。"蔡邕忙唤车夫准备车马。

马车载着蔡邕夫妇,徐瑗抱着蔡琰坐在车前头,他们把蔡琰裹得严严实实,这也是蔡琰第一次外出。从永和里向东,出了平门,沿着洛阳大城东墙与护城河之间夹着的那条路向南而去。他们已久不出城了,整日囿于高墙深宅之中,一出城门,顿觉天地辽阔,草木葱茏。由洛水而注的护城河宽十余丈,水深丈许。出平门走百八十步,护城河上有一便民石桥,过河后已是护城河外。晚秋时节,河岸两边一丛一丛的野菊,白、黄、红间杂争奇斗艳；艾蒿足有一人高,枝叶泛白了,香味浓浓的。蜜蜂正忙于采撷糖浆,从这一朵跳到另一朵,有追车子的大黄蜂,它们和小蜜蜂不一样,并不勤于酿蜜,只绕着车子转。一不小心,一只大黄蜂钻进了蔡琰的领口,蜇了蔡琰的左肩膀。大黄蜂的毒性很大,疼得蔡琰大声号啕起来,蔡邕撕开她的衣袖,对着红肿的伤口将毒液吸出来。由于他熟悉并能及时排毒,没有造成毒液扩散,蔡琰只是受了些疼痛,小胳臂红肿得厉害。徐瑗吓哭了,她感到没有尽到管护好小妹妹的责任,蔡夫人也埋怨带上了蔡琰出行。蔡邕心疼地从徐瑗手里抱过蔡琰,搂在自己怀里。他要徐瑗下车捉花丛里的蝴蝶,徐瑗很快捕到一只,足有小孩掌巴大的黑色蝴蝶,它的羽翼上有金黄色的条纹。她抽出了自己头巾上几条丝线,拴住蝴蝶的一只腿,让它在小蔡琰的面前飞舞。蔡琰破涕为笑,伸出手在眼前晃悠,逗得一家人开始高兴起来。他们看到了久违的农耕桑事,糜谷成熟了,谷穗压低了头,在风的拂动下,一摇一晃的,等待着农人收割；萝卜冒出地面近半尺,嫩绿的,一畦一畦的。卧在草埂边的耕牛,闭着眼,嘴里吐着一串反胃的白沫。正午的太阳仍很炎热,栗树上的秋蝉难得又欢鸣起来。徐瑗又想下车去捕蝉,蔡邕怕耽搁时间,但又禁不住她的撒娇,只好叫停了车,让她下去捕蝉。徐瑗像猴子一样,爬上了一棵栗子树,捕到了一只小蝉。她把它系在拴蝴蝶线的另一头,蝉不再唱歌了,而是一个劲地挣脱。或因蝉没蝴蝶多彩斑斓,蔡琰的笑从脸上退去,扭过头,看父亲蔡邕。蔡邕没有捕捉到女儿小小心灵的瞬间变化,只是凝望湛蓝的天空和绿里反白的田野,蔡琰又把头扭向了母亲赵氏。徐瑗反应机敏,从蔡琰第一次扭头中知道了小婴儿的心事。"别愁它,琰儿!我带回咱家它就自由了,就唱歌飞舞了。"她告诉其实什么也不懂的她,系着绳子的蝉是不能唱歌的,她要用麦秆编织的笼子养它,要用很长的线绳把蝴蝶拴住,让它既能飞舞又不会飞走。蔡邕想到也理解到,任何美妙的声音均需要自由,大自然流淌的声音源自于眼前这片自由的田野。蝴蝶翅膀的灿烂舞动,同样也赖于一种自由。他给她们自然不会讲如此深奥的道理。

沿着护城河和田陌而行,是他们最惬意的一次旅行,也是蔡琰出生以来第一次出门。车过了阳渠、太仓、马市,又过鸿池坡,蔡琰在蔡邕的臂弯里睡着了。蔡邕问徐瑗游不游方湖,徐瑗又说要游。蔡邕笑她早已把游太学、看鸿都门官爵买卖的事忘得一干二净了。徐瑗说自己是个女孩家,看不看也无所谓。蔡邕说:"那里不仅有卖官买官的市场,更有我在太学门前书写碑刻的那些经石——《熹平石经》,你知道吗?"徐瑗一听发愣了,太学她怎能不知道呢?最先是母亲讲给她的,因为父亲就是那里求学时被诬为结党营私而被抓走的,那是一块伤心之地、哀痛之地。她来时只知道市场设在城外西邸,而不知道设在鸿都门的太学内。她说一定要去那里看《熹平石经》,一来凭吊太学,二来凭吊父亲。蔡邕给她几个五铢钱,顺便买了一壶奠酒。

太学就在眼前了。当然,对蔡邕来说,这是再也熟悉不过的地方,他曾在这里写过书,讲过学,授过业。这是一座宏大的学府,占地百顷,房屋千余间,最盛时,学生三万余人。它历史渊源深厚,自建武五年(公元29年)汉光武帝刘秀在洛阳城南开阳门外兴建太学始,经一百余年的扩建,到顺帝阳嘉元年(公元132年)才全部完工。它由属于九卿之一的太常掌管,是东汉的最高学府。太学把读经崇儒作为一项中心内容,并设置五经博士,让各自以其家法传授经书。因口授手抄,文字多谬,俗儒穿凿,贻误后学等原因,熹平四年(公元175年),蔡邕与五官中郎将堂溪典、光禄大夫杨赐、谏议大夫马日磾、议郎张驯、韩说、太史令单飏等联名上书奏请正定五经文字。他们的主张得到了皇帝刘宏特许。这年开始他们把《鲁诗》《尚书》《周易》《春秋》《公羊传》《仪礼》《论语》七经正定后,由蔡邕书丹,分别刻在四十六块石碑上。从第一碑的正面开始,经末碑的结尾又转向背面,直到第一碑的背面为止。各碑石骈罗相连,立于太学的东侧瓦房内,供学员抄写临摹。这就是著名的《熹平石经》。因其用隶书一体所写,亦称一字石经。经文碑刻时，为在这么多石碑上书写，蔡邕在太学里一住就是两年。在碑刻现场，他还要指导工匠如何磨石，如何完善刀法；字体大小，笔法不连贯时，还要洗掉重新再写，工匠要重新刀刻。他严谨治学的精神以及精益求精的态度，一时被学子们追慕和效学。

在他们还未及接近太学时，这里的几条巷道被车马堵塞了，蔡邕的车子也被堵在一条道上。打听路人，他们才知道，每日来这里临摹和抄录石经的车马在千乘以上，只好日夜排队，按先来后到的顺序进去观摩。从返回的人中他了解到，那些人已排队等候三天了，再看看沿路停靠的车马和白天睡觉准备晚上露宿的观摩者，蔡邕心里打了退堂鼓，一心想返回。因为那里的每一块石碑及每一个字都是他亲手所为，自己去凑这个热闹不是在自我欣赏吗？然而，蔡夫人不知为何来了兴趣，她要看看丈夫那些为人所道的成就，徐瑗更是好奇，他们不得不学着路人的模样，弃车而步行。他们三人轮换抱着蔡琰，小心翼翼地移步。大约一个时辰，他们才到了太学的门口。

蔡邕想领妻小匆匆穿过人群，直奔太学西侧的官市，却被人群中的人认出来了。"蔡大人！"他转头一看，喊他者是一个年纪二十七八岁的青年人，头戴麦秆编的草帽，肩上背着白布袋，体态俊朗挺拔。这个青年叫钟繇，颍川长社人，几年前蔡邕在太学讲课时，他常来听课，最近几年不见了，听说又转学书法，在颍川一带很有名气。今日相逢，俩人自然喜出望外，钟繇握着蔡邕的手说为了了解蔡邕的笔法真髓，自己已来这里七次，由于白天人流拥挤，他常常是夜晚秉烛反复临摹，为此还为自己特制了一个五尺见方的厚毛毡，便于折叠起来垫在膝盖下，坐跪自如，展开后也可以躺在上面过夜。钟繇拍拍鼓囊的布袋里装着的毛毡，一副颇为得意的样子，令蔡邕深为感动。钟繇和蔡邕的聊天之语，引来了无数追慕者，人们为了一睹大师的风采，争先恐后地接近他，把蔡邕一家人围得密不透风，闷得蔡琰在蔡邕怀中直哭。徐瑗没见过这类场面，害怕得紧紧扯着蔡邕的腰带。多亏钟繇年轻气盛，他拨开人群，大声喊道："各位大人，学子，且慢！我们今天能见到蔡大人，乃三生有幸啊！你们知道《熹平石经》的艺术价值吗？这是皇上钦点让蔡大人正定并书丹和督造的。石经上的字，在字体结构上，它笔画粗细相当，间架疏密相宜，部首比例匀称，字形大小谐调，取势中规入矩，具有端庄严整、雄健劲强之美；在书写笔法上，它创造性地运用了起、收笔重按爽提的方折头笔法，收敛了所谓'蚕头燕尾''长波曳脚'的习惯写法，形成方整完美的书艺形象；在体势变化上，由纵势长方的小篆变为横势扁圆的隶书后，再变为典型的方正体。笔笔俯仰，字字铿锵，既方正严整，又爽爽有神，具有体法多变之妙。总之，蔡大人的书法立足于创新，着眼于整体，定是千载不衰、流传后世的书法瑰宝，是当前隶书的最高典范啊！"钟繇言罢，长跪在蔡邕面前。在钟繇的带动下，一群围观者齐刷刷地跪倒了一大片，他们要尊蔡邕为师为宗。蔡邕怎能担当起这种殊荣，诚惶诚恐地说："各位大人，各位学友，你们快起身，我蔡邕愧对这种厚尊，这都是皇上的功德呀，当今皇上偃武修文，重视教化，才使得这些经文铭刻在碑，昭著于世。咱们能看到这洋洋几万字，煌煌几十座碑，这都赖于皇上的恩典，咱们都应感谢皇上，祝皇上万寿无疆！"他言罢，声泪俱下。钟繇看蔡邕怀里抱着婴儿，旁边又有小女孩拖累，怕出现踩踏事件，便护送着蔡邕一行到太学西侧的西园——朝廷挂牌的卖官鬻爵处。

　　这里也是很热闹的，它刚刚挂牌设市，属于尚书台的吏部曹管理，设在太学内，为的是招揽那些读书想做官的士人。这些人多数都是富家子弟，也有出身寒门为了进入宫廷以改变门第者。太学之内设市，一为方便，二为人气。蔡邕走近了厅堂，在案牍前，一个小曹吏误以为他是来买官的，递给他一张登记册和价目单。蔡邕笑着说："你们看她怎么样？"他把徐瑗推到案前。徐瑗抿着嘴笑。"可以呀，只要掏钱就行，先生你应该明白，开设的官市并不是朝中缺官，而是朝廷缺钱，买到官爵后她可以不去坐堂，不去衙门，可以待在家里，也可以致仕，这同样光宗耀祖呀！男有男官，女有女爵么。"蔡邕一看这曹吏油嘴滑舌的样子，也不想搭理他。他看了看厅堂墙壁上贴的皇帝关于卖官鬻爵的诏书，便理解了当今皇上的难处，刚才对那个小曹吏的反感一扫而光。诏书写道：

　　　　我大汉自开基以来，每遇灾异，万民望渴，国库空虚之虞，开源应对之策：先朝官员捐钱，以充国库，以献忠心，已有前例，实为国策。特辟召二千石品秩，二千万钱；四百石品秩，四百万钱；二百石品秩，二百万钱……社稷稳则民安，国库实则武备充……

　　没等蔡邕细看那些列出的官秩名额，有一个买官的来到案前，把蔡邕微推了一下,他想凑近看清诏书中适合自己的品秩。蔡邕退后了一步,来人已五十多岁,腰壮身粗,一口西域人的腔调。肩上的布袋很重,累得他不停地抹汗。曹吏问他:"你要买一个什么品秩的官?"他倒被问住了,嘿嘿地笑,粗糙的面颊上泛出一丝羞涩。他说自己是来自遥远的金城郡,仅路途他走了近三个月,披星戴月,跋山涉水,一大布袋盘缠用去了三分之一,好不容易才到洛阳,他自己也不知道买个什么官合适。周围的人都在笑他,蔡邕也觉得可笑。"你带的钱多少?"曹吏问他。"实话告诉大人,我是一个在黄河渡口划羊皮筏子的艄公,收入靠家里十几只皮筏子载人载货,也没攒下多少钱。但还是可以买个一官半职吧。"他说话时仍是憨憨地笑着,黑里透红的面庞上能看出他是一个靠苦力挣钱的人。同时,他有着西部男人的粗犷和豪迈。蔡邕望着他,好奇他一介船夫,为何也想花钱买个官爵,为何也像那些儒生一样有这种虚荣心和功名心?曹吏听了他的自述后,觉得他并非贾商豪绅,不屑于和他联络,指着墙上的诏书让他自己去选,自己登记。他一脸茫然,窘迫得把头搔来搔去,最后将目光停在了蔡邕身上。"哦,他原来是个不识字的文盲!"蔡邕心里猜出了他的困惑。"最低官俸秩是二百石,二百万钱;最高的是二千石,二千万钱,二百石的在县令以下的小吏……"蔡邕提醒道。他问蔡邕:"我在大河的渡口金城关每天往复,看那个金城关的关长可威风了,我能否买它来做一做?"蔡邕自然熟悉官场状况,知道那应该是金城郡下属的一个塞尉,俸秩二百石的官员。当然,金城关是一个内地通往西域的重要关隘,由此过大河,出令居塞,翻乌鞘岭进入了西域诸郡。他看重的那个关塞长可是个重要职务,责任重大。他怎么不选个闲差呢?既是为图个虚名,也就用不着担这样大的责任。他没有听蔡邕的劝告,决意要买个小官做,并请蔡邕代笔为他填写了申请。他带足了资费,二百万钱如数交了,留下了他的姓名和家庭住址,并请蔡邕日后能来金城游玩。然而,他买到的二百石品秩,但并不是实质性的金城关塞尉之职,而是虚职候任待命官员。几年后,他又通过融通行贿金城郡太守,当上了金城以西一百里的郑伯津塞尉,这是黄河上几条支流汇集处的重要渡口,并不逊于金城关之塞。他把自己能在太学偶遇大文豪蔡邕,当作一生的美谈,觉得比皇上赐予的二百石俸秩更珍贵,据说他很满意那份差事,告别了筏子客,安享终老。

也许是开市时间短的原因,前来打探消息的多于真正买官的。蔡邕等了好长时间,仅有的是刚才满意而去的黄河筏子艄公。也偶尔见到几个熟人,他们怕相互笑话,尴尬得打个招呼就躲开了。徐瑷觉得无趣,催着蔡邕去太学一游。他们转了一圈,蔡邕回忆起当时的情景:那年他由河平长召拜郎中,出任东观校书。七月的一天,有人在皇城的朱雀阙写了"天下大乱,公卿皆尸禄"九个字,有人告发说这是在太学里的党人所为,皇帝大怒,下令司隶校尉段颎带人抓捕,半夜正在熟睡的太学生哪里知道厄运降临,他们被押进了大牢。这次共捕获党人太学生千余人,其中就有徐瑷的父亲徐璋。在太学的校舍最后一排,也就是当年徐璋读书住宿的地方,蔡邕夫妇和徐瑷一同祭奠了他。徐瑷长跪不起,一声声呼唤着父亲,撕心裂肺,蔡夫人赵氏好不容易才扶起她。蔡邕也很伤感,当年他曾多次应邀在这里讲学,给那帮太学生讲书法,讲琴曲,讲绘画及玄学。其中有老者,也有青年人。然而,党锢之祸后,其中许多人受冤致死,躲过的也销声匿迹或避祸于山林。物是人非,那些已过百年的校舍,灰瓦青砖,在夕阳下显得格外沧桑。瓦缝中长出的青草已开始枯黄,一阵风过,从屋顶吹落下几片叶子,旋转在青石铺成的院子里,更觉凄凉。蔡邕仿佛听到从很深处有人哭泣似的,看到徐瑷泪如雨下,但他心灵深处的痛愁比起她要宽泛得多。他悲怜的是那些皓首穷经的儒生,身无半文,却心忧天下,卑微得像屋瓦上的秋草,一阵风过,便吹得无影无踪。他认定刚从他们面前卷过的那旋风,是一群阴魂不散的幽灵,是归来寻亲的莘莘学子。太学扩充的速度太快了,这些幽魂也许不记得当年的琅琅书声处,但他们能认出议郎蔡邕,他们的心灵穿越了阴阳两界而相通,像他刚才的那种感觉一样。他接过徐瑷手里的酒壶,向地上泼洒了一圈,深深地鞠了一躬,离开了太学,从太学的后门小道,一行悄悄地走出去。

　　回到家里,已是掌灯时分。蔡琰已睡熟在母亲的怀里,下车一颠,她醒了,伸展慵懒的身子,连打了几个哈欠。蔡夫人看见她肿得像水萝卜一般的胳臂,心疼得直怨蔡邕和徐瑷不该跑那么远的路去看什么太学、官市。"不看你怎么能知道咱家老爷的威风呢?齐刷刷地跪了一地,都拜老爷为师。成千上万的人在观赏临摹他的书法,可开眼界了!"徐瑷为蔡邕辩护,蔡夫人听后反而高兴起来。

　　"你们前脚走,后脚就有邮差送来一封书信,我追出门没喊住你们。"蔡府的佣人一边用马尾帚拂蔡邕衣袖上的土,一边不经意地说。蔡邕让他拿来信看,一看是郦炎的字,他激动地启封读了起来。郦炎这封信和过去几封信上的字一样,字迹潇洒有力,但内容让人沉闷窒息。郦炎是涿州范阳人,字文胜,生于和平元年(公元150年),自小聪慧,被誉为神童。州郡辟命皆不就,一直在家伺候老母亲,性善至孝,乡里称颂。去年秋天,他的母亲逝世,遭到刺激,他的身体每况愈下,狂躁病经常发作。当时正值他的妻子在孕产孩子,妻子被他惊吓而死。妻家把他告上了公堂,他被捕入狱。他因病而语无伦次,不能应答辩护,一直不能结案,且在狱中拘押之中。他来信说:

伯喈如父:吾自去秋入狱已一年矣!吾死何足惜,何足恋?吾母已去,妻已去,胎儿亦去,家徒四空,身微如芥,吾有何惜!世道不平,狱讼不平,姻亲不平,刑严法酷,身负重罪,吾有何恋!唯今日死之前,吾常想见汝一面,或见汝尺牍片语当足矣。吾幼时读汝《释诲》,知圣人之言;又读《行述赋》,悟退身之方也;常咏《青衣赋》,开秉性之纯真。故州郡辟命不就,结党营私嫌恶,安贫乐贱,与世无争。做人伺母尽孝,作文辞铭钟鼎。吾十七作《郦篇》,二十作《州书》,又作《志气诗》,皆谬矣!若乎可读,亦汝之陶熏也,教范也。吾今陷囹圄,日不见日,夜不寐夜,秋风增悲,寒星添凉,白霜落床,严冰结背,此吾之孽重矣。白昼,常听易水呜呜似泣,夜晚是似老母凭槛哀哀;起居,亡妻怨恨愠色;临食,殇儿嗷嗷待哺。尽日尽夜,吾神魂不定也,亦吾之孽重矣!吾身患疯疾,母丧尤甚,时重时轻,思维恍惚。言不能对讼,心不能静囚,身不能自由,屡遭刑罚,遍体鳞伤。吾二十有七,当此绝命,死有冤矣!然乱世淫冶,不独吾一人矣,当多矣。监狱人满为患,城乡人寡废荒,此斯世,生有何望,死有何惜!……吾自入监,常有友人视之,救之,也当自慰矣。吾常思,若乎陈留伯喈,九江卢植吾能一见,死也瞑目……

蔡邕读到这里,再也读不下去了,他早已老泪纵横,呜呜地痛哭起来;他一手攥着几页粗麻制成的笺纸,一手捂着自己布满皱纹的泪脸,如丧考妣般抽搐流涕,家人无法安慰他,也不知信的内容,都面面相觑,任他释放。他愈哭愈伤心,并嘴里喃喃地说着一些愤懑和怜悯的话。蔡夫人上前劝他吃饭,他摇了摇头,当她无计可施时,把蔡琰递在他的怀里,他才止住了抽泣,只呆坐于炕头上,脸上布满忧戚。

这一夜,他没有进食。白日的劳顿和饥饿,及郦炎对他精神上的刺激,使得他像徐瑷捕到的那只秋蝉一样,蜷缩着身子,无法发出声音,对生命无法把握。蔡夫人这一夜也没入眠,她担心丈夫伤心过度。半夜,她听到他辗转反侧后长长的叹息。显然,他在思考着如何回复这位文友的来信和求助。郦炎才二十七岁啊!他的才气、才情、人品,是当世谁也无法相比的。他们虽然未曾谋面,但蔡邕感到郦炎像自己的儿子一样,在黑暗将他欲吞噬时,他在无助地呼唤着自己,让他心如刀磔。他要去范阳的监狱看望郦炎,为他求情,去满足他那么一点点可怜的要求,哪怕是心理上的一点安慰。为此,他跑了几条街,高价买到了贩子从西域疏勒国贩回的长绒棉絮,让夫人为郦炎缝制了一身棉衣。蔡邕知道对郦炎来说,冬季的严寒不亚于饥饿和受刑,他要在天寒前为郦炎送去;他写了许多书法作品,想去后送给狱中的看管者,多给郦炎行些方便;同时他夜以继日地为别人写碑文、赞、诔、条幅等,获些润笔费,将他从狱中赎出。然而,王命在身,他又不得不应酬朝廷的公务。他感到力不从心,分身无术似的,作完《幽州刺史久阙疏》后,已是十月末,进入了冬季。他带着为郦炎制作的一身棉衣,乘车船渡关津,沿着凹凸不平的一条古道,单程近月才到了范阳故城。

范阳属右并州刺史部的涿郡,是汉朝北方县域。十一月初,在中原的洛阳才进入冬季,而在范阳早已是天寒地冻、大雪纷飞的隆冬时节。蔡邕从洛阳出发,过朝歌、魏郡、赵国、巨鹿国,过黄河时水未结冰,过易水时河水却冻成了高低不平的冰凌,已没有如履薄冰的感觉。蔡邕看到捕鱼者已难以凿穿冻实的冰层,提着工具在冰面上转悠。这是他第一次领略北方的严寒,由此而想到身单衣薄的郦炎,如何在严寒饥饿中挣扎,心中更是焦急。他在范阳县城内的一个驿馆住了下来,买了些吃食,找到了城西北角关押郦炎的那所牢狱,就急急地去见他。郦炎的形状已超出了蔡邕的想象,蜷缩在监房的一角,地上是一堆发臭的草秸,浑身打着哆嗦;脸上结着一层灰色的污垢,头发长过了三尺,双眼深陷无神,没有一丝光泽。当狱卒告知他有蔡伯喈来看他了,他的思维从混沌中走出,立刻恢复到异常清晰的状态。他挣扎着爬起来,一点一点地爬向铁门边,把手从门槛外伸出,握住了蔡邕那双因痛苦而痉挛的手,"你……可怜啊!"蔡邕喉管里终于蹦出了这几个字,然后泣不成言。他感到郦炎的手是那样的干瘪瘦硬,像野外风化的干尸,枯萎得像只小鸡的爪子;双眼深陷得几乎要成为一对窟窿,头发垂在双肩上,垂在胸前,发须粘着草屑、饭渣,他满口仅有四五颗牙齿。蔡邕后悔来时没买软点的吃食,所带的牛羊肉郦炎无法嚼咽。郦炎似乎比蔡邕坚强多了,没有落泪,脸上还挂着一丝微笑,这微笑又像针芒一样刺疼着蔡邕。蔡邕也跪在铁槛外,想象那个英姿勃发的郦炎,那个十七岁写出《郦篇》,二十岁写出《州书》的郦炎,老泪纵横。"文胜弟,你能认识我吗?我为你背诵一首诗好吗?"蔡邕为郦炎诵出的郦炎自己写的那首《志气诗》,诗曰:

大道夷且长,窘路狭且促。修翼无卑栖,远趾不步局。
舒吾陵霄羽,奋此千里足。超迈绝尘驱,倏忽谁能逐?

蔡邕背诵不下去了,隔门望着这位绝世才华、赤子般的囚犯脸上仍挂着一丝微笑,这时从他深陷的眼眶中透出一丝光芒,他接过蔡邕的段落高声诵道:

贤愚岂常类,禀性在清浊。富贵有人籍,贫贱无天录。
通塞苟由己,志士不相卜。陈平敖里社,韩信钓河曲。
终居天下宰,食此万钟禄。德音流千载,功名垂山岳。
灵芝生河州,动摇因洪波。兰荣一何晚,严霜瘁其柯。
哀哉二芳草,不植太山阿。文质道所贵,遭时用有嘉。
绛灌临衡宰,谓谊崇浮华。贤才抑不用,远投荆南沙。
抱玉乘龙骥,不逢乐与和。安得孔仲尼,为世陈四科。

吟罢,他干枯的眼眶中流出一滴久久未曾有过的热泪,这是他自入狱以来的第一次流泪。每日他不是谩骂就是捶打牢门牢窗,一直要喊到口角流血、昏睡为止。蔡邕觉得此时的他仍然是清楚的,他是因疯病致妻惊吓而死,其情理完全可以宽释。蔡邕为他留下新做的棉衣、好吃食物,并答应他能经常来看他,要他不能自残。

蔡邕随后去县衙,找了县令大人。凭着他巨大的名望和诚挚,县令大人不敢怠慢。县令答应去做郦炎妻家人的工作,尽快让郦炎出狱。蔡邕很感激,应县令之邀给衙内的同仁们写了一天字。蔡邕离开范阳前的最后一天,又去牢狱看望郦炎,还请人为他剃了头发,洗了脸,给他带来了镇静的丸药。但郦炎把蔡邕送他的棉衣整齐地折叠放在身旁,说死后才穿它,穿上好见他的父母。蔡邕认为他又在说胡话,疯言疯语。郦炎还说:"我的母亲每晚都来叫我,她说她那里比人世间好,要我回到她那里,她养护我。我给母亲说,等我的伯喈兄走了,我会跟她去的。"蔡邕听着直落泪,亲自给他穿上那身棉衣,并给了狱卒一些钱,让他们给他行些方便,熬过这个冬季,他就自由了。

然而,郦炎最终没能走出范阳的牢狱,十二月初的一个夜晚,他看到了他的母亲,又在牢槛外唤他,他爬在门槛上和她对话。寒流像一把利刃,从他的四肢穿过。他只觉得凉飕飕的,像儿时在家乡易水河冬泳一样,没什么疼痛。月光泛着寒气,只走近了他,却没有照临他。狱卒发现时,他的手和牢槛之栏冻在了一起,口中流出的血,在他的脚下冻成了一个圆形的冰块,殷红而晶透。第二天是传统的腊八节,范阳城里家家户户门上挂着"腊八砣",而郦炎的"腊八砣"是他的鲜血凝成的。狱卒看他惨烈的样子很害怕,草草埋了他。

蔡邕知道郦炎的死讯是在这年的除夕前。他突然看到了他死前写的《遗令书》:

"维熹平六年冬十二月,乃裂裳书……白老母:无怀忧,怀忧何为?无增悲,增悲何施?寒必厚衣,无炎,谁为母厚衣?暑必轻服,无炎,谁为母轻服?弃炎无念,此常厚衣,不尤不怨,此常轻服矣……陈留蔡伯喈,与我初不相见,吾仰之犹父,不敢以为兄,彼必爱以为弟。九江卢府君,吾父事之……"

郦炎的《遗令书》很长,足见他死前的痛苦。除夕夜,蔡邕祭奠了先祖、父母后,独自一人,提了一壶酒和一盘油果,面向东北方遥远的范阳泼洒了,默哀了一阵。也是在此刻,知他死讯的卢植,这位一向感情内敛的尚书大人,潸然泪下,他为他写了诔文:

自龀未成童,著书十余箱,文体思奥,烂有文章,箴缕百家。

第四章：上书惹祸

光和元年(公元178年)，皇帝刘宏做了一件他一生中最具意义的事，即开置了鸿都门学。刘宏因个人的兴趣爱好，将那些存于市井陌巷、方俗间里的尺牍辞赋、工书鸟篆推到了社会的前沿，和已有百余年历史的太学毗邻而座，和主流文化经学相媲美。他自作《皇羲篇》五十章，以期朝野能出现一批歌赋辞画者。他在皇帝的宝座上已熬过了十年时间，从建宁元年(公元168年)十二岁起即位，到现在二十二岁，这十年时间，唯一能使他开心的，是听到翩翩起舞的歌妓唱得那美妙的旋律，在这种消磨中，他能忘却宫廷的戕杀和边陲的征战。因此，他也被这种糜烂的生活消耗得憔悴不堪，终日靠着来自东北乌桓一带林海深处的人参、西南唐旄国进贡来的虫草为滋补。

刘宏翻阅着尚书台送来的几本奏折，有议郎阳球的《奏罢鸿都文学》。阳球，字方正，渔阳泉州人，桓帝时，举孝廉，补尚书侍郎，后出京担任高唐令。建宁初，辟司徒刘宠府，举高第，拜九江太守，迁平原相，熹平末征为议郎。他看完后放在了一边，又拿起光禄大夫杨赐的上疏，其中谓："鸿都门下，招会群小，造作赋说，以虫篆小技见宠于时。"他对这个饱读诗书五经的权臣心中不乐起来。他又看议郎蔡邕的上疏，想起了前年蔡邕的《上封事陈政要七事》中的那些话："夫书画辞赋，才之小者，匡国理政，未有其能。陛下即位之初，先涉经术，听政余日，观省篇章，聊以游意，当代博弈，非以教化取士之本。而诸生竞利，作者鼎沸。其高者颇引经训风喻之言；下则连偶俗语，有类俳优，或窃成文，虚冒名氏……"蔡邕竟大胆妄称鸿都门学"甚贱之也"，这次上疏，仍非议不恭。刘宏又连想起延熹二年那桩事，宦官徐璜推荐了善于鼓琴旳蔡邕，他行至偃师，称疾而归，不知是真是假。而眼前的蔡邕是以书法、琴艺等著称于世，怎么这样固执地反对开置鸿都门学？刘宏读蔡邕的奏折，一股无名状的怒火从丹田涌到了脑门，使得他的额前微微发热。他唤来了中常侍曹节，把一沓奏折摔在他面前说："你看看这些忠臣儒士，平时都唯唯诺诺，一遇到大事，却总不能揣度圣意，一再反对！"曹节拾起地上的奏折，一边小心翼翼地整理，一边窥视皇上的脸色，听着皇上的不满。"那个蔡邕，朕更是无法理解，他自己整日好于琴棋书画，却在贬低这些技艺之人，他的骨子里到底还是一味地尚经崇儒啊！"说到这里，刘宏的愠恼瞬间又消失了。

刘宏让曹节把那些对开设鸿都门学有异议的大臣召到崇德殿来，再听听他们的意见，换换这些腐儒的脑筋。蔡邕、卢植、杨赐、阳球、赵壹等一班文武大臣，依次来到了崇德殿。他们进殿后看到刘宏沉着脸，没有一丝的欢愉。中常侍曹节不断地给每个人使着眼色，表现了一种关心和爱护。他特意给蔡邕多使了几个眼色，蔡邕当然理解曹节的好意。排在他之前的大臣有好多，用不到他先回答皇上的发问。皇上锐利的目光扫过群臣，扫过空旷的崇德殿，最后把目光落在了躲在阳球身后的蔡邕那里，蔡邕打了一个寒战，把头再压低了一些，回避那让他毛骨悚然的目光。皇帝的目光没从他身上移开，但绕了一个弯子对阳球说："你的奏折言之凿凿呀，你反对开鸿都门学，反对为乐松、江览等三十二人图像立赞，还讥讽他们出身卑微，斗筲小人，依凭世戚，附托权豪，俛眉承睫，徼进明时。笔不点牍，辞不辨心，假手请字，妖伪百品。今天朕这儿放有笔墨纸张，琴瑟洞箫，你来为朕作个赋，写些字，吹拉弹唱，也让朕乐乐？你也学起人家蔡邕了，他不仅熟读六经，也还吹拉弹唱，琴棋书画无所不通啊！他反对，你也反对朕的倡导，这叫朕怎么也弄不清其中的原因？今天，你们就当着朕的面，摆摆你们的理，鸿都门学错在哪里？所谓的这些雕虫小技，你们来给我表演表演。"大臣们看见了皇上的案几上放着竹箫，放着笔墨纸张，放着乐松、贾护等人为皇上编写的笑话趣闻的小册子。皇帝的话是明批阳球暗讽蔡邕。蔡邕被羞辱得无地自容。阳球说："皇上，臣等学疏才浅，冒昧地提出了愚见，望皇上体察臣的忠心。"其他人都齐声附和阳球的话，说："请皇上决断，微臣当尽力完成皇上的旨意。"这些大臣都是反对开置鸿都门学的，他们的意见都写在了奏折上了。他们心里明白，他们维护的那些经学，其核心是维护皇权，首先是维护皇上言行的唯一性。这和他们的目的并不相悖。于是，这些大臣很快想通了，开设鸿都门学的主旨,也不再做什么争辩。皇上诏命阳球从议郎迁为将作大匠:"朕要阳球去做将作大匠,修筑鸿都门学的大门,阳球你要多用心思,要修得气派且雅致,修好后,朕要亲自来看。"皇上要蔡邕作《圣皇篇》,蔡邕唯命是从。

走出崇德殿时,大臣们一扫朝堂上的窘态,又是高谈阔论。唯有阳球心中不乐,他觉得皇上今天当着这么多的同僚挖苦他、讥讽他,同时要他亲临鸿都门监工,加快鸿都门学大门的修造,建造好之后,蔡邕要手书皇上所作的《皇羲篇》内容,这完全是对他惩戒。想到这里,他羞愤至极,一个人走在群臣的前面,快步走出崇德殿,走出这座金碧辉煌的宫殿。

鸿都门学的开置,并没有像蔡邕等一帮大臣所讥讽和担忧的那样,或有伤风化或离经叛道,而煞是热闹和兴盛。皇上刘宏乐不可支,并未迁怒于这些反对者。从中原、西域、南越各地投奔而来的人,很快超出了三千名。由于皇帝的偏爱,这些学生很快得到了重用,成为权臣近臣者居多。这由此又激励了他们的学习热情,趋之者如鹜。单就书法而言,许多人则达到了入迷的境地,具有了创新意境。原来持反对态度的原汉阳郡上计赵壹,观摩了鸿都门学后,感慨不已。他在《非草书》中这样形容当时的情景:"夕惕不息,仄不暇食。十日一笔,月数丸墨。领袖如皂,唇齿常黑。虽处众座,不遑谈戏,展指画地,以草刿壁,臂穿皮刮,指爪摧折,犹不休辍。"蔡邕也多次到鸿都门学观摩,在那里一住就是几天,真不想回到他的东观去校书。

但是,仍然借以诋毁者不绝如缕,像一股暗流潜藏在皇帝的威严下,时刻想浮出水面,兴风作浪。他们把鸿都门学的开设和那些天灾异变扯在一起,牵强附会。一天,南宫侍中寺的几只母鸡突然变成了公鸡,原来纯一色的白羽,变成了彩羽,寺中的太监和宫女们惊吓得魂不附体,一到晚上,聚集在一起,不敢单独出入。他们饲养的这群母鸡有十几只,主要是消遣和嬉戏,而其中公鸡只有一两只,用来司晨。最早开始注意这种现象的是太监阿牛,他无事时站在鸡舍前喜欢看公鸡和母鸡嬉戏,尤其是那只大花公鸡不断地追逐那些母鸡,并压在母鸡身上交媾。这雌雄交欢,使得他心里有一种说不出的冲动,也触发了他压抑的欲望。他知道公鸡并没有凸出的生殖器,但它们却能交媾,而自己——类似公鸡一样的太监为什么不能做爱呢?

阿牛想着想着便不能控制自己的淫欲。他唤来在同一寺院的宫女阿莲看这种奇妙的性交。那天,这只公鸡也特别的神气,几乎不到一刻钟就征服了它的同类一半,它啄咬下母鸡的鸡毛落了一地。受此引诱,阿牛像魔鬼一样将阿莲引入了魔地,他也像公鸡一样撕扯了她的衣裳,压在了她的身上。然而,他毕竟不是那只公鸡,他的生殖器在他三岁的时候,被他的父亲用一把锋利的镰刃子割去了,留下一个像铜钱大的疤痕,不能满足阿莲发疯似的性欲。他神情非常沮丧,颓然滑下她嫩白的肚脐,倒在床边。阿莲却一口咬住了他的肩肌,手指抓伤了他的左耳,才释放了她积压在宫内十余年的欲火,然后逃也似的走了。他的肩肌上留下的牙纹伤口,左耳也有指尖抓伤的血痕,使他的欲火变成了妒火。没等伤好,他就在那只公鸡重复往日追逐母鸡的过程中,逮住了它。他一手攥住公鸡的头,一脚踩住了它的身子,另一只手将鸡头拧了三百六十度。他还觉得未能解恨,想逮住那只与公鸡交媾最多的母鸡,不料它飞出了墙外。他喜欢这种没有公鸡的鸡群,它们就像过着群居生活的太监一样。但是,他观察到,鸡窝里的鸡蛋慢慢变少,甚至蛋壳变软了。他没有向其他人说出这件事,想再进一步观察鸡群的未来。

春天来了,皇城内外,雄鸡的高唱声此起彼伏,居于南侍中寺的鸡群缺少这种欢快。没有公鸡的母鸡群出现了让阿牛百思不解的现象:鸡开始了每年一度的换羽期,鸡舍里白茫茫一片。但这些鸡长出的羽毛,不再像以前那样洁白,羽毛染上了杂色,个别间有青灰色。他曾想捕杀的那只最能做爱的母鸡,换羽后长出了像公鸡一样的彩羽。一天,在城内一阵雄鸡的引领下,这只母鸡飞上了寺院的墙头,对着南宫正中的崇德殿,打了一声不长不短的鸣。但那毕竟不是公鸡的嗓音,但它站在寺院的墙头上,声音却传得很远。居于西宫、长秋宫的太监、娘娘们几乎都听到了这种不同于公鸡而又像公鸡的鸣叫声。阿牛听到这只母鸡打鸣声,是在当天夜里寅时,月儿已西沉了。他推开宿舍的窗子,认定这就是从自己所在的南宫侍中寺鸡舍传出的叫鸣声,而且就是那只被他捏死的公鸡从地下蹦出的声音。那一刻他仿佛听到无数鸡鸣声,看到黑压压的一片鸡群,挺着脖颈向他围来,要将他啄成肉泥。他下了床,用木棍顶好了门,战战兢兢地熬到了天亮。还没等他定下神来,永巷令带着几名宦者来到了寺中查询。阿牛隐瞒了他杀死鸡舍内公鸡的事情,只说这群母鸡一夜之间脱胎换骨,且晚间寺中有鬼魅的身影攒动。一种恐怖在皇宫内蔓延开来。

到了六月丁丑日，天上一股狂风裹着黑霾旋转于刘宏所在的温德殿前,卷起大殿前檐上的瓦片掉地,黑气煽动厚重的门窗咯咯作响。黑气过厅时,刘宏恰好在酣睡,醒后宫人告诉了他,他当时没有当作一回事,但大臣们却慌了。他们忙着查对历史,观天象,找原因。而此事还未理出头绪时,七月壬子日,一条青蛇盘在玉堂殿的御座上,吓得扫殿侯魂飞魄散。他们用了一条丝绸袋子将蛇装入,拿到野外放生了。最使皇上惊悸的是在白天,一条虹蜺降于嘉德殿前,刘宏一见心里顿觉沉重。他唤侍从把宫中的人都叫出来观看,虹蜺远看在皇城,近看在殿厅,似有形又无形,它和天空经常出现的彩虹正好相反,内红外紫。之后,刘宏心里有一种不祥之感,急召光禄大夫杨赐、议郎蔡邕、张华、谏议大夫马日䃅、太史令单飏等来崇德殿晋见,就发生在往日的怪异灾象进行讨论。杨赐作了《虹蜺对》,指出:

  臣闻经传所载,或得神以兴,或得神以亡。国家休明,则鉴其德;邪辟昏乱,则示其祸。今嘉德殿所见黑气,考之经传,应为虹蜺,皆妖邪所生,不正之象,诗人所谓蝃蝀者也……《春秋谶》曰:'天投蜺,天下怨,海内乱。'加四百里之期,亦复垂及。昔虹贯牛山,管仲谏桓公无近妃宫……又鸿都门下,招会群小,造作赋说,以虫篆小技,见宠于时,如䮈兜、共工,更相荐说,旬日之间,并各拔擢,乐松处常伯,任芝居纳言,郤俭梁鹄,俱以便辟之性,佞辩之心,各受丰爵不次之宠。

"又扯到鸿都门学上了!"刘宏打断了杨赐的策问,他要蔡邕说说。蔡邕悉心应对,对这一现象的发生,追根溯源,见微知著。刘宏也深知蔡邕史学功底深厚,赤胆忠心,不畏强权。他要蔡邕就朝政得失,切中要害,知无不言,言无不尽,不必顾虑。蔡邕避开了鸿都门学的是与非,甚得刘宏的心。之后,刘宏在崇德殿单独召见了蔡邕,听取他对时政的分析和指要,并要他将意见写成奏折裹封上,自己悉心阅览。这天,蔡邕十分感激皇上对自己的器重,也感到皇上的精进与谦逊,以及痛改时弊的诚心。为报答皇上的知遇之恩,蔡邕以赤诚之心,将他积压在心头多年的话,要向皇上陈述。他说道,根据五行灾变,貌之不恭,是诣不肃,就有淫雨、服妖、鸡祸、青眚、屋自坏的现象发生。回想宣帝黄龙元年,未央宫母鸡变成公鸡,而且整天叫不停。这一年元帝刚刚即位,将立王皇后。到了初元元年,丞相家的母鸡也变成了公鸡,而且鸣叫的时间很长。这一年王皇后的父亲王禁封为华阳侯,到哀帝崩逝后,王皇后摄政,王莽任大司马,因此天下大乱。臣按此推测,头代表元首,象征君主。现在南宫侍中寺的鸡一身已变,但头还没有变,恐怕将来会有篡夺皇位之事发生,但不会成功。皇上要提早提防不测,以免政治腐败,奸邪近位,而祸及到头。另外,听之不聪是为不谋,便有冰雹、冬雷、山鸣蝗虫、鱼孽之灾。《河图秘征篇》也说,帝贪则政暴,吏酷则诛惨。蝗虫频生,是贪苛之政的结果。从今年年初开始,四月癸丑日,流星犯轩辕第二星,进入东北后落入了北斗魁星中;五月份,南宫侍中寺的一群母鸡变成了公鸡,只叫鸣不下蛋;六月黑气旋于温德殿厅中;七月,青蛇缠于龙榻之上;之后虹蜺坠于嘉德殿皇上面前,这些都是天道逆乱的表现。天道和人道是相通的,人道亦即天道,人道不通,天道岂畅……

刘宏听着听着,听出了一身冷汗,双眉紧皱着,起身踱步于殿堂之上。他觉得,问题似乎言之过重,天灾人祸历朝历代有之,非他秉政以来始有。他十二岁坐在崇德殿龙座上,已满十年时间,哪一年没有灾险发生过?哪一年是风调雨顺之年?至于妇人干政,宦官擅权,这已是惯例了,他不靠他们还能去靠谁?当然,大臣都提到的"头冠将变"之说,他不能不疑虑。一想到此,他头皮发麻。

蔡邕回到了家里,一副春风得意的样子。蔡夫人已许久没见到他有这种心情,也跟着他高兴起来。她揭去苫在古琴上的丝布,想让他弹一曲。他们自从举家迁到洛阳后,早已失去了在圉城老家那种逍遥自在。她知道,伴君如伴虎,丈夫的郁闷总多于开心,难得的开心瞬间即逝,她要抓住这个机会,让全家也分享这份快乐。蔡邕也想弹琴了,微笑着坐在案前试了试弦,弹起了琴曲周公《越裳》,琴弦在他纤长的手指抚弄下,流淌出摄人心魄的旋律。窗外,秋风习习,天高云淡;屋内,琴声渐扬,思绪渐远。琴声转抑,半生心事沉吟不已。数度扬抑,起伏不定,似平生无限风云。他弹着,望着倚门而坐的蔡琰,她似乎天生对琴曲有一种领悟,表情随着琴声发生着微妙的变化。蔡邕第一次发现自己的两岁的女儿对音乐如此具有天赋。蔡邕急忙将蔡琰抱起来,走到琴边,拉着她的手腕,在琴弦上一划,一股猛烈的音响后,一根琴弦断了,这是他始料不及的。像他这样一个迷信于谶纬之术的儒生,一种不祥之感在他的心中腾起。夫人赵氏抱怨他不该让蔡琰抚弦："名琴要有名师抚,小孩家玩耍肯定要遭报应。这也说明这把古琴有灵气,赠琴人用心良苦啊!"她这么一解释,也消除了蔡邕刚才的疑虑。蔡邕愈加感念围城的雷氏后裔,他小心翼翼地将琴放入琴匣,等有合适的时机再弹奏它。

夫人赵氏领走蔡琰,蔡邕便忙他的上疏陈事了。他从古籍中寻章摘句,引经据典,只苦于自己记忆力减退。如果是在十年前的话,他可以一个通宵完成这份奏折,而现在已花三天时间了,还没有写出陈事的提纲。这倒不是他江郎才尽,笔下无词,而是他思虑着该写哪些事项。这时他想到了叔父蔡质,毕竟叔父从阅历还是资历上都高出自己许多。他出了门,走了一阵又折回了,他怕叔父反对自己已拟好的初稿,也担心耽误了上疏期限。他这次不想步朝中那些老臣的后尘,遇事敷衍塞责,不痛不痒。他要带动一股新的政风和文风,以不辜负皇上的期望。

一连三天,蔡邕一个人在房子里笔耕。夜半,隔墙能听到他在地上的踱步声,他曾写过多少份奏折、上疏之类的东西了,唯有这次让他犯难。尤其是皇上单独召见他之后,他背上了一个沉重的心理包袱。当他把上疏写好皂囊封上送出后,夫人赵氏告诉了他一个惊人的梦境:她梦见自己在老家围城蔡丘屯的永寿屋前赏花,父亲贞定公蔡棱急急地跑进院子,大喊道:"不得了呀,大风刮倒了我们祖宗祠堂前的栗树了!"她闻声跑出院外,跑到蔡家祠堂前一看,果然,一股大风卷起沙尘,呼啸而过,吹倒了那棵生长了百年的大栗树。挂在栗树上的《伤故栗赋》被风卷向空中。她喊着,奔跑着,想拽住那个木牌,而未能拽住,木牌消失得无影无踪……他听了她的叙说,笑着说:"妇人心哟,你怎么不快去扶住我们蔡家的栗树,却去追拽那块木牌,因小失大,真是妇人之见!"蔡夫人要占卜一卦,以测吉凶。她占了一个旅卦——飞鸟焚巢卦。占完之后,她坐在炕头上半天不语。

蔡质对侄儿蔡邕关心和关注,从来不亚于自己的亲生儿子。听说皇上在崇德殿召集了一些大臣诏问灾异后,又特诏了蔡邕问事,并让蔡邕皂囊封陈上事,蔡质心里甚为着急,唯恐蔡邕锋芒显露,被人忌恨而遭报复。党锢之祸刚过,多少臣子倒在了血泊之中,荒野弃尸。生于乱世,能明哲保身已非易事,怎奈有所进取!他想给蔡邕说的话很多,却只写了李固《遗黄琼书》中那句名言:

"峣峣者易缺,皦皦者易污。"派他的儿子蔡谷快速送到永和里。蔡谷见到蔡邕时,蔡邕正牵着小蔡琰在城内的草地上散步,他心神不定地望着城墙上偶尔啄羽的乌鸦和伏在草滩上的秋虫,神情落寞地对蔡谷说:"告诉叔父大人,不必担心。皇上是圣明的,我虽然写了许多内容,但上疏是用皂襄封好的,仅皇上一人知道,圣上也最多会怨我口无遮拦罢了。"

正当蔡家人担心这次上书是祸是福时,刘宏在他的御案前正认真地阅览着蔡邕的疏章,感慨于蔡邕的率直和赤诚以及言之有物的文风。正值国难当头,灾异遍地,朝中像他这样的属臣实在不多。蔡邕在上疏中写道:

> 臣邕伏唯陛下圣德允明,深悼灾咎,德音恳诚,褒臣博学深奥,退食在公,特垂访及,非臣蝼蚁愚怯所能堪副。斯诚输写肝胆出命之秋,岂可以顾患避害,复使陛下不闻至戒哉……

蔡邕认为,近年以来的各种天灾变异现象,都是亡国的预兆,是天道逆乱的表现,天道和人道是相通的,人道不通,天道岂畅?究其原因有三:一是妇人干政;二是宦官擅权,奸邪近身;三是开设鸿都门学,经学被淡化,选仕辟贤,有违王典。他直言所指,刘宏前乳母赵娆,活着的时候,大发国难财,金银财物堆积如山;死了以后,坟园超出了皇家陵园。永乐门史霍玉整日花天酒地,横行霸道,依仗权势,肆无忌惮。太监程璜,常怀悖逆之心,不除之则为国家祸患。还有长水校尉赵玹,屯骑校尉盖升,都是朝野人所唾弃的小人,皇上一定要亲贤臣、远小人。要将朝廷中口碑尚好的忠臣良相,如廷尉郭禧、光禄大夫乔玄、原太尉刘宠等应作为肱股,侍以左右。

刘宏一边看着蔡邕的上疏,一边叹息,当他又一次看到蔡邕对鸿都门学的贬损时,他不耐烦了,起身到室外更衣。这期间只有一刻钟时间,就在短暂的时间内,一场改变蔡邕及其家人命运的悲剧拉开了序幕。中常侍曹节,趁机偷看了蔡邕的奏章,从而验证了蔡邕对皇上能否为他保密的担忧,即"夫君臣不密,上有漏言之戒。下有失身之祸。愿寝臣表,无使尽忠之吏,受怨奸仇"。曹节把他看到的奏章内容外泄给有关人员,太监程璜立即纠集了几个与蔡邕为敌的政客,迅速掀起了一场倒蔡运动。司徒刘郃、将作大匠阳球等人,一封《奏劾蔡邕》书随即应运而生：

> 邕属张宛长休百日，邰假五日；复属河南李奇为书佐，邰不为召；太山党魁羊陟与邕季父卫尉质，对门九族，质为尚书，营护阿拥，令文书不觉，邰被诏书考胡毋班等，辞与陟为党，质及邕频谐邰，问班所及，邰不应，遂怀怨恨，欲必中伤邰……

匿名信上奏皇帝，告发他们叔侄二人结党怀私，怨恨朝廷，诬陷忠臣，要求皇上立即诏狱审讯，收监治罪。刘宏虽感到蔡邕也是忠言，但总觉得有些刺耳；老臣蔡质为官多年，老于世故，为其亲朋谋私，在预料之中。在他们相互的攻击中，皇帝为了求得平衡，便站在了蔡邕的对立面。蔡邕被他感恩戴德的皇上抛在洛阳郊外一座冰冷的牢狱内，做着无望的辩护。

那天，是皇历的戊午年秋八月十五，借着监狱微小的窗户，蔡邕看着那轮明月心中感慨万千：一个人一旦被投入进高墙厚壁中，便微若蝼蚁，随时都有可能被踩死。想到这里，他悔恨交加，两行清泪滚落下来。

正如蔡邕想象的那样，他被带走后，他的家人像五雷击顶似的，惊恐万状。蔡质几夜没合眼，眼睛四周布满了血色，厅内厅外每一声响，都会使他神经痉挛，如惊弓之鸟；他生性胆小怕事，做事万分谨慎，这才在复杂多变、险象环生的宫廷斗争中，躲过一劫又一劫。蔡质虽然与太山羊陟家族是姻亲，与李固、李膺均相好，但未受党锢之祸牵扯，这与他平时的谨小慎微有关。他熟读史书，尽事几任皇上，案例不下百桩，贵为人臣，但他心里很清楚，即便是官在九卿之列，绝不能疏忽半分。侄儿蔡邕生性豪放，做事不拘小节，这在乡野定被人说为才情外露，可在朝不保夕的宫内，必将引来杀身之祸啊！蔡质急忙唤来女儿蔡瑾，吩咐速速去蔡邕家接来赵氏，一起商讨应对之策。

蔡邕夫人携着蔡琰、徐瑗乘着车来到了蔡质家。蔡质已注意到了廷尉署已派人暗中盯梢，在他的宅府周围暗影晃动。一家人见面后，都相视无言，平日爱说爱笑的徐瑗，这时像被霜打蔫似的。蔡琰尚在童蒙时期，只有她在不停地翻腾屋子内的东西，她偏着头看她的爷爷蔡质：一个羸弱的小老头——更像一个决斗场败下的武士，低垂着头，一言不发。蔡夫人赵氏，先怨蔡邕行事草率，平时不听取叔父大人的教导,终酿成大祸,后又说了自己那个诡异的梦。蔡质听她一说,颓然靠在椅背上,半天没说一句话。事已至此,他必须得从坏处打算,万一蔡邕和他被处死,蔡谷必被株连,能留下的只有女儿蔡瑾、孙儿蔡琰和徐瑗三人,她们无依无靠只得回蔡丘屯种田耕地,纺纱织布,自食其力。因此,他对家里做了安排:将佃出的几百亩薄田收回,雇几个长工,自家经营;将蔡琰交徐瑗抚养长大,让她读书识字,将来继承家业,延续香火。退一步说,如果他和蔡邕能留下一条命,也将在狱中或边陲无人之地度此残生了,家族其他成员仍然要回老家,那蔡谷一人足以撑起家门。所以,回老家围城蔡丘屯,成了他们不二的选择。言罢,这位年过七旬的卫尉大人,抱起蔡琰,忍不住抽泣道:"棱兄啊,你在哪里呀!为弟愧对你和嫂子了,在九泉之下无颜见你们了,无颜见列祖列宗了!"见蔡质老泪纵横,众人忍不住失声大哭。蔡琰被家人哭泣声吓坏了,她也撕心裂肺地哭号起来,家人见状,更是悲声一片。

就在他们做准备把蔡琰她们迁回蔡丘屯时,营救蔡邕的朝廷大臣们,也在时刻关注事件的进展。夜半,一阵轻微的敲门声,将蔡质惊起。他疑是廷尉署的官员来了,便穿好衣服,做好了随时赴死的准备。然而,进门的是朝中尚书卢植大人。他没有着官服戴官帽,一身平民打扮,分明是半夜微服私访,却将蔡质吓出了一身冷汗。事发之后,与蔡家平日要好的唯恐避之不及,让蔡家老小倍感世态炎凉,卢植的登门造访,给全家带来了些许安慰。卢植站在蔡质的面前,鞠了一躬,握着他的手,不肯落座。一句"蔡大人",像平日那样的亲切,声若洪钟。他身长八尺有余,魁梧得像一座山,使瘦小文弱的蔡质在心理上有一种依靠感。蔡质对卢植并不怎么了解,仅知道他是北地涿县人,年轻时与郑玄一同师从马融,因读书时目不斜视受到马融的器重,学成之后,返回家乡,一心教书。后在东观校书过程中,与蔡邕成了好友,二人往来频繁,但卢植还是第一次来蔡府,摸黑问路,费了不少周折。蔡质招待卢植的,自然是家藏百年的好酒,卢植头一仰,将一罐酒一饮而尽。蔡质看他的豪饮,赞其名不虚传,觉得他身上有股英雄气概,日后必能大事。卢植要蔡质不必惊恐,朝中上下对这桩劫案纷纷议论,许多人都在想方设法给皇上进言,请皇上明察秋毫,明辨忠奸,他也给皇上上疏了,"当然,我人微言轻,未必能起作用,但进言的人多了,皇上不会不考虑大臣们的舆情。"蔡质听到这些话,感激涕零,一边给他斟酒,一边谈着他对这次事件的结果预测。为了增加一些气氛,他们聊起朝中一些轶事趣闻。趁天未大白,卢植要离开蔡府。临走时,蔡质送给卢植自己写的《汉官仪》一书,"卢大人,这本书是老夫穷其一生的心血所成,刻印了几套,一套送给了皇上御览,一套藏入了南宫内的兰台,我身边留下的这套送给卢大人。老夫今日身处逆境,随时有不测,请你笑纳。一则书藏你处,你能够将它保留下来,为后世浏览;二则感谢你对我们蔡家的关照。"他的话透出一股庄严的悲凉,卢植急忙说:"蔡大人!人算不如天算,任其自然吧。"说罢,他手一挥,大步流星地消失在鱼肚色的晨光中。蔡质站在府宅门前的石阶上,一只小蛤蟆从台阶的石缝中跳出,跳在他的脚面上,吓得他几乎昏厥过去,定定神,他摸摸汗涔涔的额头,分不清那是冷汗还是晨露。

卢植的那句话在蔡质的耳边尚未消失时,都官尚书张恕一帮人马来到蔡府,宣读了皇帝的诏书。半月前也同样是他为蔡邕宣读了《辛卯诏书》,这便是天意啊!蔡质跪在地上,连连叩头,谢主隆恩。然而发软的双腿怎么也不听使唤,蔡质站立不起来,槛车停在门外的石阶前,他想站着走上槛车,但最终是被廷尉署的人架着出了门,上了车。车的顶部不是很高,正好适合蔡质的身高,他的头被木枷固定在脖子上,他闭着眼,没有半点想再看居住几十年的宅邸的欲念,但他却想起了老家祠堂前那棵老栗树,和那树枝上鸟窝,它们能经受住狂风的倾覆吗?

蔡质不知道,在距他仅有十步之遥的地方,有人审问了蔡邕,然后复又拷问蔡质。他们叔侄二人的回答并无出入,上疏仅是蔡邕一人所为,与他人毫无关系。蔡邕在给皇帝的《被收时上书自陈》中,表达了对皇帝的不满,他认为问题的根源仍在皇上身上。他在上疏中说:"今年七月,召诣金商门,问以灾异,赍诏申旨,诱臣使言。臣实愚戆,唯识尽忠,出命忘躯,不顾后害,遂讥刺公卿,内及宠臣。实欲以上对圣问,救消灾异,规为陛下建康宁之计。陛下不念忠臣直言,宜加掩蔽,诽谤卒至,便用疑怪。尽心之吏,岂得容哉?诏书每下,百官各上封事,欲以改政思谴,除凶致吉,而诸不蒙延纳之福,旋被陷破之祸。今皆杜口结舌,以臣为戒,谁敢为陛下尽忠孝乎?"他乞求皇上处他死罪,而免他的叔父蔡质连坐,他将死无怨恨。皇上读着蔡邕的状子,脸上微微有些发烧,也知道这是蔡邕冒死直言的。他想起了那个善于鼓琴、妙识音律,那个在鸿都门前以飞白书写《圣皇篇》的蔡邕,以及送他《汉官仪》的蔡质。他们都是一介儒生,在朝廷上仅仅发些牢骚、说些让人刺耳的话而已,对他的皇权并未构成什么威胁,但招来了一些宠臣的怨恨。杀了他俩,似乎又刑极。刘宏在他的案卷上写下"以仇怨奉公,议害大臣,大不敬,弃市"后,又停下了笔。说不定哪天他烦闷时,蔡邕还能弹奏一曲《大风歌》,吹散他心头的凝云。恰在这时,中常侍吕强进殿求见,跪地不起,皇上问他为何如此状,他言道:"微臣今冒死进言,前日所捕蔡邕父子,实属冤案,蔡邕给皇上上疏所言切实有据,正中朝中弊端,如今宦官擅权,结党营私,滥杀无辜,天下贤才或被流放,或逃遁,朝廷内外,怨声载道,人人自危。现在若给他治罪,分明是皇上堵塞言路,使天下忠良寒心。卫尉蔡质,为人正派,处事谨慎,从不拉帮结派,对皇上一片忠心,因蔡邕犯事,叔侄连坐,实乃冤枉,请皇上开恩,给他们父子留条生路。"皇上放下了举在空中的御笔,直到第二天,他才在那句话的后面批下了几个字:

减死罪一等,与家属髡钳徙朔方,不得以赦令除。

而此时的蔡邕、蔡质侄叔二人,在洛阳的诏狱中,像两只待宰的羔羊,望着主人磨利的锋刃、烧沸的烹锅,浑身在打着哆嗦,那种求生的欲望,比任何时候都强烈。

第五章：随父徙边

蔡邕、蔡质侄叔二人，是刘宏御笔下逃出的两条冤鬼，在去阴曹地府的路上又返回了。狱官为他们二人实行了髡刑，削发的刀子是特制的，长有五寸，宽不过两指，刀片非常的薄，虽然不常用，有了锈迹，但仍锋利无比。瞬间，他俩的头被剃成了光头，但头皮上不免落下了疤痕。蔡邕望着一刀一刀落下的青丝，悲痛欲绝，觉得这比死亡更悲哀。大丈夫生于世间，不能匡扶社稷，死当应悲壮才能惊世骇俗，而不是像他现在这般头颅在尊严尽丧的模样。蔡质则不同，他望着那缕如霜的白发，泰然自若，毕竟他年过七旬，生与死对他来说无甚大碍了。削发剃须之后，按照他们二人的脖子粗细，狱官拿来不同尺寸的铁圈，往他们的颈上试束。蔡邕的铁圈很快选好束上了，而蔡质过于瘦小，脖颈太细，即是口径最小的铁圈束上去之后，也随便可以卸下。行刑官不得不重新打造了一个小型号的铁圈，才给蔡质束上。

遣送蔡邕蔡质及其家属的时间选在了九月初的黎明前。位于洛阳城不远的黄门北寺监狱，在黎明前的黑暗中，除了狱外草丛中偶尔几声虫叫声和狱卒的换防声外，一片死寂。蔡邕的家人和亲戚朋友们提早到来，送行人的低沉私语和车马鞍辔的嗦嗦声，打破了这死一般的凄寂。这辆马车是蔡谷花了不少钱从一家车马店雇来的，专为同去朔方的母亲、嫂子及小妹蔡琰乘坐。父亲蔡质、兄长蔡邕是服刑者，要和押送人员一道徒步而行。马车的车厢不是很大，只有长七尺宽四尺的见方，装载了他们日常的衣物后，所剩空间不多。蔡质唯一能带的只有一箱旧书，蔡邕带的麻纸和笔墨装了一箱，这些东西若在朔方是无法买到的。离开了笔墨纸张，蔡邕就觉得自己一文不值。他宁可少带御寒的衣物，也不能落下这些东西。蔡邕的雷氏古琴，蔡琰抱在怀里。车子停在狱门外的一棵树下,马不时仰起脖子吃树枝树叶。

不久,启明星即将隐去,远处的鸡鸣声已过三遍,随着城门开启和狱卒的几声吆喝,他们见到的是髡钳刑后的二位老人,发须剃得精光,脖颈束上了铁圈,他们慢慢地走出狱门。虽然入狱才月余,但他们颓废不堪。蔡瑾一下子扑到蔡质的怀里,与父亲相拥而泣。她摸摸父亲骨瘦如柴的肩膀和颤巍巍的手指,仿佛父亲像秋日的黄叶一般,将被一阵疾风刮走。蔡质没有说什么,蔡邕却一再交代:蔡瑾和徐瑗已到婚龄,女大当嫁,以后不要嫁读书做官的子弟,嫁个农夫,耕田种地,安稳便好。家有薄田七百余亩,可招婿入赘,守护祖业。遇到困难时,找族人和太山羊氏帮忙。听完养父的重托,徐瑗则哭得更伤心,她把头抵在蔡邕怀里,抽噎着说:"我要跟着你们去朔方,好照顾祖父祖母,照顾父亲。你们不要扔下我,我无家可归啊!"蔡邕为她揩着泪,深情地说:"孩子,你不能随我们去边陲流放,那是一条不归之路,他们随我去是不得已的,是连坐之罪呀,你和蔡瑾是可以逃生的,圉城蔡丘屯就是你的家,你是我的女儿,你们二人是我们蔡家留下的骨血。要记住,逢年过节到祖坟上个香,出嫁时,给我们报个信。"他抚摸着徐瑗的头,叮嘱她不要改姓名,以免受到无妄之灾。他希望徐瑗能把洛阳家中的藏书,一本不少地运回老家,藏于永寿屋。廷尉署查抄去的朋友间往来书信,有朝一日若归还,要悉数保存……蔡质的夫人姜氏及蔡邕的夫人赵氏,她们都强打起精神,相互劝慰着。在这生离死别的时刻,生死未卜,唯有泪千行。

正在大家话别时,他们听到了一队车马声,定神一看,是蔡邕舅父司徒袁滂带着儿子袁涣、袁准来为他们送行。袁滂握着蔡质的手说:"兄今天遭此大难,都是伯喈惹起的祸端,是老夫教之不到,惭愧啊!唉!老夫虽位列三公,朝堂之上却无力申辩,实在有辱功名,老夫无地自容。老夫已向皇上请辞,回乡归隐,获得恩准了。今日一别,再见之日不知何时了。"袁滂说罢老泪纵横,抖抖索索将一袋金子交给蔡邕。

蔡琰面对哭声一片的离别场面,也跟着大人们哭起来。在她的记忆深处,那辆马车载着她和母亲跑,车后有姑姑和姐姐撕心裂胆的哭叫和追逐。她的母亲一手抱着她,一手抱着古琴,一路悲泪喷涌。她的爷爷蔡质、父亲蔡邕跟在车后,两边有两名兵卒押解,追赶着马车。当他们远离了黄门北寺监狱后,蔡邕突然发现了夫人怀中的古琴，他要车子停住，声嘶力竭地大喊："徐瑷——徐瑷——"蔡琰从未见过父亲如此着急过，旷野里也响起了他的回声。家人都说车子出行太远了，劝父亲别再喊了。也许是心灵的感应，徐瑷、蔡瑾因不舍竟然尾随在车子的后面。她们显然是听到了蔡邕的喊声，急急地追上来了。恰在这时，一种让他们永远也无法理解的事情发生了，仅有两岁的蔡琰却哭着抱住古琴不放。蔡邕强行从蔡琰手里拿过古琴，交给了徐瑷说："瑷儿，这把古琴是圉城'雷氏琴行'的掌柜送我的，它是稀世珍宝。我们这次徙边千里，风餐露宿，险象环生，是条不归之路，可能无法保护这古琴。所以，你将它带回老家，保存好。你若好琴，将我留在家中的那些琴谱琴曲熟记熟练，也不至于我半生所费心血失传。若你不喜琴，你就代我将这把古琴回于'雷氏琴行'，使它完璧归赵。"徐瑷接过古琴，又是泪流满面，她和蔡琰抱在一起痛哭，监狱门外离别的情景又一次复现。

一出洛阳城，晚秋的田野，稼禾已收获完毕，但草木仍保持着绿色。古道的路基人踩车碾，甚是瓷实。由于潮湿，脚下没有尘土，地和天上一样的干净。中午时分，他们赶到了洛阳东北约二十里的一个驿站。在这里，他们意外地见到了卢植、曹操、吕强、阮瑀、路粹等人，他们是来为蔡家父子送行的，时间和地点也是经过精心计算的，这其中包括他们从黄门北寺的起程时间。

"卢植兄，孟德大人，吕强大人，你们能在这么远的地方为我送行，我蔡邕及家人，已死而无憾了啊！"蔡邕双手接过他们为他斟的那斝酒一饮而尽，"谷弟，你为我斟满酒，我要代表家人为大家敬上一斝，也拜托大家能关照回到老家妹妹和女儿，我们要感谢你们了！"蔡质也要敬酒，大家急忙拦阻。曹操说："若要感谢的话，首先是吕强大人，是他亲自找了中都官，让你们马上起程，多滞留一天，多一天风险，恐皇上又变主意。宫内人事复杂，皇上多谋少断；另外如果推迟到了冬天，北方寒冷，恐怕蔡大人和小孩子难以经受，迟走不如早走。"吕强接着说："选择在这个驿站为你们送行，主要为了避人耳目。我们计算你们到这里定要停下车马吃中午饭，所以就赶来了。这儿没有人到朝廷告黑状，你们放心地吃喝，有话放心说，兵卒们会为我们网开一面的。"吕强，字盛汉，河南成皋人，少以宦者为小黄门，再迁中常侍。他是蔡邕朋友中最具权力的一个人，也是最敢直言犯上的人。阮瑀顺手给了两个兵卒每人一百个五铢钱，要他们路上照顾好蔡邕一家。两个兵卒皆大欢喜,他们怎见过这类囚犯,有如此大的派头,秘密送行他们的竟然是朝中二千石俸秩的官员。

卢植不善言辞,但酒量大得惊人,是朝中有名的酒家之一。他嫌酒觯小,向店里要了一个大碗,以碗代觯。曹操自然成了这个驿站宴会的主人了,三碗下肚,不免豪情激越,大声说:"现在朝廷黑暗,宦官擅权,各地豪族起义反抗,百姓饥馑流离失所,乡野一片混乱,这个局面不知要乱到何时啊!"因他提到了宦官擅权,一旁的吕强低下了头。卢植暗中用脚踩了一下曹操,曹操知道自己的话犯忌,立即改口道:"就拿做官的来说,谁能好过?比如吕大人虽侍奉皇上左右,也经常被暗箭误伤。我这个小小的议郎不知怎么议事,这个议郎除了喝酒读书外,有何事干?唉,我今日不知明日又去干什么事。好在议郎署虽无实权,但这里还聚集着一批文人雅士,他们的学问、人品可高了,我曹操失之东隅收之桑榆。一两年时间,比我几十年时间学的经论儒学都多,尤其我的书法得道了,有人求字了。哈哈……"他微醉了,说话结结巴巴,舌头有点僵硬。其实,曹操的担心是多余的,他在朝中的根基之稳、人脉之雄厚是无人企及的,他祖上三代都是朝廷重臣、世之豪强。他目下的失意倒是真的,说他熟读经书,善于辞赋,适合做议郎确实浪费了他的才华。其实他雄才大略,能经邦济世,议郎之职不适合他的才能。他觉得窝囊,遇到好友发几句牢骚,或借酒消愁罢了。阮瑀见曹操这样真诚吐露心声,劝他要静观时局,以静待动。"阿瞒兄,你现在要藏锋敛锐,这江山日后必有你一份。"阮瑀,字元瑜,陈留人,文名显盛。曹操听罢更加激动,没人劝酒就自饮了一碗。他要吕强喝酒,吕强一向个性内敛,不好酒色,连连摇手。而阮瑀和路粹岂能和卢植曹操比酒量,他们为了照顾每个人的特长,以赋诗作酒令,赋不出者罚酒一碗。卢植拍案叫好,唯有吕强二者都不特长,只好认输。吕强要蔡邕为他代作诗赋,要卢植为他代酒应酬,卢植痛快地答应了。按座次,第一个是曹操。他酒助诗兴,出口成章,吟道:

秋尽天寥廓,时序复见长。
北雁南回日,郊外迎蔡郎。

曹操吟罢,洋洋得意地要大家饮酒。阮瑀、路粹嫌这首诗没有多少韵味,像一首打油诗似的,失去了曹操平日那种指点江山、激扬文字的豪迈之气。曹操却自认为这是首好诗。他们要蔡邕、蔡质二人评判。一直默不作声的蔡质,这时却说了一句很让人伤感的话:"曹大人的最后一句,郊外迎蔡郎应改为郊外祭蔡郎妥也。皇上的诏书说得明确:不得赦令除啊!你们能郊外迎我们吗?奠上一觯酒,烧上一张纸,我们叔侄二人九泉之下也安心了。"曹操解释道:"大人太灰心了,事情会变好的,况且这乱世,朝令夕改,皇上也不知明天是个什么样子,你要乐观些,我们等你们归来的那一天。"有趣的是,没等大家对诗完毕时,卢植已急不可耐地将面前的那碗酒喝了,气得路粹直跺脚。"你们二人酒量小,也不能有失公允呀,快喝吧!"曹操把酒递到阮瑀的嘴边,劝酒道:"不喝酒的话,作诗一首免一碗酒。"曹的话为阮瑀、路粹、吕强等开了方便之门,他们一致同意这一提议,把送别囚犯的驿站饯行,无意间变成了饮酒献诗会。路粹为了少喝酒,吟得一首小诗,诗曰:

郊外秋露白,边地草木枯。
相去三千里,汉子服胡俗。
槛褛裹乳儿,枷锁羁徒途。
豺狼挡此道,心死莫问狐。

他吟罢,眼眶里闪着泪花,使气氛猝然而变。路粹,字文蔚,他和阮瑀同师蔡邕,也同是蔡邕的得意门生。这时,他和曹操的一扬一抑、一欢一悲,大家变得无所适从了。曹操不悦地看了一眼路粹打圆场说:"这位路粹大人,专和我唱反调,酒量不行,诗量也不行,我说东他偏要向西。我说郊外迎蔡郎,他说心死莫问狐。罚他一碗酒,让他重吟一首。"路粹理解了曹操罚酒的用意,接过酒,却转过身子,呜呜地哭了起来,大家劝他不住。他哭着从布袋里掏出一件礼物——一张上等的豹子皮,行家一看,这是金钱豹皮,色彩斑斓,一寸多长的绒毛泛着光。这是他从洛阳市场上用一百钱买来的,作为御寒之物最好不过了。他双手捧着这张五尺见方的豹子皮褥,跪在蔡邕面前,泪涔涔地说:"恩师,今此一别,不知何年何月才能相见,这份薄礼,作为御寒之物,望您在朔方能用得上。"蔡邕接过礼物感慨地说:"朔方寒冷,无人不畏,有这张豹皮伴我,我何惧其寒,有诸位朋友弟子在我身后,我何惧其单!"这番受礼之仪,耽搁了卢植的喝酒,在他的吆喝下,大家都等着阮瑀的诗作了,阮禹颇费了一番心思,吟出一首诗来:

汉臣徙朔边,忠心受髡钳。
皓首披枷锁,龇幼覆巢卵。
邙山暮云低,洛伊水鸣咽。
昔别燕子坡,琴鼓声依然;
今别皇城外,执手拭泪涟。
车辙长城阙,足履步阴山。
莫叹匈奴地,是我汉家园。
渺渺苍穹处,年年有归雁。

　　他吟罢,叹息良久,想起老师蔡邕刚被辟为胡广府,他和路粹等弟子送别的情景。燕子坡位于圉城西四十里处的尉氏县北,他们一行数人从蔡丘屯送起,到了燕子坡时不忍分别,缱绻数日,鼓琴吹笙,吟诗作赋。蔡邕产生了不愿到京都入仕的想法,但在他的叔父蔡质的督促下,在他的弟子学生的劝说下,盘桓几日后,只好赴京了。险恶的官场仿佛一架旋转的车轮,一旦爬上了这架轮子,便自觉不自觉地跟着惯性运转起来,谁也无法一时让它停下来。阮瑀想到这里,愧疚地看了一眼蔡邕,看蔡邕沉思的神情,他知道他在回顾那段时光。那种时光对蔡邕来说,是一种质朴而美丽的生命之旅;而此时此刻,他成了囚徒,备尝人生的苦酒。蔡邕想给送行他的诸友弹奏一曲,但苦于琴给了徐瑗。他能送给他们什么呢?他唤蔡谷从行李中取出了笔墨,在驿站的酒桌上,为送行的每个人写了几个字,都是摘自六经上的箴言。他的墨宝比听琴曲更珍贵,尤其吕强第一次持有他的墨迹,喜不自胜。曹操本来对书法就有爱好,此时得到了蔡邕所赠,如获至宝,欣喜若狂。他们心里都明白,这几乎是蔡邕的绝笔,但谁也不愿从心底承认这一事实。蔡质也在这一刻认识到了侄儿至真的性情和善良的心,在罹难之际,才有这么多人冒风险为他送行。那一刻,蔡质心里甚至更加愧疚——不该让蔡邕去胡广府出道,更不该让他直谏上疏,以言获罪。

　　时间在小驿站放快了脚步,很快太阳西斜了。大家的心情又变得沉重起来，唯有卢植喝得酩酊大醉，忘却了忧愁，还一个劲地向远去的蔡邕一家人挥手高喊："你们归来时，我仍到这个驿站为你们接风洗尘，我自带一缸酒，不像曹阿瞒这么吝啬，给人吃饭不喝酒……"曹操、吕强、阮瑀、路粹等人知道卢植在说醉话，默默地站在驿站的路口上，目送他们消失在夕阳的余晖里。

蔡邕他们是沿着太行陉，翻越群山连绵的太行山脉，过上党郡，到达太原郡；过雁门郡、云中郡，最后抵达五原郡的西安阳县。这是一条通往朔方的大道，是秦汉以来戍边人员和流放官员的一条必经之路，沿途有畅通的驿站，州、县治所，也便于押送和接应。他们到达孟津渡口过黄河时，正好到了秋后时节，黄河中上游流域正是多雨季节，河水猛涨，带着泥沙，翻江倒海而下。对于他们这些囚徒来说，早把生死置之度外；而对于押送他们的兵卒，站在滔天巨浪面前，吓得浑身打战。艄公怕渡河的马匹惊悚落水，用专用的木栏将马绑住。好在艄公谙熟水性，有渡河经验，处险不惊。过河后，蔡邕等人都晕船呕吐，唯有蔡琰若无其事地看河的对岸，似乎不解自己怎么插翅飞过了天堑。

站在孟津渡口的彼岸，蔡邕则想起了周武王伐纣时，八百诸侯在此会盟、渡河北上的传说。昔日，这里金戈铁马，旗旌闭日，杀伐震天，而今这里硝烟早已散去。黄河依旧东流，逝者如斯，历史瞬间寂然凝固了，多少英雄豪杰又有谁能驻足历史呢？蔡邕想到了自己曾立志于的续《汉书》的撰写，这么多年，无数个日日夜夜，忙于搜寻、考证、调查，汇集了大量的历史资料，为的是把距离人们最近的这段历史记录下来，让大家熟知历史，汲取教训。然而，历史如过眼云烟，如水东流，最后变成一个微小得再不能微小的文化符号，就像"孟津渡"这三个字一样。他迟疑了一阵，转过身子，向着对岸的中原腹地——京畿大地瞥了一眼，把目光投向天空人字形的雁阵。雁群是从太行山那边过来的——应该是从漠北过来的，飞得很高，声音也很遥远。雁群中无疑也有雏雁，它们是跟着它的母亲向南飞去，寻找温暖和躲避严寒。而他们，却正好反向，要翻越太行山，向着北方之北，西方之西，到严寒的阴山之下栖身。蔡邕看了一眼蔡琰，蔡琰同样也在看天上的秋雁，她的童心世界，似晴空般明净。蔡邕不敢想象，悲从中来。

过了太行八陉的第一陉——轵关，亦称轵关陉，古代称为险隘。他们初次尝了行路之难，山高道窄，悬崖陡峭，宽仅两步，曲折难行。女眷必须下车步行，以减轻车马重负,陡峭处,她们还要帮着推车翻山,日行不足十几里。为了赶到驿站歇息,必须坚持赶路。年老体衰的蔡质,常年生活在富贵之家,哪能受得了这份罪,简直是生不如死。当行至太行山顶的天井关时,他们躺倒在天井关的驿站里,疲惫不堪,脚趾磨出了水泡,鞋底磨穿了洞子,像一撮溃败的散兵游勇,倒在行程不远的路上。太行陉山顶要塞以"天门"呼之,言其极高也。一进关门即为南北街道,石板古街上,车辙痕深,行人络绎不绝。关内住有很多的守关士卒及其后裔,这些后裔的先辈大多在战国之前就在这里守关,后代相传,慢慢地形成了一个村庄。关门外村南头有"孔子回车"碑,碑后有一文庙。孔子当年周游列国,沿太行陉进入晋地,欲投身晋国,施展自己的抱负。可当他刚到天井关,听说晋国当政者赵简子连杀两位贤士,长叹一声,失望而返。蔡邕对这一历史掌故是熟知的,在"孔子回车处"想到了儒家宗师孔仲尼能急流勇退,而此刻的自己却无法后退,心下悲凉至极。晚上,关外的大山林深处,不时传来狼号声和狐狸叫声,他们一行所住的草房门口有一棵百年槐树,树上栖着一只叫鸥鹓的鸟儿,传说它能嗅出死亡的味道,它的叫声喑哑低沉,甚是瘆人。这只不祥的鸟儿让蔡邕想到了靠在炕角闭目歇息的叔父蔡质,他年老体弱,一路奔波,不知能否坚持到遥远的朔方。蔡质似乎和蔡邕一样心有余悸,门外的鸥鹓叫声,是否唤着自己走向另一条路? 死比生的路或许更坦荡。

鸥鹓的叫声,并没有将他们谁遗在这儿。一夜的歇脚和充饥,他们又开始了跋涉。举目四望,太行山重峦叠嶂,云海茫茫,古道蜿蜒绵长。雄关独立于群山之巅,其山险,关固,人困,马乏,此次徒行,终生难忘。蔡邕此时的感想,被七百年后的晚唐诗人的《天井关》一诗言中:

　　太行山上云深处,谁向云中筑女墙?
　　短绠讵能垂玉瓮,缭垣何用学金汤,
　　劚开岚翠为高垒,截断云霞作巨防。
　　守吏不教飞鸟过,赤眉何路到吾乡。

几天之后,他们进入了泫氏县境。夜宿长平亭驿站,南来北往的贾商旅人很多。时令进入冬季,漠北的汉人趁天未大寒,向关内转移。多数人是由北向南,而由南向北的行人稀少。商旅们带着在漠北购置的皮货,一车一车地运回内地赚钱。子夜时分,一阵狂风卷起尘沙,呼啸不散,伴有鬼哭狼嚎之声。时而兵刃铿锵,人声喧杂,屋顶上有人蹦跳似的,踩碎的瓦砾掉地;屋门被人脚踢,响声震天,隔墙的马厩内牲畜嘶鸣踢蹬。蔡邕他们惧怕得抱成了一团,蔡琰更是大声啼哭,一个劲儿地往母亲怀里钻。谁也没胆量从窗缝探个究竟,只是用手捂着耳门,隔绝恐惧。就这样闹腾了半夜,鸡鸣声里,一切回归平静。天亮后,投宿者都纷纷问起午夜发生的一幕,有一个商人模样的人说:"这里每晚都这样闹鬼,不要怕。"

长平亭长听说蔡邕、蔡质一家途经于此,特意来拜访。亭长告诉蔡邕:"这里附近就是杀谷,昭襄王四十七年(公元前260年)秦赵大战,秦国派遣武安君白起领兵出击,大破赵兵于长平,俘获四十余万士卒,白起挖土坑将赵卒全部活埋于此地。之后,这里就不断闹鬼,夜晚屋顶瓦片,门窗案几,轰然如裂,然天亮后视之如旧。"长平亭长言其已习惯了,只是旅人惊吓不安,宁可夜行而不住宿。"你们是朝廷名臣,世之巨儒,今日能在此相会,真是不幸中的万幸啊!我为你们备了点薄酒,招待你们,以尽地主之谊。"蔡邕感激之余,连忙说:"我们是朝廷刑犯,是戴罪之人,岂敢享此尊荣,能有一杯热水,我们都感激不尽了啊!"长平亭长说:"蔡大人,你们放心,这里是穷乡僻壤,山高皇帝远,我们才不管他是囚犯还是命官,能路过这里,都是缘分。况且蔡大人声振海内,谁人不知谁人不晓。"他还说道,"另外,明天是立冬,我们要在这里举行一场法事,请来了北地的一名法师,诵经念咒,杀牲宰畜,捉鬼安神,也请你们一行光临,看个热闹。"

长平亭长诚心相邀,加之押送他们的那两个兵卒是年轻人,也想去看热闹。"我们是戴罪之人,无心牵念,加之冬天来临,尚未走出一半路程,越往北越是风雪封路,什么时候才能抵达朔方呢?"蔡质想到明天将是立冬日,更重要的是要守朝廷的规矩,一个囚徒,怎敢招摇过市?他知道蔡邕又忘记了往日的教训了。蔡邕想提醒,这里虽远,莫非王土。节令是那么的守时,老年人最易体察到,他过去冻伤的脚一夜之间又犯病了,脚面肿胀,疼痛难忍,每年立冬开始,立春后消肿平复,年年如此。他想到,无怪乎知时的大雁,在他们北渡黄河时就北越太行山了。昨夜,那阵风摇落了所有树上的枯叶,屋顶上的蒿草一夜之间泛白,冬天和世道一样向他们进逼。他所关心的,是早日抵达朔方,在那里安身立命。"在这里多待两天,路上我们放开步子,就赶出来了,也不误时。"年纪最小的兵卒迎合着亭长说。蔡邕他们是失去自由的囚徒,有人能给他一丁点自由都是一种恩宠。亭长晚上给他们举行了丰盛的晚宴,他们久离皇城,第一次食荤腥,山鸡、野兔、野猪肉,伴有性烈的黄酒,蔡质觉得该饭是几十天来吃得最香的一顿饭,他几乎要给亭长叩头。吃罢,亭长领着他们去看位于驿站不远的杀谷,将在那儿举行法事的法坛。

杀谷位于一个并不开阔的台坝中。三面是起伏的山峦,谷口成喇叭状。当年,白起坑杀四十万赵卒的遗址依稀可辨,凹凸不平的地表上长满了荒草和树木,从山谷深处吹出的寒风,将荒草和树木扯得瑟瑟作响,一股萧瑟之气。这是一片极其原始的遗址,人迹罕至。谷口有许多人工垒起的土台、土灶,有焚烧未烬的木炭灰,草丛中有熏黑的钱币。可能由于长平亭或驿站经常发生闹鬼的现象,人们逢年过节也忘不了到杀谷来祭吊。法台是用许多木椽搭成的正方形架子,上面铺有木板,长宽各有一丈五尺余。坛正中置一方桌,方桌上又置一凳子。在法坛两边,竖有三丈高的旗杆,杆上已挂起了白绫做的招魂幡。他们在法坛前挖出了一个很大的土坑,坑深足有丈余,长宽在各有十步左右。坑边上插着许多小白旗,上书"赵"字。

亭长告诉蔡邕:"这个土坑要活埋一些'秦卒'以报四百年前赵兵被秦将坑杀之仇,方能慰平他们的鬼魂。这些'秦卒'是一批特殊的人,他们是朝廷将要处决的犯人,现在向着杀谷押解而来。他们是从太原郡监狱提解来的犯人,已经十天前上路了,明天早上天微亮时在这个坑内行刑——活埋。"亭长指着偌大的土坑,给蔡邕兴致勃勃地介绍着。蔡邕问:"他们都是犯下了什么罪?大汉刑律没有活埋之刑啊!"亭长解释道:"这批犯人是长期活跃在太行山区一带的流寇,其实多数是些无家可归的饥民和逃跑出来的奴婢。为首的头目信奉黄老道,头裹黄巾,将钜鹿人张角称为'大贤良师'。他们跪拜结党,传授邪道,蛊惑人心,白天布道,晚间抢劫。他们靠符咒给百姓治病,潜藏于百姓之间。流寇倒也不足畏,可畏的是他们结党成帮,祸及社稷。皇上密旨各州郡严加追捕,将这股匪患消灭在萌芽之中。说实话,今天处决的这批人,只是些随从,是常年在山区传道治病的,头目根本没有抓到。打蛇要打头,擒贼要擒王,抓这些小喽啰有何用呢？"蔡邕还是第一次听说太行山区还有这股贼党，心头为之一惊，急问："为大汉江山计，可不得轻视，他们是用教化在蛊惑人心，弄不好威胁社稷安稳。""所以，皇上还是英明，是他下旨这么做的。今天把这批人弄到这里来处决，一是用他们活祭杀谷当年埋下的冤鬼；二是教育当地的百姓。这是郡太守向朝廷奏准后第一次实施，必定影响很大。杀了他们，既祭奠了被坑杀的四十万赵卒，又驱逐了这里的魑魅之气，真是一举多得啊！"亭长很得意地继续说，"我已布告于百里以内的百姓，务必带上铁锹镢头，看处决犯人，看法师法事。"蔡邕一听到处决犯人这个词，猛地打了寒战，一路无言。

　　第二天的早晨，因节气所致，天猝然变冷。女眷在客栈歇息，蔡邕、蔡谷和押解他们的兵卒邀应到了杀谷。天空出现鱼肚色白时，从四面八方赶来的百姓，早已聚集在杀谷的豁口处，法坛旁有千人左右。百姓住得分散，路途远的两天前就出发了，他们带的劳动工具，明晃晃的，撞击声清脆而响亮。法坛上，法师身穿绛红色的长袍，头戴天神面具，端坐于法坛最高处的木凳之上。在他身旁站立着两排天兵天将，披甲持戟，各戴武士面具。距法坛不远处，待宰的四头牛、四只羊、四只鸡、四头猪，被人拴在一棵大树下，准备停当。法师是一个清瘦的老头，他也戴着面具，面具的眼洞处露出深陷的眼球，脖子上青筋暴跳。他挥舞着桃木加工成的斩妖剑，不停地在空中划出一个又一个弧形。接着，他从法袍兜里掏出一枚法印，又在空中回旋了一阵。站在法坛的天兵天将，他们用盘子托着一卷黄纸书写的信符和朱砂印泥，递给了他。他将"治都总摄之印"重重地盖在了竖排的符文上，嘴里不断地念着咒语。围观的百姓并不了解他念的什么咒语或用的何种法术，只见法师把一柄烧红的铁剑用舌头一舔，口中窜出一条火舌，惊得众人齐呼"啊——"。蔡邕并不惊奇，他知道法师嘴里喷出的火苗是一种黍子，穗子生了黑锈病后长成的灰包，用这种灰粉和上荞麦面粉一加工，见火后就燃起火花。

　　祭祀的时刻到了，牲畜被拉到土坑边的木案前，被一把寒光闪闪的利斧砍了头。牲畜的惨叫声和着围观群众的喝彩声，一时把杀谷这萧索之地弄得沸腾起来。顷刻，一阵鼓鸣声，一队押解行刑的队伍按时出现在杀谷的豁口处。这些囚徒戴着沉重的枷锁，男女共有二十余人。人群骚动起来，这批囚犯中的多数人都是这一带的布道者，怎么是盗贼乱党？

"祭奠开始！"法师舞起沾满鲜血的右臂，高声喊道。

"行刑！"太原郡中都官喝令道。

囚犯被推在坑沿上，他们死命向后退，不肯跳入坑中，行刑的兵卒命令百姓帮他们将犯人推下土坑。围观的人谁也不肯动手，他们互相认识，他们究竟犯了何罪？犯人最后都被强行推入一个大土坑，齐刷刷地站成了一圈，其中一个犯人高声喊道："乡党们，你们用土埋吧！我们是布道者，是治病救人的。不是什么盗贼，也不是什么'蛾贼'，我们是跟着'天公将军'造福于百姓。你们应该知道，现今朝廷黑暗，民怨鼎沸，盗贼四起，百姓饥寒交迫，生活在水深火热之中，有谁来管百姓的死活呢？我们是解百姓于倒悬的黄巾军，今天能在杀谷坑死，能带给你们一方平安，也死得其所。用你们手中的锹埋我们吧！廿年后，我们还是一条汉子，还能见面的！"他一喊，坑内的人犯齐声喊道："埋吧，乡党们！"这时，骚动的人群刹那间寂静了，站在坑边的百姓呆呆地注视着坑内的犯人，坑内的犯人眼巴巴地等待着第一个扬起铁锹的人。除了兵卒，围观的人默默散去。

散去的人们并没有走远，他们躲在了山谷内的山坳中，靠在山崖旁，看斜阳的余晖照在杀谷的荒山野岭上。他们觉得杀谷该寂静了，于是，扛上铁锹镢头又来到了坑口边。犯人最后是被一个个砍头而死的，行刑者懒得为他们盖上一锹土，便复命去了。那祭祀的十六头禽畜只剩下头颅尚在，它们的血和那二十几个人犯的血混在一起，在坑内形成了半尺深的血池，泛着绛红色的光。大家赶紧用周边的土填平了坑口，将谷口宰杀牲畜留下的血迹也全部铲除干净，向着土坑叩了三个头，带着一种很复杂的心情离开了。同一时候，蔡邕也随着长平亭长，悄然来到了谷口。他是应亭长的要求，写了一篇祭文，趁着夜幕降临之际，来杀谷上香致哀。他们避开了刚才填土的新坑，向着赵坑遗址烧香、叩头、祭酒。然后，蔡邕高声朗诵了他写的祭文：

  光和元年立冬日，罪臣邕及质髡钳徙朔方，途经长平亭，夜遇冤鬼游魂闹腾，嘈嘈不休，及至天亮。亭长告予，近有杀谷，系秦坑赵卒旧地。特嘱予诵以祭文，告安神灵。罪臣唯命是从，言微心诚，致祭于杀谷之上。

  呜呼旧土，新谓杀谷！秦赵相拒，三晋逐鹿。旗旌猎猎，兵车辚辚。箭镞飞鸣，斧钺铿锵。狼奔豕突，虎奋鹰扬。秦乘胜而穷追，赵束手而就擒。万千将士,命陨秦敌。白起无道,坑杀无辜。大逆天理,泯灭人性。幽魂哀哀而不归家,骨肉亲亲而倚门望。晨昏至夕,一朝隔世,怎能私语焉?抚育焉?山岳低首,江河垂泪;草木肃然,百禽徘徊。呜呼,杀谷留而世唾骂,惨寰绝而折阳寿;行不义而必自毙。白起往矣,恶名千古;我魂慰矣,自当返乡。归之宗庙,见之宗亲,诉之宗堂。醒酒饯行,灵幡引路,归去兮!尚飨!

祭罢,蔡邕忍不住痛哭流涕。长平亭长将他扶起,说道:"大人仁慈之心,至情之性,当感天地,泣神鬼。今日一祭,我想那四十万游魂野鬼当归家,长平亭将长平无忧了。"蔡邕说:"但愿如此,杀谷不再阴瘴弥漫,而是阳气播和,坑址上开出花儿,树木结出果子,我蔡邕也不枉此行了。"他言未落,一群乌鸦从山冈上跃起,徘徊在杀谷新的坑口上。黑云似的夜幕这时也慢慢地盖在杀谷之上。而乌鸦的叫声却愈加清晰,像追逐着蔡邕一行。及至蔡邕躺在驿站的草席上,感觉那群乌鸦在门口的槐树上,张着嘴,不停地扇动着黑色的翅膀,要啄他和他叔父那两颗光亮的头颅。

"还有闹鬼声啊!"蔡邕半夜对着炕那边的蔡质说。

"没了,很安静的,我只是睡不着觉而已。"

"那树上的乌鸦不是一个劲叫吗,要闹鬼吗?"

"没有声音,也没闹鬼的声。"蔡质爬在窗缝上看了兀立在院子的槐树,在清冷的月光下,盘根错节,没有落下什么飞禽,他断定是蔡邕听错了。

"哦……"蔡邕也趴在窗缝看了一遍,果真如此。月光把树枝投影到窗前,也是静静的。

杀谷给蔡邕脑子留下了阴霾,长久挥之不去,像梦魇一样。他一路走一路在思索,行至雁门塞时,鹅毛大雪纷纷扬扬,放眼望去,白茫茫一片。然而,此时的雁门塞,耸立在崇山峻岭之中,覆盖在白雪茫茫中,鸿雁没有留下半点爪痕,铁骑也销声匿迹,古道盘绕,山路崎岖,边墙雉堞,烽墩堑壕临风而泣。蔡邕毫无兴致欣赏这古关的景色,站在关隘前,心向着那极远极远的漠北眺望,那是皇上为他们指定的最终归宿。

十二月的一天,他们过马邑,过长城,抵云中,最后抵达五原郡的西安阳县。

第六章：栖身安阳

蔡琰的记忆深处，所能追溯到最早生活的印象，乃是西安阳县的城郭。十二月末的一天，她从裹得棉棉厚厚的衣囊里探出头时，看到了这座随地势而筑的小城。城长宽不过一里，城墙夯筑得非常厚实，城墙上有对应的女墙。夯土层夹杂着草蘖，一层一层，像千层饼一样。筑城年代并不久远，草蘖没有风化，有的草根还顺着土层吸到湿气后长出新的枝芽。城墙外植有一片一片的沙枣树，已长到碗口般粗，高不过城墙。树枝上挂有干瘪得像中原的棘果那么大的沙枣果，寒风中，吱吱地打着哨。城的四周是一望无际的草原，草甸被冬雪覆盖了。他们所能目极的阴山之南、鄂尔多斯高原边沿，只有这个土黄色的小城，既是一座路标，又是一个生命的象征。从城内冒出淡青色的炊烟，有股呛人的畜粪味，在蓝天、白云、雪地之间形成一个烟柱，很高很高，像一个倒挂的颀长的蘑菇，提携着城在空中摇曳。而近看时，它虽然没有宫阙牌楼，但仍然是一座完备的边地塞障，城墙上有御敌的弓箭、石球，堆放着随时燃放狼烟的柴火和一面很大的牛皮鞞鼓。城门口有来回巡逻的士卒，这城似乎更像一座兵营。

傍晚时分，他们一行的跫音打破了大地的静谧。他们的缓缓行进，活像一窝狐狸，在广袤的雪地里低头寻觅食物，突然嗅到了人家杀牲的腥膻味，便开始兴奋起来。尤其是赶车的马夫，向空中打了一个响鞭，清脆而洪亮。拉车的马，扬起头，嘶鸣了一声，还真的惊起一只黑黄色的野狐，竖起耳朵，看着这群不速之客的到来。县令大人早已接到蔡邕父子髡钳徙朔方的朝廷文书，在他治所西安阳县边陲之地，能安置如此闻名大人物，也是为他的这块小地方增辉。固然，这里自古至今一直是朝廷被贬官员或囚徒劳役的地方。仅本朝百十年间，千石以上俸秩的官员也不在百名以下。有人脚未落地，又被急急诏回；有人十年二十年，终死在城外的草原上，子孙后代留在了这里，过起了牧人生活。所以，城虽小，却经常住有大的人物；地处边陲，却能窥出洛阳皇城内的政治气候。县令这天已几次出城瞭望，按照近处驿站的路程计算，天黑前蔡邕必定进城，如果不耽搁时间，日落前就会来。县令已差人站在城头瞭望，十里之外能看得清楚，他想出城迎接他们。

"蔡大人，你们一路辛苦了！"县令迎上前，他作自我介绍："卑职叫孙田，西安阳县县令，我们欢迎你们来到我们这个地方安家落户。今后如有什么需帮忙的，我当尽地主之谊。"孙县令走到车旁，从蔡夫人赵氏手中接过蔡琰，用他宽厚的羊皮袄裹住，一股羊膻味刺激得蔡琰拨开皮袄，把头往外伸。"小姐受罪了，哈哈……把头裹住，别冻坏。"孙县令始知他们千里徙边的竟然有两岁的女孩时，为之一惊，也心生怜悯。其实，小孩子适应快，蔡琰已开始习惯这种颠沛流离的生活，她只是被裹她的羊皮袄那种味道不习惯，有种恶心的感觉。她探出头后，好奇地看着这座城。城门是弓形的，拱门是用内地的青砖箍起的，门深已过了近三丈，比她沿路所见到的那么多塞障的门都深厚。进门后，是一条直直的街道，两边是土坯垒起的房子，上面盖有很厚的芨芨草。顺着城墙四周是紧贴城墙而垒的厦房，每家每户都用泥巴墙隔成独门独户，总户不过百十户左右。在城的北墙边，是兵营，住有二百多名守城兼维持治安的兵卒，属于百骑长统领。后来他们知道，城中居民基本都是来自内地戍边的将士家属或后代，个别是流放的官员家属或后代。县令孙田，原籍右扶风的茂陵县，祖父孙岳，在汉顺帝阳嘉年间，任安阳塞尉；他的父亲孙礼随父戍边，定居在了千里草原上；孙田年仅二十三岁，便成了西安阳县一县之令。孙田虽然年轻气盛，但为人机敏宽厚，对朝廷瞬息万变的政治氛围，早有所悟，所以，对蔡邕一家采取了怀柔的态度。当晚，他们杀了两只羯羊，提来一瓮米酒，为蔡邕一行接风洗尘。

蔡邕一家被安置在了城东朝西的三间厦房内。这幢厦房，是这座小城里最好的住宅，买和租都是可行的，蔡邕一家为了长远安家计，便用了十两金子买了下来。蔡邕一家三口住一间，蔡质一家三口住一间，一间做厨房。厦房是用椽木和土坯筑起的，屋顶上抹了一尺厚的泥层，泥层之上又覆盖了灰色的陶瓦作为利水和防寒之用；屋内的火炕占去了屋子一半空间，取暖和做饭主要靠畜粪及干草、沙枣枝等。这里的人都积攒了很多的畜粪干饼，靠着院墙垒得像山一样高。蔡邕一家的到来,成了这个小城的一件不小的事,邻居们给他们送来了牛羊肉,送来了烧炕煮饭用的柴火和畜粪块。他们虽然有人在这儿居住几代人了,但语言、生活习惯却丝毫未改内地属性。蔡邕为之一喜,这方小城,仍然能成为他们安身立命之地。

一切安顿好之后,蔡邕从城里买了一张木案,找来了几块木板,用刀削成了灵牌,将祖宗的灵位供奉于案前。每日,蔡邕、蔡谷立在蔡质的身后,都要向祖宗的灵牌祷告上香。蔡质对着先人的牌位说:"祖宗的魂灵有知,不肖儿孙未能守正归本,落得全家老少髡钳徙朔方。离家虽远,但每日祭祀却不可少。祖宗啊,这儿也是大汉王土,请列祖保佑我们,保佑城内所有居民安康。"刚开始那天,蔡琰还伸手要案几上的供品,母亲赵氏对她说:"那是给你父亲的父亲、你祖父的祖父他们准备的,小孩子家不敢吃,吃了他们就要挨饿。""他们在哪儿呀?洛阳吗?什么时候来吃?"蔡琰转着黑溜溜的眸子不解地问。蔡邕忙给她解释道:"他们不在洛阳,都在圉城蔡丘屯老家呢,积攒多了,带回去他们吃。"乖巧的蔡琰听了父母的话,并且跟在大人身后,拽着蔡谷的衣襟,叨念着她并不懂的那些话。

春天姗姗地来到了北方之北。位于西安阳县城向南二百多里的地方,就是黄河流经的最北面,在这里大家称其为大河。河道曲曲弯弯,像一条少女舞动的彩带,流域之处,形成了诸多的滩涂回岸,滩涂地上是白晃晃的盐碱,周围长满草丛和低矮的红柳沙枣、带刺的骆驼草。冰河解冻的訇然之声,摇醒了潜蛰的鄂尔多斯高原和阴山之南。牛羊马驼成群的出栏了,踏碎了枯草,撕嚼了枯枝,为新生的小草和树枝踩出了新地。小城的南面有低缓的丘陵,它的背后是乌拉山,再背后就是高大起伏的阴山山脉。只有在晴天丽日时,站在城头上能看得清楚的山脉,似乎伸手可及。乌拉山的雪线一天天开始缓慢地上升,它的山顶部仍在阴山雪线之内。整个春季,站在城之上,北顾漠北,山体通体闪耀着银色的光芒。城南绿色的草原与城北洁白的雪山遥相呼应,成了畜群、禽鸟、动植物自由的世界,自然万物的净土。

然而,蔡邕一家怎么也放松不了心情,这不仅是由于他们是囚犯,是皇上定为永不得赦免的罪人,更主要的是在圉城老家,他们留下了两个女孩——蔡瑾和徐瑗。她们都是待闺出嫁的女儿,还尚未婚许,在圉城蔡丘屯守着一份家业，甚至要为他们守护一份人脉。押送他们的那两个兵卒返回洛阳时，蔡邕给她们带了书信，但几个月时间，还未收到回音。蔡质因年事已高，一路疲于奔命，勉强熬到了西安阳城。体力几乎消耗殆尽，完全丧失了劳动能力，每天大部分时间躺在炕上喘息。草原上的牧民或农夫都主吃牛羊肉，少有粮食和谷物。蔡质吃了牛羊肉后，消化不良，上吐下泻，愁得一家人寝食不安。这里又缺医少药，只靠几种简单的中草药治病，多数人靠巫术祛病除痛，蔡质又是极不相信那种疗法，仅凭自己在内地知道的几个单方试着治，效果不大。眼看蔡质一天不如一天，家人五内如焚，却束手无策。蔡谷被编入了戍边的兵卒序列，每天要训练骑马、射箭、格斗等，过完年他就离家戍边了。

　　蔡邕被安排到了县城上候望，每天在城上巡逻两个时辰。他的巡逻时间不算长，但对年近五十的人来说，仍是一项苦差，回家还要照顾叔父蔡质，甚是劳碌。听说沙漠中有一种叫肉苁蓉的植物，有滋阴、壮阳、润肠、通便的功效，对叔父身体有帮助，蔡邕决定带上一位牧人，去寻找肉苁蓉。幸运的是，他们在城西几十里的地方采到了肉苁蓉。在梭梭树的周围沙地里，开着一串串淡黄色淡紫色的管状花朵，他和牧人小心翼翼地刨开沙子，看到了一根淡黄色圆柱形的、略扁的肉质茎，质软肉丰，外形好像蛇蟒，布满了鳞代状叶，它就是肉苁蓉。最令他高兴的是，他还发现了一处青紫盐矿。中原所用食盐，大多从遥远的沿海或西域运输，若能将这青紫盐蒸煮提炼成纯盐，倒能解决中原人食盐问题，这也是戴罪立功。想到这里，蔡邕的嘴角露出微微的笑意。

　　这一时期，他的情绪时好时坏，他想尽力以乐观的态度面对现实，以此扫除全家人头顶的阴霾。他给友人杨复的信中写道："昔此徙者，故城门校尉梁伯喜，南郡太守马季长，或至三岁，近者岁余，多得旋返。自甘罪戾，不敢慕此。"然而，当他的生活开始安定下来时，他的思想又出现波动。他积蓄已久的、平生最大的那桩夙愿——续《汉书》十志的撰写尚未完成，随着他流放朔方，这一愿望顷刻化为乌有。现在，生活渐渐安定下来，潜伏在他意识深处的一些想法又开始复苏，这让他的抱负之心又蠢蠢欲动起来。蔡质也发现了蔡邕微妙的情绪变化。"别再费神了，这里远离朝廷，倒也清静。我这把老骨头扔在这里没有什么不好的，青山处处埋忠骨，何必马革裹尸还？原来还设想瑾儿瑗儿有一天把咱们的骨头带一节，埋在蔡丘屯，现在看也没那个必要了……"蔡质斜靠在炕墙的棉被上,上气不接下气地说。他怕蔡邕看见自己虚弱的内心,干脆微闭着双目,说出上面的话。

"我要续补汉史,我为此准备了十几年。一旦丢弃,太可惜了!"蔡邕盯着叔父的眼睛,想得到他的支持和肯定。蔡质面无表情,转过了头,接过蔡邕的话说:"续补上汉史又有何用,太史公的《史记》不好吗?他的忠心日月可鉴,文章彪炳千秋,但还不是落了个腺刑的下场!"蔡邕知道此时的叔父不但枯木朽株,灵魂也即将湮灭。等叔父呼吸平顺时,蔡邕反问了一句:"那您当年废寝忘食地写《汉官仪》是为了什么呢?"蔡质听后没作声,长长地叹息了一声。面部出现了自流放以来,少有的平静和安详。他费力地坐了起来,透过窗棂,看一只雀儿衔着草茎在窗外徘徊。蔡邕若有所悟,自此不再提上疏的事儿。

没过多久,蔡邕收到了蔡瑾和徐瑗的两封书信。她们禀报了围城蔡丘屯的情况。蔡瑾在信中说,她相中的未婚夫——泰山羊陟的儿子羊牧来围城看她们时,还带来了羊续的儿子羊衜,他们在家中玩耍了几天,羊衜便看中了徐瑗,托羊牧做媒,要和徐瑗定亲,不知二位老人的意见如何?这是一个天大的喜事,他们正在为她们二人的婚姻发愁,养女愁嫁,妇随夫贵。几年前,有人为蔡瑾和泰山羊陟的儿子做媒,但一直未有定论。那时,蔡质是朝廷卫尉,官秩中二千石,而羊陟是陈留郡太守,官秩比二千石,他们可谓门当户对,自然再好不过了。但当时仅说说而已,没有最终确定下来,接着就发生了辛卯诏书事件,祸及萧墙。先是羊陟被革职查办,接着蔡家出事,只是羊续尚在朝廷任上,能为羊氏家族撑得门面。此非彼也,如今蔡家和羊家已不再是门当户对,羊家能上门提亲,令蔡邕他们深感意外的同时,感到隐隐的担忧。蔡邕蔡质拿不定主意,又怕失去了这个机会,耽搁了她们的婚事。考虑了半月之后,蔡邕才提笔给她们二人写了一封信,信中写道:

"瑾妹、瑗女:悉知汝二人平安,甚慰。知太山羊氏家提亲,加慰。蔡、羊已三世姻亲,门对九族,值此罹难之际,他们不避嫌疑,仍以亲待,当感激涕零矣!然,蔡家已是服罪之家、戴罪之人,应不慕其盛,不攀其高,不追其后,恐累及人家,自当思忖。汝二人已到了婚嫁年龄,吾辈无法为其做主,一切唯汝二人是从,汝出嫁之日,乃父母心宽之时。"

第六章:栖身安阳

蔡邕并没有提出否定这门亲事,只是再三提醒她们要替对方着想,要从现实出发。但有一条明确,不管怎样,应尽快找个合适之人,择日出嫁。信寄走后,他们又心急如焚地等待着她们的回音。

七月的一天,蔡邕接到了徐瑗、蔡瑾二人的回信:蔡瑾嫁于了羊陟的儿子羊牧,徐瑗嫁给了羊续的儿子羊衙。婚后,蔡瑾随夫定居洛阳,羊衙应徐瑗的要求,常住在蔡丘屯,夫妻一起料理蔡家留下的家业。羊衙和徐瑗同岁,他还是读书学习的年龄,在蔡邕家藏书库里每日流连忘返,学问渐进,为他日后在仕途上大展身手打下了基础。这对于蔡邕一家来说,在徙边的绝望中如沐甘霖,他们一个个流下了欣喜的泪水。蔡质突然能下炕了,饮食自理。他坐在屋门的门槛上,臀下垫上布鞋,一坐就是半天。他原以为至死是不会得到女儿出嫁的音讯,而现在她顺利地完成了这桩大事,真是大快人心。现在所剩的唯蔡谷的娶妻之事,若不是家庭的变故,谷儿也是今年能完婚的。几年之前,蔡谷看中了朝中名仕卫顗的妹妹卫娉,两家父母也极力促成,不料卫娉始终以年小为由,不肯马上出嫁。想到这里,蔡质刚平复的心情又阴郁起来,家人见他神色黯然,都劝他回屋歇息。

蔡琰已绕膝盘桓在爷爷身边,问这问那。"我们怎么来到这儿了,这儿离家很远很远吗?"有一天她问到了这个问题,蔡质偏转了头,躲避她的目光,压低声音说:"皇上让我们来的呀,琰儿,这儿离家可远了。"蔡琰听了更加不解了,问道:"皇上是谁呀?他为什么让我们来这么远的地方?"蔡质没有再做解释,只把她揽在自己怀里,用怜悯的目光注视着她,然后轻轻抚摸着她的头。蔡琰又问道:"站在城墙上能看到咱们原来的家吗?"蔡质思索了一阵,然后说:"能看见,一定能看见的,只要你面朝东南方,向着太阳升起的地方看,一直看,那就是咱们的家。"听到爷爷这么一说,她明媚的眸子为之一亮,挣脱爷爷的怀抱,一个人跑去父亲巡逻的城东北角。蔡邕只好领她登上城楼的梯阶,来到瞭望所,让她踩着自己的肩膀看城外的世界。蔡琰第一次站得那么高,视野那么宽阔,她看到了极远处的草原像剪裁过的绿色地毯,马、牛、羊、驼点缀其间,洁白的羊群像天上飘动的白云。"北面那座大山叫阴山,终年白雪皑皑,山的北面是广袤无际的大草原,有更多的马牛羊群,有牧歌和胡乐。但它已不是我们的,被匈奴占领了。今后玩耍时,不能向北跑得太远,远了就回不了家,会被北匈奴掳走。向南跑到那里都行,它都是我们的土地。向南不远的地方,有一条大河,它是我们的母亲河,沿着那条河,顺流而下,就能回到京城洛阳,回到咱圉城老家。"蔡邕说着眼眶就湿润了,蔡琰却牢记父亲的话,经常站在城门外的高地上向南怅望,可她怎么也望不到父亲讲到的故乡,也望不见那条泛着黄泥沙的大河。她和邻居家的孩子玩耍时,看见那些身穿羊皮袍、戴毡帽的匈奴人,吓得一溜烟地往家里跑。她从祖父祖母口中知道,她的叔父蔡谷在城北面很远的地方戍边,守卫着一个长城阙口,那个阙口就是匈奴人入侵的唯一通道。所以,她经常盼着叔父蔡谷回家,听他讲匈奴人的故事。

蔡琰的希冀不久就变成了现实。一天夜里,一匹棕红色战马驮着叔父蔡谷回到了县城,嘈杂声把她从睡梦中惊醒。她看到了血肉模糊的叔父,被人从马背上抬到了祖父住的小屋。蔡谷在作战中负了重伤,连中七箭,因流血过多,昏迷不醒,蔡家人如五雷轰顶。蔡谷躺在母亲姜氏的怀里,鲜血从炕上一直流到脚下。蔡邕用炕内的草灰撒在血泊上,怕夏天的蚊蝇嗅到后蜂拥而来。他们采用了极简单的方法止血,在邻居的老屋墙角找蜘蛛网,把网上的灰尘敷在伤口处。这种偏方止血管用,血很快被止住了。然而,由于蔡谷失血过多,一直处于昏迷状态,偶尔呻吟一声。他需要很快补血和清洗伤口,一旦伤口发炎,性命难保。

这次匈奴犯境,是一次较小规模的战事,由于汉军兵力单薄,布防不严,蔡谷所守卫那个阙口失守了。三百多匈奴轻骑攻入了长城内,掠走了河套西北一带屯田边民近百人。在这次战斗中,蔡谷表现英勇,射杀敌人几十名,与守塞将士一起坚持了七天七夜,因受重伤被战马驮回到县城。郡守上奏朝廷,要为他记功晋爵。县衙和郡府对他伤势十分关切,四处寻找良医和药物,全力挽救他的生命。

夏日,草原上的花香、蝶舞,难以消弭蔡谷被死神折磨的痛苦。蔡琰也是第一次看到健壮高大的叔父,因伤口疼痛发出撕心裂肺的惨叫,家人每每听到,个个揪心落泪。父亲蔡邕也请了假,不再去城墙上巡逻候望。蔡琰所能做的,就是用草蒿驱赶叔父身边的蚊虫,让他得到片刻的安宁。

当蔡谷生命垂危,每天高烧不止,全家人陷于绝望之际,草原上的牧民介绍了一名叫呼延娜云的女巫医,她是匈奴人,年纪二十岁左右,居无定所,也无家人,靠治病救人换取食物。

"他是箭伤,不是邪事,靠妖术法术怎么能医治呢?"蔡质一听是位女巫医,摇着头,不以为然。"试试看吧,或许她有偏方怪术能治好谷儿。"蔡谷的母亲姜氏仍抱着一线希望。

呼延娜云来到了蔡家,走进蔡谷卧病的低矮小屋。起初,得知蔡谷与匈奴人作战时负伤,她拒绝医治。后来,那位牧民说这位负伤之人正是朝中名臣蔡邕的堂弟,她虽然远离汉廷洛阳,也远离南北匈奴单于庭,但对朝野政事一向甚为关心,所以答应牧民前来看病。"他的伤不轻啊!"她揭开了盖在他身上的薄被,然后对七处箭伤一一进行了查看。伤口处的紫色肿块在变大,几乎连在了一起,伤口化了脓,一股呛人的臭味扑鼻而来。"现在病人生命垂危,随时都有可能死去。首要的事要让病人从昏迷中醒来,知道自己有活着的希望,用这种意念抗拒病魔的侵袭和死神的召唤。然后,再在伤口上敷上消毒的药水,吃上排毒的草药,才能慢慢地恢复、痊愈。"她的汉语并不流利,依赖牧人的翻译,他们听明白了她的意思。呼延娜云在小屋看到了身体羸弱的蔡质,看到了愁眉不展的蔡邕,还看到了挤在大人中间的一个忧心忡忡的小女孩,奇怪的是小女孩脸上比大人还多了一份冷静和果毅,她看起来更像牧民的孩子,让呼延娜云心里多了一份怜悯和亲切。

小女孩从狭促的空间挤到呼延娜云身旁,专注地打量着她,见她额上渗出了汗珠,小女孩忙从她的屋子拿来布巾,递给呼延娜云抹汗。呼延娜云向她会心地一笑,并弯下腰吻了她一下。这不经意间的一个举动,扫除了多日沉积在小屋的晦暗之气,他们都长长地松了一口气。"我的谷儿有救了啊,老天爷!"姜氏一把拉住呼延娜云的手,泪水扑簌簌地往下流。"姑娘,你是草原上的卡阿尼姆,你能救我儿子的命!"呼延娜云朝姜氏点了点头,脸上泛起一圈红晕。随后,呼延娜云开始了救治蔡谷的第一步:她要用她的功力,将他从昏迷中唤醒,从死神之手中拽回来。

这天的子夜时分,蔡谷被抬放在一张木床上。当北斗七星正好垂直于小城,垂直于小屋时,其他人都离开了小屋在院子静静地等待,呼延娜云仰头向上,手脚舞动,将北斗七星的正气吸入体内,然后又用力将其输入蔡谷的体内。她反复无数次的收缩、呼出、用力、运气、发功,最后她双掌猛地一击,他醒过来了。他仿佛被人当头一喝,睁开了昏迷多日的眼睛。他看见,昏暗的油灯光下,站着一位亭亭玉立的姑娘,像梦境一般逼真,再扭头一看这间小屋,这分明是自己的家啊！他翕动唇角,想说什么,却说不出来。而此刻的呼延娜云,知道这位从北长城阙口溃逃回来的伤员心里所想,战争给予人的不仅仅是胜败的奖励与惩罚,更多的是对生命的眷恋与珍惜,没有什么比活着更令人骄傲了。眼前这位汉人男子,眉宇之间透出一股英飒,看了让人不禁心动,呼延娜云带着一脸红晕出了小屋。

屋外屏住呼吸等待的蔡家人见小屋的门被打开了,顾不上呼延娜云的叮嘱,一下子涌入小屋。姜氏见儿子已经睁开了双眼,伏在床前呜呜地哭泣起来；蔡质抓着儿子的手,老泪纵横,泣不成声；蔡琰把头低在祖母的裙下也暗暗流泪。这时呼延娜云进来了,告诉他们是神灵救活了蔡谷,她自己只是借用了神的力量,将他唤醒了。

为了消除伤口上的毒液,呼延娜云要在第二天正午时分去草原上采集一种草药,然后将草药捣碎敷在蔡谷伤口处,这样才能消炎化脓。第二天,她临出屋门时叮嘱蔡家人,要守候在蔡谷的身旁鼓励他咬牙坚持,等她采药归来。姜氏急着问她："请问姑娘,我儿何时才能痊愈呢？""最快也得半年……"她撂下这句话后,跃上马背,扬鞭而去,使蔡家人来不及给她报酬。

蔡琰安静地站在蔡谷的病榻前,她记着呼延娜云姐姐的话,无论如何叔叔都不能睡着,于是便缠着叔叔给她讲汉军和匈奴作战的故事。蔡谷摇摇头,不愿再提战场的一丝一毫,却张开龟裂的嘴唇,问道："那位巫医叫什么名字？""听介绍的牧人说,她叫呼延娜云。"蔡琰看到了叔父眼睛掠过一丝喜悦,乏意渐渐地从他脸上退去。"你要等她采药回来哦。"懂事的蔡琰说了一句,蔡谷嘴角露出了笑意。

日落前,披着落霞的彩衣,呼延娜云回到了县城。她采集的草药把肩上的皮包装得鼓鼓的,她没有告诉他们是何种药材。蔡邕心生疑窦,又不好问她,便贴着蔡琰的耳朵边悄悄地说了一句话,蔡琰走到呼延娜云的身边问："娜云姐姐,你采来的什么药啊,能给我一支玩吗？""这是神药,可不是随便拿去玩的,等把你叔父的病治好了,我告诉你吧。"呼延娜云说着,下意识地摸了一下她的皮包,怕被人偷走似的,心生了警惕。她吩咐不要闲杂人进屋,自己一个人在小屋熬药，熬好后，又将药渣封在白色的棉布内用于外敷，汤药用来口服。口服之药尚好，外敷时每擦一次伤口，蔡谷几乎要昏厥一次，惨叫之声不绝于耳。蔡家人不便前来问询，只好叫蔡琰站在门口窥探。蔡琰趴在门口看到了揪心的一幕：呼延娜云双膝跪压在蔡谷的身上，一只手摁着他的肩膀，一只手用棉布条蘸着药汤擦洗他的伤口。面对蔡谷的喊叫，呼延娜云丝毫没有手软，反而嘴角扬起了快意的笑。蔡琰告诉了自己看到的，蔡家人却不敢侵扰半分。

连续七天的治疗，蔡谷的伤口止住了发炎，紫青色的肿块，慢慢变成了紫红色，后来变成了粉红色，随之疼痛有所减轻。这时，蔡谷也开时想说话了："娜云姑娘，确切地讲，我应叫你娜云姐姐啊，你是草原上的卡阿尼姆，我能知道你的来历吗？"呼延娜云的眉毛扬了一下，但很快又锁了起来，一种难以察觉的伤感窜过她的眸子。"我生长在草原，草原处处是我家。"她用这种模棱两可的回答堵住了蔡谷的发问。蔡谷想找一个快乐的话题，一时又想不起，突地冒出一句话让她手足无措："娜云姐姐，你怎么长得那么漂亮呀！"她瞪了他一眼，并没因他的冒昧而生气，反而问他："你也不是很英俊高大吗？"蔡谷不无伤感地说："我现在是伤残之人，一个废物。""你会好起来的，你遇到了草原上的卡阿尼姆。"她嫣然一笑回答他。

这样的日子在重复。呼延娜云每天出城采药，每天带走熬后的药渣，弃在了人不知晓的地方。她现在速去速回，大部分时间陪着蔡谷聊天说话，为他解闷。她给蔡谷讲一些发生在匈奴南北单于庭内的事，这让蔡邕和蔡质愈发觉得这个女子神秘。蔡质知道，他们所处的位置又是汉匈交界处，汉人和匈奴人杂居，情况很复杂。他想提醒儿子与呼延娜云保持距离，一旦病愈，加倍给其报酬，绝不再有瓜葛，但他说不出口，毕竟她是蔡家的救命恩人。蔡琰才不管呼延娜云到底是谁，她很喜欢这位神秘而做事果断的女子，对她来说，现在最大的忧愁是叫她姑姑还是姐姐。最近她时时跟在呼延娜云的屁股后，期望她出城的时候能带上她，可她的想法被父亲看穿了，责备她不懂分寸，气得蔡琰直哭鼻子。呼延娜云为了使蔡琰高兴，每次采药回来时，都带两束草原上盛开的鲜花，一束给蔡琰玩，一束插在屋子的一个瓦罐内。她说这花叫格桑花，那叫金莲花，它们像草原上的姑娘一样漂亮，是最美的花，也是草原上牧民送给自己心目中的情人花。蔡谷听了这话后，几天情绪都平静不下来。他要下炕去门外晒太阳，娜云却摁住了他,说屋外有风,伤未好,风能钻进皮肉内,钻进骨髓。

有时,呼延娜云的情绪像草原上的天气,忽地变得阴沉。她一个人坐在小屋的门前,望着城外高高的蓝天和远处银白的阴山山顶,长吁短叹。她独自一人低声吟唱着一首歌:

敕勒川,阴山下,天似穹庐,笼盖四野。
天苍苍,野茫茫,风吹草低见牛羊……

这是一首草原上流传很久的歌谣,蔡谷在外戍守时,经常从长城外很远的地方听到这首歌谣,那时,他并没有被它所打动。而现在,在呼延娜云的低沉吟唱中,他竟然听出了另外一层深意……

蔡谷的伤口渐渐愈合了,长出一块一块嫩嫩的肉芽,和他原来赭色的皮肤形成了鲜明的对比。令他惊讶的是,呼延娜云不但有高超的巫术,而且有很好的武功。她答应等他身体稍好之后,要教他一套拳术,但条件是:他不能用这种拳术对付草原上她的同胞匈奴人。"这怎么能行呢?我是在守卫我的国家疆土,像你对你的国家一样。一名戍卒,这是天职,也是一种忠诚。"蔡谷对她开出的条件摇了摇头。她不悦地说:"照此理说,我也不该医治你这个汉人的,你应该在我手里死去才对,我应该帮我的同胞杀死你!"她的愤恨如怒潮般卷来,媚人的双眸射出复仇的利箭。她看到蔡谷涉及这个问题时总是坚不可摧,她马上动摇了对身边这个汉人男子的依恋。她郁郁寡欢,甚至想弃他而去,想让他变成一个残疾人,无法爬上长城的那个阙口,无法跨马开弓。蔡谷看出了她的心事,蔡家人猜到了他们可能发生的冲突。姜氏很是犯愁,为了讨得呼延娜云的欢心,用一块丝绸花布裁制了一套长裙。"盛夏,你的皮裙太热了,不透风,穿上这套裙子凉快,也好看。"蔡老夫人给呼延娜云亲自系上缠腰的带子,教她如何穿戴,脱下时如何放置,让她在铜镜前映照。她接受了蔡家人的诚意,心境开始变好。她为了更清楚地看到自己穿上这袭绸裙的风采,拉上蔡谷去城外的河边去玩。"太漂亮了啊!娜云姐姐……"蔡谷看到水中她的靓影,那鼓鼓的乳房,像两只欲飞的小鸟,在她的胸前振翅。看到她的这些后,一股热血充斥于他的男性雄性之中。她的臀部也圆鼓鼓的,张扬而富有弹性;风从身边吹过,一股女人的体香袭来,几乎让他窒息。他羞涩于自己那种无法掩饰的勃起,急忙用手捂住了裤裆被顶起来的部位。"你来吧,咱们站在一起,看看是个什么样子。"她唤他靠近些。她用手把他的那只作弊的手打掉,他又窘迫地用另一只手捂在裤裆上。她顺着他的手,看到了他赧羞的一幕:他的裤裆不但没有沉下去,却凸起了有一寸高,凸突处有手掌大的湿印,也散发出一股臊味。她明白了他的窘态,心突突地跳动,像要蹦出胸腔一样,直压得她喘不过气来。她朝着他凸起的部位狠狠地打了一把,咯咯笑着,奔向一处草深的地方。她的一击,他像被击中了某个穴位,身子颤抖了一下,但并未熄灭他的欲火,反而引燃了她的欲火。她躺在草丛上,想知道自己的手是否有他裤裆上那种黏糊糊的异味,想闻一闻是否异于她反复嗅过的他身上那种臭汗味。她竟然忘记了是那只手击中他的凸点,好在自己的手掌留有痕迹,仿佛涂过油脂似的光滑感。她又怕闻到那种独特的异味,怕自己变成了女魔,最后变得乳房塌杳,腿肚臃肿,双臀松垮,牙齿变黄——像她所见的无数匈奴女人一样。她想极力摆脱这种骚动,防止这条蛔虫在肚内蠕动。然而,她体内那种生理之欲却早已窜出了理性的藩篱,她感到一股黏液像一条虫子顺着她的腿侧爬行。她有意识地将双腿收紧了一下,想止住那种冲动。但事与愿违,仿佛将她的隐秘故意露于众目之下。"别走近我,谷!"她大声喊着。她看到他像一头公牛或雄狮,嗅到了猎物,一步步逼近她。她怕他窥探出了她的欲念,因为她看到了自己渗出布面的那种黏液,和他的那种黏液一样,都是不能见阳光的怪物,是魔鬼的毒液。他站在了距她约有几步的地方,看她斜躺着,一条腿压在另一腿上,不敢直视他的目光。

　　于是,他也以同样的姿势面朝着她,手里拿着一束山丹花,向她招摇,哼起了一首古老的歌谣:

关关雎鸠,在河之洲,窈窕淑女,君子好逑。
参差荇菜,左右流之。窈窕淑女,寤寐求之。
求之不得,寤寐思服。悠哉悠哉,辗转反侧。
参差荇菜,左右采之。窈窕淑女,琴瑟友之。
参差荇菜,左右笔之。窈窕淑女,钟鼓乐之。

他哼着，另一方的她却大声地唱了起来："悠哉悠哉，辗转反侧……"她是熟悉这首歌谣的，它的旋律、节奏、寓意把他们俩人的距离拉近了，情感交融了。她原以为唱歌是草原上匈奴人的擅长，谁知这汉人也能唱出如此倾心的歌声。

在蔡家，不仅蔡谷喜欢上了呼延娜云，蔡琰更是与她形影不离。她还常常教蔡琰学唱那首《敕勒歌》，蔡邕有一次发现后，便照着唱调，用宫、商、角、徵、羽五音，写出了这首歌的曲谱，让呼延娜云重唱了一遍，全部谐调后，又去纠正蔡琰跑调的地方。蔡琰睁着黑溜溜的大眼睛说："只有娜云姑姑才唱得好听，唱得准确。"显然，蔡琰把小嘴一噘，头一扭，对父亲的纠错不以为然。呼延娜云听见蔡琰这句话，脸上绽放出一抹灿烂的笑容。有时，呼延娜云让蔡琰坐到自己的腿上，头靠在自己的双乳之间，给她唱草原上的牧歌。蔡琰的头摩擦着呼延娜云的乳房，一种从未有过的快意使她全身酥麻，红晕从她的脸上泛开，她呼吸急促，双手紧紧握住蔡琰胸前佩戴的那枚玉佛，手心渗出了汗珠。"娜云姑姑，你怎么了？"蔡琰问她。她慌不择言地说："没什么啊，我看你的玉佛呢！"蔡琰不懂呼延娜云的掩饰，倒是认真看起了她的玉，那枚美玉是白色的，晶莹剔透，上面雕有弥勒佛像，大肚子，笑眯眯，憨态可掬。呼延娜云觉得雕像泰然安详，缺乏匈奴人的那种威猛，也缺乏蔡谷身上的那种英朗和阳刚之气。然而，那玉却清凉得如同甘露，让人爱不释手。"我送你，娜云姑姑。"蔡琰说着，从脖子上取下了玉佩要送给她。"我不要，不要的！"呼延娜云赶紧又把玉挂在了蔡琰的脖子上。"这是皇上送给我的，你嫌不好吗？"蔡琰皱着眉头问道。"皇上！噢，这是皇上送的玉饰？我家也……"她马上顿住话语，看了看蔡琰，又看了看屋外闭目养神的蔡谷，将下半句话咽了下去。其实，蔡谷脑子是异常清醒的，这些天一想到呼延娜云那丰盈的胴体，他黯然神伤，唯恐她像天边的星子一样悄然隐去。刚听到"我家也……"这句话时，他心内一震，莫非她与汉廷也有牵扯？她到底是谁？

最近，蔡谷老是躲着呼延娜云，这种莫名的疏远让呼延娜云怅然若失。偌大的蔡家，只有单纯的蔡琰依然热情地黏着她。"我要将那玉佛送与娜云姑姑。"有一天蔡琰当着全家人的面骄傲地说。蔡邕急了，说："那可不能送的，这是皇上赐你的！"蔡琰才不管皇上是谁，她拉着脸说："是娜云姑姑救了我叔叔的命,叔叔的命值不过这块玉吗?"她人小话大,逗得一家人都哈哈大笑,唯有面有窘色的蔡谷一把拉过蔡琰,疼爱地在她额头亲了一口。是啊,呼延娜云救了他,他却无以为报,此刻只能尴尬一笑。"给她你不心疼吗?"蔡谷问。"不心疼!奶奶将她最喜爱的绸缎给了姑姑,我若再将玉送她,她岂不是草原上最美的人儿了?"一屋子人都笑她是人精,比大人还懂事,蔡谷怕家人反对,赶紧解释说:"其实,皇上赐东西和撒糜谷一样随便,就像现在咱家徙边受罪,也是皇上所赐,可见皇上赐的不一定是好的,送人也罢!"蔡质听罢面露愠色,站起来斥责道:"不许你胡说!"一家人不欢而散。

　　酷夏还未结束,蔡谷的伤口还未痊愈,呼延娜云便悄悄地离开了蔡家,去草原流浪了。促使她离开的原因是:蔡谷因杀敌有功,被封为上造步卒,尽管这个爵位很低下,却使蔡家人兴奋不已,像过节似的。五原郡太守王智,乘着朱軬车,在县令的陪同下,亲自宣读朝廷的封赏。呼延娜云夹杂在人群中,看着春风得意的蔡谷心里五味杂陈,他是靠杀死她的同胞获得嘉奖的,那一刻,她甚至后悔为他疗伤了。带着深深地负罪感,她匆匆地回到了蔡家,迅速地收拾好自己的行李,跨上马背,大喝一声,驰骋而去。蔡家的人忽然听到马厩里传出一声嘶鸣,纷纷奔过去一看,呼延娜云的那匹白马不见了,大家都知道她离开了。经历了狂喜的蔡谷,第一个颓废地瘫倒在地,失魂落魄地看着白马上那团红色的身影。"娜云姑姑,你怎么不道别,就悄无声息地走了呢?"蔡琰哭着喊道。也许是被蔡琰揪心的哭声提醒了,蔡谷胸口的千斤巨石像被人掀翻似的,"呼延娜云——"他大喊一声,喊声惊起草丛内潜藏的蓝马鸡,一阵呱呱乱叫,并向呼延娜云远去的方向狂奔。它们是从北面的山峦来到这里草丛中觅食。呼延娜云曾给他讲过,蓝马鸡是草原上的"爱情之鸟",它们雌雄成对,彼此情深意长,一刻也不愿分离。当一只被敌害或遭到不幸时,另一只会发出悲鸣,长时间地踟蹰在尸体周围,因此也做了殉情的猎物。他的视线向着蓝马鸡飞去的方向怅望,仿佛听到了一阵歌声:

　　　　敕勒川,阴山下,天似穹庐,笼盖四野。
　　　　天苍苍,野茫茫,风吹草低见牛羊……

他回顾了一下四周,什么也没有,一片寂静,唯有兄长蔡邕手拉着蔡琰,伫立在沉沉的天幕下。从草原四面围拢而来的乌云,遮住了阳光,草原起风了,要下雨了。他眼前的西安阳县城,像一叶扁舟,在草原绿色的波浪中晃动。他不能不回到这叶扁舟中去,草原太广阔了,歇息的岸边在哪里?呼延娜云的家在哪儿?想到这里,他哭了。

第七章：戍边上章

洛阳宫城的四面围墙，把盛夏的溽热囚禁得密不透风，皇宫变成了一座蒸笼。芳草被晒得蔫萎，花蕊朝下垂着，快贴上地面了；黍菽类作物像拧绳似的，软绵绵地直不起腰；居家所养的家禽，在院棚内烦躁地乱跳乱叫；家犬吐出的舌头有种厌世之感，趴在树荫下苟延残喘。只有伏在草丛或树枝的蝉儿得意得像个中榜的状元，一个劲儿放开喉咙鸣叫。

皇家园林濯龙园、芳林园，虽然绿荫蔽日，泉水淙淙，也难以消弭这夏日的炙烤。皇亲国戚和达官贵人，也顾不了平日的道貌岸然，解开缠身的裙带，露出便便大腹，挥着蒲扇，往园林的青石块上一坐，纳凉驱热！由于酷暑，皇帝刘宏已多日没有进殿议事了。他所在的寝室，为了隔绝热冷，建造时采用了双面空心墙。到了盛夏，还要将南宫外西南角的冰室内藏冰块，搬入他的寝室降温。往年，藏冰用不到一半，酷暑就结束了。今年，天一亮，就有太监向他禀告，这藏冰连正午都没挨过，就化为滴水了。天黑后，他提出要到濯龙园的池塘边去消暑，太监们忙着为他的出行准备车轿等。他提出只随从几个宫人即可，到池塘边坐坐，不需要清理和戒严濯龙园。在两行宫灯的引领下，刘宏便趁黑来到了濯龙园。他走在曲曲弯弯的幽径上，一会儿绕林，一会儿过桥，看到乘凉的人三三两两结成伴儿，或坐在草坪上，或坐于假山石墩上，窃窃私语。这里毕竟是皇家园林，只供皇宫公职人员和朝廷官员家属们憩息游玩，人虽然很多，但还算安静。刘宏慢悠悠地转了许多地方，想找一处亭榭坐下来歇息，却听到了许多女声，就问中常侍吕强："朕好久不来这里了，忽觉得陌生，何来人声？"吕强随之回答道："回皇上，这些天正值三伏，酷暑难耐，人都在房子待不住了，寻个水畔或绿荫处消暑，官宦家属倾家而出，自然人多。"刘宏"噢"了一声，又问："何来女声呢？"吕强不想回答，但皇帝盯着他，他只好硬着头皮回话："微臣实话实说吧，仅皇宫内的宫女多达七千余名，她们若有一半人来此，这园内自然热闹了。"刘宏听出了这位近臣话里有话，弦外有音，没再深问他。这几年，不少大臣上书，要求裁减宫女，减轻财赋，尤其那个髡钳徙朔方的前议郎蔡邕曾辞激烈地指出：宫女成群，淫侈成风。唉，偌大的皇宫若养不起七千宫女，他这个皇帝颜面何在！皇威何在！想到这里，刘宏有些烦躁，继续散步。

这时，从小亭子里传来一个男子的声音："乖乖呀，见你一次太不容易了！"女子说："大人，您要是天天见奴婢吗？您夫人能轻饶？"男子道："看你说的，我连皇上都不怕，还怕什么夫人！"这对男女的对话声，被刘宏听得一清二楚，他气急败坏地呵斥道："来人呀，给我把这对奸贼捉来，朕要问话。"很快，这对偷情者被捉来了，皇上定睛一看，这男子正是宦臣程璜，这老朽都七十岁了，竟然调戏宫女！再看那宫女也不过十六七岁，一脸稚气。"皇上，请饶奴婢的死罪，奴家远在蜀郡，家中尚有父母、兄妹，他们还指望奴婢养活他们。"小宫女向虎视眈眈的皇帝求饶道。"请皇上治罪，罪臣一时冲动，调戏宫女，罪该万死。臣少时入宫，割断尘念，想一心侍候皇上，留得名节。然今晚一时冲动，欲思淫欲，不料被皇上发现，臣死而无怨啊！"程璜也趁机求饶道。"你今年多少岁了？"皇上问程璜。"臣年七十有三，恕臣直言，臣少小入宫，幸得皇恩养育，这才年老身强体壮。"皇上一听程璜这么一说，更是气得牙齿直打战："你已伺候过五位先帝，且先帝对你不薄，赐赏不少宫女与你，你为何还四处调戏宫女？"刘宏说完上前朝程璜猛踢一脚，"踢死你这老而不敬的！"这位中常侍程大人虽然自诩身强体壮，实则经不起年轻气盛的刘宏一脚。他一个后仰，平面四脚朝天，倒在了地上，又爬起来连连叩头。皇帝这一脚也是用上了力气，恰好踢在了他的嘴上，他仅有的一颗门牙被踢掉了，口中流着血。皇帝刘宏还不解恨，又向那个宫女踢去，宫女抱头乞饶。他让中常侍吕强传令永巷令、濯龙园监："今夜彻查，在濯龙园游园的都是些什么人，明早上朝，一一禀报。"刘宏唤侍从将程璜和那位宫女带走收监，听候处置，然后愤然离开了濯龙园。

由于没有藏冰降温，宫女摇动的扇子无法驱除室内的闷热，这一夜刘宏没有睡好。他想起了尚在朔方流放中的蔡邕父子，曾在上封陈事折中直接点名提到的贪官污吏中就有这个程璜，原来这个老朽还是个龌龊下流的东西，自己还将蔡邕、蔡质一同问罪。唉,朝堂之上,忠奸难辨啊……皇帝刘宏一夜没有合眼。

第二天的早朝时,皇帝的眼中布满了血丝,侍从们个个小心翼翼。"昨夜在濯龙园查出消暑宫女七百六十八人,宦官群臣二百五十人。因酷暑难耐,他们玩到通宵达旦。"濯龙园监刘祀和永巷令王谋低着头,战战兢兢地向刘宏禀告。刘宏眉头紧皱着,厉声问道:"朕要问的是,查出这批官宦和宫女行为不轨的有多少对?"刘祀回答道:"微臣如实禀告皇上,这些人中,行为不雅的亲昵搂抱的竟有一百一十对;在暗处窃窃私语的有八十五对;男的敞衣解带、女的袒胸露乳者不计其数……"皇上长嘘一声,指着后排的谏议大夫马日磾说:"你给朕回答,这批人怎么处理?"马日磾吓得浑身发抖,却毫不犹豫地说:"回禀皇上,我大汉朝野尊儒尚礼,男尊女卑,受授有别,这帮宦官宫女淫荡偷情,大伤风化,大辱朝纲,臣以为应严惩不贷,杀无赦!"皇上看见大惊失色的阳球,指着他问:"阳球,你是司隶校尉察举百官,也刚上任,你说怎么处置得当?"这阳球本是程璜女婿,岳丈昨夜东窗事发,被拘押于廷尉署禁闭室内,他自然知道自己也是泥菩萨过河自身难保了,提着发抖的双腿移步上前禀道:"回皇上,臣以为昨夜濯龙园之事,乃我大汉耻辱,凡是朝中重臣应重治,一般宦官应轻治,宫女应豁免,贬为庶人,遣送回家,分别处置,方能体现皇上宽厚仁慈,宽严有度。"皇上听了阳球的话紧蹙的眉头松展了,说:"朕觉得阳球的话在理,重臣重治,凡千石以上俸秩的一律交由司隶校尉审理,弃市。千石以下的一律剥夺爵位,髡钳徙边。宫女遣散回家,给以路费,少以抚恤。众爱卿注意,要以此为戒,今后若再犯此罪一律杀无赦。"

诏旨一下,朝野为之震惊,一些人或死或贬,一些人弹冠相庆。按照诏旨,千石以上的官员要重治,千石以下者髡钳徙边,司隶校尉署又忙乎起来。阳球面对着诸多难题,他的政治对手眼巴巴地盯着他。去年因蔡邕蔡质犯事,有人说他和岳丈程璜一起指示人写了匿名奏章,诬陷蔡家,公报私仇。四月他上任伊始,趁王甫休沐里舍,离开宫廷的机会,将王甫及中常侍淳于登、袁赦、封珝、中黄门刘毅、小黄门庞巡、朱禹、齐盛等人全部收监,连同这帮人的子弟都一并铲除。同时,将王甫的儿子永乐少府王萌、沛国相王吉都一一逮捕,正在审问之中。到了六月,他又上奏皇帝,将太尉段颎收监,送入洛阳诏狱中。当然这帮人,他们在朝廷都有一层密织的关系网，牵一发而动全身。尤其太尉段颎，经营三朝，势力可不能小觑。这次岳丈程璜犯事，皇上将此案交由司隶校尉署处理，是不是皇上给他设了一个圈套？阳球第一次觉得权力是把双刃剑，这把剑柄其实握在皇上的手里，随时倒转剑锋，会刺入每一个权臣的心窝。

整个下午，阳球都在家中进行着装扮，他要装扮成一介平民，去黄门北寺诏狱见岳丈程璜。阳球是有名的酷吏，天生一副恶神凶煞相貌，两道粗眉足有半寸宽厚，满脸横肉，平时穿上官服，坐上车轿，煞是威风，一旦脱掉了官服，穿上粗布长袍，立在镜子前，连他自己觉得像杀猪的屠夫了。天太热了，他不得不戴顶帽子，遮掩一下他的头脸，但又觉得不合时宜。夫人一边给他系衣戴帽，一边哭丧着脸说："你再没什么法子吗？给皇上求求情，让皇上开恩，免他老人家死罪。你要记住，你之所以有今天，你的官袍官帽是谁给的？""谁给的，皇上给的呀。不过，我心里比你更着急，我这深夜探监一切都是为了救老人家一命。这件事只有你我和那个晚上开门的狱卒知道，除此之外，没有第三个人知道的。"夫人听了他的这番解释后，怨气顿减，将包好的果子、点心等吃食装在一个竹篮内，要送他出门。"你到街上雇辆马车来，看门外没人时，唤我出来。"阳球安排夫人去叫马车，他迅速关上房门，把藏于炕席下的砒霜取出，装在衣兜里。

天已渐黑下来了，也许是天太热了。街上行人却有增无减。阳球坐在马车上，垂帘严遮，让他有一种窒息感。车出了北门夏门，他才探出头，把帘子卷起。到达黄门北寺监狱时，已是午夜丑时，他隔槛看到了彻夜等候他的岳丈程璜。幸好没有月光，他溜进了狱卒悄悄为他打开的那扇小铁门，在黑暗中，借着窗外那缕微弱的光，证实一种真实的存在。程璜伏在阳球的肩上，痛哭流涕地说："阳球，你说我死能全尸吗？"阳球安慰着程璜，抚摸着他被皇上踢伤的口部，一种莫名的伤感侵袭而来。阳球低声告诉岳丈："我正向皇上求情，不过，死是无疑了，你老人家放心地走吧。"阳球这样一说，等于是斩断了程璜生的念头，程璜几乎泣不成声地说："老夫无脸见祖宗先人，也无颜见子孙后代；死后不要入祖先坟园，坟地选在老家程家村西头那个山窝里。另外，老夫被皇上踢掉的那颗门牙，你去濯龙园西北角那棵杉树下找一找，老夫平生喜食肉类，下一世没门牙是不行的。"阳球点了点头，为他拭了一下眼泪，手下意识地摸到衣兜那个砒霜包，心内竟有些不舍了。程璜见阳球抹着衣兜迟疑不决的样子，急忙问道：

"你还带来了什么？""大人，我怕拷吏他们再追问过去的几宗案子，比如蔡邕案、王甫案等，他们动酷刑，你上了年纪受不了拷打，又是受罪……"他的话还没有说完，程璜霍地挺直了身子说："哼！他们休想从老夫嘴里挖出一个字！"阳球心里有些感动，说："大人，那晚清查出的千石官员几十人，他们都要陪你去了！"程璜被这句话怔住了，呆呆地望着窗外的月光，半天也不出声。阳球见状迅速从衣兜里掏出那包砒霜，将它放在装有饭菜的篮子里。程璜的眼皮仿佛和夜幕一样沉重，将月光推出了眼帘，也将阳球推出了视线。借着夜色，阳球起身悄然离开了。

　　数天之后，程璜的死讯还是没有传来，使得阳球心里非常烦躁和恐慌。阳球知道，他的政敌曹节、吕强等人想方设法向他发起进攻，少了程璜这棵大树，他势单力薄，而有这棵大树，又怕树倒时压在自己身上，自己反成陪葬品。他最怕上殿议事，皇上每每催问濯龙园一案的进展，他都以各种理由搪塞，但这不是长久之计。现在，唯盼岳丈程璜自杀，只要他一死，万事皆休。然而，岳丈自杀的消息没有来，却传来皇上早朝议事的召唤。他诚惶诚恐地听皇上诏谕："今天，朕唤你们来，要议一议蔡邕的《戍边上章》一事。曹节，你给众位大臣读一读蔡邕的上疏，让大家听一听。"曹节翻着蔡邕从朔方寄来的《戍边上章》，大声读道：

　　　　朔方髡钳徙臣邕稽首再拜上书皇帝陛下：臣邕被受陛下尤异大恩，初由宰府备数典城，以叔父故卫尉质时为尚书，召拜郎中，受诏诣东观著作，遂与群儒并拜议郎。沐浴恩泽，承答圣问，前后六年。质奉机密趋走目下，遂由端右，出相外藩，还尹辇毂，旬日之中，登蹑上列。父子一门兼受恩宠，不能输写心力，以效丝发之功，一旦被章，陷没辜戮。陛下天地之德，不忍刀锯截臣首领，得就平罪，父子家属徙充边方，完全躯命，喘息相随。非臣无状所敢复望，非臣罪恶所当复蒙，非臣辞笔所能复陈。臣初决罪洛阳诏狱，生出牢户，顾念元初中故尚书郎张俊，坐漏泄事，当伏重刑，已出穀门，复听读鞫，诏书驰救，减罪一等，输作右校。俊上书谢恩，遂以转徙，郡县促遣，遍于吏手，不得顷息，含辞抱悲，无由上达。臣既到徙所，乘塞守烽，职在望候，忧怖焦灼，无心复能操笔成草，致章阙庭，诚知圣朝不责臣谢，但怀愚心，有所不竟。臣自布衣，常以为《汉书》十志，下尽王莽而止。世祖以来，唯有纪传，无续志者。臣所事故太傅胡广，知臣颇识其门户，略以所有旧事与臣，虽未备悉，粗见首尾，积累思惟，二十余年。不在其位，非外吏庶人所得擅术。天诱其衷，得备著作郎，建言十志皆当撰录，遂与议郎张华等分受之，所使元顺难者皆以付臣。先治律历，以筹算为本，天文为验，请太史旧注，考校连年，往往颇有差舛，当有增损，乃可施行，为无穷法。

　　道至深微，不敢独议。郎中刘洪，密于用算，故臣表上洪，与共参思图牒。寻绎适有头角，今臣被罪，逐放边野。臣窃自痛，一为不善，使史籍所阙，胡广所校，二十年之思，中道废绝，不得究竟。悾悾之情，犹以结心，不能违望。臣初欲须刑竟，乃因县道，具以上闻，今年七月九日，匈奴始攻郡盐池县，其时鲜卑连犯云中、五原，一月之中，烽火不绝。不意四夷，相与合谋，所图广远，恐遂为变，不知所济。郡县咸惧，不守朝旦。臣所在孤危，悬命锋镝，湮灭土灰，呼吸无期。诚恐所怀随躯腐朽，抱恨黄泉，遂不设施，谨先颠踣。科条诸志，臣欲删者一，所当接续者四，《前志》所无，臣欲著者五，及经典群书所宜据撼，本奏诏书所当依据，分别首目，并书章左。臣初被考，妻子逬窜，亡失文书，无所案请。加以惶怖愁恐，思念荒散，十分不得识一，所识者又恐谬误。触冒死罪，披散愚情，愿下东观，推求诸奏，参以玺书，以补缀遗阙，昭明国体。章闻之后，虽肝脑流离，白骨剖破，无所复恨。惟陛下留神省察。臣谨因临戎长霍圉封上。有《律历意》《礼意》《乐意》《郊祀意》《天文意》《车服意》《朝会意》《五行意》。臣顿首死罪，稽首再拜以闻……

　　中常侍曹节读罢，皇上问："朕听说了，七月份五原北边的匈奴，突破了我五原塞一长城阙口，虽然因敌众我寡，未能守住阙口，敌人掳去了我近百边民，但我方将士奋力拒敌，勇猛可嘉。看来蔡邕距离边防不远，他上章中也提到了这次匈奴犯境之事。""回禀皇上，这次和匈奴作战中，我方戍卒激战七天七夜，战事惨烈，其中蔡质的儿子蔡谷，连中七箭，仍不离开阵地，郡县已上奏朝廷，记功封爵。"中常侍吕强说。皇上高兴地说："那好啊，蔡谷应戴罪立功，为他父兄赎罪，至于蔡邕想回朝补续《汉书》十志，他到那里不满一年，就支撑不住了边地风霜之苦，真是文人的身子啊，哈哈……"皇上的嘲讽既有对文人儒士的贬损，也有对蔡邕的怜悯。阳球趁机上言："皇上所言极是，儒生只尚空谈，不务实事，蔡邕在边地舞文弄墨没有兴致了，就想续《汉书》十志，边地夏季凉爽，清静不杂，续书更好。请皇上遂其所愿，原地写作，当年陛下为他减罪时，不得以赦令除。"

关于蔡邕的问题，朝臣又展开了激烈的争论，朝中开始出现了有利于他的一面。皇帝听完蔡邕的《戍边上章》后屈指一算，蔡质蔡邕父子已流放朔方十一个月了，当朝的名臣徙边的不计其数，南郡太守马融季长也曾在那里度过了三年，蔡邕父子也刚适应了环境，不必急于返回。中常侍吕强看到皇帝沉吟不语，其他大臣因政见不同而在琢磨着如何回禀皇上的问话。吕强说："皇上，臣闻蔡质蔡邕父子徙边极苦，老有蔡质年过七十，少有幼儿蔡琰才满三岁，尤其卫尉蔡质身体羸弱，不服边地水土，一到五原就卧床不起，命在旦夕，常思故土，向隅而泣。皇上应念其在本朝做事五十余年，并著有《汉官仪》一书，为我朝做出贡献，使他回到故郡，魂归故土。""你们说的都有道理，容朕再想一想。今日天气太闷，还是散朝吧。"刘宏挥挥手，太监忙不迭地呈上丝巾让他揩汗。他本来还要过问濯龙园之事，一时被蔡邕的《戍边上章》搅乱。阳球看到了皇上转过了身子退朝，长长地松了一口气，旧愁未去，新愁又来，蔡家尤其那个蔡质小老头，也是个不可小视的人物。

阳球回到家中，忧心忡忡。他闭上了窗户，一个人来回踱步。窗外那只饶舌的鹦鹉，不停地向他喊着"阳球大人"，这是夫人程氏教它的一句辞令。过去，他一进门，听见它的学舌，总是微笑着说："这个小家伙！"然后给它一把米谷，或找来几只小虫赏它。日久它也摸到了规律，当听到院外车马声的时候，就起劲地呼叫主人了。现在，鹦鹉的饶舌只能增添他的心烦，他唤女婢把鹦笼提远一点。鹦鹉不再叫了，院内出现少有的安静。他摊开了一页纸，在干枯了的墨砚内滴了些水，用笔调和了一下，以司隶校尉的名义，给五原郡西安阳县县令孙田写了一封信："孙田大人慧鉴：议郎蔡邕、卫尉质被髡钳徙你地，系皇上诏旨，你之重责。邕、质均系罪人，守塞候望，不得一日缺工。边地千里，巡查不便，望郡县严加管束，随时教改。日迹记录，月报司隶。你年轻任重，前程远大，如有政绩，我当上奏朝廷，相携提擢。"

阳球写好后，反复看了几遍，才盖上他的那枚阳文印章。他拿出了家里的存钱,要他的堂弟阳垠乘一匹快马,日夜兼程,赶往西安阳县,"并在那里住一段时间,相机行事"。他送走阳垠后如释重负,走到后院的杏树下,对着鹦鹉说了一句:"大人安吉,大人安吉!"然而,这句话并未掳去他心头的不安,早上中常侍吕强上疏一事让他心有余悸,吕强说:

> 臣闻诸侯上象四七,下裂王土,高祖重约非功臣不侯,所以重天爵明劝诫也。伏闻中常侍曹节、王甫、张让等,及侍中许相,并为列侯。节等宦官祐薄,品卑人贱,谗谄媚主,佞邪徼宠,放毒人物,嫉妒忠良,有赵高之祸,未被辕裂之诛,掩朝廷之明,成私树之党……臣有闻后宫彩女数千余人,衣食之费,日数百金。比谷虽贱,而户有饥色……宫女无用,填积后庭,天下虽复尽力耕桑,犹不能供。昔楚女悲愁,则西宫致灾,况终年积聚,岂无忧怨乎……又闻前诏议郎蔡邕对问于金商门,而令中常侍曹节、王甫等以诏书谕旨。邕不敢怀道迷国,而切言极对,毁刺贵臣,讥呵竖宦。陛下不密其言,至令宣露,群邪项领,膏唇拭舌,竞欲咀嚼,造作飞条,陛下同受诽谤,致邕刑罪,室家徙放,老幼流离,岂不负忠臣哉!今群臣以邕为戒,上畏不测之难,下惧剑客之害,臣知朝廷不复得闻忠言矣。故太尉段颎,武勇冠世,习于边事,垂发服戎,功成皓首,历事二主,勋烈独昭。陛下既已式序,位登台司,而为司隶校尉阳球所见诬胁,一身既毙,而妻子远播,天下惆怅,功臣失望。宜征邕更授任,反颎家属,则忠贞路开,众怨以弭矣……

当时,皇上听完吕强的直谏一时语塞,众大臣也都张口结舌,不知如何应答。皇上看了一眼阳球,阳球也明白了皇上的意思:太尉段颎被诛,是他阳球所为,但这口黑锅背在他的身上合适吗?他没有反驳吕强的诘问,他等待皇帝的回答。皇帝说:"吕强所奏之事,朕也有所察悟。比如后宫宫女七千,近日已遣散了六百余人,裁减之多也是本朝历来之最。濯龙园事件是我朝蒙羞,那些千石以上官员审查终结了没有?阳球!"阳球被当头一喝,打了一个哆嗦,说:"回禀皇上,大部分终结,近日就要用刑弃市。千石以下的官员,髡钳徙边,也在进行中,人数太多,沿途驿站应接不暇。"皇帝说:"这就对了,千石以上的官员,在行刑时,要选个日子,在皇城内外示众,以儆效尤。""皇上英明,那几个罪臣示众弃市后,对整饬风化很有震慑作用!"众大臣附和着圣意,齐声赞同。皇帝找回了尊严,显得果决起来,"关于蔡邕一案,一直以来朝野有歧义,今日,吕侍中又重提此事,蔡邕本人也返乡心切,就特赦了他们父子回原郡吧。至于故太尉段颎被诛一事,人死不能复活,厚葬之。"

中常侍吕强的《上疏陈事》,像一枚重磅炸弹,震动了朝野。皇上虽然没有把他上疏的事一一回应,但蔡邕、蔡质一家由此获得了新生。朝廷发出了特赦的诏旨,沿着他们一年前去时的驿路送达。它的传递速度,无法与阳球堂弟阳垠的快马相比,当这道旨令到达西安阳县时,阳垠已到那里月余。阴山之南的草原上,秋末已来临,鸿雁南下时的"嘎——嘎——"声,为这座小城的人们增添了一缕缕乡愁。

阳球像一只斗败的公鸡,沮丧地回到了永和里那块朝廷官员的府邸区。他的府宅,建筑宏伟,富丽堂皇,也正是他利用修建鸿都门学和皇宫北宫的机会,顺便将自家的府宅修缮一新。当时蔡邕卢植等笑他将作大匠屈才,他们哪里知道,这份差事,他竟然干得风生水起,揩到了不少油水。刚进院子,就听到那鹦鹉兴奋地叫着"大人安吉,大人安吉",听到这句话,他像被嘲讽了一般,心里的苦闷翻江倒海。最可气得是,目前他还没有得到岳丈服毒自杀的消息。

其实,身陷囹圄的程璜也一样苦闷,他手里握着一包砒霜,想起了一件事:本初元年(公元146年)闰六月,他奉大将军梁冀之命,进宫酖杀刚即位的质帝刘缵,他站在年仅九岁的刘缵面前,手里举着一杯毒酒,奉劝他一饮而尽。当时,年幼的刘缵一脸稚气,跪在他的面前苦苦求饶,他却丝毫没有心软,像抓一只小鸡似的,一把抓住他的头,将杯鸩酒灌入了刘缵的口里。他看到刘缵在地上痛苦地打滚、扭曲、抽搐,到最后全身软瘫,七窍出血,咽下了最后一口气。那年他已整四十岁,由于遇到了鸩杀刘缵的机会,被晋升为六百石的黄门令。之后,他拜倒在宦官曹节门下,升为千石以上俸秩的中常侍。他入宫六十余年,侍候了多位皇帝,也杀人无数,而今天面对自己,他却胆怯了。

这几天狱卒给他传递了一个消息:濯龙园一案,千石以上的官员一律弃市。行刑前,要在皇城东市一带游街示众。这一消息对他来说,仿佛当年他抓起质帝,往他嘴里灌鸩酒一样猛烈。他脑子一片空白,哭了。他身在囹圄,无法向任何人乞求或诉说。他重复着过去的动作,用颤抖的手摸出那包砒霜,浑身像筛糠似的，猛烈地抖动着。他怕到口的那些砒霜不能立即致命，连同手颤时撒在地上的粉末，也用舌尖舔光。瞬间，他的肠胃像燃起了火焰，他挣扎着爬起身子，死死地抓住牢房的门槛，想呼喊，但舌头向喉腔收缩，一种僵硬状；那双紧握门槛的手慢慢松开，他斜倒在窗下，身上变成了青紫色，衣襟、裤子上洒有暗绿色的菜汤，及零零星星的灰白色砒霜粉末。

程璜自杀的消息传出，阳球听到后，长长地松了一口气。这时，他才悲从中来。入殓时，阳球伏棺大哭，没有忘记把皇上踢掉的那颗门牙放进程璜的口中。他的嘴微张着，似乎在等待着这一刻的到来。

第八章：疫区逃生

就在中原酷暑肆虐之际，阴山南北一场瘟疫席卷而来。乌拉山南麓，黄河河套之北，这片开阔的草原，正是草木繁茂、百花盛艳的最美季节。牧民们逐水草而居，白色的毡帐像一朵朵野花，向着西安阳县城的北面——乌拉山南坡，缓缓地移动，散布其间。毡帐外，成群的牛羊又像飘动的白云，在一阵哨音和牧歌声中起舞。然而，在这片美丽的渊薮下，潜伏的瘟疫在随时捕杀活跃于草丛中的生灵。起初，牧民们看见的是从草丛中窜出的兔子，跑跑停停，最后伏在地上不动了，后来又看见了狐狸、野鸡、沙鸡、鹰鹫的腐尸。他们没有预料到这是草原上的一场瘟疫，把捡到的兔子用来喂犬，把染上疾病懒洋洋的飞禽捕回食用。这样，草原上这条生物链全部染上了鼠疫。不长时间，大批牛羊开始死亡，到处是腐烂的死尸。毡帐外，辽阔的草原上连一声犬吠也没了，偶尔传来牧民的痛哭声让草原更加疏阔。许多毡房都是空的，汉人牧民选择向黄河以北或涉河向南逃亡，匈奴族牧民翻过乌拉山向阴山以北逃亡。瞬间，热闹的草原，死一般的寂静，像一座坟场。站在很远的地方看，西安阳县城，仿佛一口没有着色的棺椁，在夕阳黄昏里，等待着入墓。

蔡琰一家也无一例外地染上了鼠疫。蔡邕一开始并没有将这种浑身发烧、流鼻涕、腰酸腿疼的疾病放在心上，他跑到城西的盐池一带，采到了柽柳的叶子，这种小乔木，树枝细长，叶很小，夏天开着粉红色的小花。它的叶片熬成棕红色的汤后，能解表透疹，用于痘疹透发不畅或疹毒内陷，感冒，咳嗽，风湿骨痛。他采回家后熬了一大锅，让每个人都喝，刚开始患者喝了柽柳汤，身上出汗，发烧有所减轻。但过不了多久，又很快发烧，且一次比一次猛烈，甚止昏迷不醒。草原上的医生弄不清楚这种病因，所以无法用药，只是笼统地称之为瘟疫。蔡家第一个被瘟疫击倒的是蔡质,他一连多天发烧不止,睡在炕上迷迷糊糊,不省人事。但是,最严重的却是蔡琰,她几乎病入膏肓。蔡邕抱着蔡琰,拼命地呼唤着女儿的名字:"琰儿,琰儿,你醒醒,你不能死在这朔方的荒原上,这儿离回家的路太远了!"赵氏用拇指掐着蔡琰的人中穴,想让她睁开微闭的双目吐出一口气息,她的指甲下摁出暗红色的血痕,但蔡琰没有半点回应,全家人顿时哭成了一团。蔡质从昏迷中听见了众人的哭声,想翻起身来去看个究竟,不料他连抬胳膊的力气都没有,只好拼尽全力呼唤了一声"琰儿——"又昏死过去。

蔡家人万万没有想到,前两天还是天真烂漫小女孩的蔡琰,今天却与死神紧握双手,昏迷不醒了。昏睡的蔡质,醒来后直嚷着蔡邕背他去看蔡琰,蔡邕无法,只好将叔父抱至蔡琰的炕上。蔡质将脸紧贴在孙女的脸上,号啕大哭,惹得蔡家老小又一阵痛哭,蔡琰的小屋顿时悲泪四溅,哀声四起。

夜晚,仍然不见蔡琰有丝毫转变,蔡邕把耳朵贴在蔡琰的胸脯上,听她的心脏跳动;把手指贴在她的嘴上,感觉她的气息。最后,家人用一块棉布,裹住了似乎永远酣睡的蔡琰,将她抱出了城门外,放在离城百十步远的一棵沙枣树下。蔡琰身下铺了一张草席,身上苫着厚厚的草蒿,赵氏怕女儿在夜晚被野狼野狗叼走,就在她的身旁点燃了一堆牛粪。蔡邕也舍不得女儿猝然离去,决定陪她一晚上。

蔡琰静静地躺在那株沙枣树下,夜露打湿了她全身,她煞白的面颊上偶有一丝红晕泛过。篝火冒着青烟,像她的家人的希望那样并没有泯灭。蔡邕蹲在城墙边,一直盯着女儿,她的生命之光如同她身边的篝火是那么微弱。那晚,远在百里之外的呼延娜云,忽然梦见了蔡琰握着一把沙枣花对她说:"娜云姑姑,我要走了,我要回到故乡去……"梦醒,呼延娜云的心突突地跳个不停。呼延娜云知道,草原上的瘟疫在蔓延,负伤的蔡谷不知道能否躲过劫难,幼小的蔡琰是否也染上这瘟疾,她心里的暗流滚滚,有一种无形的力量将她唤醒:呼延娜云,你必须回到蔡家。呼延娜云顾不得许多,趁着月色跨上了那匹白驹,急驰于通往西安阳县城的斜径上。

黎明前的草原异常静谧。这场大疫,使这一带草原上的人畜锐减,原本人口稀疏的县城,这时变得更加落寞。平日,太阳出来之后,就有从各地赶来的牧人,来城内置换一些日用品,现在太阳已从东边的草地上升起来了,城门还紧紧地闭着,只有城楼上巡逻的戍卒来回踱步。呼延娜云将马拴在城外一棵树上,想着梦中蔡琰手执的那束沙枣花,顺着护城河的枣林转悠。忽然,她看见那株最大的沙枣树下有篝火在冒烟,不远处还蹲着一个老者,他的头疲惫地耷拉在肩上,似微睡一般,她好奇地向篝火走近。瞬间,眼前的一切让她大吃一惊,一个孩子躺在一块草席上,虽然被蒿草掩盖着,但裹在孩子身上的白布隐隐地露出来。那布的颜色她太熟悉了,蔡谷受伤时也是这种布缚着伤口,难道是……她顾不上沉睡的老者,一个箭步冲上去,揭开女孩的头部,定睛一看,"啊"的一声,向后倒退了几步,重重地撞在沙枣树上。"琰儿——"呼延娜云失声喊道,是她日夜思念的琰儿,是她昨晚梦中的琰儿!她没有过多的思考,将她从地上抱起,将脸贴在她的脸上,大声喊着:"琰儿,琰儿,你醒醒啊!"这几声悲喊,将城墙边的蔡邕惊醒,"娜云姑娘——"蔡邕悲喜交加,哭着说,"孩子,别动她了,她得了怪疾,就让琰儿上路吧!""不!她不会死的,她才三岁,上天不会这么无情地夺走她,我要给她治病。"呼延娜云果决地抱起蔡琰向城门口跑去,蔡邕颤颤巍巍地追随其后。"咚咚咚",呼延娜云的拳头像雨点一样砸向城门,开城门的卒子打开城门,一脸不耐烦地说:"着急啥呀,现在开门时间推迟了半个时辰,你们不知道吗?"蔡邕和呼延娜云顾不得向他解释,抱着身子冰凉的蔡琰向蔡家疾奔而去。

呼延娜云的到来,为恸哭了一夜的蔡家老小带来了一丝安慰。"琰儿是传染上了瘟疾,这是草原上少见的一种烈性传染病,是死人最多的病。你们刚来这里不了解,我已经经历过一次了。"呼延娜云一边解释,一边宽慰着蔡家人,"琰儿尚有希望,诸位不要担心,我且试一试。"说罢,呼延娜云从皮包内取出几十根银针,从蔡琰的头部、手指、脚、腿等不同穴位刺入。这些猛烈的刺激,使得蔡琰猛地蹬了一下小腿,嘴皮也开始微颤,好似有了痛感一般。一直到了子夜时分,她张开了干裂的口唇,呼延娜云赶紧将早已熬好的汤药,用一根棉布条蘸上药水,往她嘴里浸润。到天亮时,蔡琰睁开了眼睛,嘴唇微微动了一下,脸上露出了笑容。蔡家老小见状,好不欢喜,蔡邕更是扑通一声跪在了呼延娜云面前,感激地说:"姑娘,你是天神,是救蔡家的天神,苍天不灭我蔡家啊!"呼延娜云赶紧扶起蔡邕,对着痴痴望着她的蔡谷微微一笑。

一连几天,从蔡琰能张开口的那一刻起,呼延娜云为她配制了一服汤药,一个时辰服用一次,一天服用六次。第六天,蔡琰能下床到屋外活动了。蔡谷将这一切记在了心里,他没有说感激的话,只是每天出城采来各色飘香的花,送给守候在蔡琰旁的呼延娜云;蔡家人唯恐呼延娜云刹那消失,不再阻止蔡谷,大家都小心翼翼维护着这得之不易的平静和安宁。

然而,这份的宁静很快被阳球的文书打破了。孙县令怀揣着那份文书来到了蔡邕的那间小屋,他知道蔡家刚遭遇了一场瘟灾,蔡琰死里逃生,蔡质仍久病不愈,他们还未从那场劫难中走出。但公务之事关系他的前程,他不能不传达啊。他从这间屋子转到另一间屋子,又返回到这间屋子,蔡质毕竟久经朝堂,知道孙县令必有要事,急忙问道:"孙大人,您是否有要事?直说无妨,想我蔡家如今落魄,大难不死,还有什么可担心的呢?"孙县令忙从怀里掏出阳球的文书递给蔡邕,蔡邕看后面色凝重,这阳球不给蔡家活路啊,不仅让孙县令监督,还派来了司隶校尉部的属员——他的堂弟阳垠时刻监视,这是要斩尽杀绝啊。

孙县令走后的第二天,蔡邕开始每天四个时辰的城塞候望之职,比原来多了两个时辰;蔡谷也离开了家人,离开了尚在教他武功的呼延娜云,去戍边守塞。蔡谷要呼延娜云答应他一个要求,等他一月后回家时,再送她离开。"但你也要答应我一个要求,不能再杀害长城外我的匈奴同胞。"呼延娜云用质疑的目光盯着蔡谷,蔡谷拍了拍胸脯,满口答应。呼延娜云带着蔡琰去送蔡谷,他们骑着两匹马涉过一道清浅的小河,乌拉山绿草茵茵,坡地上碧草葳蕤,微尘不染。他们跳下马,在草地上漫步,忽然一只棕头鸫雀从他们身边掠过,蔡琰丢下叔父和呼延娜云,喊叫着朝鸫雀奔去。这时,蔡谷不知哪来的勇气,一把将呼延娜云拥进怀里,呼延娜云没有拒绝这突如其来的拥抱,他们躲在两匹马后热吻起来。追逐鸫雀的蔡琰见雀儿远去,反身回来,奇怪的是,叔父和娜云姑姑不见了,但是马匹背后却有俩人拥抱的影子。"姑姑,雀儿不见了。"蔡琰的一声喊叫,将热吻的俩人惊散,蔡谷像做贼似的,一跃跨上马背,策马朝北疾驰而去,留下满脸通红的呼延娜云不好意思地轻抚着那匹白马。

时间对他们来说,像停了摆的钟,是那么慢。蔡邕每天四个时辰的城楼候望,一刻也不能懈怠。他知道,阳垠像饥饿的秃鹫一样时刻盘桓在城墙的阴暗角落。蔡邕站在城头上,看到茫茫草原,人烟断炊,远处不时有人哭别亲人的声音。那一顶顶无人居住和毡房，在风的撕扯下，像一个呼噜噜的破鼓，遥祭着瘟疫过后的草原。此时的五原郡仅剩下不到五千人，牲畜万余头。郡太守每天派两匹快马，向朝廷报告疫情。朝廷下诏，关闭通往内地的道路，严禁人畜出入，害怕疫情进一步扩散。后来，连郡府的文书都不许过关驿传。皇帝下旨，要郡县自己想法灭疫自救。阳垠本是来置蔡家于死地的，不料因瘟病却将自己锁在塞外，难以复命，真是害人害己。

蔡邕站在城头，能看得清楚，由东向西的道路和由西向东的道路上，行人稀少，瘟病显然减轻了。然而，使他忧心的是，县城向北的边塞上，仍不时传来战事。他的堂弟蔡谷，本应休养一个时期，才能回到塞障，但在阳垠的威逼下，不得不去守卫那个长城阙口。早晨，他遥望北方，阴山很高，筑于战国时期的赵长城，蜿蜒于乌拉山南坡和阴山南坡，但它根本无法阻挡匈奴的铁骑，不断有杀戮和抢劫发生。傍晚，他看到夕阳落霞，想到滚滚东流的黄河，仿佛梦一样真切。河套平原纵横的田陌都荒芜了，人们涉过黄河向着南边逃离，朝廷无法禁绝和关闭。黄河两岸的耕地荒草丛生，成了野狐出没的地方。想到这些，他的双腿沉重得迈不开，下城墙阶梯时，几乎是扶着墙下来的。

但是，当蔡邕回到那间低矮的小屋时，他的心情就迥然不同。蔡琰趴在他的肩上，不停地问这问那。蔡琰看到父亲因站立而肿胀的双腿，和腿上黑色的像蚯蚓状的脉管，哭着要给他捶腿。蔡邕靠在墙壁上，伸长了双腿，女儿的小手像搔痒似的，但她给自己带来了无尽的宽慰。蔡邕每晚都要在叔父的屋子坐很长时间，他对《汉书》补续的事情仍耿耿于怀，蔡质喟然长叹道："我将不久于人世了，我若活着，我手头也有一些可供你选用的史料，也可以回忆补充一些东西，我不在了，也给你帮不上什么忙了。"蔡邕握着叔父那双干瘪的手，叔侄双双苦泪纵横。

呼延娜云更觉得时间像停止似的。每天来蔡家寻她治病的人越来越多，她愈加烦躁，实在太闷的时候，她会站在城头向北方怅望。这天，蔡琰见娜云郁郁寡欢，又站在城头眺望，便蹑手蹑脚地走到她的身后，猛然抱着了她的腰。呼延娜云吓了一跳，转身朝蔡琰屁股轻拍一巴掌，假装生气地说："我的小鬼，你怎么像草原上的狐狸一样狡猾！"蔡琰咯咯笑个不停，睁着圆溜溜地小眼睛问道："哎呀，姑姑，你想不想我的叔父，他都离家半月了，什么时间才能回来啊？"蔡琰这一问,反而勾起了呼延娜云的心伤,她叹一口气,一脸茫然地望着北方说:"我也不知道。"

第二十天的午后,呼延娜云正在城外草地上心慌意乱地散步时,蔡谷从城西北角那条路上奔驰而来,她急忙迎上前去,看到他的右臂上缠着绷带,又是负伤了。"你不要怕,这次是轻伤。你教我的武功用上了,这才躲过了匈奴人的一枪,请假回来养伤了。"蔡谷一手牵着马缰绳,用那只受伤的手握着她的手。她也感觉到他是轻伤,问道:"刺你的那个匈奴人怎么了?""我用你教我的武功,只一招……"蔡谷还没有说完,呼延娜云就打断了他的话说:"你杀了他?""我……"蔡谷知道临行前和娜云有约,但事已至此他不能隐瞒了。"你老实说,若你撒谎的话,我要你的命!"呼延娜云脸色骤变,双眉拧成了一股绳似的,眼中闪出一股杀气,和平时的她判若两人。"我不刺死他,他必刺死我,二者必死其一。"蔡谷争辩道。娜云听后,两行泪水从暗红色的脸上流下来,一面是爱人,一面是同胞,舍谁取谁,连她自己都没有答案。但是,一想到那个死去的同胞的亲人也许此时正伏尸大哭,她的眼睛又射出一道仇恨的光。她抛开了他的那只手,一个人立在原地不动了。蔡谷上前欲拉她时,她猛地一掌击在他带伤的胳膊上,蔡谷听到自己的胳膊关节爆出咔嚓的断裂声,一个跟跄倒在了草地上。蔡谷因痛楚抽搐着脸,她却上前用脚狠狠地踢了两脚,一句话也没说,扬长而去。当天,日暮时分,呼延娜云离开了蔡家,蔡邕候望没有回来,两位夫人不知原委,只有蔡琰哭着送她到城门外,她吻了吻蔡琰的脸蛋,拭干了她的泪,又将蔡琰昔日送她的那枚玉佩解下挂在蔡琰的胸前,不容分说地离开了西安阳县城。

呼延娜云刚一走,蔡谷便一瘸一拐地回到了家中,家里人看到他的臂伤,胆战心惊地围着问他。他苦笑了一下,没有说出草地上娜云击断他胳膊的事,只是说边关上匈奴侵扰日甚,从不间断。当他从蔡琰的嘴里得知呼延娜云刚离开时,他只是苦笑一下,不再深问。母亲姜氏摸着他的胳膊说:"你能早回来一刻,娜云还在,能给你治伤的。她刚出了门,想必走不了多远,让你兄长骑马追回她吧。"他制止了母亲,说:"追不上了,草原那么大,上哪儿儿去追呢?况且她向来行踪不定,居无定所,随她去吧。"言罢,他颓然地倒在炕的一角,双眼直勾勾地盯着屋顶被虫蚀空的椽子。这夜,他的臂伤尚在麻木之中,没有多少疼痛,但他一眼未合,想起了他教她的《敕勒歌》。

她离他并不是很远,绝对是在长城内的草原某地。他起了身,站在屋外的院子,想准确地判断她所在的方位。然而,声音却戛然停了,空旷的草原一片漆黑,天空偶然划过一道流星,他面向着城的正北方站了许久。他知道她的家在长城以北的那片草原上,从那儿传来的声音,他都能最先捕捉到。

阳垠囿于旅馆,时间一长,也觉得闷。他开始活动,在城内转悠。他找到了一个叫王双的汉人,许诺给他若干金子,让他帮自己搜寻蔡邕一家的各种消息。在王双牵线下,阳垠还认识了草原上一个部落的首领——须卜李拉,他们频繁地接触,谋划在草原上掀起一场风暴,以策应洛阳皇城内的气候。

"阳垠大人,蔡质的儿子蔡谷去塞障不足一月就回家了,他负了轻伤,正在休养。"阳垠在旅馆那盏昏暗的油灯前听着王双的报告。王双那对贼溜溜的眼睛看了一眼阳垠后,又把屋子扫视一遍,看到桌上放着一盘麦面薄饼。这是县衙对阳垠特殊的照顾,在边城小镇能吃到中原的面食,是一种奢侈。他闻到了这种麦香,猛然咽了几口口水。阳垠说:"蔡谷那小子不足畏,关键是蔡质和蔡邕。"王双回答道:"蔡质久病不愈,像大人面前这盏灯,油尽芯枯了。""对了,蔡质命不久矣,他儿子蔡谷要混到二千石的品阶上还早呐,但蔡邕我们不得不提防。"阳垠一边为灯盏池里添加了羊脂油,一边等王双的回话。王双赶紧顺着话说:"蔡邕每日四个时辰的巡逻够他受了,听城墙上的士卒说,他久站不坐,双腿肿得像地里的长葫芦,我敢说,用不了一年半载,他上城要人抬着!"王双脸上的横肉堆成了一个疙瘩,狡黠地一笑,又瞟了一眼阳垠面前那盘麦面薄饼说:"他们家的事还蛮多的……"阳垠把灯芯拨了一下,室内亮堂多了,问:"你还有什么事?"王双只顾看那盘麦面饼,并没有注意阳垠的问话,阳垠笑着说:"哦,你饿了吧,快吃口饼子,边地尽吃牛羊肉,没个面食填底,很不舒服,孙县令让人做了面饼,你们常吃这个吗?"王双苦笑着说:"一年半载也吃不上一顿呢!"他接过盘子一边津津有味地吃着饼子,一边悄声说道:"大人可能听说过吧,蔡邕他们来了之后,有几次大难不死,靠的是草原上一个叫呼延娜云的女巫医,她行走江湖,用巫术治病,且武功高强。若不是她来到蔡家,那个蔡谷早就一命呜呼了;还有蔡质和蔡邕的那个小女儿,也是她医治的,若没有她,蔡家还能劳烦大人您到这荒蛮之地受罪?"阳垠立即警惕地问道:"她从何而来,住在何处？"王双回答道："她是个来去无踪、没根没底的人。"阳垠听后忽然觉得对付蔡邕一家仅凭自己的一己之力还不够，必须得借助凶悍的草原人之手，才能完成兄长的重托。于是，他等不到天亮，和王双一起披星戴月，赶到了狼窝掌须卜李拉部落那里。

那个部落位于西安阳县的东北方，在乌拉山一个怀臂似的山坳里，地名叫狼窝掌。东西是低缓的山梁，南面是喇叭形的开阔草原，背靠乌拉山山坡，三面丘陵挡住了季风，这算是阴山以南最好的一块草地。匈奴族一支人，在首领须卜李拉家族的统治下，世代居住在这片肥沃的草地上，羊肥马壮，人丁兴旺。然而，夏季开始的这场瘟疫使他的部落损失最为严重，几万头牲畜死亡了，部落人口也死了将近一半。须卜李拉拒绝了部族成员逃亡的建议，仍固守在这块草原上。他认为这是天意，是世人作孽所得的报应。一百多年前，他的祖先靠着一匹马和一只狗找到狼窝掌，这里名字虽然不好听，但它是一块风水宝地。他们驱逐了这块草原的原住部族，打退了无数其他部族的觊觎和侵略，守住了狼窝掌。而现在，自己尚有上千头牲畜和上百口人，只要瘟疫一过，风调雨顺，牲畜和人口的繁殖将会加快，他们的部落仍是个小小独立王国，只有南面的暖风才能吹进他们的家园。

第三天的早晨，阳垠、王双二人赶到了狼窝掌。阳垠几乎被一只从毡帐旁窜出的狗扑倒，须卜李拉忙给他们热了奶子，为他们压惊。"须卜李拉头领，这次瘟疫使你的领地损失严重啊，我从洛阳来，代表大汉朝廷，对贵族慰勉，对死去的牧民们表示垂悼。这是天灾，也是人祸啊！"阳垠一边说着一边走到毡帐内的案几前，将一串五铢钱放在摆着祭品的供桌上。须卜李拉头领被这位汉廷官员的举止感动了，他含泪向阳垠和王双诉说了这场瘟疫的可怕。王双灵机一动，接过话头说："你知道这次瘟疫的起因吗？"须卜李拉回答道："天灾啊！世人太坏了，上天报应啊！"王双嘿嘿笑了一下，说："错了！这是人灾，听县城里的人说，这草原上有一个女巫能呼风唤雨，能制造雷电，是她使用妖术制造了这场瘟疫。她叫呼延娜云，是你们匈奴人，但她是你们匈奴人的叛徒，不为草原人治病驱魔，反为朝廷的罪犯们疗伤，你应该知道一些她的情况。"

王双的话勾起了须卜李拉的回忆：昔日游荡于草原上的那个青春少女，骑一匹白驹，姗姗来到他的部落，足刚落地，便给牧民们或抓一撮草根熬制成汤药，或念一阵谁也听不懂的咒语，牧民们的病就被治愈了。她驮上一只羊，或几束干肉，或一罐奶子，又远去了。他们并没有把她放在眼里，也不认为她有多高超的巫术。"你说得太过了，她能有那么大的能耐？"须卜李拉一脸质疑地说道。"您若不相信，到县城走一趟，现在草原上的人都说这次的瘟疫，是她把牲畜身上的病菌接种在人的身上，人一旦染上必死无疑。人们现在都想捉拿她，杀她以祭我们这片草原死去的成千上万的牧民和牲畜。"阳垠看到须卜李拉并不相信，又补充道，"这次瘟疫，损失最惨重的当数你的部落。唉，呼延娜云这个女巫做恶多端啊！我要回到洛阳，向皇上亲自奏本，捉拿这个贱人，千刀万剐她。"阳垠提起须卜李拉的伤心事，因为他的家人几乎全都葬身于这场瘟疫。他开始怀疑呼延娜云了，她是哪儿人？为何无家无舍，一个人在草原上流浪？他知道自从他的祖先来到这片草原后，阴山之北的那些匈奴人，还有驻牧更远的部落，都在垂涎这块风水宝地。这里向北是高耸的阴山挡住了北面的寒流，向南是大河流域的几字形拐弯，沿岸是农耕沃土，能接近汉人的文明。一百多年来，曾有几个奸细混入他的部落，谋划分裂他的部族，进而夺取他们的牧地，但每次有惊无险。这个呼延娜云他最后一次见她时，她穿着一件丝绸做的印花长裙，这是汉人的装扮，她是匈奴人，怎么穿起汉人的服装？她是否接受了汉朝的犒赏，成了大汉朝廷的细作？凡此种种疑问，对他来说，都会造成灭顶之灾。他觉得百闻不如一见，便答应阳垠去西安阳县城走一趟，以便了解呼延娜云的动向。

  呼延娜云曾使蔡琰死而复生，也曾使蔡谷七处带毒箭伤痊愈的消息，在西安阳县城成了一时的奇闻，妇孺皆知。但是自从阳垠、王双等人出动，一股谣言像还未结束的瘟疫一样，从阴山南坡一阵风似的吹遍了河套南北，东达大青山，西抵狼山。人言可畏啊！她成了这场瘟疫的制造者，她是现世的魑魅魍魉，不管走到哪个部落，那里的牧民指着她的脊梁嘀咕着，她想住在他们的毡帐外，他们都异口同声地说："这儿不方便。"有一晚，她在荒野被狼群围困了一夜，凭着高超的武功她没变成狼群口中的美餐，但伴她多年的那匹洁白的骏马却被狼咬伤而倒下，成了群狼的美餐。她望着那块血肉模糊的草地伤心地哭了，真想念起往返多次的蔡家，想念被她从死神中救出的蔡谷、蔡琰。但她很快又打消了这个念头，她已经和他们做了诀别，不想和他们再有任何纠葛了。

  而在蔡家，蔡谷的情绪起伏不定让一家人犯难。他躺在炕上，他的胳臂红肿得穿不上衣袖，能看得出，他忍受着巨大的疼痛。他明知自己被呼延娜云打折了这只胳臂，却为家人隐瞒了这事。他想将它作为一种印记留下来，证明自己在大是大非面前所做出的正确抉择。但是，他非常清楚，如果再这么下去，他的这只胳臂终成残废，无法拉开强弓弩箭，无法再上沙场。一天，他的父亲扶着墙壁颤颤巍巍地摸到了他的炕前，他起身扶住了父亲，问道："父亲，孩儿想问你一事，我们和匈奴人的冤仇为何那么深？他们接二连三侵犯边境，抢掠边民，和咱们汉人闹事，原因何在？"蔡质叹了一口气，说道："说到底还不是生存，生儿育女，养家糊口，繁衍后代。咱们所在的这片草原，气候温和，水草丰美，地域辽阔，背风向阳；而阴山山中，高寒湿冷，夏季短促，虽然有草，但地薄草稀，冬季漫长，不利于牛羊牲畜的生长和繁殖。所以，他们扩充草地，抢占水草丰厚的地域也就不难理解了。"蔡质停顿了一下，思绪仿佛回到很久以前，"这种情况都是战乱造成的。今年我朝使汉匈奴中郎将张修，没有向朝廷禀报，擅自斩杀了南匈奴单于呼征，更立右贤王羌渠为单于，引发了匈奴内部的混乱。朝廷以不先请而擅杀呼征处张修死罪，但仍未平息这一事件所带来的恶果。一些部落不服新主，乘机各自为王。他们不但抢占汉人的牧区，烧杀掳掠，他们内部也相互争夺、相互残杀，现在又偏逢瘟疫，真是天怨人怒啊！谷儿，你是戍卒，守塞有责啊，匈奴觊觎长城以南河套地区之心久矣，他们若越过长城，占领了河套，依黄河天险，得鱼米之乡，我大汉江山就永无安宁之日了。"蔡质说着一阵剧烈的咳嗽打断了他，蔡谷赶紧拍着父亲的背说："父亲大人，我没事的，轻伤。等我伤好立了功，咱们就能早日返回家乡了。"蔡质反而咳嗽更剧烈了，他老了，早已经向命运认输了，认他乡作故乡了。

九月的一天，特赦蔡邕蔡质返乡的诏旨，驮在一匹驽马的背上，蹒跚而来。这天，蔡邕在城头上候望，他看见了那匹从东向西而来的使者。他全然不知在封城封驿封路的特殊时期，这匹驿马与自己有关。县尉唤他，他踉踉跄跄，若惊弓之鸟，脸上被风吹日晒结出一层黑痂，那件布衫灰色褪成了灰白，和他的须发浑然一色，他现在和草原上的看管牛羊的老汉没有什么差别了。钦差见蔡邕这副模样，简直不敢相信，蔡邕和蔡质跪下老泪涟涟地说："罪臣蔡质、蔡邕，万分感谢皇上特赦之恩，择日将起程返乡，归隐桑梓，守贫乐道，上报皇上不杀之恩，下谢故土养育之情。"他们接旨后，连呼"皇上万岁、万万岁"。蔡家的其他人都退在一旁,小蔡琰吓得哭着,要抱父亲的腿,被母亲拽了回来。也许是乐极生悲,谢完隆恩后,他们一家人相互抱成了一团,哭了一个下午。蔡邕将叔父蔡质扶起来,想让他重温这种喜悦;然而,蔡质的身子却软绵绵地倒在炕的一角。姜氏请他打起精神,他摇了摇头,用微弱的声音说:"我们今天能听到皇上的特赦,我就足矣!朔方边地,三千里路云和月,我恐怕是回不到圉城蔡丘屯,只要你们能回到老家,把我的一节骨头带回去,埋在家乡的土地上,我就万分感激了。"他说罢,两行浊泪顺着苍白的面颊滚落下来。他们没有想到,去岁他们髡钳徙朔方时,并没有这样的悲哀过,而今日被皇上特赦返回原郡时,竟是如此的哀伤!赵氏从屋子的箱内拿出了半罐黄酒,给每人斟了一碗,想借酒祝贺这新生的到来,可是谁也不喝酒。年幼的蔡琰见家人都是那么沉痛,对蔡谷说:"叔叔,你把那个呼延娜云姑姑请来吧,爷爷的病,她准能治好的。"她猛不丁地嘴里冒出这么一句话,打破了屋内的沉闷。蔡谷点了点头,但蔡质却摇了摇头说:"不用了,不用了!"说罢,他闭上眼睛,大家陷入死寂。

呼延娜云是那种可遇而不可求的人,茫茫草原,到处都是她的家,去何处找她啊。蔡谷出了城门,环顾了四周,凭着一种感觉,向着城的东北方向走去,因为那里是匈奴人的活动区域。他沿途走访了几个部落,牧民们都说她是这场瘟疫的制造者,他逢人一边给他们做详细的解释,一边询问她的下落。第四天的中午,蔡谷来到了须卜李拉的部落。蔡谷在部落的接待厅内尚未坐稳,就听到了族人给须卜李拉的儿子须卜木立报告:头领已在草原捕获了女巫医呼延娜云,正在回家的路上。须卜木立传话,要族人把部落平时关押罪犯的狱槛加固,门窗上多加几根木板条,因为呼延娜云有武功。蔡谷无意中听到了这一消息,心里一惊,手里的半碗奶子倒在了地上。他竭力掩饰自己的失态,稳了下情绪,皆是说自己是一名贩卖皮货的商人,看部落有无积压的畜皮畜毛。须卜木立请他先住下来,到狼窝掌外各个牧点转转,只要价钱合适,他们乐意成为生意伙伴。

蔡谷走出毡帐,认真地查看了一下须卜李拉头领的住地——狼窝掌。硕大的穹庐,由无数张牛皮缝制而成,内设议事厅、接待厅、文案厅等。围绕着大的穹庐,有无数个小的毡帐,布满了这片台地。蔡谷将要离开时,一队人马从部落的南面而来,上百号人马,浩浩荡荡,人声鼎沸。中间一匹马上绑缚着一个女人,她正是呼延娜云。她的脸上沾满了血污,是被皮鞭打伤的印痕;她穿的那件白花布裙,撕裂了几道口子,露出的腿部有刺伤的血口。在她的身后气势汹汹的牧民中,有汉人、匈奴人、乌桓人等,他们是来看热闹或是来处决她的部落人。蔡谷看到了她被人从马上解下来,又被绑缚在草地上一根巨大的木桩上,还看到了阳垠和王双被头领领着走进了那个置有接待厅的毡帐。他顿时明白了,草原上的谣言散布者和捉拿娜云的人,非阳垠和王双莫属。

待阳垠他们入庐后,蔡谷从摩肩接踵的人群中挤到了呼延娜云身边。"兄弟姐妹们,你们是来看热闹的,还是来复仇的?今年瘟疫那是天灾,不是我呼延娜云的妖术。我是匈奴人,我是为草原牧民驱邪治病的巫医,我看到草原上成千上万人的匈奴人、汉人死亡,看到成千上万的牛羊牲畜死亡,我也和你们一样非常痛心,我也无能为力。我曾经也治好过一些病人,但我无法治好所有病人。因为这次瘟疫异于过去的那些伤寒、疟疾等病,这是天神为他们做出的安排,非是我呼延娜云所为。有人到处散布谣言,怪罪于我,这是一场阴谋!与几年前我所经历的那场阴谋相同。如果你们认为千刀万剐我之后,草原上的这场瘟疫可以过去,死去的人能死而复生,那我也值得了。"呼延娜云的口角流着血,头靠着赭红色的木桩声嘶力竭地喊道。蓦然,她看见了人群中的蔡谷,目光由原来的激愤变得忧伤了。蔡谷想拨开人群接近她时,她射出了一道严厉的目光,他便止住了脚步。呼延娜云看到了蔡谷用绷带挂起的右臂,她低下了头,再也没有看他一眼,直到须卜李拉头领来到人群中宣布"九月十五正午,处决女妖呼延娜云,凡是各个部落有死去亲人的家人,都来狼窝掌,带上小径路(匈奴语即小刀)千刀万剐她"时,娜云又将目光移向蔡谷,她希望这天他也来这里,为她割上第一刀,因为他的右臂是她击断的,她向蔡谷投去哀求的目光。此时的蔡谷像五雷击顶似的,跌跌撞撞地出了人群,走出狼窝掌,跨上马背,狠狠地抽了一鞭,马长嘶了一声,腾空而起,向西面那道丘陵疾驰而去。

呼延娜云被关在一间木制的牢笼里,这间牢笼从外表看,仍是一个白色的毡帐,它建在部落众多的毡帐之中。进入毡帐内,是用很厚的木板叠加制成的,长宽不过五尺。他们惧怕她武功高强,将监外又用木檩条横着钉了一圈。夜深人静后,她的脑子异常异常清醒,听着外面看守她的人的走动声,她想写一封遗书,将她的所学留传下来,然而,草原上没有她的亲人,她是一个流浪者,一个草原上卷成蛋蛋的猪毛草,遗书留给谁呢?但是,她似乎听到了一个声音:"孩子,你趁夜色黑暗,赶紧出逃吧,带上那本《神龙药经》和咱们的家谱,一直向南跑,翻过阴山,越过长城,到长城之南鄂尔多斯高原上去,那里是汉匈杂居之地,众多的匈奴人都住在那里;涉过大河,在美稷能找到南单于庭。再向南,能找到几百年前中原老家——渤海郡扁鹊故里。走吧,孩子,也许你在那些地方能遇到同祖宗亲,能找到我们这群飘零者的根。"这是父亲曾将她扶上马,给她叮嘱的最后几句话。由于情势危岌,她和家人及族人没来得及告别,便趁夜色,顶着凛冽的寒风,踏着荒草,飞跑了五天五夜,行程千里,才到了乌拉山脚下这片草原。后来她得知,在她离开家没有一刻钟时间,鲜卑人西部帅领着上万人马,包剿了他们所在的匈奴人呼延氏部落,其罪名是图谋反叛鲜卑人、引匈奴人重入漠北。她的家族和部落千余人,没来得及抵抗和逃脱,全部被斩尽杀绝。

　　他们这支活跃了近十个世纪的匈奴部落,也是命运多舛。建武二十四年(公元48年)驻牧于阴山之南,匈奴内部为争王位发生动乱,匈奴贵族相互残杀,匈奴再次分为南匈奴和北匈奴。他们的呼延氏部落在这次分裂中,居留在阴山之北的部落,依附了北匈奴蒲奴单于;居住在阴山之南的部落约两万余人,依附了南匈奴呼韩邪单于,他们这支匈奴部落追随各自的匈奴单于相互残杀于漠北草原上,也由盛而衰。到了汉和帝永元元年(公元89年)北匈奴优留单于被鲜卑人所杀,从而引起内部争立,遂致大乱,这时,南匈奴向汉朝建议"北虏纷争,宜出兵讨伐,破北成南,并为一国,令汉无北顾之患。"后汉朝廷派遣车骑将军窦宪、征西将军耿秉及南匈奴三万骑兵,联合乌桓、氐、羌诸国,共同剿灭北匈奴,战于稽落山。北匈奴单于大败而逃往乌孙,所属八十一部降汉朝者二十余万人,有十余万人降于鲜卑。他们这支呼延氏部落,所剩不足一万人,投降于鲜卑。在鲜卑人的统治下,他们属于外来降族,失去了原有的匈奴贵族身份,没有特权,只能长年累月跟随鲜卑人征战。因此,他们产生了逆反之心,三年前,经过长期策划,预备大年初一夜举事,杀死鲜卑西部帅和驻军,恢复北匈奴单于庭和牧地;如果战事失利,他们率部将过阴山之南,归顺汉朝,寻找南匈奴的呼延氏遗落部族。然而,就在他们准备举事前,他们部落有奸细告密,鲜卑人提前下手,几万骑兵将他们部落包围,可怜的呼延氏部落在睡梦中束手就缚,全被被绞杀。

小时候,呼延娜云的父亲给她讲:他们的先祖是战国时的名医扁鹊后裔,世代为医。二百年前的一天,新朝皇帝王莽,为振皇威,发兵三十万,北伐匈奴,她的七世祖秦超在军中随医,新朝军深入阴山以北的不毛之地,这支军队被匈奴呼韩邪单于军队打败。她的祖先秦超便在匈奴牧地居留了下来,由于他有世传的治病秘诀,后被选入单于庭,专为单于亲族治病,并被匈奴贵族部落首领呼延氏招为女婿,改秦姓为呼延氏,传宗接代,繁衍生息。到了第六代,她的父亲呼延六秦时,门户开始壮大。但他们在草原上历经六世,仍以行医为生,严守家训,秘不外传。为了生存,从她记事起,父亲每日教她汉字,教她背诵药方歌,教她人体脉络,掌握针灸、推拿、按摩等技术;她和兄弟姐妹都是名医。在鲜卑人的统治牧区,他们到处行医治病,她对千里草原的自然环境、地形地貌了如指掌。当鲜卑人围剿她的部落时,她抄着一条小径,翻山越岭,逃出了魔掌。

而现在,她还未到过黄河以南,还未按照父亲生前的遗愿,找到她的先祖的根,就这样匆匆地结束年轻的生命!三年来,她可以有许多机会离开这里,一个人独自到中原去,到扁鹊的故里去。然而,她又是那样热爱这片草原,广袤的草原上,水丰草美,牛羊遍野;她虽然根在中原,但她的血统上又完全是一个匈奴人。她在蔡谷家里,有种亲切感,但仍没有归属感。她喜欢听蔡琰唱的那首《采葛》歌,这首歌她小时也听父亲哼过,但已走了调;但她更喜欢的还是那首《敕勒歌》,喜欢听夜月下的胡笳鞞鼓之声。在她被押入须卜李拉部落大牢的第六日晚上,她企盼中的那首歌声出现了。月儿还未照遍草原,星星散漫而寥落,在距她很远的地方,一阵胡笳声吹起。她顿时热血涌出了脑门,紧紧抓住监槛;那如泣如诉的音律,她怀疑声自漠北她的呼延氏部落传来。这是匈奴人迷茫中的歌唱和呼唤,她听着听着,感动地哭了起来,一种心灵深处的共鸣和安慰,让她一下子欢愉地等待着处决的日子到来。

第九章：回乡遭袭

蔡邕父子被特赦，为他们营救呼延娜云提供了某种方便。他们居住过的这条陋巷，又开始被人们关注，一时间热闹起来。除了平时往来的邻里恭贺外，州郡、县衙的官员，也大模大样地走进了他的茅屋，送来了关照。蔡邕正要出门为呼延娜云的事奔走呼号时，县令孙田恰好登门拜访。孙县令刚落座，蔡邕就急不可耐地提了出来："孙田大人，我来这里已两个年头了，承蒙您的关照，一切都很顺利，现在又沐皇恩，不日返回原郡，我们万分感谢您啊！在离开之际，我有一事相求。"孙县令毕恭毕敬地对蔡邕说："请蔡大人尽管吩咐，你在这里受罪了，我没有尽到地主之谊，还望大人海涵。"蔡邕将他们和呼延娜云之间往来，毫不隐瞒地告诉了孙县令，请孙县令用最快的速度营救她。否则，他们蔡家将亏欠她一笔人情债，终生心里都不安宁。孙县令听后，也觉得他有责任营救这个女人，同时感到营救她也是特别棘手的问题。"那些匈奴部落虽然在西安阳县辖区内，但他们归顺汉朝后，一直自成体系，不服管理；她自是匈奴人，来历不明，又被拘押在须卜李拉的部落，人在他们手中。所以难度也是蛮大的。"县令最后说："我们先赶到他们那里，给他们晓之以理、动之以情，然后威之以法。"蔡谷站在一旁，着急地插话道："请大人开恩啊，无论如何不能在九月十五行刑，她要被千刀万剐的。"

蔡质也强撑着下了炕，对着孙县令跪下，求道："我一定要到须卜李拉的部落去，要去狼窝掌。即便是我有一口气也要面见他们的头领，要见到呼延娜云姑娘；要让草原上的牧民相信，她是个治病的名医，而不是什么给人种邪的女魔女妖！她是因我蔡家而遭诽谤的。他们要杀要砍，就杀死我这个老头算了。"蔡质听不进去家人的劝告，自行拄着拐杖要出家门，蔡邕只好雇来一辆马车，载着年迈的蔡质和年幼的蔡琰，向着城的东北方向赶路。而蔡谷陪着县令孙田，骑马先他们而去了。

日夜兼程，九月十五的早晨，他们抵达了须卜李拉部落狼窝掌。蔡质半躺着，这一路的颠簸使他骨头像散了架似的，但他嘴里一直喃喃地说："呼延娜云还在吗？"看着从四面八方赶来的各个部落牧民，他们怀揣小小的腰刀，欲对罪犯使刑，蔡质几乎要昏厥过去。

孙县令走进了须卜李拉的毡帐，他以县令的身份拜访这位匈奴部落头领，这也是他履行职务以来第一次来到匈奴人的毡帐。看到阳垠正一只手举着酒杯，一只手握着羊腿，正和须卜李拉庆祝，孙县令笑着说："阳大人，您来这么远的部落巡视也不给我们说一声，我们好派人护送你。"阳垠这时才将咀嚼的羊羔肉移开，讪笑着说："不敢打扰父母官啊，目前瘟疫肆虐，防疫灭疫是郡县大事，怎敢劳驾大人分心？这秋日草原太美了，我昨日随便转悠，来到须卜李拉首领这里，正受首领热情款待，怎料大人也来这里，大人不妨来饮这草原烈酒。"孙县令落座后，很快转入了正题，问须卜李拉："头领大人，听说你们这儿拘押着一名叫呼延娜云的女巫医，是吗？"须卜李拉看了一眼阳垠，说："是的，她是这次草原上瘟疫的制造者，多亏了阳大人明察秋毫，坐镇指挥，我们费了好大力气才追捕到她。今天，我们要召开部落大会，处决她。"孙县令听了他的回答，慢条斯理地说："头领大人且慢，这块地方可是我西安阳县的辖地，在这块地皮上处决一名女人，可要经过我县衙公审、报批，才能执行的。这是我大汉王朝的律令所规定。她不属于你这个部落人，也不是你们匈奴部落的家内事，你们无权去裁决。应将她交由我县衙，待我们调查后，若有足够的证据才能处决她。阳垠大人，你是司隶校尉部的属员，你应熟知我大汉刑律规则吧？"他这一反问，倒将阳垠问得张口结舌，不知如何回答，阳垠思索了一阵说："孙大人所言极是，但是，自匈奴归顺我朝后，我朝一直采取的是尊重匈奴人的风俗习惯，匈奴人的内部事务和管理，则由匈奴各部落自己办理，朝廷一般不去干涉。"一听阳垠的解释，须卜李拉心领神会，态度变得强硬起来："是啊，这是我们匈奴内部之事，该由我们自行处理，大人作为汉官，不应该插手我们的内部事务。"孙县令也毫不示弱地说："这怎么能成为你们内部之事务？据说这女巫系匈奴贵族后裔，在这整个阴山之南，她的部落仍人数众多，倘若您随便处置她，必会引起部族之间的冲突,请大人三思而后行。"阳垠没等须卜李拉头领说话,抢先说道:"正因为呼延氏部落在这块草原还有势力,夜长梦多,才应尽快处决她,若有迟疑,恐被劫人。"他们互不相让,相互争执,不欢而散。此时,须卜李拉也觉得自己无法控制局面,开始犹豫不决了。

正午已到,呼延娜云被捆缚于木桩之上,脸上带着一抹稚气,一遍遍地扫视着眼前黑压压的人群,她看到她的同胞手中的腰刀和弓箭,在阳光下熠熠生辉。须卜李拉头领站在她的左边,右边有一个是一位负责押解她的那个小头目。她的面前用草绳隔离开了一道分界线,留出了约有半亩地的空间。须卜李拉对着人头攒动的人群,瞅了一眼躲在人群中的阳垠,大声宣布:"今天是九月十五日,我们捉拿到了女妖呼延娜云,她是今年入夏以来草原瘟疫的制造者,是我们匈奴人的败类,是草原上流浪的孽种。今天我们要千刀万剐她,用她的血祭奠我们死去的亲人。"他的话音还未落地,早已在广场等候多时的牧民,手持着明晃晃的小刀,欲冲进隔离线,向呼延娜云的身上刺去。这时,站在场地上的孙田县令,一个箭步冲到了呼延娜云的身边,高声讲道:"牧民们,匈奴兄弟们,我是西安阳县县令孙田,我今天特地赶到狼窝掌,正是来解释这场瘟疫起因的,入夏以来的瘟疫是天灾,非人故意所为,呼延娜云是名女巫医,是个给草原人治病的医生,你们中间有被她救过的,知道她的为人。要是她真是叛徒,为什么三年前不制造瘟疫呢?你们不能听信谣言啊!"他的话音刚落,人群开始骚动了。在这广阔的草原,牧人们居住分散,尤其是归顺了的匈奴人,他们大部分人才第一次见这位汉朝的县令,觉得既新鲜又佩服。当然,他们依旧听从部落头领的安排,大汉朝廷对他们来说仅是一个空壳。人群中有一个匈奴人高声叫嚷道:"你这个汉官胡说,她就是个女妖,她在草原上行踪不定,鬼鬼祟祟,她来路不明。"其中有激愤的匈奴人已冲进了隔离草绳,开始向她扑去。

这时,一个很大的声音从右边的人群后面传来:"且慢,牧民兄弟们!"说话的是蔡邕,他举着手,搀扶着蔡质,带着一家人,拨开人群,扑到了呼延娜云的身边,将她护住。蔡质用苍老而微颤的声音说:"我是蔡质,是一年前被朝廷流放到这片草原的犯人,是原汉朝的二千石卫尉。幸得皇上特赦,即将返回。我带病赶来,向须卜李拉头领为呼延娜云求情,呼延娜云不是女妖,她是个医术高明的医生,她用她的医术为我们一家人治过瘟疫,救活了我们一家人的命,我的儿子蔡谷、孙女蔡琰,都是她从死神那里夺回的。她虽然是匈奴人,但她用她的良知在救治汉人,我们应该感激她!我愿用我的老命救她。放了她吧,让她在草原上为牧民们看病行医。如果你们用刀剐她就先剐我吧,我愿为代她受刑!"蔡质说罢,双膝跪在了须卜李拉头领面前,蔡家六口人齐刷刷地跪在了簇拥的人群面前为娜云求情。须卜李拉头领一时不知所措,人群寂静了,站在前面急于要割第一刀的牧民们不再亢奋,许多人低下了头,把手中的小刀藏在了衣襟下。阳垠不断向须卜李拉递着眼色,但须卜李拉踌躇不前,他只好自己上前说:"牧民们,我是朝廷司隶校尉所属中都官徒隶,是来西安阳县巡察边防事务,牧民们告发呼延娜云是位女妖,是她造成了这次大瘟疫;另外,他还与朝廷的罪犯串通一气,勾结一起,妄图破坏我大汉的疆域安全,她是不是从乌桓或鲜卑混进的探子还不得而知,但有一点可以肯定,她是无家无舍来路不明的人。我支持须卜李拉头领行使他的部落权力,处决她,为草原除去一害,为我朝除去一奸。"蔡邕听到他的一派胡言后气愤地说:"你在胡诌!牧民们,你们别上当,他是朝廷酷吏阳球的堂弟阳垠,他来西安阳县专为监视迫害我而来的。阳垠你要知道,我昨天是朝廷的刑犯,而今天我是皇上特赦的返朝官员,我的叔父蔡质他是朝廷二千石俸秩卫尉,兄弟是戍边立了功的上造士卒。这里的公事,你阳垠无权插手,自有孙田县令大人秉公明断。"经蔡邕这么一说,阳垠气急败坏,像一只被戳破的气球,满脸的横肉松弛下来。他希望须卜李拉头领能为他撑腰,便将头转向他说:"这是匈奴内部之事,我阳垠无权插手,县令也无权插手,而唯一能决断的是须卜李拉头领。"随着阳垠的话,孙县令说道:"这是我们县辖区内的民事,理应由我管,但我们为了处理好汉匈之间的关系,就由须卜头领决断吧。我尊重头领的意见,他也是草原上牧民们非常崇敬的头领。我想,他不会枉杀一个无辜的姑娘,一个在草原靠行医治病的流浪同胞。"

蔡邕一家六口人,仍在须卜李拉头领和围观的牧民面前长跪不起。他们心里明白,在这片荒蛮之地,一切律法和规则都是空谈,唯一能救娜云的只有须卜李拉的良知。须卜李拉看着跪地求情的蔡家一家三代人,看到白发垂地的蔡质和泣不成声的小女孩蔡琰,他的恻隐之心开始萌动;也许是种族的原因,或者是部落间不想结仇结怨,须卜李拉开始打量这位被血污沾满全身的女巫医,看见她那倔强而纯真的目光,他突发怜悯之心。她像草原上被擒的小鹿,或像一只被缚的雏鹰。这一弱小的生命,岂是他须卜氏的对手,还需要他亲自唤来那么多牧民来杀害她?想到这里,他觉得自己叱咤风云半生,有点小题大做,好似被阳垠这个汉人耍弄了一次,完全被羞辱了一回。

须卜李拉不愧是一个精明的部落头领,他选好了台阶,一个见好就收的台阶,说:"这个女妖怎么处置,我听县令孙大人的话。既然有蔡家父子三代人的求情担保,又在县令大人的管辖范围之内;她又是我们匈奴族人,我若重罚她,匈奴同胞会怨我;轻罚她,汉人会说我袒护了匈奴人。所以,为了维护大汉皇威,还是让县令大人处置她。"说罢,他转过身子扶起了跪在脚下的蔡质,为他掸去衣服上的尘土。这时,还有相信"瘟疫是她一手制造的"谣言的牧人,仍义愤填膺地向呼延娜云身边猛扑去。就在这时,从人群中闪出一人,腾空而起,踩着众人的肩膀而来,他一剑劈下,寒光四射,缚在呼延娜云身上的皮绳散开。"给你剑!"他说罢,又跃身踩着最前面的几个人的头顶而去。围观的牧民哗地向后倒去,发出一片惊叫声。呼延娜云手握那人给的长剑,把那些欲刺向她的小刀小棒一拨,那一柄柄小刀,像树叶般在空中飞悬;她一个鹞子翻身,飞上了木桩之顶,大喊了一声:"你们往后退,退出一条路来,谁伤着了蔡大人,我要了谁的命!"她长剑指处,人们抱头鼠窜。她看到了被人踩倒的蔡质,趴在地上站立不起来;蔡邕被牧人用小刀误伤了,刺破了灰布长袍,血染了布衣。蔡琰被卷在人流中,一时找不到,人群乱成了一团。她又一次跳上木桩,大声地呼喊:"琰——你在哪里?"她的声音被人流湮没了,她用目光在人群中搜寻蔡琰,人流无序,蔡琰个头那么小,无法找到她。蔡邕一家一时没了主意。还是须卜李拉头领有经验,他和蔡邕、蔡谷、呼延娜云分成两队,快速奔向东西两条路口,防止有人把蔡琰掳走。正在他们盘查行人时,一个匈奴人携着蔡琰,交到了蔡夫人赵氏手中,说:"小孩在我这里,我怕她被人踩踏受伤,拉着她离开了人多处,让你们受惊了。"蔡琰见了家人,哭着说:"母亲,我特别的害怕,怕被人掳走。"找到了蔡琰,大家镇静下来,才想到那个劈断缚绳给剑的壮士,他高鼻梁,深眼眶,胸部有很厚的茸毛,分明是一个匈奴人。有人看到他跃出人群后,跨上一匹白马,向着西面斜坡上的路疾驰而去。

事后,呼延娜云给蔡谷讲,凭她的功力,一脚可以将那木桩击为两截,她怕匈奴人为此而失去了自尊,怕须卜李拉头领失去了面子。"在我被捆缚于木桩上的那一刻,我看到了木桩上刻有鱼和龙的形象,那是我们匈奴人的图腾啊,在我们的呼延氏部落,也崇拜这种图像。从看到木柱图形的那一刻起,我感到了强悍的须卜李拉头领外表下,潜藏着另一种隐忍,或者说是一种忧伤和虚弱。"蔡谷忽略了呼延娜云这种细微的感受,他觉得匈奴人是个嗜杀成性的民族,隐忍不是他们的本性。

呼延娜云被解救出来后,须卜李拉头领请她加入他的部落,她谢绝了。蔡邕见娜云不愿归入须卜李拉的部族,立即对她说:"姑娘,你现在伤痕累累,急需治疗和调理,必须要有一个歇脚的家。另外,你面临很大危险,他们陷害你不成,还会使用更卑劣的手段,你千万不能掉以轻心。你随我们回县城吧,等伤好了,再从长计议。"就这样,她又一次乘车回到了蔡家。

蔡邕没有忘记那个救她命于杀场的匈奴人,凭借记忆他画出了他的模样。等画好后,让蔡琰去辨认,蔡琰惊呼起来:"那是救我娜云姑姑的人,没错,他的左眼角有颗黑痣,父亲画得太像了,按照这个画像一定能找到他的。"他们把同样的炭黑像画了好几张,让蔡谷张贴在城门内外,谁若是打听到他的消息,蔡家将予重谢。

蔡邕一家忙着为返乡做准备。他们决定将三间小屋和所有的家什,一个不留地赠予呼延娜云,让她能定居下来,不要再过漂泊流浪的日子。呼延娜云感动得热泪盈眶,说:"大人们,小女无功受赠。我过惯了游牧生活,县城太小,四面城墙,像个笼子似的。我虽然无家,但草原处处都是家。"但蔡邕一家坚持赠予,她只好接受了。

五原太守王智,即中常侍王甫的弟弟,得到蔡邕、蔡质被特赦的消息,从五原县城赶来为他们送行。王智一向仗势欺人,骄横跋扈,盛气凌人,能亲自来到县城送行,真是给足了蔡邕面子。蔡邕喜出望外,忙在城内最好的酒馆招待了王智、孙田一行人。喝至半酣时,孙田起舞而歌,王智不断劝蔡邕喝酒,蔡邕自知酒已过量,请求暂缓一阵再饮。但王智不依不饶,一手抓住蔡邕的耳朵,一手将半碗酒硬往蔡邕嘴里灌。蔡邕不从,酒洒到了他的领口上,他感到了自己在众人面前受辱,便愤然地说道:"你王智不要仗势欺人,借酒羞辱我蔡伯喈!"说完,他抓过那只酒碗,咣啷一声,摔了个粉碎,拂袖欲离开。王智当然恼羞成怒,大骂蔡邕道:"你这个不识抬举的囚徒,我要你回到原郡重新再来这里充边。我要向皇上告你,告你在流放其间多有怨言,诽谤皇上。"菜肴还未上齐,众人还未敬酒,这场盛宴便不欢而散,也为蔡邕日后逃亡吴地埋下了伏笔。

回到家里,蔡邕十分后悔在酒席上的失态,蔡质也抱怨他举止失礼。从郡府传出的小道消息称,那天的酒宴一结束,王智便给皇帝写了一封奏章,派人连夜送往京城洛阳。蔡邕知道,若奏章到了皇上手里,又为他的昔日宿敌提供了有力武器。他开始思考面临的新危险,他改变了回原郡陈留郡围城的主张,像逃亡一样,沿着一条秘密的线路,由北至南徐行。

呼延娜云融入蔡家后,心情有了改变。她想随同蔡家一同南归,这让蔡谷欣喜若狂。他告诉娜云,如果不习惯中原,就继续回西安阳城,这三间茅屋就是她安身立命之所。他们把那些家具和生活用品,原封不动地保存在屋内,托给邻居看护。这些周密的计划,为娜云解除了后顾之忧,她真切地感受了蔡家人的关爱。蔡谷更是对她呵护有加,一回到家里,他顾不上休息,用一只手臂提着篮子,将呼延娜云换下来的血污衣衫,悄悄地拿到城外的低洼水池里去洗。呼延娜云看在眼里,从须卜李拉部落回到家里后,她就开始为蔡谷治疗残臂。姜氏在隔壁屋子听到儿子的惨叫声,赶紧让蔡琰爬在门缝里偷听偷看,蔡琰看完诡秘地说:"姑姑用两只脚蹬着叔父的臂膀,用手拽着叔父受伤的胳膊,疼得叔父大叫着,姑姑不理,来回拽了十几次,叔父好似昏了过去。然后,姑姑抱着叔父的头哭了,叔父醒过来了,用那只未受伤的胳膊将姑姑抱进怀里……""好了,琰儿,别再往下说了!"姜氏立即止住童言无忌的蔡琰。蔡质倒是冷静地对待这件事,他避开蔡谷和呼延娜云,对蔡邕和姜氏说:"我们不要耽搁人家女孩子的前程,她已到了出嫁的年龄,要成家立业,再说我们是朝廷注意的人,流放返乡时还带回一个异族女子,朝野怎么看待我们?皇上知道了,我们如何解释?我们全家的安宁全系皇上一人,除此而外,谁还能救得了我们?"

就这样,呼延娜云和蔡家的聚合离散,又一次的重复。九月末的一天,她挥泪送走了蔡邕一家人。蔡谷失魂落魄,无法面对娜云炽烈的目光,蔡琰更是哭成了泪人儿,她将那枚玉佩再次挂在呼延娜云的脖子上,说:"娜云姑姑,你带上它,日后你变老了,我好找到你,辨认你!"娜云听罢,热泪盈眶。蔡谷在一张纸上给她绘出了从西安阳县到老家经过的驿站、山脉、河流、渡口等。蔡邕要她定居在城内,不要再漂泊流浪,将来有书信也好寄给她。

蔡邕选择返回原郡的驿路,最终还是来时的那条古桐阳道。那是一次偶然的遇险,他才改变了原来的想法——他想抄最短的路径,过黄河,越沙漠,达上郡,向南直抵长安。然而,欲速则不达。他们第一天乘坐的马车,应该说是极限速度,半夜才赶到距黄河北岸七十里的地方,投宿在一家汉人居住的小堡子内,人困马乏地歇息在这户人家的炕上,一闭着眼就呼噜噜沉睡过去。就在这夜,送走蔡邕一家,呼延娜云一个人在空寂的屋子里想过去的事怎么也睡不着,眼睛盯着屋顶。这时忽然听到门外有脚步声,她从窗缝中看到有人影在晃动,并有人将关门的栓子用铁片轻轻地撬动,门咣啷一声被打开。她躲在门扇的后面,来不及取那柄长剑,顺手操起了一根木棒,准备迎击。但他们看到人走屋空,站在外边的一个人用脚猛地踢开另一间屋门,骂骂咧咧地说:"阳大人,很抱歉,这次又弄错了,蔡邕他们人走屋空了。"她能在人群中辨别出一位浓重京城口音的男人,他肯定是阳垠,是那个要置她于死地的阳垠。她仇恨的怒火燃烧起来,从炕头苇席下面抽出那柄长剑,又躲在了门后边,想进一步知道他们的阴谋。阳垠骂道:"你不是说他们明天走吗?你这个废物!"黑暗中阳垠扇了王双一耳光,又朝他的屁股蹬了一脚。王双嗫嚅地说:"小人并没有弄错,谁知他们返乡心切提前走了。""他们走的那条小道你熟悉吗?"阳垠问。"回大人话,这草原上的路小人没有不熟悉的,小人闭上眼睛也能找到他们。""走,追上他们!"在阳垠的带领下,他们一窝蜂似的出了院子。

　　呼延娜云立即锁好了屋门,骑上蔡家给她买的另一匹白马,佩上剑,尾随其后。她计算了一下,因迟走半个时辰,要追上这伙刺客,全赖这匹马了。她不时用鞭子抽打马臀,那匹白马仿佛一支离弦的箭,长嘶一声,穿过夜幕,向前驰骋。在临近蔡邕他们借宿的小堡时,这匹马像有灵感的一样,前蹄腾空,长嘶不停。堡子内有鸡鸣犬吠之声,并伴有人的说话声音。她按照车马所行的路程计算,蔡家一行人也只能在这个堡子歇息,一旦错过这个堡子,又是上百里无人区。她下了马,喊叫了一阵,才有人来开堡门。"今晚怎么闹鬼似的,半夜三更一拨一拨地来人。"一个中年男子,一边开门,一边打量着她说道。当中年男子借着从城门侧面的屋子射出的弱光,看到只是一个女孩时愣住了。"这是怎么回事?"呼延娜云问他是否有一家老小六口人乘着两辆车夜宿此处,他指着堡子的最北面说:"在西北角,门口卸有车的那间屋子,住的正是。在一刻钟前,有几个男子也是来找他们,我开了门灯未息,你随后就来了。去吧,进去敲门,他们正睡熟着呢。"经他这么一说,呼延娜云神情紧张起来,原来阳垠已追寻到此地了,而蔡家人是否已倒在了血泊之中？她顾不得再做思考,将马拴在堡子门口的一棵树上,奔向了堡子的西北角。她边跑边大声喊着:"你们别动手,谁伤着了蔡家人,我就要谁的狗命！"她像一个侠女剑客,挥舞着那把长剑,直指在暗角的那帮刺客。这时,有人用身子猛地撞那间屋门,她飞出一剑,穿过那人的脊背,扎在了厚厚的门板上。门被撞开了,但刺客被钉在了门扇上,鲜血沿着剑的凹槽向外喷射。蔡邕一家人尚在睡梦中,被这突如其来的撞门声惊醒,黑暗中吓得不知所措。他们下意识地把被褥往蔡琰身上裹,向炕的旮旯围拢和退缩。姜氏和赵氏早吓得魂飞魄散,尖叫了几声昏过去了。蔡谷在边塞上经过战争的锻炼,加之在城内病休期间跟着呼延娜云学了点擒拿格斗术,他顺手操起了屋子的马镫,守住了屋门。屋外,呼延娜云和刺客进行着搏斗,剑戟之声铿锵作响。她利用那辆马车作掩护,已将两名刺客刺倒。她看到了蔡谷守在屋门口,抵挡着一个刺客,大声喊道:"蔡谷,你不能出门,守护好蔡大人他们,外面由我来对付。"听见此声,蔡家人才知道,在屋外和刺客正在你死我活搏斗的原来是呼延娜云。蔡邕立即在屋子喊叫起来:"你们这伙强盗土匪,要什么东西尽管拿吧,不要伤人！"屋子没什么器械可用,蔡邕举着马鞍作掩护,往门外冲。呼延娜云一个飞跃,站在了门口,将蔡邕推进了屋内,说:"蔡大人,你别出屋,他们要刺杀的是你。"她的功夫高强,刺客根本不是她的对手,当第四个刺客倒在地上之后,其余人便借着城角一堆靠墙的橡檩爬上城墙逃跑了。

　　天亮后,房东检点屋外的尸体,原来王双是第一个撞门的中剑者,因失血过多,已毙命。房东将马厩里的独轮车推出,将四具死尸压在一起,哀叹道:"幸亏这是狼都不搭脚的偏僻地方,推出去让猎物一吃就了事,若在县城附近发生这种事,我可脱不了干系。"房东说着一口地道的西京方言,原来这个偏僻的堡子,仅有七户人家,是一百年前从西京附近的槐里迁来的,也是被流放到边陲官员的后代,他们原来住得分散,没有编入户籍,靠附近零散的耕田种植农作物生存。在边地,农户和牧人都有这样一种习惯,对过路投宿的人,不管白天半夜都行以方便,从不拒绝。因为他们都清楚,在这么荒芜的地方,旅人若是错过了一个村舍,都将面临饥渴寒冷、野兽侵袭等。所以,即是一个逃亡的罪犯半夜来叩门，堡子里都会有人出来，让他留宿。经呼延娜云的介绍，他们知道了夜宿者是当朝名臣蔡邕、蔡质一家时，堡子轰动了，有一家人宰了两只羯羊准备为他们接风，并告诉他们：南行的路虽然途短径捷，但风险特大，要经过沙漠，要涉过大河，要爬过无数丘陵和沼泽，有时还会迷路。为安全计，走古稒阳道为好，因为那条道路是秦汉以来中原通往漠北的最为畅通的道路，沿途驿站接应完备。

经过这场惊心动魄的遇刺，蔡家人如惊弓之鸟，惶惶然，愕愕然。他们认识到了所面临的险恶并不亚于特赦之前，五原太守王智的密奏，司隶校尉阳球堂弟阳垠的追杀，随时都有可能将全家人置于死地。蔡邕想到这次返乡，全家的性命系于一身，他要怎样才能将年过七十的叔父和三岁的女儿蔡琰安全地带回陈留圉城？这三千里路云和月，该有多少狂风暴雨和惊涛骇浪。此时，他面对着呼延娜云再次提出的同行要求，不但不予回绝而且心中期许。蔡邕对叔父说："看来皇上没有让咱们死于朔方，而仇人却要将咱们杀死于边荒了。多亏呼延娜云姑娘急时相救，否则我们成了无头之鬼，世人谁能知道我们惨死在这荒域小堡里？她要随我们回中原，就应允了吧，我们能带着这样一个匈奴女儿回家，实乃天意。"蔡质没有回答他的话，他本来虚弱的身体，又偏遇到这么大的惊吓，已朝不保夕，还管什么荣辱得失。就这样，呼延娜云作为蔡家的一员，随车同行，为这次蔡邕徙边返程增加了佳话；蔡谷更是喜上眉梢，认为在他的人生中虽失之东隅却收之桑榆。蔡琰当然更是欢喜得像草原上的金丝雀，一阵歌唱，一阵跳舞。呼延娜云的融入，使蔡家有了一种安全感，一时忘却了往日的惊悸和慌恐。

而呼延娜云，随着渐行渐远的草原，心情渐渐惆怅起来。这些日子，急剧变化的生活环境，打乱了她往日那种逍遥自在的生活，摇摇晃晃的马车，像村妇手里的筛子，将她混杂在一起的那种激情、任性、理智等一一过滤，最后剩下的是她看也看不清楚的几粒"实物"。她想起，在她决定定居在西安阳县城、住入蔡家馈赠的三间茅屋时，心里有了一份踏实感，然而仅入住了不足一天时间，骤然而起的风浪又将她卷入了未来的大海之中，她感到眼前一片茫然。她和蔡谷、蔡琰同乘一辆车，中间有蔡琰把他们二人隔开，一左一右。在蔡琰呼呼打瞌睡时，蔡谷趁机将手从蔡琰的身后伸了过去，握住了呼延娜云的那只手。他的手是那么大而宽厚，烫烫的，一攥住她，她的手心就沁出了汗珠，脸上骚红，不敢直视他热烈的目光。这时，她又感到他的手从她上衣的缝子钻进去，从她的肚脐眼慢慢上移，一接近她的乳房时，她全身发麻，她想把他手拨开。然而，一种无法超越的生理欲求让她欲罢不能，她的筋骨像软了一样，斜斜地靠在了他的身上，一任他抚摸。他的手像一只鱼，悠然地在她胸部海湾里逡巡，她不由得呻吟出了声。而他正要将手移到她的肚脐下那片处女地时，马车一晃，她的身子弹了起来，他的指尖触到了她的隐秘处。她"啊"地叫了一声，他赶紧抽出了手，那种黏糊糊的液体在他手指上涂上一层光亮，他没有急于在衣襟上擦拭，而是放在鼻下嗅了一下，什么味道也没有。在他无数次的想象中，那种黏液该有种芳香味，像草原上的牛奶，让男人为之迷乱。他又想用舌尖尝，又觉得龌龊。车子又颠了一下，蔡琰醒了。他望见蔡琰那双纯真清澈的眸子，一种羞耻感盖过了他所有的激情和想象。他看了一眼呼延娜云，她还靠在他的肩膀上，还未从迷乱中回过神，双目微闭着，红潮还未从她的脸上退去。蔡琰左右看一眼，说："娜云姑姑太累了，让她靠着你睡一阵。"娜云连忙摇着头，一脸窘态。

　　车行雁门郡的马邑县，已是第十天的傍晚。突然，蔡质病得厉害，肺部炎症，呼吸困难。呼延娜云用她在草原上惯用的秘方治疗，仍无济于事。蔡质躺在客栈里，嘴里还喃喃自语，忽然，蔡邕听得叔父咽喉呼噜了一声，便不作声。他急忙将手掌放在叔父的嘴边，已经没有出口的气了。姜氏和赵氏忍不住痛哭起来，引得全家一片哭声。蔡邕也跪在蔡质的尸体旁哭着说："叔父大人，不孝儿将你害苦了，使你髡钳徙朔方，颠沛流离，客死异乡，死不瞑目。我们一定会将你运回故乡陈留圉城，使你魂归故土，骨埋故园。你若地下有知，魂魄随我们继续返乡。"言罢，他用手将叔父微睁的双眼合上。马邑县令王某，知是汉朝原卫尉蔡质死在返乡的驿馆，亲自买了一口上好的松木棺材，派壮丁护送回乡。

　　车过太行山，气温开始回升，蔡质的尸体腐烂。臭水从棺材边角往外流，蔡邕一路陪着棺木，日夜兼程。他放弃了不回原郡的计划，坚持要回到蔡丘屯，亲自主持叔父的葬礼，为他的坟头盖上一锨黄土。尽管在马邑时，途中就传来王甫被诛的消息，那个骄奢淫逸的五原太守王智也在捕杀之中，但司隶校尉阳球权倾一时，他能放过蔡家吗？愈接近黄河渡口，蔡邕一家愈惧怕。最后，在过了孟津渡口的那天中午，他们想起了一年前的往事：在这个渡口上，面对滔滔黄河,雁鸣声里,他们迎着萧瑟的秋风,向漠北而去;仅一年时间,又出现在这个渡口。他们像一群鸿雁,无法割舍故土之情。但在这个雁行里,那只领头的雁——蔡质却掉队了,他化作了一滴滴腐水,洒在了回家的路上。往南不远,就到了那时送别他们的那个驿站,曹操、卢植、吕强、阮瑀、路粹等赋诗送别的地方。蔡邕想起了曹操的那首短诗:"秋尽天寥廓,时序复见长。北雁南回日,郊外迎蔡郎。"而如今,雁尚回,人正归。归人中已缺少了叔父蔡质,蔡邕一时悲痛不已,抚棺痛哭起来。他的一哭,惹得全家人都跟着恸哭。只有呼延娜云没有落泪,她递给蔡邕一条布巾说:"大人,你要节哀啊,人死不能复生,重要的是活着的人怎么办,现在已过了黄河,快到洛阳了,你不能只顾悲痛,是远走他乡,还是冒险回蔡丘屯,该到定夺的时候了。"她的话尤若一盆凉水浇醒了蔡邕。"我,蔡丘屯怕是回不去了!"蔡邕悲戚地说。

呼延娜云看了看蔡谷,又看了看姜氏,说:"只要老夫人同意我随他们去,我就一定随着他们回家安葬蔡老大人,如果他们觉得不便,我就随大人远去吴会,也好和琰儿一块玩耍。"她的话音刚落,蔡谷抢先说话:"你还是随我们到圉城老家好,家里尚有薄田百顷足够养活我们。我的父亲刚过世,还有许多事情要办。另外,母亲孤单一人,你若在身边,她也不至于寂寞。"蔡谷知道,他已离不开呼延娜云了。父亲在世时,家人曾有诸多顾虑,使他们之间有着一道坎儿,那是一种种族和身份的坎儿。现在,父亲故去,他们之间的鸿沟慢慢地弥合了。听着大人们的议论,尚在童蒙之中的蔡琰,却拉着呼延娜云的手不放,她要姑姑随父亲母亲一路远行。母亲赵氏瞪一眼她,她反而噘着小嘴巴,拧过头,生气地说:"那我就要随姑姑去了,不跟你们了。"呼延娜云疼爱地抱起她,朝她的脸上狠狠地亲了几下。她知道小蔡琰并没有懂得或窥视出她平日的心思,才愈觉得她的可爱。"童心无邪啊!"她暗自叹了一声,等待蔡邕的最后抉择。

这天中午,他们在黄河孟津渡口南十里处,一个有饭馆的驿站,吃了一顿离别饭。这是流放后第一次吃老家风味的饭菜,他们对着碗碟,举箸迟疑,无心品尝。停在驿站院子的马车上载有蔡质尸体的棺材,不知何因,一阵梆梆的响声,传到了蔡邕他们正在吃饭的馆子里。他们以为是有人用什么硬东西敲击棺材,看后却什么也没发现。蔡老夫人姜氏说:"那是棺木一到河南,天气热,太阳一晒,木板就响,没事的。饭前你用酒在棺材前泼洒过了,大人灵魂有知,我们没有忘记他啊。"蔡邕一听,便招呼大家快吃饭。他刚坐下,又听到梆梆连响了几声,桌边人都听得特清楚。平时胆子很大的呼延娜云,听到这无缘无故的响音,心里也警惕起来。蔡邕沉思了一阵,决定将棺材打开,把棺内注满腐水的灰包全部取出,换成新的灰包,将腐水吸干,再用灰包把尸体夯实,这样老人家就干干净净地回家了。于是,他们出钱雇了一个农夫,做完这些活后,棺材再未出现响声。

在这个驿站,他们挥泪分别了。

一月后的一天,蔡谷收到了兄长蔡邕的来信:

> 谷弟如晤,我已于日前抵达吴会之地山阴。一路车行舟渡,行程千里,所幸无恙,一切安妥。南地水广,闷热潮湿,习俗有异。琰儿身染皮疹,搔痒不耐,因之初到,长时将适矣,不必挂牵。叔父坟茔堆起多高,植何树木,当请高人指划。朝势颓废,时局万变,你我要谨记父训,宁静淡泊,不事张扬;守护田舍,耕读治家。徐瑗系蔡家养女,呼延娜云系蔡家恩人,应以亲人相待。我辈祖上三世不曾分家,孝悌彰显,望弟维持家风,传之后嗣,以慰父灵。日后,时势若靖,我即返乡,家祭祖上,为父立碑,以还夙愿。今之亡命江海,萍迹吴会,携妻将雏,所怀者,老焉、少焉;所虑者,今日、明日,遥望中原,向隅而泣……

蔡谷收到了这封信如获至宝,悲喜交加,他穿过田野密密麻麻的林木和谷茬地,跑进了永寿屋大喊道:"母亲,我兄长来信了,他们到了吴地山阴县。今后我们就能和他们经常联系了。"姜氏并不识字,急切地问道:"琰儿还好吗?""琰儿患上了皮疹,南方天热潮湿,这是自然的,不碍事,适应水土就好了。"蔡谷答道。这时,从田野归来的羊衜和徐瑗夫妇也急着要看信。徐瑗才读一行,便泪眼婆娑,不忍卒读。自洛阳郊外黄门北寺监狱一别,再无相见,每每抚琴,思念浸骨,她别过脸问蔡谷:"叔父,我们何时才能与父亲母亲及琰儿相见呢?"蔡谷苦笑无语,大家一时都缄默不语了。

这时的蔡丘屯,已进入初冬季节。永寿屋门前,堆满了谷物。蔡家人在蔡谷的带领下,渐渐步入了农耕生活。蔡家祠堂前的那棵大栗树,硕果累累。蔡老夫人姜氏挑选了最好的栗子，将它们藏入院子地窖内。"琰儿还没尝过栗子呢，她该能爬树了，留下一个枝头上的栗子不要摘，等琰儿回来自己摘吧。"她认真地说，大家也认真地听。蔡谷接过母亲的话说："她还没见过栗树呢，只听过大人讲过栗子树。"话完，一种思念和忧伤像初冬的寒露，最后凝为霜花，打湿了蔡家每一个人的衣衫，他们欲语泪先流。

呼延娜云这阵一改往日的性情，变得慵懒和邋遢，又特别的嘴馋，尽想吃酸的东西。姜氏原来认为她是不服水土，饮食不习惯，尽量给她弄牛羊肉吃。后来，有一天，徐瑷发现了蔡谷从很远的地方采回了一篮红得发黑的酸枣果，她偷偷地告诉了姜氏，姜氏脱口说出一句话："他们俩还没举办婚宴呢！谷儿真不知羞，不害臊！"听得徐瑷咯咯笑着跑出了屋子，她看见了呼延娜云在院子的一角，面朝菜地弯着腰呕吐，手里还攥着一把酸枣果……

第十章：避祸吴越

南国的三月，莺飞草长，山峦滴翠，河水清濯，万木葱茏。蔡邕一家来到了会稽郡的山阴县城，也叫蠡城。他们一家在城内的蕺山脚下一处旧民宅住了下来。这座古城是阴会（稽）平原上的名城，周敬王三十年（公元前490年）越王勾践自吴归国后，接受范蠡的建议，将越国都城从会稽山区迁到了山阴，并把筑城的任务交给范蠡。"范蠡乃观天文，拟法象于紫宫。"经过实地勘察后，在卧龙山东南侧，建起了一座周围二里二百二十三步，设有陆门四道，水门一道的小城。

一个春日的午后，蔡邕携着蔡琰和夫人赵氏，沿着古城水陆路桥往西走去。这是他自漠北向吴会南奔而来第一次游览。城内的小桥流水，景色旖旎，使他心情怡然。他们刚来这里，就觉得皮肤湿漉漉的。不几日，蔡琰的皮肤亦变得白嫩起来，整个人和吴越之地的山水一样，开始变得秀气了。

蔡邕带蔡琰到城西迎恩门外拜谒了当年越王勾践建造的箭楼小屋处。面对面目清瘦，手持竹书的越王勾践画像，蔡琰问父亲："他为何不住在城内那些舒适房子里呀，而在门外像个看门的卒子？"他为她解释道："春秋时代，各诸侯国群雄称霸，战争频繁，周敬王二十四年（公元前496年）越王勾践接父允常之位，吴王阖闾兴兵攻越，结果反败于檇李，阖闾受伤而死。两年后，勾践听到吴国日夜练兵，就想先发制人，兴师伐吴。吴王夫差选用精兵，在夫椒一带大败勾践。最后，勾践带了五千残兵，退守到会稽山上，被迫求降，勾践夫妇也到吴国做了臣仆。他们在吴国被拘于石室，驾车养马，除粪洒扫，受辱三年。后来越国贿通了吴王宠太宰伯嚭，于勾践七年（公元前490年）才被释放回国。勾践回国后，立志雪洗国耻。在面对吴国的迎恩门外，建了这座叫'箭楼'的简陋小屋，在地上铺上柴薪，门前悬挂猪胆，每日必尝，提醒自己，勿忘国耻。为了富国强兵，勾践广纳大夫范蠡、文种等人的建议，投吴王所好，贡名产，贿重币，献西施，以麻痹吴国君臣。这样经过'十年生聚，十年教训'终于使越国兵精粮足，国库充裕，最终灭了吴国。"蔡邕侃侃而谈，蔡琰听得认真，好奇地问："越国给吴王献出的美女西施长得漂亮吗？""当然漂亮哟，她是越国勾无苧蔓村人，吴越纷争之际，越王勾践施行美人计，派出大夫范蠡寻访美女，结果寻得了西施。越王在东城门五云门外的土城山筑美人宫，让西施教习歌舞，三年后才献给了吴王夫差。夫差见西施貌若天仙，果然深为宠爱，在灵岩山上为西施建筑宫殿，辟园凿池。每日陪她看花赏月，寻欢作乐，不理朝政，国势渐衰，终于被越王勾践打败。"蔡邕边走边说，不觉来到了观海桥上。蔡琰仍穷追不舍地问父亲："那西施比呼延娜云姑姑还漂亮吗？"蔡夫人赵氏瞪了她一眼，说："西施几百年前的人，谁见过她真面目呢？你回圉城老家问你叔父蔡谷，他定说呼延娜云比西施漂亮呢。"蔡琰的一席话勾起了蔡邕思乡之情：呼延娜云是否每日在蔡丘屯唱《敕勒歌》？徐瑗是否一边扶着雷氏古琴，一边唱《采葛》？想起这些，蔡邕眼眶湿润了，四年多过去了，他的十指已变得粗糙和僵硬，能否像昔日那样弹古琴呢？一种从未有过的失落感侵袭着他的内心，他觉得自己老了，不是身体的衰老，而是灵魂腐朽了。

一家三口走过迎恩坊，向东南方向的鲤鱼桥上走去。在鲤鱼桥边，他们遇到了一个卖唱的盲人，他三十岁的样子，坐在桥的最右边，将琴盘放于石桥的护栏上，身边一只草帽里盛有过往行人投给他的五铢钱。他听见了蔡邕他们的脚步声，便说道："大人行行善吧，我为你们弹支曲子好吗？给我施点吃饭钱。"蔡邕说："行啊，即使你不弹曲子，我也给你一枚钱的。"蔡琰细声嫩气地说："你给我弹支《敕勒歌》，我给你钱。"蔡夫人赵氏拍着蔡琰的肩膀说："别胡说，小孩子家这么爱说话，《敕勒歌》你父亲都不会弹呢。"这时，盲人弹了起来，一边抚琴一边唱道：

尝胆不苦甘如饴，令我采葛以作丝。
女工织兮不敢迟，弱于罗兮轻霏霏……

蔡邕听得入了迷，这盲人不仅琴弹得好，唱歌声音也很好。尤其歌词源于一段故事，他给蔡琰讲道：这勾践从吴国释放回越后，唤越民种葛，使越女织制葛布，献于吴王夫差。葛布是越地一种名贵麻织品，吴王喜欢服饰，越王每年以大量葛布进贡吴国。越国妇女有感于越王的一片苦心，作何苦之诗以吟唱。这种浓浓的越调，软软的腔音，使蔡邕第一次接触到了纯正的南国韵律。他提议盲人再弹唱一支。盲人顿觉遇到了知音，毫不吝啬地为他们再献了一支歌谣。他还是边弹边唱：

皇天祐助，我王受福。良臣集谋，我王之德。
宗庙辅政，鬼神承翼。君不忘臣，臣尽其力。
上天苍苍，不可掩塞。觞酒二升，万福无极。
我王仁贤，怀道抱德。灭仇破吴，不忘返国。
赏无所悋，群邪杜塞。君臣同和，福祐千亿。
觞酒二升，万岁难极。

这是《祝越王辞》歌，说的是越王灭吴后，置酒文台，群臣为乐。大夫种进祝酒时唱的祝酒词。蔡邕听着，很感动于越风之淳朴，越民之王化。一方山水育一方人，吴越之地，钟灵毓秀，其歌舞乐曲也一如其地其人，缠细绵长，哀婉柔和；同时，盲人歌声也激发了他的音乐冲动，他想借此古琴，直抒胸臆，以表达对吴越之地既陌生而又亲切的感觉，或者说音乐为他融入这座城打开了一扇窗牖。盲人虽然失去光明，看不见身旁这位知音，但他从心理上能想象出他是怎样一位长者。他将自己所坐的木凳让给蔡邕，蔡邕没有按照他的那种方法将琴置于石栏之上，而是放在了自己双腿之上。他选择了越人所熟悉的那首《越谣歌》，唱道：

君乘车，我戴笠，他日相逢下车揖。
君担簦，我跨马，他日相逢为君下。

琴声起处，微风习习，河水淙淙，云绕树花，鸟鸣栏亭，行人驻足，侧耳恭听。他虽然觉得自己的手指有些生硬,但一接触到那细若发丝的琴弦,一切又觉得轻车熟路,挥洒自如。"这是多么好的琴声啊!"行人赞叹着,聆听着。鲤鱼桥两头聚集了一大批游人,人们不约而同地为蔡邕鼓起了掌声,纷纷将衣兜里的钱投入盲人的那顶草帽里。喜欢琴声的蔡琰在母亲的身旁,怯生生地看着四周围观的人。她要父亲弹奏那曲在草原上学到的《敕勒歌》,蔡邕弹了起来,没等他唱出歌词,蔡琰却随着琴声唱了出来:

敕勒川,阴山下。天似穹庐,笼盖四野。
天苍苍,野茫茫,风吹草低见牛羊。

一曲唱罢,掌声如潮。这是越人第一次听到漠北草原上的匈奴歌曲,苍凉而悲壮。然而,听唱的人们哪里知道,这唱者一家三人因这首歌生出来的伤感。听唱的游人为了表达对弹唱者的怜悯,不停地向草帽处投钱。这时,盲人才觉得应知道歌者的尊姓大名,问道:"大人,请问你的尊姓大名?小人在越地几十年从未听到过如此琴声,如蒙不弃,请你收小弟为徒,拜师学艺,传承琴道,小人三生有幸了。"他向蔡邕叩头不起,蔡邕扶起他,悄声说道:"我居无定处,一家三口正在漂泊流浪,收你为徒,有诸多不便。我若在蠡城常住下来,会来这座桥头,为你和行人弹琴。越地民风儒雅,也是歌舞之乡,我和女儿也很喜欢这种氛围。"蔡邕拍了拍盲人的肩膀,没有告诉盲人自己的姓名,便向鲤鱼桥两头的游人作揖告辞。盲人摸出了草帽内的钱要给蔡琰,蔡琰摇手跑远了。他感叹地说道:"今日的收入如此之多,我遇到贵人了!"

蔡邕看着天色尚早,便想到蓬莱馆去转悠。他从市民口中打听到,蓬莱馆是蠡城达官显贵消费之所,那里乐人吹笙弹琴,越女唱歌跳舞,百年不衰。走近时,他动摇了,生怕在馆内被熟人认出,毕竟自己尚在流亡,以隐匿为好。这时,他想到了到街市上买把琴回家,一是自娱自乐,二是教蔡琰琴艺。走了多家商铺,看了许多出售的古琴,他一个也没相中,不禁感叹道:"蠡城岂跟洛阳能比?"蔡夫人赵氏看蔡邕从这家店里进去,又从那家店里出来,一脸失落,就劝道:"大人就不要买了,把存放在蔡丘屯的那把雷氏古琴带来,这儿的琴质差且贵。""这儿离围城老家可远呐,谁能为一把琴而千里路往返呢?"蔡邕有点惆怅地说,"'雷氏琴'是绝品,咱这朝夕不保的,怎能随身携带?还是随便买一把,坏了丢了也舍得。"在一家琴店,他看上了一把桐木制作的琴,他觉得在越地能有这么好的琴,已属稀有了。他想买,但一摸盘资,又转身离开了。

买琴的事,平添了蔡邕一缕愁绪,流亡中的生活资费,是眼前最为现实的问题,在越地蠡城,他是一介贫民,每日为着柴米油盐发愁,这是平生第一次感到生活窘迫。

这晚,他没有入睡。听着夫人和女儿的酣睡声,他悄然地出了门。他所在的这片屋舍,全是从外乡来城里做买卖的生意人租住区,零乱地散落在蕺山脚下。许多人家的门前仍亮着灯,有弹棉花的弓弦声,有做豆腐的磨子声,有锻造铁器的风箱声,也有杀鸡宰鹅的嘎嘎声。一股炖煮牛肉的香味从一家的门前飘出,引得他口馋流涎。他想吃一口刚从锅里捞出的新鲜牛肉,不禁来到了这家门前。这家的主人是一位从中原来的生意人,姓徐,年纪四十左右说着一口地道的济阳方言。

"老者做什么生意?"徐姓掌柜问蔡邕,蔡邕苦笑着说:"没做啥生意,初来乍到,还不知做什么事儿既能赚钱,又用不了多少体力。""那看你有什么绝活了,家有万贯钱,不如薄技在身,老者有什么技艺能出得手?"蔡邕想了一下说:"我是一介穷书生,没有什么绝活,能写几个字,弹个琴,年龄大了,体力活是撑不下来的。""那就收几个学生或教书,或在歌坊里去弹唱;越人最喜歌舞,有钱人整天泡在歌坊内,昼夜欢娱,只要你能弹一手好琴,何愁挣不到养家糊口钱。"蔡邕被他这句话提醒了,写字、鼓琴确是他的拿手绝活,但他连一把好琴都买不到,他寒碜地对老板说:"不瞒你说,我能弹琴,但来时没有带自己的琴,一时还没有中意的琴,况且一把好琴也贵得出奇。"

老板放下手中剔肉的刀子,走近了坐在炉口前的蔡邕,上下打量了一下他说:"我看老者不像个穷人呀!中原人弹的琴大多是自己选料做,我这堆木料是从城内一处旧楼上拆下的椽子,有干透的桐木和杉木,你有时间从中去挑选,肯定能斫琴的。"他指着墙角那堆材薪给他说。恰在这时,煮肉的锅炉内,噼啪一声巨响,像爆竹声似的,将蔡邕吓了一跳。蔡邕回过头细看时,响声正是从那截有四尺长,直径有四寸的木椽上传出的,声音带有一种清脆,有金属般的悦耳声。他瞬间反映出这是一截上百年的椽子,是一截被风吹雨淋、木质干透的桐木，其声音既清脆且浑厚。凭他过去对琴的经验，这应是一截绝好的斫琴材料。他不容分说，将炉膛内刚燃的那段木料取出，用土将火捂灭，借着灯光一看，果然是块桐木椽子，这让他喜出望外。第二天，他有从那堆木材中捡到了杉木和许多适合做琴的软木硬木料。在邻居的铁匠铺里，他买到了斫琴的各种工具，如锯、斧、锉等。经过精雕细磨，一把七弦琴制成了，琴尾上留有火烧后的黑褐色痕迹。一天蔡琰不解地问他："这琴尾上怎么是这个样子啊？"他笑呵呵地对女儿说："这叫焦尾琴，除过咱家有这种琴，世上再没有第二把了。"夫人赵氏奚落道："你别给琰儿瞎吹牛，穷得买不起琴，从煮牛肉的炉膛捡出烧焦的桐木椽子做的琴，还冠以雅号'焦尾琴'，自慰自乐罢。"蔡邕一笑置之，不再解释。

  这把焦尾琴的斫制，是一时流亡他乡的蔡邕找到了一份临时职业——斫琴。他在租住的小屋前挂起了一块招牌——"戢山琴坊"，牌子是用一块三尺长一尺宽的松木做的，红底黄字，分外醒目。那个徐姓掌柜慷慨地把能做琴用的所有旧木料送给了他，在他的小屋前垒成了山。夫人赵氏和小蔡琰成了他的帮手，他给她们讲解斫琴的一些基本常识："斫琴第一要选用老材，其面板应以百年以上老宅杉木为最佳，有老桐木的则更佳。百年间风吹雨淋，自然干燥的木材是斫琴的木材上品。泡桐木材质轻、脆、滑，符合共鸣的要求，适合于制琴的面板。《淮南子·修务训》说：'山桐之琴，涧梓之腹'，就是这个意思。斫琴用的底板，其硬度一般要超过面板为好，梓木是合适的硬木材。冠角、琴轸、岳山、雁足等琴的硬木构件，则应以高档紫檀木等硬木红木为上，这主要显示琴的高贵……"他看到女儿听得认真，便来了兴趣，接着讲道："其二是油漆，大漆（又名生漆）是传统的油漆材料，对于装饰和保护木器具效很好，它能保持琴材的原始特征，故有硬而不亮、经久耐用等特点。上漆次数越多越好，这样制成的古琴可以经历千年而不褪色变形。其三，很好的黏合好琴的底板和琴面板，也是提高琴音质、音色和音量的一个重要环节。仍然要用大漆进行黏合，黏合不牢固或有缝隙，都会给琴带来致命伤。最后，琴的腹腔结构也很重要，如将琴面板内腹腔侧镂成两边合适的深度，对于提高琴的音质、音量会有很大作用，因为高音和低音的发音关系和所需木板的厚度往往是不同的。要将面板腹腔底音一侧内下挖的深度往往要比高音一侧浅，而高音一侧的相反要挖得深一些，这样可以使高音低音的发音原理和面板厚薄度的发音关系保持平衡……"

蔡夫人听着丈夫蔡邕的那些高谈阔论,一会儿打瞌睡,一会儿又反讥讽道:"说的比唱的都好听,等做好一把琴了,有人买才算你懂琴识琴。"蔡琰则不同,她就爱听父亲的讲解,还要父亲对照实物详细地将琴上的每一个机关弄熟。蔡邕制成一把琴后,就交由夫人赵氏带上蔡琰,去鲤鱼桥上,放在那个盲人身边出售。盲人用上了蔡邕斫制的桐木琴,音色圆润,琴声悠扬,听唱的人骤然增多,既推销了琴,又热了他的卖唱。蔡邕制作的琴,表面看起来粗糙,但由于选料优良,弹起来音质好,经顾客带回家一用,觉得很好,相互推荐,一个时间,蠡城人都知道城西鲤鱼桥上盲人身边的琴,价廉物美。后来,也不用蔡夫人和蔡琰守在那儿了,他们把琴往盲人身边一放,过几天盲人就等他们来拿钱。这些钱使蔡邕家度过了一段困难的日子。

　　与此同时,出于对邻居的感激和友好,蔡邕的"蕺山琴坊"又变成了一座私塾式的学堂。牛肉铺徐掌柜的儿子徐谦、铁匠铺家的孩子王庸等十几个孩子都被他收进了家里,他教他们识字读书,同时也教他们弹琴识谱。后来,他的琴坊声名外扬,在整个吴越之地家喻户晓,人人皆知。前会稽太守后为颍川太守的顾奉,告老还乡,住在蠡城。得知蔡邕隐居蠡城,他把孙子顾雍亲手交给蔡邕,入室拜师,后来顾雍成了一位大音乐家。当初他来家里拜师学琴时,蔡邕见他专一敏慧,就夸他说:"卿必成致,今以吾名与卿。"蔡邕拒绝收取费用,但这些孩子的家人看到年过半百的他佝偻着身子,在门前的棕榈树叶搭成的凉篷下,一锉一锉地凿刨木材,又要抽空给孩子们教书认字,教琴识谱,心里都过意不去,偷偷地把钱塞给蔡夫人赵氏。赵氏对蔡邕说:"今年菜蔬比往日便宜多了,鱼也跌价,米也跌价。"蔡邕嗯了一声,说:"江南安定,徐珪太守治越有方,越人又守王法。天道酬勤,风调雨顺,比北方好多了。"

　　然而,对于一个胸怀抱负的人来说,这种蜗居式的生活无疑是在扼杀着他的另一部分生命。由于长时间蹲在地上砍、锯、刨、磨,他的腰椎开始疼痛,他的手指变得僵直而生硬,一层厚茧鼓起了他掌上的纹路。他站立时,双腿弯曲成了罗圈状。一天,蔡琰仍用她童稚般的语言和想象问他:"父亲,我们怎么一天天变高了,而你怎么变矮了呢?"他不失幽默地对女儿说:"那时,我每天站在西安阳城墙上候望,你站在城墙下看我,那肯定看我高呀;现在我蹲在地上,你站着看我,我肯定矮了。"女儿的问话让蔡邕倍感伤感,时光悄无声息地流逝,而自己立志要成就的一番事业却成空谈，尤其要补续《汉书》的夙愿时时侵蚀着他的心灵，让他的内心无法平静。现在，他是一个流亡者，一个为谋生而斫琴的匠人。想到这里，他心头隐隐作痛，一种悲哀向他袭来。他放下手中的锉子，沿着屋后的一条小径，一个人独自爬上蕺山的最高处。蕺山因盛长蕺草而得名，茎紫叶青，蕺草蔓生，登山远眺，北吴南越，尽收眼底。他找了一处亭台坐了下来。他想到几百年前的越王勾践为报仇雪耻，常到这里采食蕺草自励。而自己一介儒生，因言获罪，髡钳徙朔方后，又避祸吴越。本想当一名勤奋治学的纯儒，或一名放浪形骸的逸士，而这一切都背离了自己的初衷。面对青山绿水，时光荏苒，鬓染白丝，他悔恨交加，一直坐到日落西山、鸟雀归巢。这时，听到山脚下女儿蔡琰的长长呼唤声，他又心急火燎地回到了"蕺山琴坊"。

　　就这样，在一种极度苦闷和彷徨之中，在左邻右舍的鼓动下，一天，蔡邕背着他的焦尾琴来到了位于卧龙山下的"蓬莱馆"。他悄然地走过鲤鱼桥，看到了桥头盲人琴手和他身旁待销的古琴，一股热泪从他的眼眶滚了出来。他没有一丝勇气去惊动他或问候他。他走过桥已有百十步了，才回过头环顾了一下桥头那个弱小的身影和稀落的游人。第二天，他就叫夫人赵氏将放在盲人身旁的那把琴作为最后一张琴，送给盲人，不再为那个弱小的生命增加心理负担。从此，他们一家在蠡城办事或转悠，便绕道鲤鱼桥，怕勾起一种伤感和记忆。卧龙山的东南便是蠡城的最繁华之地，会稽郡治府就设在山的东南脚下，山阴县署衙也设在这一区域。"蓬莱馆"便成了官宦、富贵人家的娱乐之所。这座古老的建筑，相传汉武帝时朱买臣任会稽太守时所建，规模宏大，内设茶亭、乐亭、舞亭，乐台能容得百人的乐队；乐台下，可以容纳上千人的观众。卖唱的艺人在此能获得一个专职，那就是一个艺术水准的最高证明，其收入也就不菲了。

　　蔡邕怯生生地来到了馆外，找到了馆主。他隐瞒了自己真实身份和姓名，想找一份弹琴的职业，挣点钱养家糊口。馆主看到他苍老的样子，不屑一顾地说；"老者，你到大街小巷去弹唱可能更合适，这个'蓬莱馆'门槛可高呢，不是一般艺人出进的场所。"蔡邕没有被他的轻视所激怒，以乞求的语言对馆主说："你能让我先试试手行吗？"馆主放下他手中的茶碗，这时才认真地打量起蔡邕来。他看到眼前这位老者，眉宇间透出一种睿智和儒雅，尤其深邃的目光透着一种执着和坚韧。他呷了一口茶，要蔡邕坐下，并说："台子上是不能去试，试不好就砸锅了,毁了我们乐坊的名声。你现在就地弹唱一曲,我听听吧。"蔡邕将琴放在双腿之上,将琴弦试了试,开始为馆主弹唱他喜欢的那支《鹿鸣》琴曲。琴弦拨处,云淡风轻,呦呦鹿鸣;忽而疾风劲草,忽而溪水浣纱。蔡邕一边鼓琴一边唱道:

> 呦呦鹿鸣,食野之蒿;
> 我有嘉宾,德音孔昭。
> 视民不恍,君子是则是效。
> 我有旨酒,嘉宾式燕以敖。

馆主听着听着,不由得双脚跟朝节奏踏着韵律,手指在茶几上敲击着,他觉得整个房间成了一把琴腹,共鸣起来。他的乐坊外,不少来消遣听琴的人也驻足聆听。蔡邕弹罢,馆主一时愣在旁边,仿佛从琴声的旋律迷宫不能走出。"馆主,你觉得怎么样?"还是蔡邕的问话将他唤醒,馆主连忙说:"好,好,太美妙了!能知道大人的真姓大名吗?"他一反常态,忙为蔡邕沏茶让座,并说:"你是我平生见到的最高的琴手。"他从蔡邕的手里要过琴,想从这把木琴中寻到刚才那天籁从何而来。"这琴尾怎么遇到过失火?太可惜了,被烤焦了。"他用手不停抚摸着琴尾被烤焦的部分不无遗憾地说。蔡邕忍不住大笑起来,并为他讲述了这把焦尾琴斫制经过。

蔡邕不能将自己真实姓名告诉馆主。"你就叫我'焦尾琴主'吧,或唤我'焦尾琴老'也行,我是以弹琴为生的。"蔡邕在馆主的陪伴下,走上了蓬莱馆那座巨大的乐台。在乐台上,馆主向客人介绍说:"今天,我们有幸请来了'焦尾琴主',这是一位新到蟊城的琴手,为在座的各位宾客献上名曲《鹿鸣》,请为他鼓掌欢迎!"蔡邕随着馆主的介绍站起来,为台下的客人作揖,但台下那些达官显贵们对这位衣衫朴素的焦尾琴主不屑一顾,有一个肥胖的男子在台下给他身边的丫鬟说:"拿几个钱给这个老头吧,别弹了,让他回家买饭吃吃。"这一切,蔡邕听在耳里,看在眼里,他没有因被讥讽和嘲弄而退缩,反而沉稳地弹起了《鹿鸣》。琴一起弦,像瀑布激流倾泻而下,又像电闪雷鸣般风云聚会。整个乐坊被乐声震慑了,人们屏声静气,身临其境。蔡邕边弹边唱道:

呦呦鹿鸣,食野之苹;
我有嘉宾,鼓瑟鼓笙。
吹笙鼓簧,承筐是将。
人之好我,示我周行。

一曲歌罢,掌声如潮,经久不息。人们期待着蔡邕再能为他们弹奏一曲,而馆主对客人说:"对不起,这位焦尾琴主年事已高,身体不支,如有他的票友,请明日再来欣赏。"馆主是一名精明的生意人,他知道这焦尾琴主必是这坊内的招牌,第一天不能饱了客人的耳朵。

蔡邕每隔几天就来蓬莱馆,弹琴唱歌。馆主也给了他优厚的待遇,他每出一场,只弹奏一曲,可以挣到百十钱以上;还有那些达官显贵们给他单独的披红挂彩、所送礼钱,他每月的收入当在千铢钱以上,使他的生活渐渐宽裕起来。

会稽太守徐珪,也是一个琴迷。他最近听到了一个传闻:蓬莱馆来了一名新琴手,美之名曰"焦尾琴主",一时蟊城哗然,蓬莱馆昼夜场场爆满,座无虚席,一票难求。这天,他携着夫人、儿子徐珣来到乐坊,想一睹为快。他来时晚了一点,前排已坐满了观众,只好随便坐在后排。正如传说中的那样,台上的鼓琴人,一头银丝,背有些驼,随着掌声,来到台前鞠着躬。他蓦地看到这琴手的面孔似曾相识,他弹奏的是名曲《广陵散》,琴声抑扬顿挫,犹如江河日下,万马奔腾,英雄竞走;琴声如泣如诉,如杜鹃啼血,兔死狐悲。这乐声将徐珪带入了金戈铁马、冰河入梦的境地,他在记忆中去搜寻这位台上的操琴人,却一时想不起来,但他能断定:这位琴师,非皇宫乐师也即世之逸贤,绝非等闲之辈。随着曲终,鼓琴人站起来再一次鞠躬谢幕,他的记忆搜索出了久远的一幕:熹平二年(公元173年)时为郎中的蔡邕,曾在他所读的太学开讲过《论语》和《孝经》,那时的蔡邕,尚还年轻,意气风发,讲课时旁征博引,融会贯通,令他记忆深刻。后来,蔡邕的《熹平石经》又集书法之大成,成为隶书的登峰造极。他的音乐天赋,在年少时就名闻天下,连当今皇上听他一曲琴曲也难以如愿。光和元年(公元178年)他遭宦官诬陷,被髡钳徙朔方,一年后被特赦返回原郡,自此便销声匿迹了。他怎么突然出现在蟊城呢?他虽然年过半百,身衰体弱,但仍能从那双深陷的眸子中看出当年的神采。

徐珪赶紧让儿子徐珣带上自己的三百五铢钱到台上送与蔡邕，这时的蔡邕，已走入了幕后，徐珣拦住了他，说："大人，小儿徐珣，受父徐珪之托，送点小费以表达父亲对大人的敬仰，大人的琴声为蟊城增添了光彩，是这里的琴迷们大开了眼界。他因临时来馆，没有准备，只送这点小礼，望大人笑纳。"徐珣按照父亲教他的辞令，一口气说完这些话，把钱塞给蔡邕。蔡邕看到年少的徐珣，教养有度，真挚无邪，便摸着他的头说："感谢徐太守了，我焦尾琴主受之有愧。我的报酬乐坊已给足了，不能收了。"蔡邕言罢，仿佛一个逃犯似的奔出乐坊。蔡邕知道会稽太守已经认出了自己，他的逃离是为了保持尊严。这夜没有月光，失魂落魄的蔡邕穿过几个弄巷，回到家里，心里和夜一样漆黑。

太守徐珪听到儿子徐珣的回禀，知道蔡邕并没有收小费时，整整一夜没有入睡。他后悔自报了姓名，知道自己无意中伤害了老师的尊严。他要设法打听到蔡邕的住处，登门拜访，以消除误会。第二天他又来到了蓬莱馆，等待蔡邕的到来。然而，一连等了五天，仍然不见蔡邕的踪影。最后，他派出了郡府的几个差人，到蟊城的大街小巷，墙根边角，逐户逐户地去盘查寻访。十天后，一个差人回来告诉他："徐大人，我在戢山脚下的棚户区，见到了一个老头，花白的头发，年近六十，消瘦。他正在棕榈树篷下斫琴，屋子门上有一个木招牌，上书'戢山琴坊'四个字，字体苍劲内敛，用笔超然，本城内书家没有第二。二者综合起来分析，和大人所要找的那个琴师有几分相像。"徐珪一听，这个线索值得追踪。他便微服出行，带上夫人和儿子，跟上差人，来到了戢山脚下那个破旧的屋子门前。

正在做工的蔡邕，听到身后有人说："蔡大人，您好！"他急忙转过身子。这是他自入吴越之地以来，第一次听到蔡姓使他大吃一惊，他没分辨来人是谁，便顺口予以否认："你找错了人吧？"徐珪哈哈大笑一声，急忙近前将他扶起，说："蔡大人受惊了，我是徐珪，是特来拜访蔡大人，恕我冒昧。"蔡邕定神一看，他的身后正是在舞台上向他送礼金的那个孩子。蔡邕唤蔡琰搬来几截木墩，放在棕榈树下，夫人赵氏忙着沏茶。"徐大人，实在不好意思，寒舍太小，又很脏乱，让你在屋外受委屈了。"徐珪说："哪里呀，我徐珪真是耳目闭塞，才知道了蔡大人来到了越地，我未尽地主之谊，特来向大人致歉，并想帮大人解决一些困难,请大人不要推辞。我当年在太学读书时,你曾给我教授六经,我是你的一名弟子,'一日为师,终身为父',这是古训。所以,请你接受弟子一拜。"徐珪和儿子徐珣长跪在了蔡邕面前,连连叩头。蔡邕惶恐地扶起徐珪,对他说:"我到越地已经三年了,气候环境也已适应,我想到蟊城隐名埋姓、平静地生活下去。所以,请大人也能为我保守秘密,一为我全家生命安全,二为使我能摆脱官场世俗,甘当一名平民百姓,自食其力,终老蟊城。"他给徐珪讲述了自己在朔方那段惊心动魄的逃亡之旅。徐珪说:"那段经历确也惊险,大人大难不死,必有厚福。如今,大人昔日的那些宿敌都已被朝廷铲除掉了,我可上奏朝廷重新起用大人。"蔡邕听他一说,连连摇头,一口拒绝了他的善意,说道:"这万万不可,我已离开朝廷多年了,离群隐居,所学知识多已荒废,请大人能理解我今日的心境。"

蔡邕和徐珪一直聊到太阳西斜,徐珪发现蔡邕对政治早已失去了信心,只是他对艺术锲而不舍追求的热情不减当年,便将儿子徐珣介绍给了蔡邕,要儿子拜师学琴,蔡邕满口答应了下来。自此,徐珣和顾雍、徐谦、王庸、蔡琰等人一起学琴,成为兄弟姊妹般的朋友,并演绎出了许多美丽而纯情的故事。

送走了徐珪,蔡邕把那几个木墩放回了原处,腾出了做工的场地,他执起了斧子又放下,进入不了斫琴的工序。他的心情出现了多年来未曾有过的开心和愉悦。那些昔日的宿敌一个个都被扫出了朝廷庙堂,做了刀下之鬼,多行不义者必自毙。尤其当他想到那个程璜老贼被皇上踢掉了门牙时,不觉扑哧笑出声来。这些迟到的消息唤起了他对生活的向往,解除了对未来的恐惧。况且,在越地蟊城有这么一个音乐知己和政治靠山,这对他来说无疑是精神上的慰藉。入夜,他用所剩的牛肉片,凉拌了一道酒菜,热了一壶蟊城有名的黄酒,痛快地饮了一阵。借助酒兴,他吟诵起了他新近创作的《琴歌》道:

练余心兮浸太清,涤秽浊兮存正灵。
和液畅兮神气宁,情志泊兮心亭亭,嗜欲息兮无由生。
踔宇宙而遗俗兮,眇翩翩而独征。

蔡琰要父亲弹奏《游春》,蔡邕便弹了起来。父亲的弹奏兴致愈浓,蔡琰在一旁聆听的兴致愈高,她微闭双目,完全沉浸在琴乐的美妙之中。不料因蔡邕用力过猛将一弦崩断了,蔡琰马上对父亲说:"琴的第二根弦断了!"他甚惊讶,又故意将第四根弦弄断,这时蔡琰又说:"父亲,你的琴第四根弦又断了啊!"蔡邕以奇异的口吻告诉夫人这件事,赵氏说:"她是偶然说准了而已,不足为奇。"蔡琰眼睛朝上一翻,不以为然地对父母亲说:"父亲给我讲过,从前季札听了琴声,能判断一个国家的兴亡,师旷听了琴声断定楚国要打败仗,我天天听你弹琴,难道两根琴弦断了还听不出来吗?"蔡邕听到蔡琰这些话后,十分高兴。她才六岁啊!小小年纪就这么聪明,并且她有着常人难有的那种音乐天赋,他的琴艺将有传人。他在指导女儿弹琴的同时,教她如何作诗填词,如何书法绘画,在教女儿的过程中,蔡邕获得从未有过的成就感。

　　蔡邕制作的七弦琴经吴越之地很快传到了中原,围城的"雷氏琴行"掌柜在其他琴行见到这种琴了,捕捉到了一线商机,他寻迹来到蟊城。城里人都知道有焦尾琴一说,但不清楚何人所斫,只知鲤鱼桥上有个卖唱的盲人以前卖过。然而,盲人并不知做琴的人姓甚名谁,他只说:"他是个旷世琴师,来去无踪。""我怎么能寻访到他呢?"他请卖唱的盲人出主意。盲人说:"看你的缘分了。"他还真信了缘分一说,在鲤鱼桥附近的旅馆住了下来。

　　自从会稽太守徐珪来访后,蔡邕便不再小心翼翼地东躲西藏。他经常携着他的几个入室弟子,游玩于蟊城附近的山川河岳之间。他们经常去城南的投醪河,去城西的南湖(后称鉴湖)领略湖光水色,陶冶性情。南湖湖面宽阔,烟波浩渺,山峦映照,风景如画,风起处,雪浪层叠,风止时,水平如镜。晴雨朝夕,各俱佳趣。蔡邕为他们掌舵,他们奋力划桨,泛舟轻漾,诗情画意,盎然而生。这里远处群山屏立,青崇翠叠,近处碧波粼粼,水明如镜。傍晚,夕阳含山,湖水霞光万点,置身其间,真是"人在镜中,舟行画里",乐而忘忧。慢慢地,蔡邕那种日暮途穷般的孤独和寂寞消失了,他喜欢上了蟊城,喜欢上了这儿的人和物,生活开始变得丰富多彩。

　　蔡邕和女儿来到城东七十里处的上虞县——曹娥江畔,一路游山玩水。到了江边时,天已大黑,蔡琰嚷嚷着要去看曹娥庙,蔡邕坚持要等到第二天,天亮后再去看。蔡琰娇嗔地对父亲说:"您平时对我说曹娥如何如何地孝敬父母,要我像她那样孝敬你和我母亲。而到了江边了,却不急着让我去看!"她拽着父亲的手，立在原地不走了。蔡邕笑着说："真拿你没办法了，孔丘说，唯女子与小人难养也！一点不假。"他只好陪着蔡琰向江畔的曹娥庙走去。

蔡邕携着蔡琰，走在高低不平的曹娥江边，江水呜咽，渔火阑珊。蔡邕的头皮一阵发紧，他把蔡琰的手臂紧紧挽住，怕她在夜间受惊。然而，蔡琰在好奇心的驱使下，丝毫没有怯意。他们进了曹娥庙，上了一炷香，也看不清曹娥的画像，出了庙门不远，就是邯郸淳撰文的石碑。蔡琰看到此时的父亲对此碑的兴趣远大于曹娥庙，他用手抚摸着石碑上的阴文，一共二百六十四字，他凭着手指的感觉，一字一句地读着，赞不绝口。然后，他返回庙堂，在香炉里抓了一把香灰，来到碑前，指头沾着唾液和灰，在碑的背面题写了"黄绢幼妇，外孙齑臼"八个字，并落下了蔡邕的名字。蔡琰对父亲这一举动不解地问道："父亲，黑灯瞎火的，您在写什么啊？"蔡邕说："你长大后，自然会知道这几个字的意思了。"

这晚，蔡琰按她自己说的那样，看完曹娥庙曹娥碑后，回到客栈呼呼入睡了。而她的父亲却无法入睡，他感动于曹娥寻父蹈江，千古亲情，也感动于邯郸淳的碑文与书法。第二天，当他们在客栈做着晨梦时，曹娥江边的渔民和游人看到了曹娥碑阴碑后蔡邕的题字。他们非常惊异于这位当代的大儒、大书法家鬼差神使般来过吴越、来过江畔。在世人的心目中，早已销声匿迹的蔡邕，不是死于朔方荒原，就是死于乱世流离之中。耽于神鬼风俗的吴越之地，竟然出现了蔡邕的真迹，一时游人如织，香火不断。

一天，蔡邕和弟子们出游，投宿于高迁亭驿站。夜晚风吹笛声入梦，蔡邕被惊醒后，细听其音而非笛声，蔡琰问父亲道："这个驿站，何来笛声？清脆中略显苦闷。"蔡邕从床上坐起，认真地辨别，他对蔡琰说："此声非真笛声，它来自于亭顶竹筒临风而响，声音美妙，笛犹不及。"第二天起床后，风停雨歇，蔡琰说给顾雍、徐谦、徐珣、王庸他们，大家都急着问师父，但蔡邕没有急着回答，而是领着他们绕着亭子转了一圈，指着亭檐的第十六根竹竿说："就是这根竹筒发出的声音，它是做笛子的上好材料，不信你们截段带回，我做一支试试。"徐谦说："这类旧竹竿，在我家的酱牛肉店柴棚里堆积成山，一直当柴烧锅用，不必上顶截它了吧！"蔡邕说："是吗？但这非斫琴的材料，越旧越好，而做笛的竹子要挑生长期三至五年的，竹壁厚薄适中的才能做成精品，其次要干透，不易变质的。这只竹竿，正好符合这些特点，必定能做出好的笛子。"顾雍踩在徐谦的肩上将第十六根的竹子截了一段,带回了蕺山琴坊。

蔡邕利用了一天时间,通过削皮、打通竹节、内壁刷洗、打孔、缠丝、上漆等工序,精心制成闻名于世的"柯亭笛"。他把做好的笛子,仍然放在鲤鱼桥上卖唱的盲人身边,让他代售。盲人一吹笛子,其声如龙吟涤荡,悠扬悦耳,音韵独绝,出扬正声,一时热销。雷氏琴行雷掌柜在听到笛声后,尾随着顾雍等人一直追到了蕺山琴坊,等见到那个神秘的制琴人,他喜极而泣。自从延熹二年(公元159年)他们围城一别数年,昔日的俊逸青年,现在变成了银丝老人,他们不禁感慨,又是一阵追思和苦忆……

在蔡邕流浪吴会期间,为生活计,他写了许多颂、碑、诔文,其最著名的有《京兆樊惠渠颂》《东兆尹樊陵颂碑》《太尉桥公碑》《太尉桥公庙碑》《司徒袁公夫人马氏灵表》等。一些颂辞、赞赋均是应景之作,他觉得不值一提,或是违心。他曾对好友卢植说过:"吾为碑铭多矣,皆有惭德,唯郭有道无愧色耳。"令他十分欣慰的是在会稽期间,他读到了山阴人赵晔所著《吴越春秋》,赞不绝口。后来他将此书带入了京城,广为传播。在蠡城,他寻访到了王充的《论衡》手抄本一直带在身边,百读不厌。他常给朋友说:"亡命吴会十年,得王充的《论衡》足矣,初识世间大道。"

第十一章：初恋风波

蔡邕为曹娥碑背面的题词，唤起了世人对这位名儒的记忆，人们一直寻觅到了蟊城蕺山脚下。他在"蕺山琴坊"的棕榈蓬下支放了一个很大的石板，来人后便拿几个木圆墩作坐垫，一碗清茶，一碟茴香豆，成了他招待客人最为礼遇的上品。文人墨客，官宦士绅，纷至沓来，打破了他恬淡平静的生活。然而，谁能知道这位白衣名士为盛名所累，为生活所累；他为了得到一点润笔费以维持家常开销，而又不能明码标价向求字者、学琴者或者占卜者索取费用，他经常陷入两难境地，尤其他不堪这种庸庸碌碌的烦扰。选择逃避，成了他保护尊严的唯一办法。

蔡邕来到了江北的吴郡，位于太湖之滨的吴郡阖闾城，在烟雨迷蒙中迎来了它的建城七百周年纪念节。从吴王阖闾元年（公元前514年）到皇帝刘宏中平三年（公元186年），这七百年间，这座城市由盛到衰，由衰到盛，但始终不失为江东都会，成为江南的政治、经济和文化中心。整个城都处处都有历史的回音，使蔡邕又一次领略了七百年来江东的风云变幻。阖闾元年，吴王阖闾一上台，即召见谋臣伍子胥，征询强国霸王之术。伍子胥回答说："凡欲安郡治民，兴霸成王，从近治远，必先立城郭，设守备，实仓廪，治兵库，斯其术也。"阖闾接受了上述建议，委任伍子胥重建都城。伍子胥"相土尝水，象天法地"，在原有城邑的基础上扩建了一座规模宏大、气势雄伟的阖闾城。该城周长四十七里，由外郭、大城和内城三重城垣组成。城设陆门八座，象征天之八风；水门八座，象征地之八卦。城内有宽广的街衢和密集的河道，水陆交通，四通八达。城内建有吴王的宫殿、台榭和苑囿，城外营建了很多离宫别馆和射猎场所。吴王阖闾和夫差在位四十二年，一直都沉迷于此，终日酒色犬马，不修政事，大兴土木，终于被越王勾践灭国。后楚又灭越,阖闾城经过多次战争的破坏,宫室毁圮,几成废墟。秦汉四百年间,战争风云仍时时卷过这座古老的都城。西汉吴王刘濞对阖闾城进行了重建,并新辟了东西两市,作为专门商业区,恢复了昔日的繁华。如今,城邑尤在,物是人非,许多遗迹尚存或重建,能窥到昔日吴都洋洋大观之一斑。

　　蔡邕悄悄离开了蘁城,他和夫人及女儿第一次坐上船沿着水道向吴郡阖闾城驶去。吴郡到处是一派节日气象,人们重新仿照过去的式样,在城门上用羽毛制成鲵鲭,以象征龙角;在门楣上架起了一条长十余丈的大木蛇,用彩布装饰点缀,蛇口吐着火珠,煞是威风。蔡邕感叹地对女儿蔡琰说:"吴越之地,古风不弱,文风尤盛啊!"又强调说,"要紧紧跟在我的身后,一手拉着你娘,一手拉住我,不要被看热闹的人冲散。"蔡琰不服地说:"我都十几岁的人了,找不到这儿家,我就回蔡丘屯去。"蔡夫人赵氏说:"你夸口,老家相距千里,你一个黄毛丫头能回去?"蔡琰说:"我一路弹琴卖唱挣钱,还能饿死我!"蔡邕听到此话,突然觉得女儿已长大了,不仅亭亭玉立,还文采横溢、琴艺突出。蔡夫人接过女儿的话说:"那好啊,咱家刚来吴城,生活拮据,你应该出门弹琴挣钱,省得你父亲终日为生活资费劳碌。"蔡邕还不等夫人说完话,抢过话说:"她尚小,万万可不能出门卖唱。家中资用我一人上能负担,再说我蔡家虽败落,但家风不衰,女儿家不可轻浮营生。"说完,他愠怒地看了夫人一眼,又看了看弱小的女儿,把她紧紧地拽在自己身边,生怕她离开似的。

　　一家人的游兴被这一段对话冲淡了,蔡邕还想看城南的吴王榭堂,被女儿拽着要回家。返回时,他们没有坐船,而是沿着吴故河岸徒步而行。早春的太阳暖融融的,小草青葱,河面洒满一波一波粼光,蔡琰偶尔用脚将路边的碎石踢进河中。蔡夫人看着她的样子,对蔡邕说:"琰儿将来长大了是个野丫头,你看她的疯样!"蔡邕则说:"野了好,像个男儿才好,才能撑起家来。"蔡琰没有听到父母对她的议论,她跑了很远。她坐在河边看她的父母亲缓步而来,看见母亲买了两条鱼儿提在手里,不时地从左手换到右手,又从右手换到左手,发髻零乱地掉在额前;父亲的脚步明显比先前迟钝了很多,迈出一步像地上有绊脚的东西。她赶紧奔过去,接过母亲手中的鱼儿,又搀扶着父亲,娇嗔道:"太阳快西斜了,你们比太阳走得还慢,急死我了。"

这夜,他们的睡眠习惯却发生了倒错:平时没有多少瞌睡的蔡邕和夫人因走了一段较长的路,浑身困乏,便呼呼入睡。而平时贪睡的蔡琰,想起早晨父母关于弹唱挣钱的对话,想起母亲提鱼换手、父亲蹒跚走路的情景,心头掠过一丝苦涩,怎么也睡不着。过去,在朔方流放时,虽然草原上环境恶劣,但她像一只雏鹰寄居在父亲的大翼之下,并未感受到生活的烈风吹过;寄寓蠡城七年,蕺山脚下那间小屋门前,做琴制笛,学琴读书,生活虽然拮据,但内心充盈着快乐。如今寄居吴郡,父母年迈,她一个弱女子,能做些什么呢?想到这里,她烦躁地掀开被子,起身蹑手蹑脚地出了临河的小屋,一直逆水而行,来到蛇门外。这是一条直道,往返也简单易记,一个人出门也能找到回家的路。

早晨,她趁着父母未在屋子时,独自一人背着父亲的那把焦尾琴,朝蛇门而去。吃早饭时,蔡邕夫妇才发现女儿不在家,家里的那把焦尾琴也不翼而飞,蔡邕、赵氏夫妇心下立即明白了,他们立即分头去附近的大街小巷找女儿。他们知道,来阖闾城仅半年时间,平时的活动多在附近街市,方圆不足五里,蔡琰也只能在她所熟悉的范围游玩,不会走太远。然而,蔡邕夫妇无法预料的是,看似文弱害羞的蔡琰,却做出了那样大胆的决定,她沿着河边的碎石路,一口气走到蛇门,在一棵大榕树下,抱着那把焦尾琴,开始了她人生第一次卖艺弹唱。她弹奏的是在蠡城学到的"越人"歌,歌中唱道:

> 今夕何夕兮,搴洲中流。
> 今日何日兮,得与王子同舟。
> 蒙羞被好兮,不訾诟耻。
> 心几烦而不绝兮,得知王子。
> 山有木兮木有枝,心说君兮君不知。

一曲歌罢,人群中爆出长久的掌声和赞叹声。崇尚歌舞的吴人,纷纷向这位含羞少女面前投钱。人群中一个中年男子,一边鼓掌一边说:"越地歌舞之乡,既出西施美人,也出琴瑟高手。她是地道的河东越女,越女唱越曲,令我这个吴人也感动不已啊!"有人要她重复地演奏一曲,她颔首再弹。正在弹奏时,人群中挤进两个少年,一个大声喊道:"琰儿,琰儿,你怎么在这儿?"正在聚精会神弹琴的蔡琰抬头一看,原来是师兄顾雍和徐珣。她点了一下头,示意他俩等她将这曲弹完再说。顾雍和徐珣会意,两个人站在蔡琰的两边,像两个护卫一样。一直等到蔡琰弹唱完,徐珣说:"你怎么一个人敢到这里来?师父师母知道吗?"蔡琰道:"我偷着来的,你们也不要告诉家中二老。"顾雍狠狠剜一眼蔡琰说:"你胆大包天啊!要是师傅的焦尾琴丢失了怎么办?"顾雍抢过蔡琰怀里的焦尾琴抱在自己的怀里,可能觉得自己有些失态,急忙拉着蔡琰要离开这个陌生之地。"且慢,且慢,姑子。"刚才人群中那个曾赞叹不已的男子拨开了人群,走到蔡琰面前说:"本人吴地人,许姓人氏,名许灿,也是一个爱琴之人,请问姑子的尊姓大名?刚才听了姑子的演奏,如沐春风,妙不可言。如不嫌弃,我许灿愿拜师学艺,结为琴友。"没等蔡琰开口,徐珣先说道:"大人,这位姑子是背着家人偷着出来的,不便结友!"许灿说:"阿郎不要骗我,方才我还听见焦尾琴一语,这焦尾琴主可是蔡伯喈大人,世人皆晓。他在吴越之地潜身静养,我许灿若能拜师,三生有幸,还望诸位引荐。"这时许灿的身后一位随从说:"我们许大人可是吴地巨富豪绅,许家船坞的掌门人,吴城三岁小孩都知道,你们有眼不识泰山。""别胡说,向后退!"许灿呵斥了那个多嘴的随从,他想看看顾雍怀里的焦尾琴却被拒绝了,顾雍说:"这是师父的宝器,对外谁也没有用过,请大人谅解。""请向你家师父转告我的敬意,五月五日端阳节,这里要举办一次盛大的歌舞会,恳请你家师父赏光莅临,以壮我吴风。"说到这里,他转过身唤随从道,"把轿子里面的那些钱全拿来,送给这位姑子,也算是她今日的酬劳,请姑子笑纳。"蔡琰打量了一下许灿,年龄在四十岁左右,穿一件淡黄色丝绸长袍,高挑清瘦,和善稳重。她礼貌地向他弯腰施礼,说:"谢谢大人的抬举,小女不敢收取大人这么多的钱,但小女会将你的话说于家父的。"十一岁的蔡琰彬彬有礼,使得许灿赞许有加,他将那一包钱硬是塞进了蔡琰的布袋里,看着蔡琰和她的两位师兄走远,他挥了挥手,坐着轿子走了。

蔡琰怕家中的父母心急,便坐了一只小船,由水路返回。在船上,她才问两位师兄:"你俩怎么知道我在蛇门外弹唱呢?"顾雍说:"是巧遇!自从你们从蠡城走后,我们四人一直在等你们的来信,等了半年了,一个字也等不到。我俩决定直接来阊闾城寻找你们。谁知,阊闾城比蠡城还大啊,人海茫茫,哪里能找到你们!我们来这里半月了,每天都分头由东向西,由南向北,一个街巷一个街巷地寻访,正找得我们心灰意冷、身心疲惫时,恰遇你弹唱。"徐珣问:"师父师母好吗?""好,只是比先前更老态了。"蔡琰神色黯然地回答。

上岸后,蔡琰和两位师兄走向位于长秋里的那间屋舍。在不远处传来母亲赵氏呜呜的哭泣声,蔡琰大喊了一声:"母亲,我回来了。"说完奔了过去,扑到了母亲的怀里。她才知道,父母亲从早到晚尚未吃饭,父亲返家后又出门了,现在不知又到哪里了。母亲直怨她不打招呼就出远门,她说:"你父亲都急疯了,他怨我昨天多嘴,说让你弹唱挣钱的事。"

一直到天黑,蔡邕才回到了家。他一屁股坐在床沿,乏得起不了身。他看到蔡琰安然无恙,又看到离别半年的两个门生立在门口,心下又生欢喜。蔡琰将今天在蛇门弹唱挣的钱,哐啷啷地向父亲面前一摊,共计有三百多枚五铢钱,加上许灿的所赠钱,足能维持他们一家人半年的生活费用。蔡邕用脚将那些钱往一边推了推,平静地对蔡琰说:"你今后再不要乱跑了,在家读书练琴,画画写字。世道纷乱险恶,女子弹唱挣钱,必不能成大器。"蔡琰原以为父亲会大加赞赏,不料他却冷言相讥。顾雍见状,忙说:"师父,今后让琰妹妹在家专门读书学琴,我和徐珣可以去街市上弹唱挣钱,以解决咱们生活困难。"蔡邕说:"也不可,你们父母将你们交于我,为的是从我这里学到真正的琴艺,你们如果为我的生活出门卖唱,我怎么能对得起你们的父母,怎么能对得起你们二人!"徐珣接过顾雍的话说:"我们年龄也不小了,已过弱冠之年,理应为师父分忧,承担我们应该承担的责任。另外,也要学以致用,要用于社会活动中,同时也能提高我们自己。"蔡邕觉得徐珣的话说得在理,但他一想到他们二人还没有从自己身上学到更为广泛和深奥的琴艺精髓时,他觉得首先应该排除一切干扰,练好基础功。有了扎实的基础,才能学以致用,谋生成业。所以,他否决了他们的想法,从第二天起,他为他们制订了严格的学习计划,在他那间小屋旁又为他们二人租了一间琴室。琴声袅袅,绕屋不散,蔡邕专心地做起了私塾老师。

蔡邕甚为感动的是:当初来阖闾城并未让徐珣和顾雍随行,但是他们却抛弃富贵生活来他这里,不顾清苦,一心学琴。徐珣的父亲——会稽太守徐珪当初让儿子随蔡邕学琴,只是希望儿子附庸风雅,但并不想让儿子将来专业操琴。他慕名于蔡邕是当代的大文学家、书法家、音乐家这些多重身份,使儿子能在文学、书法方面有所提高,取得功名,将来晋升仕途。没料到他的儿子在蔡邕的影响下，淡泊名利，一心学琴，令他很失望。蔡邕也看出了徐太守的苦衷，他迁徙吴地，就是让徐珣离开自己，按照他父亲的期望发展。怎料这徐珣却瞒着家人来到吴郡，重投自己门下学琴了。顾雍，一个前太守的孙子，不迷恋于登侯拜相，从官府豪宅中走进琴乐的小屋，已经十分不易。所以，自从他们二人到来，蔡邕初来乍到的那种孤寂感随之消失，脸上经常洋溢着笑容。

蔡琰那次在蛇门邂逅的吴郡富商许灿，一天，他突然找到了蔡琰的家里。他没有坐轿，也没骑马，一个人谦恭地站在屋子外，作揖道："蔡大人，我许灿久仰大人大名，无缘相识，谁知今日在吴地却有缘相见，请大人受我一拜。"蔡邕忙跳下床，握着他的手说："我的琰儿年幼无知，收下了大人的赠礼，这次请你回时顺便带上它。"许灿慌忙解释道："那是一点薄礼，勿退。我在蛇门外大榕树下，看到了姑子小小年纪弹唱越曲，琴声歌声共鸣，甚为曼妙，又闻其所弹者正是焦尾琴，猜大人已到吴郡，这才慕名而来。"蔡邕从邻屋唤来蔡琰，说道："琰儿，你小小年纪遇到了贵人，却不知高低收人钱，念你无知，即刻向大人赔礼。"蔡琰向许灿施礼，低头说："父亲所言极是，我已将钱拿来了，请许大人走时带上。"蔡邕没有料到蔡琰听见许灿进屋子，她的第一个反应是在屋子的米瓮内掏出了藏在其中的钱。她的衣袖上还沾有米粉，双手将钱捧在了许灿的面前。

许灿没想到一贫如洗的蔡家，还秉持着大家严谨之家风，不禁肃然起敬。他虽然富可敌国，足迹遍及九州，阅人无数，但在一个十多岁的小姑子和清癯的儒者面前，顿觉形惭。他自我解嘲似的笑了笑，说："琰儿，这钱我可收回，但有一件事须你定夺。"蔡琰嫣然一笑，说："大人请讲。"许灿说："我要在阊闾城里最繁华处修建一个名为焦尾琴馆，赠予蔡大人和你。这钱和琴馆，二者可选其一。"蔡琰听后迟疑了一下，认真地思考起来。蔡邕却哈哈大笑起来，说："傻琰儿，还当真了。"蔡琰却坚定地说："许大人，我要琴馆。周易曰：'改邑不改井'。我一个女儿家，走时又背不走琴馆。"蔡琰的回答令许灿满意，蔡邕却大吃一惊，急忙摆着手说："如今乱世，我蔡家如河中浮萍、屋瓦野草，经不住劲风，怎敢奢望琴馆相伴？许大人，琰儿年幼无知，不知道轻重，得罪了。"

许灿早已决定此事，依然郑重其事地向蔡邕一家人详细谈了建琴馆事宜，还郑重邀请蔡邕蔡琰参加端午节的歌舞活动。蔡邕不胜感激，最后一一应允了。

端午节那天的庆祝活动,蔡邕亲自上台为大家弹奏了自己新创的《饮马长城窟行》:

> 青青河畔草,绵绵思远道。
> 远道不可思,宿昔梦见之。
> 梦见在我旁,忽觉在他乡。
> 他乡各异县,辗转不可见。
> 枯桑知天风,海水知天寒。
> 入门各自媚,谁肯相为言。
> 客从远方来,遗我双鲤鱼。
> 呼儿烹鲤鱼,中有尺素书。
> 长跪读素书,书中竟何如。
> 上有加餐食,下有长相忆。

这首琴歌,通篇皆思妇之词,缠绵温婉,吟法极妙,一路换韵,联折而下,节拍甚急。"枯桑"二句,忽用排偶承接,急者缓之,最是神妙之处。他的琴声歌声融为一体,歌声息处,琴声扬起,场内场外,万人寂然,如鸟晨啼,如蝉鸣秋,松风山涛,月沉花径。他的琴曲倾倒了无数观众,当人们从琴声的旋律中走出时,操琴人早已退入幕后。观众的掌声经久不息,他们还想再次的欣赏大师的作品。这时,一位十岁多的女子向台下的人们深深鞠躬,她弹唱的是《采葛》歌,歌中唱道:

> 彼采葛兮,一日不见,如三月兮。
> 彼采萧兮,一日不见,如三岁兮。
> 彼采艾兮,一日不见,如三岁兮。

这首来自中原地区的王风情歌,在蔡琰的琴韵和歌声中,文情并茂,相得益彰,使吴人领略了另一种味道的歌声。她一改过去软软的越腔,以浑厚奔放的中原之声赢得观众的喝彩。蔡琰并没有因热烈的掌声感染,回到后台,她竟然嘤嘤啜泣。蔡邕甚为不解,问:"琰儿为何落泪?"蔡琰擦拭眼泪,抬头看着父亲说:"父亲,每唱此曲,必思徐瑗姐姐与父亲离别之景……"蔡邕闻此言,一时语塞,不知如何回答女儿。

这场音乐晚会的成功举办,是阖闾城建城七百年纪念的扛鼎之作。昔日吴王在城内的安阳里建有吴王榭堂,经常请来著名琴手歌手在此狂欢,越女西施经常步履姗姗,素裙款款,登台歌唱,使得吴王夫差沉迷不已,随后养成了吴人喜乐善舞的习俗。许灿将此舞台搭建于原吴王的榭堂旧址处,唤起了吴人对昔日王城的回忆与追思,也增添了他们的一份自豪感。蔡邕父女的琴瑟演奏,使饱经了历史风霜的吴城增添一抹光彩。

许灿兑现了他的诺言,在城内最繁华地段修建了一座乐坊,命名为"焦尾琴馆",蔡邕亲自手书了四个隶体大字镶于馆楣之处。他在琴馆的旁边又为蔡邕修建了一处瓦房,请蔡邕入住。蔡邕不为所动,他认为古有齐人不食"嗟来之食"而饿死路上者,何况自己是名家之后,怎能受人施舍?所以他一直寄身于河岸边那间小屋直到离开吴地。他除了每日操琴外,写作、写字又占去了他很大时间。中平四年(公元187年)四月,蔡邕作《太尉刘宽碑》《范丹碑》,十月作《太尉杨赐碑》。翌年又作《陈太丘碑》《文范先生陈仲弓碑》,之后又作了《陈太丘庙碑》和《议郎胡公夫人哀赞》等。焦尾琴馆却成了蔡琰与徐珣、顾雍等人常去弹琴唱歌的地方。许灿的儿子许帆比蔡琰大四岁,也拜蔡邕为师,学琴、书法及作文。

在阖闾城蔡琰既有人生最美好的时光,也有短暂的爱情伤痕。她的几个师兄像兄长一样呵护她,又似春蚕在她情感的绿叶上爬行,无意中触动着她的心。在她感觉到自己已经长大了的时候,她才发现自己那片绿叶被蚕食出了一个口印。她惶恐地将这种感觉嚼味,并告诉父母:"我想搬进焦尾琴馆去住,那儿地方宽敞,也好练琴。"蔡邕不假思索地说:"去就去吧,你已经十四岁的人了,按理说也该出嫁离开父母了,只因我们尚在流亡途中,顾不上为你找个夫家。他们几个住在那里,你想离他们近点也好,能在一块切磋琴艺。"蔡夫人看着女儿身材修长,个头似乎超过了母亲,几乎和她的母亲持平了;微微隆起的胸部,轮廓已显的臀部,红晕染脸颊,朴素的衣着已经无法掩盖她的青春之美。

她心里既欣喜又莫名失落，半含哀怨地望着她说："琰儿年已十四岁了，和那几个阿郎在一起，人会说闲话的，还是和父母住在一起妥当。"蔡琰的面颊潮红，她觉得母亲看穿了自己萌动的情愫，但她天生是一个果敢的女子，立马争辩道："母亲啊，他们都是我的师兄，待我如同妹妹，怎得就怕别人说闲话了。"蔡邕知道女儿向来固执，斜看了一眼夫人，说道："琰儿，你母亲她多虑了，琰儿和师兄情同兄妹，不怕别人说闲话，要搬就搬过去，只一点琰儿谨记，不能太贪玩，荒书废琴。"蔡琰连连点头，对母亲说："母亲不必担心，琰儿自有分寸，若母亲想琰儿，琰儿数天一回。"说搬就搬，蔡琰收拾自己的衣物，当天就去了焦尾琴馆，蔡邕也隔三岔五地来指导一众弟子，生活平淡而恬静。

　　蔡琰原以为住进了焦尾琴馆，心中的躁动会慢慢平复，谁知和师兄们在一起，她随时都因怦然心动而害羞和苦恼。白天尚能掩饰，晚上独处，思潮澎湃，好不孤单。即便是窗外那月，也能勾引她无限的情思，让她情感的小鹿，无处奔逃。想起小时候，叔父蔡谷和呼延娜云姑姑合二为一的影子，她幻想自己若成娜云姑姑，忽然春心摇荡，不能自持。第二天，她一见到师兄们就觉得脸颊绯红，搞得师兄们面面相觑，不知所然。蔡琰这种细微的变化，终于被一个人窥透了，他就是许帆。有一天，许帆来到蔡琰窗前那株凤仙花下，摘了一朵正在开放的花朵，找了一个能盛水的瓦罐，将花罐放在了蔡琰写字的案几上，案几一边是蔡琰的琴案。他的用意很明显，他想试探一下这位比他小四岁的师妹的心意，因为自从见到蔡琰的那一刻，就喜欢上了这位文静而优雅的少女。

　　蔡琰看到一束灿烂绽放的凤仙花，心突突跳动。她将鼻子朝花蕊上贴近闻了闻，那种芳香，然后坐在琴案前开始猜想，这一切也许是徐珣所为，因为她发现徐珣每次看她的眼神很是慌乱，他曾和顾雍一起背着家人来吴城，除了向父亲学艺，还有一点可能是他想见自己。总之，这朵花像一块石子投进清澈的湖面，激起了她初恋的涟漪。有一晚，月明星稀，蔡琰看见床前桂树下站着一个白衣少年，她趴在窗棂上往外一看，一眼就认出了那男子正是许帆，她愣怔了一下，马上关窗。第二天早上，蔡琰听出了许帆琴声的杂乱，她问道："小师兄，你怎么了？琴声杂乱，不知是何事扰心？"许帆不能直抒胸臆，也不能打破眼前大家相处的这份和谐，皱着眉头，长叹一口气："琰妹，无甚要紧！"徐珣笑着说："许兄，你有话就说于我们听听吧，你能瞒了我和顾雍，却瞒不过琰妹，你要晓得她六岁时就能辨琴音而知弹琴者心。"许帆还想争辩,徐珣又补上了一句话:"你心里想的,我也知三分。"顾雍赶紧说:"那你说出口来,我们听听。"徐珣说:"琰妹在此,我不便说出。"蔡琰脸上一阵发热,她"啊"了一声,说:"这样,我便搬出去,免得你们贼一般防着我,你们练琴论艺,也自在一些。""师妹,我也是随口一说,你这才来,又急着搬回去,师父师母定说我们待你不好。顾雍你说是吗?"徐珣想让顾雍当个和事佬平息这场争论,谁知顾雍也是满腹心事,左右为难地说:"你们这是作甚,一个个心里似有鬼一般!"顾雍说话的时候一直盯着蔡琰,似要将她的心看穿一般,让蔡琰羞上加羞,难道他也要窥探她的心事?蔡琰觉得自己像一只飞蛾,碰到了爱情这张网的时候,翅膀却被这细微的丝缕牵绊住,愈挣扎愈被缠得紧,竟然有点身不由己了。琴声见心声,蔡琰似乎从师兄的琴声中听出了他几分压抑和烦乱。

几天之后,许帆的父亲突然向蔡家来提亲,令蔡邕夫妇大出意外。蔡邕认为,这一定有女儿的因素,趁她回家的机会,便问她道:"琰儿去焦尾琴馆已有一段时日,三个师兄也待你甚好,不知哪一个才艺人品更好些?"蔡琰不知父亲在试探她,不过父亲的问话让她心下一惊,她灵机一动,反问父亲:"父亲是他们的师傅,琴艺高低,父亲心里自然有数,为何问琰儿?"蔡邕说:"我觉得他们都好,论琴艺,首推顾雍;论诚实笃信,当属许帆为先;论机敏识体,当属徐珣;论生活俭朴、为人踏实,当属徐谦。"蔡琰说道:"父亲所言极是,顾雍学琴已到了忘我的程度,如痴如醉;徐珣官宦子弟,做事灵活,讷言敏行;而许帆为人诚实有信……"蔡邕"哦"了一声,看到了女儿脸上浮出一丝羞涩,直接告诉蔡琰:"许帆的父亲向咱蔡家提亲,他想让你做他的儿媳。"蔡琰听了这句话,用手遮住自己的脸,害羞地跑出了门外。她的爱情仅是一棵萌芽,一种朦朦胧胧的东西,而许家的提亲已超出了一个十四岁少女的心理范围。她联想到那个月夜,在她窗前徘徊的人影及那束开放的殷红的凤仙花,她的心理恐慌早已超出了她对爱情的憧憬。她返回屋子后对父亲说:"那绝对不行,绝对不行!父亲莫非是嫌女儿大了,成了累赘,非要女儿出嫁不可吗?"她说着不由得两行热泪滚下了面颊。蔡邕原想试探一下女儿,不料她泪水涟涟,好不伤心,暗自悔恨自己太冒失。但他一想到女大当嫁的古训,想到年过半百的自己和夫人最终会离开女儿时,一种伤感挥之不去。他婉拒了许家的提亲,对许灿说:"琰儿年龄尚小,正是学业尤进的阶段。况且,我们流亡吴会已十年,漂泊不定,上无片瓦,下无立锥之地,难以谋划琰儿的终身大事。此事,再容缓缓,让我考虑考虑吧。"

蔡琰要离开焦尾琴馆,搬回河边的小屋住。许帆对蔡琰的追慕及许家的提亲,被蔡琰误解成了一种收买,而蔡邕也感到伤了他的自尊。蔡邕一向鄙视施舍,但又不能离开这种施舍,所以提亲之事,似乎给他们敏感的神经致命的一击。蔡邕决定离开此吴郡阊闾城。那么他们一家能去哪里呢？蔡丘屯,唯有蔡丘屯既可保尊严,又不缺温暖。刚好,这一时间朝廷动乱,他也有机会在此入宫。天时地利,就差奔赴了。临行前,他将自己创作的《游春》《绿水》《幽居》《坐愁》《秋思》等琴曲,交给女儿蔡琰保管。因为提亲一事,蔡邕若惊弓之鸟,特意为女儿写下了《女训》,其文曰:

> 舅姑若命之鼓琴,必正坐琴而奏曲。若问曲名,则舍琴兴而对,曰某曲。坐若近,则琴声必闻；若远,左右必有赞其言者。凡鼓小曲,五终则止；大曲,三终则止。无数变曲,无多少,尊者之听未厌,不敢早止；若顾望视他,则曲终而后止,亦无中曲而息也。琴必常调,尊者之前,不更调张。私室近舅姑,则不敢独鼓；若绝远,声音不闻,鼓之可也。鼓琴之夜,有姊妹之宴则可也。

蔡琰望着父亲为她写的《女训》,咯咯笑个不停。她给站在一旁的几个师兄们说:"我父亲怕我十几年的流浪,野了性情,丢他的人,为我设了清规戒律。"他们逐字逐句地读着并誊抄。蔡琰问父亲:"父亲,你怎么不为他们写一篇《男训》呢？"蔡邕笑着说:"孔仲尼说过:唯女子与小人难养也！"蔡琰听后,不以为然。她认为父亲愈老愈变得迂腐。

第十二章：故里魂断

中平六年(公元189年)四月,皇帝刘宏病死于洛阳皇宫嘉德殿。他像所有面临死亡的普通百姓一样,惧怕死亡、憎恶死亡。刘宏虽然手足不能动弹,嘴不能言语,但无法闭合的眼帘仍映出皇宫内外的一切动静。空旷的嘉德殿,只有一两个太监守护在他身边,他们的目光此时缺少了对皇帝的敬畏,闲散而呆滞。刘宏感到嘉德殿在不断地倾斜,不断地下坠,似要坠入一个黑不见底的深洞,他想问问身边的太监,但舌根向着喉管往下滑,舌尖僵硬如石。他挣扎着想喊,黏在喉咙的痰液堵塞着喉管,只发出呲呲啦啦的微弱颤音,连自己也说不清是否是一种语音。他想用手示意,却怎么也挪不动自己的手臂。两只手干瘪如风干了的鸡爪,瘫在金黄色丝绸床被上。他眼珠直勾勾地看身边的太监,显现出一种乞求的神情。然而,太监一改往日的谦卑,手托着下颌,半天没有把目光移到他的身上。刘宏转动眼球,看窗外那株银杏树还未进入夏季啊,怎么树上落下了一片黄叶？

刘宏的思维仍然是清晰的,看着悬在空中的银杏叶,想到了时序与季节,想到了死神在殿内阴暗的角落凝视他,并窃窃私语；还有他杀死的那么多的人,孤魂野鬼都聚拢在嘉德殿。刘宏看到了死去二十年的司隶校尉李膺等百余党人的冤魂,那些鬼魂中还挤出一个瘦老头,他想了半天才认出他就是十几年前髡钳徒朔方的卫尉蔡质。刘宏回想起蔡质是死于赦免途中,死于遥远的雁门关外。他一个老头怎能徒步回到皇城洛阳来呢？蔡质从嘉德殿的角落走出,一步一步朝他走来,并说出了一句令他心酸而胆寒的话："皇上啊,我们世代忠良,一朝被陷,冤啊！"声音是那么的悲怆,几乎让他热泪盈眶,他几乎忍不住上前与这个多年不见的老臣握手。然而,刘宏连旋转一下头颈的力气都没有了,只是平躺着,怜悯地看着蔡质。他想起了蔡质的侄儿蔡邕,他是那么才华绝世,哦,好久都没有听他鼓琴了,真想再听听他的《广陵散》或《高山流水》啊。

但这些回忆及幻象被一阵阵乐声打断了,这是他熟悉的礼乐声,是举行丧礼的哀乐。难道他们在为自己的丧礼进行演习?声音时高时低,是距嘉德殿很远的北宫传出的,他听得仔细,能判断出皇宫中此时的许多活动:一切都因他而寂然无声,一切也因他而剑拔弩张,斧钺铮鸣,暗流涌动。他自己知道这一切都因自己做事犹豫不决所致,一切都出在拥立太子的事情上。他曾有过几个皇子,都早年夭折,只存何皇后生的刘辩和王美人生的刘协。按理说,刘辩年纪稍长,生母又是皇后,当属首选。可是他却认为刘辩轻佻无威仪,有意立刘协为太子。但何皇后母家实力雄厚,其兄何进曾任虎贲中郎将、侍中、河南尹。黄巾军起义后,何进被封为大将军,封舜慎侯,其弟何苗时为车骑将军。这种外戚权重,使他左右为难,迟疑不决。临终之际,他把拥立刘协为皇帝的重任托付给了拥有统领八校尉之权的上军校尉、宦者蹇硕。在他尚能吐出一口气的当儿,宫室内的杀伐决斗便开始了。皇后、太监、权臣甚至皇子都在暗中谋划,集合各自的力量进行角逐。他卧床的嘉德殿,已无关紧要了,他们都在等待他咽下最后一口气。可能是准备举行国丧的礼乐彩排声传进嘉德殿,像一股阴风一样,冷飕飕的,把他仅有的那点求生的火苗吹灭了。当那个守护他的太监还出神地看窗外银杏树,看云层堆积的洛阳城头天空时,他便灵魂出窍了。那天,是阴历四月十一日,堆积的云层遮住了炽热的太阳,到傍晚也没下雨,也没有打雷声。他死时,嘉德殿寂静得能听见白蚁在殿梁上咬噬松木的沙沙声。上军校尉蹇硕持戟闯入室内时,那个太监小心地说:"皇上这阵睡得很香,戟剑之声不宜碰响。"

蹇硕谨记刘宏临死前的托孤,欲立刘协为皇帝。他和十常侍张让、段珪等密议,将皇上驾崩的消息封锁,密不发丧。矫诏宣示国舅何进入宫,以解除外戚何氏的势力,然后扶刘协登基。何进听是皇帝诏他,急忙行走,走到宫门时,遇到了蹇硕的下属司马潘隐,他与何进是旧交故友,对何进说:"不可入宫,蹇硕正在宫内嘉德殿,你若贸然进去,必被擒拿。"何进听他一说,急忙驰回,引兵驻屯在百郡邸,招来几位大臣和亲信商议。他说:"要将太子刘辩扶位,必先诛尽宦官。"群臣中首先反对者是典军校尉曹操,他说:"宦官的势力已成气候,它从冲帝刘炳开始形成了，不是一天两天，一年两年，岂能诛尽？倘若泄露机密，必带来灭族之祸，请何大人深思勿急。"何进却不以为然，叱斥了曹操。这时府外传来城门司马潘隐来访的消息。他带来的消息更是凶险：皇帝已死，蹇硕已与十常侍密谋诛除何氏，册立皇子刘协为皇帝。何进宅内的大臣听到后个个吓得面如土色，不知如何是好。曹操仍然第一个打破沉默，说："今日之计，先宜正君位，然后图贼，则名正言顺。"大家觉得曹操的话有理。司隶校尉袁绍，披甲挂帅，率领五千御林军将东宫团团围住，何进、何颙、荀攸、郑泰等大臣相继入嘉德殿。在刘宏的灵前扶立太子刘辩即位，史称少帝。蹇硕看到戟剑林立的御林军，慌忙藏身于御园的花阴下，被中常侍郭胜砍杀。少帝的母亲何太后，生性贤良仁慈，力劝兄长何进道："我们出身寒微，当初一起从南阳来，是依靠宦官的帮助才得以富贵的。如今蹇硕不仁，我们已经将他诛杀，岂能将其他宦官也杀绝呢？"何进无法说服何太后，便否决了袁绍等一帮人的进言："若不斩草除根，日后必为其丧身。"

十常侍不但不被诛杀，反而成了何太后的幸宠，为日后留下了大患。在刘宏骨尸未寒、大丧未致其间，何进在袁绍、袁术等人的一再提醒下，又意欲诛除阉党，同时不顾曹操、陈琳等人的反对，下令征召董卓进京，协助他们清君侧，壮皇威。未等董卓入京，十常侍张让、段珪却先发制人，诈称太后诏命，将何进诱杀。何进的同党袁绍、袁术、曹操等人，急忙率部突入宫廷，将十常侍剁为肉泥，还放火烧宫，宫中火焰冲天，乱成一片。混乱中，张让、段珪等人带着小皇帝刘辩和陈留王刘协逃出洛阳北门，于当天夜里到达黄河岸边，遭到尚书卢植、河南中部掾闵贡等人的严词斥责，张让被迫投河而死，刘辩与刘协被闵贡带回洛阳。途中，遇到了引兵急进而来的董卓。从此，一个成长于胡羌之地的武夫，登上了汉末的历史舞台，成为翻云覆雨的人物。

董卓所率领的西凉兵马很快铲除了汉末宦官和外戚集团，废帝更立，控制皇权，解除党锢，平反冤案，起用党人，招贤纳士。一时间，从宫廷到朝野，帝王将相，诸侯豪阀，在他的威慑下，一个个望而生畏，噤若寒蝉。蔡邕，也随着董卓的专权，拉开了他人生悲剧的序幕。

皇帝刘宏驾崩的消息，传到了陈留郡圉县蔡丘屯，蔡邕的心情久久不能平静。他对皇帝刘宏怀有复杂的感情，既有臣民一样的愚忠，也有知己一样的理解;他觉得皇帝曾没有杀他,也算一种宽宥。同时,叔父蔡质死后,经人疏通,弟弟蔡谷辟入宫廷,委以六百石的城门司马之职,使得蔡家在朝廷的公差延续下去。所以,刘宏的死亡,激起了蔡邕心中一层波澜。他预感到,这又是一次宫廷权力争夺的开始,社会将随之动荡。他一连几天沉默不语,时而立在永寿屋前台阁上远眺,时而在祖宗祠堂前的栗树下徘徊。最后,他面西而立,对着京城洛阳连叩了三个头,为他和皇帝刘宏之间的恩怨画上句号。

"父亲,他是咱们蔡家流离失所的罪魁祸首,你不该为他哀伤!"蔡琰出了院门,扶起了她的父亲哀怨地说道。蔡邕站起身子,厉声呵斥女儿:"休要胡言,女儿家不可对先帝不敬!"蔡琰第一次感受了父亲由怨而忿的脸,心不由得一颤。印象中,父亲永远是慈祥的、文弱的,但在君臣大伦前,他是严厉的、不可侵犯的。

她跟在父亲的身后,默默地走进了永寿屋。她感到自从吴会之地回到老家蔡丘屯后,一切都是那么陌生和让人心寒。她做梦都思念的呼延娜云姑姑并没有欢喜地出现在她面前,只有那棵栗树仍挺立在祠堂前,栗子仅有珍珠那么大,被外壳严严地庇护着;永寿屋的椽檩在风雨中变成了烟熏色,外檐长出了小小的菌苔,在椽与墙缝空隙间,有鸟筑起了巢窝。姐姐徐瑗哭红了眼,为她讲述了这座院子的变迁。

呼延娜云凭着当初一股侠骨柔肠,被蔡谷那种男子特有气质的冲击,她辞别了生她养她的朔方草原,住进了中原农耕之家的永寿屋。这是一个传统文化氛围浓厚的家族,患难之中,蔡谷和母亲对这位匈奴女子感激有加。她美丽的姿韵,让蔡谷无法抗拒,他们很快坠入了爱河,昔日那个寂静的院庭成了他们二人逐爱撒欢的巢,他们竟像在草原上一样无所顾忌,压倒了屋后一丈见方的黍禾。这些都被立在永寿屋二楼上的徐瑗看得一清二楚,她将这一切告诉了蔡老夫人姜氏。他们甚至在一个夜色朦胧的晚上,靠在蔡家祠堂前的栗树身调情,被他们的同族长辈看到了。在呼延娜云眼里,这树木庄稼,和草原上肆长的牧草一样,都是天地赏给男女逗爱的温床。然而,他们忘记了这里是中原农耕之家。这个家庭从永寿屋翘起的脊角到瓦当上的每一个图案,以及院庭天井,厕所的布局,无一不在昭示着森严有序的文化特征——一切都是循规蹈矩,方圆有别。当呼延娜云踏入这个家庭第一步起,便遇到了尴尬:她以怎样的身份参加蔡质的葬礼？来宾们偷偷地在窃笑这个高鼻梁蓝眼珠的匈奴女子，行为怪异地窜于人群中，好奇地观看着复杂冗长的葬礼仪式。直到蔡质百天忌日之后，她仍觉得一切被丧葬氛围笼罩着，每个角落都是沉闷的、压抑的。她站在蔡谷因守孝修建的小屋门前时，不解地问："坟园搭建房子干啥用？咱俩还要在这屋子守坟三年吗？"蔡谷回答她："是啊，这是我们中原人的习俗和孝道，不像你们匈奴人，死后随地掩埋，也不垒坟，人死了灵魂也没个家啊。"她说："我们也有坟，但那仅限于贵族王室，平民百姓没有。我们是牧人，草原处处都是家，何必拘泥于一方坟茔？你们汉人胸怀小，没气度，容不得天下其他人，原因也在这里。"她说着，眼里闪着泪花，似乎想把走进蔡丘屯蔡家后一肚子委屈讲出来。但她还是忍住了，想到自己是一个无家可归的人，眼前这位英俊男子是她唯一的靠山，永寿屋是她的归宿。她只能顺应这儿的一切，入乡随俗，否则就是怪异。她每晚只看着蔡谷一人住在坟茔前的小屋里，而她却站在二楼的阳台上眺望：小屋内透出的微弱灯光，一切死寂而令人孤寂。

一天晚上，等姜氏和徐瑗睡熟，呼延娜云悄悄地溜出门，向着蔡质的坟地走去。天虽然黑得伸手不见五指，四野寂静，但这对于一个在草原上生活过的女子来说，根本算不上什么害怕，倒是将蔡谷吓得魂不附体。她轻轻地敲那间屋门，"谁呀！"蔡谷在睡梦中一骨碌爬了起来紧张兮兮地问，不知道何人半夜来敲门。"是我，你开开门吧。"娜云在门外轻声地说，咯咯笑出了声。"半夜三更你怎么来了？"蔡谷有些不高兴地把她迎进屋。"你天亮前必须回到永寿屋去，母亲知道了定要责罚你。"蔡谷把她搂在怀里，用手抚摸着她已怀孕的肚皮，内心的冲动欲望已经喷薄而出，但一想到守孝期间的禁忌，唯恐亵渎了父亲，便一下抽回了双手。娜云刚被蔡谷炽热的体温撩拨得欲望几乎如同洪水泻来，哪管什么亵渎，伸开臂膀死死缠住蔡谷的腰，手急速地向下游动。蔡谷一改往日的急不可耐，一把推开欲火已焚的呼延娜云，呵斥道："不可造次，破了祖宗的规矩！"这一声对娜云好似当头一呵，让她猝不及防，她愣怔了好一会儿，然后默默地转身离开，蔡谷也没有挽留她。

呼延娜云一个人哭着回到了永寿屋，想起几个月前的一个晚上，蔡家召开了一次宗族会，她被排除在外，身份不及蔡家的养女徐瑗。她一个人待在她的房子里，听着隔壁屋子一场有关她的辩论。蔡谷的一个宗族长辈提高嗓门说道："你怎么能跟她完婚呢？我们蔡家几代虽然不及先前，但也几代辅佐皇上，怎能和一个不知底细的匈奴女子结亲呢？你年轻不谙世事，你父亲又去世，还有我们这些长辈为你做主呢。"蔡谷据理力辩道："娜云曾救我们一家于危难中，是我们蔡家的恩人，这个邕兄是知道的。他如今远迹吴会，否则定会亲自为我们做主完婚，况且她已经……"蔡谷还未说完，一屋子人都惊得"哎哟"齐呼，接着便都沉默了。"再往后拖拖吧，万不得已时再看着办。"还是那个宗族的长者一锤定音。听到的这些话，呼延娜云顿然觉得如沉水之石，被四周巨大的冰冷裹挟，冷得喘不过气来。

这次家庭议事因蔡谷的一句话不了了之。自此，蔡家的每一个人看呼延娜云的时候都盯着她的肚子，表情里带着一丝不屑和鄙视。徐瑗见呼延娜云眼神已经没有刚来蔡家时那么纯净，而是充满忧愁而凄楚，她便为娜云做了一身浅蓝色的宽衣，叫她不要去田地里转，免得听人闲话。呼延娜云像一只被困住了的野兽，焦躁、怨怼，蓦然思念起她的大草原，唱起了那首忧伤的歌谣：

失我焉支山，令我妇女无颜色。

失我祁连山，使我六畜不蕃息。

她那悠扬凄婉的歌声，从永寿屋传到了正在田野割青的蔡谷耳里，他立在地里，思潮翻滚，愁绪万端。他理解临窗而歌的她，以及她的内心世界所承受的煎熬。他将镰刀放在田垄上，回到她的身边，劝慰她说："等一等兄长吧，他回乡了，会力排众议，支持咱们二人结为夫妻的。"娜云破涕为笑，她知道如果蔡邕、赵氏夫妇及琰儿能返回家乡，定会支持他们。也许腹中蔡家的血脉，已将她和蔡谷紧紧地连在一起，即使被人鄙视和不屑，她对他的信任和依赖比以前更胜。为了小生命，她经常躺在炕上，在家里人眼里变得慵懒和散漫。姜氏忍不住对儿子说："娜云姑娘自小在草原长大，缺少家人教养，你要提醒她入乡随俗，切不可无礼，遭人讥笑。"蔡谷说："母亲，娜云有孕在身，不必拘小节。现在父亲殁了，还望母亲为我们做主。""你是知道的，你父亲在世时一直反对你们结合。最近有消息说，你父亲过去的部下不断地给皇上进言，要给蔡家洗冤。目下，我大汉与匈奴交兵，你若娶匈奴女子，皇上及世人怎么看待我蔡家？"这提醒让蔡谷毛骨悚然,想蔡家祖辈几世功名,若被他所毁,他无法向列祖列宗交代,但他又是那么痴迷她的性感,且她的腹中已孕他的血脉……蔡谷的内心非常的矛盾和苦恼,但他没有办法解决这么复杂而现实的问题,唯有回避。呼延娜云没有把蔡谷的疏远看作是一个危机的开始。

　　终于有一天,蔡谷的一句话似惊雷一般,将呼延娜云击倒。"我们暂时不要孩子了,呼延娜云……"蔡谷无法面对呼延娜云充满惊惧的目光,低着头像一个俘虏一样。她掠去心中的惶遽和失望,心中了然死寂,心情如同两年前被绑在木桩上等待别人施刑一样。她知道促成他做出决定的原因:三天前,他接到了朝廷召辟的诏旨,虽然诏旨没有提出为父亲蔡质洗冤的半个字,但这是大汉王室向蔡家伸出的和解之手。整个宗族的人喜极而泣,蔡谷也跪在父亲的灵牌前号啕大哭。只有呼延娜云一个人泪水肆虐,她摸着七个月的孕肚,知道新的分离又来了。送走了前来恭贺的人后,蔡谷回到呼延娜云的那间屋子。这间散发着女人体香味的屋子,他之前的喜悦和亢奋一下子消失了,那个顽固的心结又似奔窜的野兽一样在他的脑子里来来回回地侵扰,让他窒息。他默默地坐在床边上,想找一个先能说服自己的理由,但呼延娜云的眼神像一根锋芒一样穿透他的心结,让他思绪混乱。"我在致丧期间,怎么能去京城呢?"蔡谷说罢,叹了一口气。她没有接他的话,看着窗外远处隐隐若现的栗子树,好像这件事和她无关。三天后,蔡谷终于说出了那句话。

　　当呼延娜云听到了那句话时,内心更多的是一种受骗和羞辱感,蔡家的人轻视她,全中原的人嘲笑她,她都可以忍,但当孩子的父亲要杀这腹中蠕动的胎儿时,她觉得这个世界彻底孤立她、抛弃她了。这一片葱郁的中原,虽然树木高大茂盛,但人心可怖,将她扼杀在坚硬的人伦道德掩盖的私欲里。以她刚烈决不屈服的个性,决不受制于人,所以,趁着一个月明星稀的暗夜,她悄悄地骑上那匹白马,向朔方草原奔去。

　　呼延娜云走后,蔡谷找遍了方圆几百里,也未见她半点踪影,只在她睡的床上找到了蔡琰的那块玉。她住过的那间屋子门紧锁着,床上她睡过的那条毛毡被虫子噬空像个筛网。蔡谷甚至觉得娜云可能遗恨自尽了,因为一天夜里,徐瑗听到了娜云屋子里传来呜呜的哭泣声。后来,蔡谷赴京做官,姜氏病殁,呼延娜云住过的那间屋子在风雨飘摇中,一天天变得陈旧不堪了。

听完呼延娜云的故事,蔡琰很想要打开那间久锁的屋子,也要打开那段尘封的岁月,但她又怕此举引起父亲的伤感,便一个人偷偷地撬开了脱落着铁锈的门闩,站在屋内的床前,尽力寻找呼延娜云留下的痕迹,给自己带来半点慰藉。结果,她什么也没有找到,只有一只硕鼠从床下爬了出来。它见了她毫无惧怕,而是抖落着身上的灰尘,露出棕红色的皮毛。它不是不惧怕人,而是衰老得迟钝了。她想这可能是呼延娜云居住时常伴她的动物之一,她狠狠地跺一下脚,随着地面的震动,硕鼠又蹒跚着返回床下。她望着这间小屋,又望着这只沾满灰尘的老硕鼠,眼泪一下子涌了出来。

她的父亲蔡邕,这位饱经忧患的儒士,他的伤感比女儿蔡琰要深沉得多。自从永寿元年(公元155年),他亲手建造起这栋砖木结构的房子,已屹立风雨中三十四年了,而距他最近的一次离家(建宁三年,即公元170年)也快二十年了。蔡丘屯已经物是人非:怀着蔡家骨血的呼延娜云出走了,死生不明;蔡谷被辟为北城门司马,忙于公务,少有音讯;叔母姜氏溘然长逝,坟头野草萋萋;儿时经常蹚水的铁底河边,戏水的小孩子们说起他们的父亲,他都陌生。他此时的心除了孤独和落寞,其他都被掏空似的。他抚摸着蔡家祠堂前的栗子树,眼角不停地滚出泪珠。他趁着家人在田野劳作的空当,一个人拿起琴,弹唱《采薇》歌,歌曰:

> 昔我往矣,杨柳依依。
> 今我来思,雨雪霏霏。
> 行道迟迟,载渴载饥。
> 我心伤悲,莫知我哀。
> ……

他们的返乡,根本算不上衣锦还乡,他的那些盛名在村庄年轻人的眼里,仅是一个传说而已。但十里八村前来拜访的文人学士不少,一时间,蔡家热闹起来,每日来访的名流如云,车水马龙。永寿屋院门外那片菜地,被人畜踩踏得寸草不生。这从形式上弥补了永寿屋多年来的寂寥。加上随他而来的三个入室弟子,一共是八口之家,除了最西的那间房子,其他房子都满客了。回到故乡,他们的生活安稳殷实，蔬菜、稻谷、水果等全是自产的，既新鲜又方便。蔡邕半生所向往的田园牧歌式的生活，此时成真。

然而，时间的河流总是无法回头。空寂的院落无法回复昔日的景象，永寿屋传出的琴声依旧流淌在田野、草木和湿润的空气中，但它的主人们都已步入成年、老年和少年，徐瑗婚后仍然没有孩子，这为蔡家人丁不旺又添了隐忧。面对这些，蔡琰也一下子觉得自己长大了，尤其当她看到呼延娜云住过的屋子时，儿时的美好记忆被粉碎了。她怪叔父蔡谷无情，不知感恩。但事已至此，谁也无法改变，唯有一遍遍地弹唱那首《敕勒歌》，遥寄思念：

敕勒川，阴山下，天似穹庐，笼盖四野。
天苍苍，野茫茫，风吹草低见牛羊。

这首歌同时也感染了蔡邕，令他不由得回想起髡钳徙朔方的那些日日夜夜，心事重重。他的弟子徐珣、顾雍、许帆三人也都各怀心事，不再像以前一样谈笑打闹，专注于学业。这种苦闷的氛围持续了很长一段时间，直到蔡家来了一位风度翩翩的少年。少年叫卫仲道，是河东郡安邑县人，其父卫煌，昔日曾和蔡质一同执事于朝廷，为司徒府长史；其兄为卫顗，字伯儒，其姐卫娉曾在少儿时由父母做主，定亲于蔡谷，后因蔡谷一家髡钳徙朔方，卫娉另择佳婿。由于两家是故交，往来密切。卫仲道手持蔡谷的亲笔信，来圉城投奔蔡邕门下，想拜师学琴、学文、学书法。蔡邕知道，河东卫氏是世之望族，卫仲道祖父卫暠，明帝时以儒学深厚渊博由代郡征至河东安邑县为县令，子孙后代即居住在了河东安邑。蔡邕特别器重这名门生，加之卫仲道的聪慧明敏，一进入蔡家，使得一时沉闷的学习气氛发生了变化，永寿屋开始了欢快而骚动的岁月。

与此同时，不期而至的命运之神，也在暗暗盯上了这片宁静而祥和的农家小院。就在蔡邕为他的几个入室弟子制订了详细的授业、学习计划，准备将此后半生完全定格成一个私塾先生、一个河畔渔翁、一个牧野樵夫时，朝廷的局势发生了急剧的变化。经过几番杀伐和博弈，西凉兵团的头子——陇西临洮人董卓登上了汉末的历史舞台。当他得知蔡邕已结束了流亡吴会十年的生活、蛰居在陈留郡圉县乡村时，便差朝廷公车以召辟。公车停在院外的空地里，并伴有三个持戟的武士，车上放着一副枷锁，彰显威严。使者将太尉董卓的亲笔信递给了蔡邕，蔡邕展开一看，不禁冷汗渗出了脊背，信中写道：

伯喈大人，遥闻大人幽居故乡，不胜感慨。灵帝时，大人与父质同遭诬陷，髡钳徙朔方，朝野哗然，仁人共愤；时吾戍边西陲，亦遭排斥，自顾不暇，无力相携。今献帝即位，性慧仁爱，宦官外戚悉被肃清。吾为太尉，常侍左右，攒助皇威，鞭及九州。由乱及治，所滥者官也，所缺者贤也。大人乃当世大儒，学富五车，才高志远，翼若鲲鹏。共振朝纲，匹夫之责也。吾今邀大人速来京城，拥戴皇上，思虑黎民，大乱大治，与大人共名留青史，成万世不朽之业也……

蔡邕读完信半天也说不出话来。最后，他对使者说："容邕再思考一番吧，我先复董太尉一封信，你们回去复命，然后再做定夺。"使者将眼珠一翻，说道："哪来时间考虑！您不知道董太尉是个性急之人，一言既出，驷马难追。他料你不可速来朝廷，特意派了兵卒护送，并带了枷锁。你若不能同车，我们怎么回去向他复命呢？"使者带着威胁和命令式的语气，蔡邕顿时明白自己没有退路，便赔着笑对使者说："多谢董太尉的好意，但我才回蔡丘屯不久，许多事情还未安妥，家有妻女，另外还有四个入室学生，这些都须我一一安顿，请你们容我半月时间，我将这些事处理完，我们同车去京复命。"他为使者安排了住宿，开始认真考虑这突如其来的使命。

蔡邕对仕途已完全失去了兴趣，昔日宦海沉浮的阴影还未消失，伴君如伴虎的警言尤鸣在耳，他怎么能重蹈覆辙呢？宗族的长者和家中的弟子围在他的屋子里，一个个愁眉不展，莫衷一是。他们为蔡邕设计了几个方案，其一是趁夜间使者熟睡时，逃出围城，回到曾流亡过的吴会之地；其二是杀死前来催程的使者及兵卒，焚尸灭迹，使远在洛阳的董卓不知原委，暂不进京，以观其变；其三不得已而为之，进京复命，和董卓一起共佐皇上，建功立业，封官晋爵，光宗耀祖。他的族人和弟子们均赞同第二个方案，杀死使者，将尸体运到大梁附近的大河边，连同车马一起投入河中，做个坠河的假现场。但这方案遭到蔡邕反对："这事不妥，一来被人知晓，全族皆被诛杀，二来使者无辜，他们亦有父母妻子老小，杀了他们，有损阴德。"

蔡邕的几个弟子，年轻气盛，一腔热血，看到师父当断不断，气得直跺脚，怨他懦弱。平时看起来不言不语的顾雍力主杀死使者，认为逃匿他乡不是智者所为。蔡邕呻吟良久，问女儿蔡琰道："你说父亲怎么做合适呢？"蔡琰听了一众人的议论，早已心中有数，说："父亲上京去吧，今女儿已长大了，家里还有母亲、姐姐、姐夫以及师兄一众照料，无甚大事。女儿只担心父亲孤身一人，不能应付险恶。"蔡邕听了女儿此番话语心中宽慰不少，不管赴京应召辟仕还是继续逃亡，他早已将个人安危置之度外，唯恐女儿受累。她自来到这个世界上，便被他的命运绳索所系，颠沛流离，受尽磨难，好不容易返回故乡，本以为可安逸度日，谁知风波乍起，连他自己都不知道命运之舟驶向何方。但有一点他心里清楚，乱世苟活不易，唯有在家乡，妻女才好保全性命。蔡琰看到父亲复杂的表情，自己顿时眼泪迷蒙，只恨自己不是男儿，不能做父亲的臂膀，替父亲遮挡这大汉的劲风。

蔡丘屯，这个僻壤之乡，又一次被世人所瞩目。从围城赶来为蔡邕送行的人很多。蔡家的族人特意备了一瓮酒，在那棵栗树下先向先人奠酒，再为蔡邕壮行。蔡邕神色凝重地说道："谢谢你们为我送行，此次去京做事，是万不得已而为之。蔡邕无才无德，无力济世救民，今日前去，不知何年何月再回故乡、再见各位，家中老妻幼女，还须各位关照。"众人都请他放心赴京。

蔡琰和母亲没有出永寿屋院门，没有为父亲送行，她俩怕看到蔡邕最后一刻消失的身影。母女二人待在屋子里相拥而泣，蔡琰抚摸着父亲在离别前郑重交给她的雷氏琴和焦尾琴，想起父亲的话："雷氏琴是朋友所赠，是天下第一的名琴，你要留心收藏，传于后人，如不能传之，即把它归还主人；这把焦尾琴是我在会稽蕺山下琴屋所斫，它不仅音质好，更主要的是记载着我们一段流亡生活，能激励你日后克服困难，奋发向上，看见它你也像看见了父亲一样啊！"她和母亲的哭声低沉而恓惶，蔡琰这时才感到一种从未有过的孤单和寂寞。她问母亲道："我的师兄们也要走吗？"母亲怕她伤心，安慰道："你的父亲离别前说过，这次去洛阳，时局动荡，荆棘遍地，要他们各奔前程。只是卫仲道刚来身边月余，没有言传身教，甚为遗憾。如今，你的琴艺渐精，他的文理渊博，你二人互补短长，益于进步。""那他们三个要走了吗？"蔡琰问母亲。"那也该走了，他们都年过弱冠,到了成家立业之时,总不能守在咱家啊!过去是随你父亲学琴学艺,现在学什么呢?"蔡琰一听此言,立马从母亲怀里抽出身,奔出院子,她要为父亲亲自送行。她抄着一条通往围城的小路,一边奔跑,一边呼唤:"父亲——父亲——等等我!"

然而,她无法追赶到父亲急驶的公车。那条通往围城西北的土路上,留下了父亲所乘车子的辙印。她坐在路边喘着气,一路所迸发的勇气变成了一种失望。她垂头丧气地来到铁底河边,看见河里从容顺水而游的水鸟,顿然豁然开悟:乱世之人,要想苟全性命,就如这水鸟今日先顺流而下,怎能顾明日的惊涛骇浪啊!

第十三章：父探虎穴

这是蔡邕第三次进京，从光和元年他离京到现在，时隔十二年了啊！当他远远地望见城墙上耸立的谯楼时，眼眶湿润了。一路上，他沿途看到的是田园荒芜，市场凋敝，盗贼四起，哀鸿遍野的景象。昔日，中原这片盛产稻谷的地方，此时变成了鬼狐出没、饿殍横竖的坟园。枭雄在此逐鹿，匪贼趁火打劫，逃避战争的百姓和到处寻求食物的饥民充斥于道，大汉王朝在风雨飘摇之中。当他进入京城后，所看到的比他想象的更为糟糕：被焚烧的宫室、楼坊废墟仍散发着焦炭味，一些宫门上仍残留着拼杀时溅落的血污。各个城门上的戍卫均变成了董卓从西凉带来的兵卒，说着一口语速极快且听不明白的西域话。他们并不盘查出入者的身份，只是对行人所挎包裹布兜怀有兴趣，看见了熟食熟肉就顺手留下，一边执勤一边嚼着鸡翅羊肋；遇到带钱的，也要搜刮几个硬币。总之，一切都是乱糟糟的，昔日皇城那份肃穆和威严甚至老态和沉重已不复存在。他由此推断出这个未曾谋面的董太尉总理朝政的能力了，他心寒了。

董卓在南宫的乐成殿召见了蔡邕。他把他的太尉府搬到了皇帝才能住的乐成殿，其理由是近距离辅佐幼帝更方便一些。他听说蔡邕到了殿外，亲自走出殿门，站在石阶上迎接。他肥胖而高大的身躯像一座巨形凶神石像，横在石阶正中，把一个殿门遮得严严实实。蔡邕以为这是皇上要召见他，便诚惶诚恐地撩起长袍跪拜，却被董卓一把拽了起来。"蔡大人，不必施礼，快进殿内。我听说你到了京城，弃午休只等你来啊！多日不见你来的消息，可急坏了我，本想再打发一拨人到陈留围城请你，谁知你来了，大人不知治世易请贤难啊！"他一边说，一边将蔡邕让进了殿内。落座后，蔡邕说道："我已闲居乡间多年，孤陋寡闻，鲜有良谋，承蒙太尉之邀，盛情难却。方今天下大乱，英雄群起；我乃一介书生,手无缚鸡之力,胸无片羽之谋,真是羞愧啊!"董卓又是朗声大笑,边唤蔡邕喝茶,边唤侍从把从西域送来一种叫穹隆的瓜切开,亲手送与蔡邕,他说:"你先尝尝这个瓜香甜否?它是我的部下从昆莫(哈密)弄来的,皮薄瓤沙,比这洛阳一带的瓜甜多了。五千里路,快马也要跑七天七夜,一个瓜比一匹马值钱。"蔡邕接过一瓣甜瓜,谢了董太尉,还不好意思下口,而董卓早已吞掉了几块瓜了,下颌和鼻尖粘着几粒小小的白瓜子。他用衣袖抹了抹嘴,笑着说:"皇上还没吃到呢,咱俩人先尝了鲜,哈哈……"董卓那率直而不拘小节的性格使蔡邕少了一份防范,开始注意他的言谈举止。他的相貌最具特征的是一字浓眉,粗而且长;眉头相交于双眼之间,眉尾长过驿马,接近耳鬓;鹰钩鼻子,目光犀利,面颊上有几道横纹,笑里隐藏着一股杀机。他头大身粗,腹大腰圆,强悍中更多的是匪气。蔡邕按照他平时的经验判断,在当世还无人与其争霸。

蔡邕对董卓说:"太尉大人,你用你的西凉兵马,勤王护驾,劳苦功高,铲除了百年来宦官和外戚轮流擅权的朝弊。现在朝野上下,都希望你能辅佐幼主,中兴汉室,安抚黎民,罢息干戈,停止杀戮,整顿军纪,播越仁爱,使百姓勤于农耕,州郡县吏勤于政务,诸侯王公安于戍边,开一代新风。天下太平无事了,你就成了汉室中兴名相,成就万世不朽之伟业。"董卓一听蔡邕这番捧场,甚为得意。他原来以为像蔡邕这类儒生,即是出仕,也要做出那种他最厌恶的谦让和扭捏姿态。但蔡邕没有,因之,他立马对蔡邕喜欢起来,觉得他和自己这个武夫之间性格有些相通之处,不空谈。董卓唤侍从道:"把那坛米酒拿来,我与蔡大人饮个痛快。把剩下的那几个蜜瓜送到嘉德殿皇上那儿去。"董卓给蔡邕不断地劝酒,话也多了起来,一副踌躇满志的样子。他说:"中兴汉室,谈何容易,仅现在这个局面也是得之不易啊!想当初,我董卓以洮河边的浪子选为羽林郎,最终一步一步被征为少府。但先帝虑我拥兵自重,下旨降我为并州牧,兵属皇甫嵩。先帝驾崩,我应大将军何进之诏,回京勤王。那时我的人马入洛阳,步骑不过三千,当时京师官兵甚盛,司隶校尉袁绍拥有西园八校尉禁军,且有曹操、袁术等猛将辅佐;济北相鲍信又募来一支山东兵,执金吾丁原有骁将吕布,这些力量合起来十倍于我。自古兵不厌诈,我将部众在夜里暗地拉出军营,天明大张旗鼓而还,一连四五天虚张声势,朝野以为西凉兵马不断开进京都,队伍雄壮,将有所图。我这一手唬住了袁本初、曹阿瞒这些龟儿,他们纷纷逃出京师、禁军及何进部曲统归于我。我又略施小计,使吕布杀死了丁原,收吕布为义子。哈哈,我废帝更立,将小皇帝废为弘农王,将何太后迁至永安宫,铲除了百余年的宦官外戚擅权之毒瘤。现在新帝年幼,仅九岁,什么事都要我做主,肩上的担子不轻啊!"

董卓说到这里,眉头紧锁,拧成了一个眉结,一副求贤若渴的迫切样子。董卓很清楚,现在汉室是一只羔羊,自己是一只溜达的饿狼,头顶还有一群鹰犬在觊觎。逃出京城的袁绍、曹操等人,都对他废立一事不满,伺机举兵征讨,安内攘外,迫在眉睫。虽然他色厉而内荏,时刻提防着不测之事发生。他所带来的西凉兵马中虽有猛将,而尚缺良柏辅臣,有了一帮谋臣,他如虎添翼,何愁天下不定!他想着,将目光盯在了蔡邕身上,对这位海内闻名的大儒产生了从未有过的敬重。他知道蔡邕善鼓琴,但必须在他乐意的情况下,于是试探道:"听说大人流亡吴会十几年,平生所擅长的那些琴艺、书法也该手生了吧?"蔡邕回答道:"是啊,今非昔比了,人也老了,久疏不熟了。"董卓面露惋惜之色,说:"那不要紧,蔡大人心性聪慧,神来之手,稍一温习,就恢复了原来的格调。你如果有雅兴弹琴,我送你一张古琴。那是我做凉州刺史时从民间弄来的,送给你,也是我们今天的见面礼物。"蔡邕并未听出这位粗中有细的董太尉弦外之音,他连连摆手婉拒道:"我担当不起大人的盛情,我早已不再操琴,此次来京也未带琴,今后也不想再操琴了。"董卓哈哈一笑,将手一挥,说:"大人这些年来历经磨难,如此心灰意冷,也在情理之中。不玩弄那个玩意也好,执剑报国,方为男儿,那我就送你一柄古剑吧!"他说着,将自己身上所系之剑取下,双手捧与蔡邕,说道:"佩上它,能健身御敌,护身励志,也是我的一片心意。"蔡邕受宠若惊,看到董太尉如此豪爽和真诚,慌忙接剑,不知怎样回话。

和董卓交谈完毕,蔡邕步履不齐地回到寓所,一夜未眠。他回味着这初次召见的一幕,对董卓这位粗中有细的武夫权臣,反而愈加小心起来。董卓的计谋、诡诈、霸气、直率,甚至还带着一丝真诚,真让他捉摸不定。

第二天,蔡邕在嘉德殿受到了九岁皇帝刘协(汉献帝)的召见,他被辟为侍御史。这道任命令他感慨万千。朝堂上,他见到了许多故交,司徒王允、司空杨彪、光禄勋荀爽、侍中周毖,唯独不见卢植,令蔡邕心中产生了狐疑。散朝后,他始知这位大破黄巾军屡立战功的卢尚书,因不赞同董卓废帝更立,便挂冠卸任了,请求返回老家涿县,颐养余年。蔡邕要立即去卢府拜访这位知己,怕误了见他最后一面。

在弟弟蔡谷的引领下,穿过左铜街向东,沿着古街径直去永和里那片官府官员居住区。一路上蔡邕看到的是衣衫褴褛的市民,破损的房屋,阳渠漂浮的杂物,一切都显得衰败。蔡谷对京城的熟悉早已超过了蔡邕,他们穿过许多巷陌,终于找到了卢植的府宅。卢植惊喜得半天说不出话来,握着蔡邕的手久久不肯放松。蔡邕看到一向以威严高大著称的卢植,失缺了昔日那种英武之气,代之的是老年暮气,疑惑地说:"十几年不见了啊,卢大人仍不失为暮年英雄。方今幼主始立,尚须忠臣良将辅佐。大人怎么忽然要解甲归田,隐居乡下呢?"卢植听到蔡邕这么一问,立马正色说道:"我本儒生,走上仕途也是不得已而为之,平生虽然不才,但完成了《尚书章句》《三礼解诂》《周礼解诂》等几本拙著,留于后世,也算没有白费熬油点灯之苦啊!"他一边说,一边从一个木制书匣中取出誊抄装订好的书,放在蔡邕面前。蔡邕忙着翻阅,卢植急忙制止道:"不急于看它,我的这点功夫跟你差远了。先说说话,等你闲暇无聊时再翻翻看。"蔡邕听他这么一说,自愧弗如,笑了笑说道:"大人过谦了,我蔡邕怎么能和大人相比?论文略,讲武功,评政绩已是天壤之别。我平生所学只不过娱乐而已,所写文章也多以碑、诔、颂、传等为主,陈词滥调,文风浮华,毫无可取之处。只落了个虚名而已,惭愧啊!"说罢他低下了头。

卢植望着蔡邕,不无感慨地说:"你过去曾立志要续补《汉书》十志,可惜你髡钳徙朔方,后又流亡吴会十几年,大好时光全被扼杀,太可惜了啊!你现在如果重心开始去做,也能来得及。"蔡邕看着卢植期望的目光,摇了摇头说:"怕是不行的,董卓这次威逼我来洛阳,他要我为他出谋划策维持局面,怎能让我完成续补《汉书》十志呢!"卢植不无失望地对蔡邕说:"董卓的为人你要小心呐,其智谋、武略、手端今朝野无人匹敌。但此人凶狠残暴、野心勃勃,他不能安邦治国,也不能宽容处人,日后必致天下大乱,不能善终。望蔡大人慎之谨之。"

蔡邕理解卢植的忠告,感激地说:"只因担心妻女及家族受难,才铤而走险上京。你能否不要离开京城,我们一同帮助他,使他弃恶扬善,一心辅佐幼主,为天下苍生谋福利。"卢植听了蔡邕的话,哈哈大笑,说:"董太尉怎么能容下我卢某呢?当初大将军何进计划消灭宦官阉党,准备召并州牧董卓进京,以胁迫

第十三章:父探虎穴

何太后放弃对宦官的庇护。那时,我和孟德执意反对何进的做法,认为这是引狼入室,养虎为患。无奈何进不肯听从我们的意见,结果招致了大祸。董卓进京后,不出所料,他大会百官于朝堂,宣布要废黜少帝,另立新帝。群臣畏惧董卓的淫威,无人敢持异议,只有我一人当庭提出:少帝年富力强,又无失德之举,不宜轻言废立。他当即罢会,随后又欲杀我,议郎彭伯劝他说卢尚书是海内知名大儒,人心所向,如果今日杀害,天下必然大为恐慌。他才将我罢官放逐。然他做事心毒手辣,我待在京城难免遭他毒手,保条老命尚难,岂能共事!""请大人不要急于离开洛阳,容我去董太尉那里再说说,我虽然人微言轻,董太尉未必能听得进去,但我一定要面见他,朝廷需要的是像卢大人这样的忠诚骁勇之人。这不是我蔡邕的个人好恶,而是汉室之大事,社稷之大事,董太尉会为社稷着想的。"蔡邕看到卢植已打点好的行李辎重,遣送了仆人,过去热闹的卢府变得冷冷清清了。

卢植带蔡邕转入后花园的石矶上坐下,呼家人端来一壶黄酒,一盘鸡翅,说:"今日能在寒舍一叙,太难得了。你还记得十二年前我们在洛阳郊外驿站为你送行的情景吗?那时我们说过总有一天你会回到洛阳的。固然你是回来了,但这中间,殁了蔡质大人,殁了吕强大人,曹孟德逃出京城后正在兖州举事结盟,一时半刻你是见不到的;阮瑀、路粹二人啸吟山林,我也未曾见过他们……"蔡邕急忙打断卢植的话,问道:"你可否知道吕强大人之墓在何处?有一次我梦见他来到了我在蟊城的戴山琴坊,说先帝要召我回京去。唉,大人不知我欠吕大人的债,今世无一回还,来世也要还的!"蔡邕眼睛湿润了,两行浊泪滚滚而下,卢植见状,也老泪涟涟,无心喝酒吃饭。

蔡邕见卢植也悲不自胜,忙擦拭眼泪,强颜笑道:"多年不见,不知卢大人的酒量减否,咱喝他几杯。"不料卢植一改往日豪饮贪杯的心性,不无伤感地说:"蔡大人的琴曲我亦好久不闻,我自知道大人一路风尘,足未歇地就来看我,不应提出这非分之想。离别多年,大人历经磨难,想必琴艺另开新风了吧!"蔡邕听到卢植的话,心里顿觉热乎乎的。十几年来,他为人弹奏歌唱,但那是应酬营生之作,今逢知音,必弹一曲,方才尽兴,只是出门未带琴,甚为可惜。卢植知他难处,说道:"我这里的琴虽不及你的焦尾琴,但尚凑合,若你弹了这琴,我的琴也成名琴了啊!"卢植唤人从已打成包的行李中取出了一把七弦古琴,蔡邕接过琴一看,也是一张好琴。蔡邕掂量了一下琴身轻重,说道:"卢大人也是识琴之人,这是一张好琴,是出于咱们中原桐梓生长之地吧?我为你弹奏一曲什么呢?请大人明示。"卢植一时还想不起哪支曲子是他之所好,仅想听而已。蔡邕将琴弦试了试,便弹了起来,他弹奏的是琴曲《北风》,歌曰:

北风其凉,雨雪其雱。

惠而好我,携手同行。

其虚其邪,既亟只且!

北风其喈,雨雪其霏。

惠而好我,携手同归。

其虚其邪,既亟只且!

莫赤匪狐,莫黑匪乌。

惠而好我,携手同车。

其虚其邪,既亟只且!

这首琴歌词意即国家危乱将至,气象愁惨,故欲相好之人去而避之,然祸乱之迫已甚,而去不可不速也。蔡邕弹罢,看到卢植早已离开石矶茶案,立在园中那株海棠树下,长嘘不已。他转过身来说:"蔡大人怎么停下来?我正凝神聆听呢!"蔡邕怕再度引起卢植的伤感,转换了曲子,弹起了《饮马长城窟行》。卢植一听,顿时又神采飞扬起来,将思绪从刚才《北风》的愁云惨淡中拽回到了青草如茵、河水荡漾的梦境之中。他回到了石案边,呷了一口酒,连声称赞道:"我活了六十多岁,走遍了大江南北,听了无数个名琴名曲,但像蔡大人这么好的琴曲,还未听唱过。幸亏你今日来我寒舍,使我大开眼界,否则老夫还不知世有师旷,汉有蔡邕呢!"他要蔡邕把这首琴曲和歌词一并书于他,说:"我归田之后,凭水临风,将大人这首曲子也弹弹唱唱,让世人传唱不朽,也能解我的寂寞啊!"蔡邕满足了卢植的要求。

他们趁天早,雇了一辆马车,直奔城外西北方。吕强的墓早已被荒草隐蔽,要不是卢植曾多次来凭吊过,谁能在这乱坟岗中认得出来?齐腰的荒草和带刺的灌木枝条缠在一起,坟茔上的墓碑也找不到,卢植拔掉另一个新坟上的服棍拨打着草丛,怕有毒蛇伏藏,连着看了几家坟茔,才找到了吕强坟墓上的碑石。碑石上刻着"汉中常侍吕强之墓",碑立于中平元年(公元184年)辰月。蔡邕跪在坟前,又是一阵流涕痛哭,这才和卢植相扶着上了马车,回卢府了。

临别时,卢植要将十二年前蔡质送与他的那套《汉官仪》书交回蔡谷。"我要完璧归赵,这是你家先父大人的遗物,我不能享有。"蔡谷说:"卢大人是海内名儒,先父的著作能由你收藏,也算玉归卞和,这也是先父遗愿,我们岂能带回!"最后,那部《汉官仪》成了卢植藏书中名著之一。

蔡邕拒绝了堂弟蔡谷邀请直接回了自己的住处。他怕见了蔡谷的夫人及孩子,想起那个他终生愧疚和亏欠的女子——呼延娜云,她经常捶打着自己记忆中那股最疼的神经——这神经牵连着他的良心。多少年了,她音讯全无,如果自己当初将她带在身边,悲剧不可能发生。他觉得自己就是这场悲剧的缔造者。他又想起了埋葬吕强的那个偌大的墓地埋葬着无数的宦者,他们有的默默无闻,有的权倾一时;有的娶妻荫子,有的孤身一人。他们大多来自穷乡僻壤,却都在繁华之地化为一抔黄土,一缕青烟。他的心情久久不能平静,又是一夜无眠。

第二天,蔡邕为卢植的事去找董卓。太尉董卓进京,没有携带家眷,他趁幼帝刘协年小,性未成熟,便大胆地占有宫女妃子,荒淫无度,朝廷大臣对此多有微词。蔡邕到了乐成殿,唐突地进入了董卓的卧室。十月末的初冬,并不寒冷,而董卓的卧室内已生起了木炭炉火,暖如夏日。松木烧成的木炭,散发着一股松香味。见蔡邕贸然进来,董卓呵斥道:"蔡大人贸然进殿,不知有何急事禀报?"蔡邕自知自己唐突入室甚为失礼,他平复了一下因惶恐而发抖的心,说:"我昨日在京城内见到了卢尚书,听说他欲解甲归田回老家涿郡。我想,卢植乃当今名臣,曾率北军五校士,连破冀州黄巾张角部,斩首万人,功勋卓著;张让、段珪劫帝之难,其又披甲持戈,保护何太后及皇上。他以忠信闻世,若太尉能得到他的拥戴和协助,胜过十万军马,也胜过我蔡邕百倍,望大人深思。治国之要务,安民先安将,卢尚书的一句话,可以使半壁江山偃武息戈,他若臣服于你,他的人马不也是归于你部下了吗?"董卓听蔡邕一言,点头称道。他说:"你所言极是,但卢植和你不一样,他居功自傲,拥兵自重,不把我放在眼里。废帝立新时,满朝文武百官,无一人反对,唯卢植一人跳出来反对,气煞我也!我削其职,夺其爵,让他尝一下我董卓的厉害,他现在后悔了吧？"他将头偏向了蔡邕,眼里闪出一丝得意,想从中得到他想要的答案。蔡邕用手指搔了一下头,回答道："像卢尚书这样忠义之士,只能施以恩威、仁爱,他才能慢慢地改变看法。他反对废帝立新,也是对旧主的忠诚啊！"董卓接过蔡邕的话说："你的话也有道理,就怕他一时不肯依附,蔡大人若能劝回,我董卓非鸡肠小肚之人,定纳他为臣,封官加爵,不会薄他。"蔡邕听了董太尉的话,觉得他如此大度,必成霸业,堪负中兴汉室之重任。他一下子轻松起来。董卓的坦诚和率直,又一次给蔡邕留下了深刻印象。蔡邕想请董卓修书一封,前去劝说卢植更具说服力。董卓哈哈一笑,说道："你怕我食言？我一介武夫,怕写字,写字头痛。不用书信了,你将我的话原原本本地告诉卢尚书,说我董卓为朝廷殚思竭虑,求贤如渴,盼他摒弃前嫌,共攘社稷。"

蔡邕出了乐成殿,望了望天空。初冬的太阳仍暖融融的,天空晴朗,万里无云,几天前来过的第一场初雪刚落地,就被地温消化了。宫苑的常青藤在暖冬的气候下,依然翠绿一片。蔡邕被乐成殿内那盆木炭火烤得汗流浃背,想到了董卓肥胖得像一面鼓似的肚皮心里不禁一笑,这董卓个性放荡不羁,又淫奢好色,但他毕竟铲除了宦官外戚集团,算是乱世英雄啊！

他回到了自己的宿舍。刚进门坐下,掖庭令刘斐给他领来两个宫女。"我是遵照董太尉之命为你安排的,请蔡大人笑纳。"说罢,刘斐扔下两个宫女,扬长而去。蔡邕真是哭笑不得,只好在室外的套间加了一张床,让她们二人住了下来。那一晚,蔡邕如芒在背,如鲠在喉。

第二天蔡邕去了卢府,卢植一见便问他："蔡大人怎么眼睛布满血丝,不知有何事惊扰？"蔡邕一脸窘迫,却撇开话题,答道："近日,我见了董太尉,他读书不多,人是粗一些,但他一切为朝廷着想,让我转告大人,他可摒弃前嫌,让你做三公,和他平起平坐。请卢大人为苍生计,也要三思而行,暂缓离京。"卢植望着蔡邕充满期待的目光,好久不语。然而,凭着他对董卓的了解和对世事的洞察,东汉王朝的大厦将倾,独木难支,纵有回天之力也难以力挽狂澜。他沉默了一阵,对蔡邕说："谢谢蔡大人的好意,请你复转董太尉话,我卢植今之离去,非不顾民生凋敝,生灵涂炭,实因亲眼所见董太尉进京后专横跋扈,目无朝纲,所带西凉兵马,奸淫掳掠,滥杀无辜,从中能窥见董太尉平日如何治军理政。还望

第十三章：父探虎穴

蔡大人时时警惕,能辅则辅之,不能辅则急流勇退,独善其身。"蔡邕知道卢植心已铁定,便坐了一阵,问他何时起程,为他送行。

董卓原以为凭蔡邕和卢植的交情,能劝说卢植留下来,当蔡邕踏进他的乐成殿时,他乐呵呵地问:"卢植那里怎么样?"蔡邕回答道:"我也正是为此事而来的。他要决意离开京城,回到涿州老家,他对董太尉并没有什么成见,只是入仕几十年,厌倦了官场和战场,想找一处清静,寄情山水。若留他不住,我们就礼送他出京,与人情世情也能说得过去。"董卓听蔡邕这么一说,鼻子哼了一声,脸上掠过一丝让人能觉察出来的杀气。"他不为我用,也就不能为他人所用,放他走,如同放虎归山,必有后患。"他狠狠地咬了一下牙齿,说:"现在还不能杀了他,等他出了洛阳,再杀他也不晚。"蔡邕急忙说道:"请大人看在我蔡邕的面子上,礼送他出京,更不能使他中途遇难,让他善终乡梓,也是董大人的仁德仁义。"蔡邕专注地看着董卓的脸色,想从中找出一个准确的答案。董卓从愤怒转入了阴沉,再没有去探讨卢植去留的问题,将话转入了曹操,说:"听朝廷人说,你昔日跟曹阿瞒关系也不错嘛?"蔡邕回话道:"在乔玄府相识,在一块共过事,同为议郎,但时间很短。光和元年我被髡钳徙朔方后就失去了联系,至今我也不知道他在何地何处。"董卓哦了一声,叹道:"我率部进京后,他怕我加害于他,逃出洛阳后,跑回了老家谯县。听说他要举兵伐我,区区之辈,怎能撼我?我仍可以奏请皇上,封他为沛国相,不知蔡大人能传话与阿瞒否?""传书信是可以的,现在各地乱哄哄的,尚不知曹操在何处,为国家安定计,我蔡邕愿做信使,去面见曹操,以息干戈,以揽贤才,共谋国事。"董卓点头称是,等确知曹操的消息后,再和蔡邕商议。

蔡邕入朝月余,已感到这次被董卓所举高第,非同往日的议郎等清闲之职。劝说卢植不成,又肩负了传话于曹操的使命,使得一向胆小谨慎的他,忧心忡忡。他快步出了南宫,穿过左铜驼街,向卢植禀报这次和董卓的见面结果。"你要速离京城啊,我蔡邕把好事办成了坏事,我对不起大人啊!想当年,我被程璜等人诬告遭陷,满朝文武大臣只有你卢大人站出来为我鸣冤叫屈,可见你为人正直。今天,你遇到了这么大的事,我却无能为力,真是内心有愧啊!"他面对着卢植伟岸的身躯和一身凛然正气,像一个见死不救的懦夫一样的愧疚。他本想为卢植送一程,但怕引起董卓的猜忌,而只好由蔡谷选了几个武功高手护送。卢植也很伤感，回望了一下他服务过的大汉朝廷和沉寂在夜色中的洛阳城，他急促上马，顷刻消失在城郭外的古道上。

果然不出蔡邕所料，仅隔一天时间，董卓就派人到卢府去缉拿他。他得到卢植已离去的禀报后，气急败坏。因卢植取道小径偏径，行刺的人一直追到涿县而未能找见。之后，卢植隐居上谷，回避与人交往。冀州牧袁绍讨伐董卓时，他曾出任袁绍的军师。初平三年（公元192年）病殁，临死前还想和蔡邕见上一面，而终未实现。

蔡邕凭着他的名望与正直，也颇得董卓的好感。蔡邕建议董卓将朝廷中的一些臣僚外放州牧，使他们能独立的行使权力而治理好一方。董卓听从了他的意见和建议，以尚书韩馥为冀州牧，侍中刘岱为兖州刺史，孔伷为豫州刺史，张咨为南阳太守，张邈为陈留太守，司徒黄琬迁为太尉，司空杨彪升为司徒，光禄勋荀爽升为司空。一时民望上浮，朝野都觉得董卓虽一武夫，兼有文略，为人率直，从善如流。

一天，蔡邕向董卓提出要去看望软禁于永安宫内的弘农王刘辩及何太后。董卓满脸不悦地问："蔡御史，你与他们旧情不错啊！"蔡邕惶恐地说："我和他们并没有什么旧情，但弘农王乃汉之胄室，也曾做过几天皇帝，善待他，也是善待一段历史啊！我虽然遭到了先帝的唾弃，备受磨难，但我至死对大汉王朝忠心不二，像你及所有臣子一样，休戚与共，恪尽职守，还不是为大汉社稷、刘家江山吗？"董卓沉思了一下，说："你的话有道理，去了给唐妃传个话，我董卓念她父亲唐瑁与我有故交，可放她回颖川父母那儿，还她昔日平民的自由。"蔡邕忙说："那怎么能行呢，她是皇妃啊！"董卓哈哈大笑，嘴里喷出了口沫，说："她现在是笼中鸟、网中鱼，还能谈什么妃与不妃的，能让她活命，也算我董卓顾念旧情了……"

蔡邕带着董太尉的令牌，到了永安宫。这里已成了禁宫，戒备森严。羽林军十步一岗五步一哨，非董太尉的令牌任何人不能入内。何太后、弘农王刘辩及唐妃，自被迁入该宫以来，第一次见了到朝中官员，他们如同盼到特赦令一样激动。昔日尊贵无比的何太后，被囚在这座冷宫中，早已忧郁成疾，如油尽的残灯。她见到蔡邕，知道这是昔日先帝时的旧臣，一把鼻涕一把泪地哭诉着朝廷对她的虐待。弘农王则告诉蔡邕，要他带话给董卓，感谢他的不杀之恩，并希望迁出洛阳城,到弘农郡去当一名农夫,种桑栽麻,自食其力。他们告诉蔡邕:"太尉为我们安排的郎中令李儒,名为侍候我们,实则是监视我们的行动,此人可歹毒了。"蔡邕利用李儒上厕所的空,偷偷地低声问唐妃:"董太尉要我传话给你,你如愿意可以出宫回到颍川父母那里,不知皇妃娘娘愿意否?"唐妃一听,先是一愣神,接着眼泪扑簌簌地流了下来,抽泣着说道:"我虽然日夜思念我的父母,但我已为弘农王妃,生不同时,死愿同穴,怎能弃他而苟活呢!若能和弘农王一起离开洛阳,去颍川做一平民,我们已感激涕零。"她一边说一边要给蔡邕施礼,蔡邕见状自己先扑通一声跪下了,含泪颤声说道:"贵妃不可啊,折煞老臣啊!"说完看看身后,生怕被郎中李儒睹见这一幕,立即起身快速离开了永安宫。

离开永安宫,蔡邕快步来到了太尉府,向董卓禀报这次探访。蔡邕说:"他们想迁出宫外,远离洛阳,当一介平民,乞求董太尉宽释。"董卓生气地说:"你怎么这么迂腐?弘农王一旦离开洛阳,就等于放虎归山,那些想杀回洛阳的宿敌见他如获至宝,等于给了他们一面旗帜。他们不但不能迁出,还要严加防范,防止被人劫持出去或外逃。永安宫的戒严要一律换成西凉来的兵卒。"蔡邕一听董卓这么一说,觉得自己又做了一件错事,不但没有给被禁的弘农王及皇妃和何太后争取到活动空间,反而促成了更严的监管。同时,他也觉得董卓的话不无道理。

不久,回到沛国谯县的曹操首倡义军,联合各地反董力量,推举袁绍为盟主,向洛阳逼近。这时,被囚禁在永安宫里的弘农王刘辩成了各地反董诛奸的一面旗帜,董卓深以为虑,不顾蔡邕等朝中大臣的反对,坚持要将何太后、弘农王等剪除,以绝后患。董卓指示弘农王身边的郎中令李儒,用毒酒鸩杀弘农王、何太后等人。李儒对弘农王说:"春日融和,董太尉送来寿酒。"何太后知道定是毒酒,便对李儒说:"既然是寿酒,你可以先喝一杯。"李儒见弘农王不肯喝酒,怒气冲冲地说:"你不饮敬酒吃罚酒吗?"他呼喊左右拿来了短刀和白练布掷于弘农王的面前,说道:"寿酒不饮,那就领这两样东西吧!"他举着酒杯要何太后先饮,何太后大骂何进无谋,引贼入京,才有今日之祸。唐妃跪在李儒面前乞求道:"我代帝饮酒,愿你们留下他们母子二人性命。"李儒说:"董太尉有令,今日唐妃可以出城回到颍川老家。你不能饮此毒酒,你死了我怎么向董太尉交差呢？"听完这些，三人相抱而哭，弘农王大恸而作《悲歌》，其歌曰：

　　天道易兮我何艰！弃万乘兮退守蕃。
　　逆臣见迫兮命不延，逝将去汝兮适幽玄！

弘农王一曲歌罢，引来永安宫一片哀号，唐妃亦抗袖而歌曰：

　　皇天崩兮后土颓，身为帝兮命天摧。
　　死生路异兮从此乖，奈我茕独兮心中哀。

　　何太后又大骂李儒、董卓他们："董贼逼我母子，皇天不佑！汝等助恶，必当灭族。"李儒按住何太后的头颅，撬开其嘴，将鸩酒灌入其口中；又将另一杯酒唤左右灌入了弘农王口中，顷刻，弘农王母子毙命于永安宫内。而李儒将其宫中其他宫女带回送与董卓。唐妃欲死而又无法死，被董卓强行送回了颍川老家。

　　初平元年（公元190年）二月，董卓酖杀了何太后弘农王母子，将其草草葬于城外。董卓虽然斩断了反董势力想借尸还魂的图谋，但这更加激起了朝野的民愤。是时，冀州牧韩馥，豫州刺史孔伷，兖州刺史刘岱，陈留太守张邈，东海太守乔瑁，山阳太守袁遗，河南太守王匡，济北相鲍信，后将军袁术等纷纷响应义兵，讨伐董卓。然而，这帮地方豪强和诸侯，各怀私欲，虽然人数不少，但皆为乌合之众，步调不一，涣散无力。他们无法与武略过人的董卓抗衡，一个个被董卓的部队所击破。这时，董卓将自己的太尉之职改为相国。蔡邕并没有因护卢植、看望弘农王而遭董卓的猜忌，他由侍御史迁为治书御史。

　　董卓为了将汉献帝的朝廷首都搬迁到他的势力范围内——西京长安。这年的二月，蔡邕随着西迁的一班文武大臣，浩浩荡荡地离开了洛阳，向长安进发。蔡邕没有顾得上回圉城蔡丘屯看一眼妻子女儿，只寄了一封书信，叮嘱她们要自立自强。蔡邕这一去，不仅与妻女天各一方，还与她们阴阳永隔。

第十四章：父死西京

三月，蔡邕等一班文武大臣簇拥着汉献帝刘协，经过跋涉，来到了西京长安。借着落日的余晖，站在渭水岸边南望故都，紫烟环绕，王气蒸腾，城郭恢宏。长安这座当时世界上最大的都市，遭赤眉之乱后，城内的楼阁画宇早已变成了一片废墟，只有那厚厚的城墙在昭示着不久前的辉煌，到处暴晒着它昔日的痕迹——它的几个城门，只剩下西墙中的直门则留下个别门道，以供进出；而东城墙的宣平门成了这座城最重要的城门。南墙的复盎门、安门和西安门，西墙的章城门和雍门，北墙的横门、厨门和洛城门，这十座城门门楼倒塌，砖头石块堵塞门道，行人则踩着瓦砾土坯出进，车马根本无法通行。城外，昔日围绕城墙的护城河，沟宽有三丈，深一丈余，引渭水入沟，穿城绕市，能荡舟划艇，现淤积着发臭的污水，行人只好掩鼻而过。城内作为皇宫的长乐宫，明光宫，未央宫，桂宫，北宫，均被赤眉乱军捣毁。废墟中寻找宝物的人仍然狂热，挥舞着镢头，一点一点地刨开筛选。他们主要是寻觅宫室中散落的铁器、铜器、金银器皿，甚至屋梁上的铆钉也能给他们带来一阵惊喜。驻防在长安城中的西凉兵马总兵牛辅，系董卓的女婿，他专门成立了一支掘宝队，将寻觅到的金银珠宝作为扩充兵源、购买装备的资费，这支队伍也成了董卓威慑京畿的主力。迎接王师自然也是西凉兵牛辅之军，渭河南面，上百条木船连在一起，搭成了浮桥，铺出一条通道。牛辅和军师贾羽等将领站在彩门边，看到汉献帝的御车后，上前迎接，他们扶帝下车，一字跪在皇帝前，牛辅长呼道："西凉将军牛辅奉董太尉之命，来渭河岸边恭迎皇上入京，请皇上先行，我们为皇上保驾。"

刘协在宽大的皇袍装裹下，似乎有些滑稽，在牛辅陪同下，踏着浮桥，步行过了渭河，同时检阅了列阵于河南岸的牛辅军。刘协嘉勉牛辅治军有方，镇抚有功,说:"朕一入潼关,即看到了西凉雄兵,知是董太尉的麾下,真所谓强将手下无弱兵。西域广袤,疆域万里,匈奴羌胡能臣服我朝,也多赖这支西凉兵马。愿将军厉兵秣马,枕戈待旦,为朝廷建功立业。朕今日封汝为中郎将,以期勋著。"刘协接着问道,"将军家籍何地?"牛辅回话道:"臣陇西临洮人。"刘协沉思了一下,说:"原来是董太尉之同乡。"站在牛辅身边的贾羽急忙向皇上解释说:"牛将军乃董太尉之婿,自小追随太尉南征北战,屡建奇功。"刘协夸赞牛辅说:"董太尉慧眼识英雄,你们都是国之股肱,我今日见之,顿觉西京长安,安如磐石,固若金汤。"检阅完牛辅的军列之后,刘协在牛辅仪仗队的护送下,来到了长安城。然而,出乎他们意料之外的是,这座城市破败不堪,唯东面的宣平门经过修缮可作为皇上的入城之门;门阙上悬挂着彩旗,两边有黄绸金字的楹联,楹联十六个大字工正醒目。上联:紫气东来,国祚方熙;下联:皇恩隆野,民望如渴。刘协从宣平门大街径直西行,暂住东市之东、明光宫之西的京兆尹府内,其他朝廷官员则住在城门街东的高庙内。司徒王允从洛阳兰台库藏的书籍中抢救出了几百车竹简书籍,运送费力,几十天后才慢慢转运到了长安。蔡邕帮着王允在长安城内大街小巷寻找房屋,想无论如何要把这些珍贵典籍存放好。他们在未央宫内找到了石渠阁,这座藏书建筑只有土坯和土台,原来阁楼的檩椽、门窗均被人弄走,余下大小不多的窟洞。昔日那些著名学者刘向、杨雄、韦立诚、肖望之五经诸儒,读书论道的古风,只能在传说中听到。他们又寻觅天禄阁,一个书生领他们到了未央宫北墙附近,指着偌大的遗址,看到的仍是一堆碎石瓦砾。最后,他们只好将未央宫东面的前汉时期的武库修缮了几十间,从泥土中刨出砖瓦,补在漏水的屋顶,才将这巨量的书籍暂时存放在一起,安排兵卒日夜守护。

　　长安城的恢宏,也超出汉献帝及其朝廷官员的想象。它相比东京洛阳,更得天时地利之便。八百里秦川,一望无垠;南秦岭、北渭郊、东潼关、西陇右四面拱卫,天赐屏障。该城筑于汉惠帝刘盈元年至五年(前194年—前190年),历时五年,征发了长安六百里内十几万民夫、囚徒、役差,取土筑城,因势利导。城墙高达三丈余,厚达五丈,城围六十二里过。城有八条大街,其名为香室街、华阳街、夕阴街、章台街、槀街、尚冠街、城门街和太常街。街道宽阔,布局完整。城内虽然楼宇被毁,但笔直的街道划出一方一方的绿荫,将那些残垣断壁遮掩住了，多了几分闲逸。树上的鸟儿和废墟荒草间的野狐、夜鹰，一到夜晚，传来各种令人毛骨森竦的声音。未央宫在长安城的西南部，长乐宫的西面，又称西宫。它的四周筑有宫墙，占去了城总面积的七分之一。房屋已毁，剩余宫墙尚在，百姓在院内种植了蔬菜。长乐宫位于城的东南部，未央宫东面，又称东宫，它是在秦代兴乐宫的基础上改建的，形状不太规整，宫墙多有曲折，宫内剩下零散的房屋，早已被百姓占据。沧池在未央宫前殿西南部，是一片低洼地，池水清浅，保存尚好。它有两条水渠，一条为引水渠，从章城门引沈水支渠穿过未央宫西墙注入沧池；另一条为排水渠，从沧池往北经前殿西南穿过未央宫北墙注入明渠。沧池中渐台，是水中的高台建筑，台上修建楼台亭阁。据说也毁于战乱，后来为京兆尹府筹资重建，昔日为前汉皇室公侯贵族的游乐场所，今时成了长安城内十几万人唯一游乐的地方。蔡邕和王允为存放从东京洛阳车载来的竹书，逢人问计。他们站在沧池边听那位书生讲道："前汉末年，赤眉军攻入长安未央宫，王莽自前殿南下逃到沧池渐台，被商人杜吴杀死于渐台室中。"蔡邕隔窗看了看渐台室内，什么也没有，只闻到一股发腐的泥草味。

住在京兆尹府内的刘协，入城没有几天，就提出了巡视长安城池的要求。他年幼好奇，在他的想象中，闻名于世的西京长安和东京洛阳差不了多少。董太尉当初劝他西迁时，曾赞誉这座城是如何美轮美奂，然而，眼前的长安除了厚厚的城墙和宫墙外，就是废墟上的离离荒草。他觉得自己像个逃荒的饥民，京兆尹府内的房屋建筑远逊于洛阳一户三公九卿之家。随他而来的上万名官员宫女等，各讨方便，大多借宿在城内居民家中。他用了整三天时间，才将长安城巡遍。随从的司空、司徒均是读书人，历数前朝往事，使年幼的皇上不禁黯然神伤，彻夜叹息。他要司徒王允起草一份诏书，送给在洛阳备战的董卓，停止中原居民西迁。

诏书到了洛阳，被董卓扔在了一边。因为董卓认为，自前汉至今三百多年间，关中一带经过无数次战乱，人口减少，兵源匮乏，急需大量移民开荒屯田，才能扩兵增粮，稳固京畿。因此，董卓弃圣旨于不顾，一方面驱赶着上千上万的洛阳百姓像蝼蚁一样，沿着古道跋山涉水西迁长安；一方面对洛阳城进行洗劫，还挖掘了洛阳城外诸帝陵寝及公卿家墓，收其珍宝，一律送往西京长安附近的郿坞，为他夺取天下积蓄物产。而困于长安京兆尹府内的皇帝刘协，本无心思坐定长安,甚至想着东归洛阳。闲暇时,他走出宣平门,看见日日风雨兼程的中原徙民,听到亲切的中原口音,泪珠落在皇袍上,被飞扬的尘土渲染成了圆圆的像月晕似的泪痕。不几日,刘协便抑郁成疾,心神恍惚,一到夜晚听到室外人声嘈杂,马嘶鸟鸣,吓得虚汗淋漓,呻吟不止。司徒王允向皇帝刘协进言道:"皇上贵为天子,现居于京兆尹府内,委屈了龙体,招致四神不安。近日在城内设一祭坛,告慰祖先,祭奠亡灵,庆祝迁都,自然安稳无事了。"刘协听后,很赞成司徒王允的主意。于是,选择了一个良辰吉日,在未央宫内用木板搭建了一个很大的祭坛,竖旗挂幛,敲锣打鼓,燃放爆竹,献牲奉果,祝祭相兼。幼帝刘协跪于祖先灵牌前,手持香柱,默哀良久。治书侍御史蔡邕在一旁展开写好的《告迁都祝嘏辞》朗声诵读,辞曰:

嗣曾孙皇帝某,敢昭告于皇祖高皇帝,各以后配。昔命京师都于长安,国享十有一世,历年二百一十载。遭王莽之乱,宗庙隳坏。世祖复帝祚,迁都洛阳,以服中土,享一十一世,历一百六十五载。予末小子,遭家不造,早统洪业,奉嗣无疆。关东民吏,敢行称乱,总连州县,拥兵聚众,以图叛逆。震惊王师,命将征服。股肱大臣,推皇天之命,以己行之事,迁都旧京。昔周德缺而师干作,应运变通,自古有之。于是乃以三月丁亥,来自积洛。越三日丁巳,至于长安。敕躬不慎,寝疾旬日,赖祖宗之灵,以获有瘳。吉旦斋宿,敢用洁牲一元大武,柔毛刚鬣,商祭明视,香合嘉蔬香萁,咸醢丰本,明粢醴酒,用告迁来,尚飨!

百官跟随皇上身后叩首再拜。这番仪式之后,皇帝刘协回到府舍,再也没有听到先前的那种恐怖之声了。六月,蔡邕又作了《宗庙迭毁议》,在朝廷争议很大。在蔡邕和司徒王允的督促下,清除未央宫内的废墟,安排民工万人赶赴长安之南的太白山修路,以备土木建筑一旦开工,运送木料方便。他们征得能工巧匠到京城进行宫室规划,长安附近的砖瓦窑因多年战乱停业,匠人流失,朝廷四处征招;筑窑烧坯,要赶在立冬前请皇帝入住未央宫。

弘农王被酖杀,幼帝西迁长安,这为各地反董卓势力提供了绝好契机。他们起兵结盟,推袁绍为主,和董卓决战于中原。董卓自在洛阳前线,利用山河之险,皇权之利,将袁绍、曹操、孙坚等各路叛军一一击败。因此,董卓在朝廷的声望如日中天,具有双重功臣身份:首先是拥立皇帝之功无人企及;其次,他在前线领兵作战,平定各路叛军,力保幼帝及朝廷在西京的安全。这让身在长安城中的幼帝及百官群臣心悦诚服,他们中有人甚至开始策划一场改变蔡邕政治命运的阴谋。

一天,蔡邕听到司徒王允有要事召见。他急忙放下手头的文案,赶到了位于高庙那里的司徒府,气喘吁吁地问道:"司徒大人有何指教?"王允说:"你先定定神,咱们慢慢地议。我先提个问题,请蔡御史回答。"王允不紧不慢地说。蔡邕看着眼前这位司徒大人,眉目清秀,端庄肃穆,儒雅中透出着杀气。王允系太原郡祁县人,生于汉顺帝永和二年(公元137年),初仕为郡主簿,太守王球受人贿赂,招聘游混无赖路佛为补吏,王允以路佛狡猾不良为由拒绝,还当众揭露王球贪赃枉法,这件事使王允声名大震。后来,王允被辟召入司徒府,时间不长又升迁豫州刺史,后迁为河南尹。名士郭林宗初见王允,称之为:"宰相之才也。"蔡邕细看王允,也暗暗惊叹郭林宗之慧眼。他看出了王允城府之深,必须三思而后答。王允见蔡邕若有所思,便说:"当今我朝宫廷倾室而来,百废待兴,一切都有序地展开;同时前线捷报频传,董太尉拒叛军于洛阳,袁绍、曹操、孙坚抱头鼠窜。你说这一切功劳在谁?应不应该奏请皇上奖掖奋勇,晋爵功臣呢?"蔡邕听他这么一说,也不假思索地说:"当然这一切都赖皇上的英明了,从细处说,前线勇猛杀敌,浴血奋战,攻无不克,战无不胜,全仗董太尉运筹帷幄;后方迁都改邑,鸿蒙初创,一切井然,更赖于司徒大人心中有数,筹划运作。要晋功加爵者首先是司徒和太尉你们二人。我十分赞同向皇上奏请。"王允哈哈地笑出了声,觉得蔡邕曲解了他的话意。"我哪里能为功臣呢!我们都是为皇上做事,能做这些事,也是皇上的隆恩呢。董太尉平叛拒贼,他才是劳苦功高啊!"王允神情中对董太尉充满了敬意。王允又说:"董太尉虽说朝野也有微词,说他作风蛮横,不能体恤民情等,但他一举剪除了侵扰汉室百年的宦官外戚,这是举世无双的伟业。酖杀少帝是不得已而为之,怕形成一国二主,国家分裂;天子西迁,离开中原战乱之地,现在看来董太尉也有他个人的独到想法,你说呢?"蔡邕点头称是。王允盯着蔡邕的眼睛,正色说道:"我和几个大臣私下议论了一番,想集体上疏皇上,举荐董太尉为相国,以彰功勋,以励士气,以固社稷,你觉得如何？"蔡邕经王允的提醒和引导,这才明白王允的深意,急忙回应道:"司徒所言极是！""既然我们想到了一起,那就要借你的手笔,为我们几个臣子草拟一份《荐太尉董卓表》上朝时奏准。"王允与其说是商议,倒不如说是诱导,蔡邕也乐意接受他的这种方式,立即执笔写了一份上表,文字巨长,言恳意切：

……太尉郿侯卓起自东土封畿之外,义勇奋发,旋赴京师,先陈便宜,列表奸猾,群慝情状,辞意激切,感物窈灵,精兵虎臣,承持卓势,奋击丑类,漏刻之间,靡有孑遗。卓闻乘舆已赴河津,身率轻骑,长驱芒阜,上解国家播越之危,下救兆民涂炭之祸,然后黜废顽凶。爰立圣哲,天心聿得,万国赖祜。及至差功行赏,辞多受少。近臣幸臣一人之封,户至万数。今者受爵十有一人,总合户数,千不当一,非所以褒功赏勋也。今月七日,卓又上书,辞疾让位,乞就国土,上违圣主宠嘉之至,下乖群心瞻仰之望……

最后,奏举者一一自谦地写道："太傅隗,以旧典入录机密事；尚书令日磾,先帝旧齿,德更上公；仆射允,故司隶校尉河南尹,尚书张熹,已历九列；鲁旭侍中,牧守宣藩,剖符数郡……"显然,以王允为头的七位上奏者,自然得到了皇上的重视,也讨得了董卓的欢心。董卓记住了这份荐书是以王允为首谋划,出自大儒蔡邕之手,为他获取众望,抬高身份又多了一份资本。这是一份无形的政治资本,分量不低于他的另一份资本——西凉兵马。他经常咧着大嘴,对着曲部下属哈哈地笑着说："我相,贵无上！"

不久,董卓由相国又拜为太师。董的母亲颜氏被封爵为池阳君,他的弟弟董旻为左将军；侄儿董璜为中军校尉,宗族内外皆掌实权；女婿牛辅兵马多驻长安邻近,镇守京畿。同时他征发几万人在距长安城西北渭河北的郿县修筑郿坞,城墙高低宽厚,一律仿照长安城的样子起筑,作为他的太师府。他将从洛阳皇宫及城外搜寻到的奇珍异宝,悉数运到了郿坞,藏于地下密室。同时,将从全国各地征调到朝廷的谷米,将其一半储入了他在郿坞的仓库。董卓常对人说："事成,雄踞天下；不成,守此足以终老。"

初平二年（公元191年）四月,董卓看到关东形势缓解后,才回到了长安。朝廷公卿以上的官员在距长安城几十里外的渭河北岸迎接董卓,其规模超过一年前在此迎接皇帝西迁的阵势。渭河上搭建的浮桥，铺上了羊毛织成的毡毯。汉室的官员排成两行，跪拜在董太师的车前。董卓掀开车子的垂帘，看到了站在排头的录尚书事王允、司空荀爽、太尉马日䃅、卫尉张温、治书御史蔡邕等人，想到昔日这帮文人儒士是那么桀骜不驯和自命不凡，如今都拜倒在他的脚下，俯首听命，他心中激荡着一股英雄得志的骄傲。他把车帘用手往高挑了一下，用眼睛搜索着人群的另一个人——他昔日的上司——皇甫嵩。当他看到皇甫嵩也跪拜在欢迎的臣僚中时，他下了车，走到了他身边，扶他起身，笑哈哈地拍着他的肩膀说："义真将军，你现在服我吗？"皇甫嵩也哈哈地笑着说："我怎么没有看出你有今天啊！"董卓说："鸿鹄虽然有凌霄远志，但燕雀是不知道的。"皇甫嵩说："昔日我与你同为燕雀，但你今日却变成了凤凰了啊！"董卓听后使劲拍着皇甫嵩的肩膀，笑得前仰后合，说："将军如果早服我的话，今天就可以不拜了。"他携着皇甫嵩的手，并肩走过了渭河浮桥，又半开玩笑半是真的问他："义真兄，你害怕我吗？"皇甫嵩说："明公以德辅朝廷，大庆方至，害怕什么？若淫刑以逞，将天下皆惧，岂是我皇甫嵩一人害怕你？"董卓收敛了笑容，沉思了一阵，说道："我董卓也不是英雄气短之人，咱二人昔日的恩怨从今起一笔勾销，咱们同是西凉人，要带好西凉兵，要天下人都服我们才对，哈哈哈……"说罢，他又握住另一个人——京兆尹盖勋的手说："元固(盖勋，字元固)兄，你今日来渭河畔是吊耶？贺耶？"盖勋羞得一脸通红，低头无语。董卓又是哈哈一笑，对着皇甫嵩和盖勋二人说："义真尚记得当初元固为你密语吗？"皇甫嵩和盖勋二人吓得面如土色，不敢正视董卓，董卓仍是喜笑颜开，挽着他们二人的手一路说笑，毫无芥蒂。四月的关中，夏日炎炎，董卓不顾礼仪，解开了袍带和纽扣，露出了便便大腹。他令身边的侍从到田地里摘个香瓜以解渴。群臣们个个见他这般落脱放肆，都暗暗窃笑他忘了时令，不知关中香瓜的成熟时间。

当日午后，汉献帝破格在长安城外的宣平门口迎接了董卓。董卓看到了皇上在王允、荀爽等一班大臣的辅佐下，已逐渐恢复了皇权的功能，各个府署开始运转。未央宫内的建筑废墟清理完毕，正在开始营造新的宫殿。长安是一个水陆兼济的都城，它南有终南山，北有渭河，东北有桥山天然林区；河川区有取之不尽的丘陵黄土，便于烧结砖瓦，每日有车运人抬的檩木源源不断从终南山下和渭北林区抵达长安和郿坞。靠近原边的土台边，几十处砖窑，青烟袅袅，土坯如山，弥漫着一股臭鸡蛋似的刺鼻味。久废的长安城，开始出现了活力。董卓看到他力主迁都的政见在这里得到了验证正确后，心内的惬意自不必说。他觉得自己一个出自凉州的地方豪强，一介武夫，同时也能统领朝政，不但武功超群，而且文略显著。等到未央宫的前殿刚刚落成，九月秋色宜人的季节，董卓便挟带着幼主在未央宫内进行第一次封侯赐爵。第一个自然是董卓，他由相国迁为太师，封为郿侯，食邑二万户；第二个封侯的是王允，由司徒录尚书事，封为温侯，食邑五千户；骑都尉吕布升迁为中郎将，封为都亭侯，食邑三千户；治书侍御史蔡邕迁为尚书，秩比二千石，其他有功人员，一一晋爵封赏。董卓大会群臣，觥筹交错，由夕至旦。

这夜，秋月照人，秋虫唧唧，未央宫墙边的野菊送来一阵许久未曾散发的菊香。蔡邕喝了几杯酒，有几分醉意，情绪也异常的激动。他借着给董卓敬酒的机会，说出了他本来要在殿前对着皇上说的话。当然他知道，这样只能是打个官腔而已，但真正朝中主事的只有董太师一人。他说："我蔡邕非常感谢董太师的器重，今天皇上升迁我为尚书，我受之有愧，我一介儒生，身无寸功，却升官晋爵，全仰太师大人的力荐。所以，我不能受迁，我向圣上坚辞，首先我得先向太师大人辞谢，望大人知我苦衷。"董卓一听蔡邕要辞谢尚书之职，心中不免有些怅然。他接过蔡邕敬来的酒杯，一本正经地问蔡邕："蔡尚书莫非嫌尚书一职空而无权，还是你们文人常爱自谦？我董卓心里不藏话，实话实说吧。你嫌给你的官大了，我还嫌我的官小了，我想称尚父，你觉得怎样？"蔡邕一听董卓对他这么说话，惊诧得手臂颤动，将酒洒在了胸前，他镇定了一下情绪说："我蔡邕辞谢是真，并非嫌尚书一职无权。我怎能和太师相比呢？太师雄才大略，匡靖乱世，称什么都不为过，只要你辅佐皇上让天下百姓吃饱穿暖，你就是天下人的父母，天下人岂能计较称谓与否？"他将第二杯敬给董卓的酒没有急于给董卓，沉思片刻，说："昔武王受命，太公为太师，辅佐周室，以伐天道，是以天下尊之，称为尚父。今日功德，诚为巍巍，宜须关东悉定，车驾东还，然后议之。"说罢，他将手中的酒杯，恭恭敬敬地捧于董卓面前。董卓接过酒，说道："蔡尚书之言，也有道理，等天下平定之后，自有人称呼我董卓为尚父的。你蔡尚书可不能食言哟。"蔡邕看着率直的董卓，哈哈笑了一阵，又规劝董卓不要乘坐天子所乘的金华盖车，董卓听后心中虽然不甚高兴，但认为蔡邕是个坦诚之人，忠厚可靠。

没过三天，蔡邕又一次被升迁为巴郡太守，由闲职无实权的尚书迁为封疆大吏。他觉得董卓完全误解了他辞谢尚书的初衷，立马给皇帝上书，即《巴郡太守谢表》：

臣尚书邕免冠顿首死罪。臣猥以顽暗，连值盛时，超自群吏，入登机密，未及输力，尽心日下，五府举臣任巴郡太守，陛下不复参论。府举入奏，惊慌失守。非所敢安，征营累息，不知所措。臣顿首死罪，知纳言任重，非臣所得久忝。今月丁丑，一章自闻，乞闲冗，抱关执龠，不意录符银青，受任千里，求退得进，后上先迁，为众所怪，不合事宜，愿乞还诏命，尽力他役，死而后已。臣猥以愚暗，盗窃明时，周旋三台，充列机衡，出入省闼，登踏丹墀，承随同位，与在行列，以受酒礼嘉币之赐。诏书前后赐石镜奁、礼经素字、《尚书章句》、《白虎议奏》，合成二百一十二卷，及莲香瓠子薰炉唾壶、弹棋石秤、梨饧计器、园卢诸物。诚念及下，锡惠周至，每敕勿谢。朝廷之恩，前后重叠，虽父母之于子孙，无以加此。未得因缘有事，答称所蒙，不意卒迁，荷受非任，临时自陈，未蒙省许，惨结屏营，趑趄受拜，命服银青，光宠休显，上耀祖宗，下荣昆裔，诚非所望。臣邕顿首死罪。巴土长远，江山阻隔，顷来未悉辑睦。刘焉抚宁有方，柔远功著，臣当以顽蒙，不闲职政，宣畅圣化，导遵和风，非臣才力所能供给，必以忝辱烦污圣朝。幸循旧职，当竭肝胆从事，筋绝骨破，以命继之。

蔡邕的谢表辞真意切，谦和礼让，使皇上及董卓更为感动，他们不但没有责难他，反而又一次地将他升迁为左中郎将，封为高阳乡侯。蔡邕面对这种一旬之中，周历三台，受宠若惊。他随后又写了《让高阳乡侯印绶符策表》《再让高阳乡侯印绶符策表》。他的辞谢谦让是诚心的，董卓对这位心诚厚道的大儒，也是真心喜爱的。他问计于蔡邕，毫不掩饰其中的好恶，采纳了其许多意见，蔡邕一时成为宠臣。

由于蔡邕才学满腹，贵显朝廷，常来拜访他的人是车马如流，络绎不绝。九月末，王粲徒步来到长安拜谒他。王粲是大将军何进长史王谦的儿子，其祖父王畅灵帝时为司空，曾祖父王龚顺帝时为太尉。蔡邕听得这位名家后昆年仅十四岁,徒步千里来到长安求见他,情急之下,倒履迎之,此举一时被传为佳话。蔡邕虽然官阶逾越,人事和谐,春风得意,但远在千里之外的妻子女儿,却时时让他挂牵不已。董太师多次催他将家眷接来,并提出让洛阳以西驻屯的董越部派兵护送来京,蔡邕多次婉言谢绝。蔡邕说:"现在国家遭难,百姓流离,王庭西迁,皇上和太师都借居府舍,我们为臣的只能为朝廷分忧,岂敢有顾家恋眷之情。"董卓说道:"皇城恢复指日可待,你可将家眷先住于我的郿坞,等长安城里一切就绪后再搬过来。"蔡邕连连摇头说不敢有这种私念。他口头上虽然这么说,但一到夜晚,尤其是一到月圆时,想到这颗又大又亮的月儿是否同样也照临在蔡丘屯的上空;蛙声寒鸦,风箫秋棠,是否这一刻的蔡丘屯也有此声?他一到长安,就给家中写了信,一年时间过去了,未见回音。他推测,不是他写给妻女的信没有寄到,就是家书没能送达长安。通往洛阳和全国各地的驿站,多数被毁,无人经营,都成了兵戎相见的战场,谁还能将顾得上一封家书呢?

蔡邕想到离开家乡的那天,忘记了一件最重要的事——女儿蔡琰的婚事。常言道:男大当婚,女大当嫁;父愁子妻,子愁父葬。蔡琰已经十五岁,该到媒聘成婚的时候了。所以,一到长安,他急急地为家中修书一封,除了报得平安外,还是叮嘱女儿的婚嫁之事。他反复回忆着信中的话,有无什么纰漏。时间长了,竟然独自一人对着明月,嘴里叨念出来,像痴者的呓语。

  琰儿如晤,我和你母已老矣,青发染霜,思维迟钝,已不足谋诸事,理家政。况我蹇滞千里,音讯阻塞,如履薄冰,也无力为你操心。只望月怅望,临风遐思耳。汝之婚事,最为重要,应自珍自择。不求富贵显达,但求读书知理。汝愿则父命,汝意则母心,早日完婚,以解父亲心头之忧……

蔡邕这封发自长安的家书,迟迟到了来年的五月,才辗转到了围城蔡丘屯。全家人接到这封信后,悲喜交加,总算知道了蔡邕的行踪。从写信的日期看已过了一年零三个月。家人为他立即写了回信,但这封家书和蔡邕的家书一样行程漫漫,以至于蔡邕没有看到。

身在长安的蔡邕,等不到家书心急如焚。这时朝廷发生的许多事,使他慢慢地感到伴君如伴虎。董卓坦率、豁达、刚健的另一面则是暴戾、残忍和专权。

随着关东的军情捷报和关西的朝纲整饬,全国各地的反董势力已开始接受了西京汉王朝的既成事实。董卓开始飞扬跋扈,刚愎自用,杀戮异己,使得朝廷上下人心惶惶,人人自危。继侍中周毖、城门校尉伍琼被杀之后,又诛杀了太傅袁隗及其三个儿子,缘由是袁隗系袁绍之叔,怕他们叔侄二人内外勾结。为了巩固地位,董卓加快清洗前朝旧臣。

一天,董卓在未央宫新起的殿内大会百官,酒至数巡,吕布起身走向董卓,向董耳边密语道:"我部捉到了以个奸细,他携有袁术的密信,潜入京城要送与卫尉张温,请太师处置。"董卓一听,脸上浮出一丝狰狞的笑容,说:"原来如此啊,请吕侯拉出去斩首。"吕布遵照董卓的旨令,于宴席上揪住卫尉张温的领口拉下堂。王允等人劝董卓道:"先囚禁起来,等弄明白了事情再斩不迟。"蔡邕也起身劝谏董卓道:"太师息怒,筵前溅血,于大人今日喜庆极不相符,疑有秽气,王司徒所言极是,等弄清事情原委后,再斩不迟。"董卓听后大怒道:"妇人之言!张温系卫尉,本应戍卫我朝皇上及百官的安全,护城有责。他现勾结袁术,图谋害我,不速诛之,祸患即至,斩!"未等百官张口再求,吕布已将张温的头颅托在一个盘中,献于董卓面前。董卓哈哈大笑,赞誉吕布道:"奉先真武夫也!诸公勿惊,张温系前朝旧臣,不思图报新主,却谋叛逆,死有余辜。他的从党也须一律清查,杀无赦。"百官看到血淋淋的人头,举箸不动,那来宴乐的兴致,个个吓得屁滚尿流。尤其文弱胆小的蔡邕,第一次面对如此恐怖血腥的场面,手颤抖着,筷子也掉地上。他回到府舍,惊魂不定,张温那颗头颅,在眼前挥之不去。他病倒了,发着高烧,嘴里喃喃地说着梦话。他对前来探视的堂弟蔡谷说:"我初入太尉府,看到他英雄豪迈,才略过人,乃乱世之英雄,故委身于他,想尽心辅佐他,平定天下,振兴朝纲,为苍生谋福利,开万世太平。岂知,战事稍有缓解,他便开始排除异己,滥杀无辜,专横残暴,搞得朝廷上下人人自危,前朝旧臣难以自保。我怎么办呢?想趁机逃出西京,远走兖州,不知谷弟能否一块出逃?"蔡谷说:"兖州山高路远,我们现在如同鸡入鸟笼,虎入槛栅,京城几百里之内尽是董卓的曲部把守,岂能出逃?若被发现,性命难保,甚至危及全族性命。"蔡邕一听,默不作声,想出逃的念头暂时作罢。

张温被杀,在朝廷大臣中产生了极大的震动。忌惮之余,他们对各自的站位重新进行了思考。董卓的旧交京兆尹盖勋提出离开长安,要求到边陲州郡去谋职，以避其险，董卓满足了他的意愿，任其为颍川太守。执金吾士孙瑞提出外任，被委以南阳太守，还未上路，谋士贾羽对董卓进言道："这些旧臣，一个个外放州郡，割据一方，他日效法了袁绍、曹操、孙坚，太师鞭长莫及。应将他们留在京师，眼皮之下，难成气候。"董卓恍然大悟，又将士孙瑞留拜尚书仆射，将行至半路的盖勋又征还京师，任为议郎。盖勋一到长安，背疽病复发而死，时年五十一岁。

司徒王允是一个极其敏感和洞察力极强的人，他也感到自己性命危如巢卵。他通过反复权衡，认为坐以待毙，不如主动出击。他联络了朝中反董卓的旧臣势力，利用中郎将吕布与董卓在女婢占有上的罅隙，采取刺杀的方法除掉董卓。密谋达成之后，不料荀爽病殁，而这项计划因之推迟。王允不断在暗中进行活动，等待时机实施刺杀行动。

初平三年(公元192年)夏四月辛巳日，皇帝刘协患病初愈，大会群臣于未央殿。这时，尚在郿坞的董卓接到诏旨前来庆贺。骑都尉李顺和吕布亲自领兵伏于掖门，将董卓刺杀。司徒王允命令将董卓的尸体暴尸于长安城雍门外，使人在董卓的肚脐眼上燃起了"人灯"。因董卓肥胖，脂肪厚积，"人灯"三天三夜不灭，过往行人掩鼻而过，臭味熏天。与此同时，吕布带兵将董卓位于长安西北的郿坞团团围住，家族老幼尽皆诛杀。

宫廷发生的政变，使蔡邕一时憯然。他叹息董卓之死会带来宫廷和朝野的混乱，诛杀董卓一人易，而平抚安定西凉兵团却难。董卓一手建立起来的西凉兵马，目前尚有几十万人马扼守长安通往外地的咽喉，诛杀了董卓一人，无法从根本上改变已有的局势，只能招致更大的动荡和混乱。关东的袁绍、曹操、孙坚等这些强势人物，步骑铁甲，虎视眈眈，无一不在觊觎长安，掌控幼帝。仅凭王允、士孙瑞、吕布等一班朝臣怎么能控制如此复杂局面？况且，被诛杀者，是他所敬重的枭雄董卓，他人生路上的一个知遇。他受董卓辟命，属于董的故吏。他觉得背离举主，得恩不报，不为道德所容，也会被世人唾弃。因而，他长吁短叹，趁半夜无人，偷偷地到雍门外去看了看被燃"天灯"的董卓。董卓庞大的尸体由白变青，肚脐眼上的灯芯发出吱吱的响声，火苗一跳一跳的，蔡邕的眼泪不由洒湿了衣衫。

蔡邕的叹息声和半夜谒尸，早被潜藏于城外拐角处的探子发现，他们将此事禀报给了司徒王允。王允斥责蔡邕道："董卓国之大贼，弑主杀臣，为天地所不容，为人神所共愤。君为王臣，世受国恩，国主危难，曾不倒戈，卓受大诛，而更嗟叹，礼之所取，刑之所取。"他唤来使吏收捕蔡邕下狱，交付廷尉治罪。蔡邕被拘押于未央宫外武库旁的一间昏暗的囚室内，借着窗缝微弱的光，他看到了这是两年前他初来长安时，曾和王允一起寻找而最终存放竹书典籍的武库；那时，他们出于对书籍的热爱，又同是名儒名臣，机缘相投，马不停蹄地寻找如何将国之精粹保护好、收藏好。如今，蔡邕却成了王允的阶下囚，囚他的也恰是他负责修缮好的昔日武库库房。一旁是浩如烟海的几千年历史文献，一旁是身长不过六尺、饱读史书五经的儒臣。他的身子在巨大的刑具重压下，弯曲成了一个问号状。止此，汉末那段历史被这个符号在叩问：是王允推动了这段历史的混乱，还是董卓是这段混乱历史的制造者？总之，蔡邕是这一历史的受害者。

蔡邕向王允求情道："罪臣虽不忠，尤识大义。古今安危，耳所闻，口所常说，岂当以背国而向卓也。狂瞽之言，谬出患人，正谓邕也。愿黥首为刑，以继汉史。"纯儒郑玄叹息道："汉世之事，谁与正之？"缙绅诸儒莫不流涕，太尉马日磾责问王允："王公其无后乎！"朝中公卿都很惋惜蔡邕才学，纷纷登门向王允说项，王允不为所动，向求情者说："昔武帝不杀司马迁，使作谤书，流于后世。方今国祚中微，戎马在郊，不可令佞臣执笔在幼主左右，后令吾徒受谤议。"求情者愈多，王允杀蔡邕之心愈坚。蔡邕愿黥首为刑，以续汉史的愿望终于未能实现。

蔡邕在狱中没有几天就伏法了，其罪名是"私议宗庙，媚卓轻汉"。入狱前，当他闻到即将被捕的消息后，急忙写了一封家书，交于同在长安的蔡谷，要他连夜逃出长安城，回到老家，设法让家族亲人速速避祸，以免遭株连之罪。然而，可怜的蔡邕，至死也不知道，就在他在长安城未央宫殿叩见皇上的时候，他最心爱的女儿蔡琰同时经历了一场磨难——她成了一个亡夫寡居的遗孀，一个日日翘首遥望长安城盼父归来的失群孤雁。圉城蔡家祠堂前的栗子树下，一个被风吹斜的羸弱女子在徘徊……

第十五章：远嫁河东

蔡琰自初平元年(公元190年)收到过父亲写来的家书后,再也没有得到过父亲的任何消息。从燕子呢喃的春天到寒蝉凄切的秋天,再到飞鸿踏雪的冬天,她和母亲、徐瑷无一日不在思念父亲。她无法静下心来读书、写字、弹琴,经常站在永寿屋的高处,眺望村庄那条窄窄且有泥土的小路,从远及近的人中搜寻扬鞭驰马的驿卒。她知道,生逢乱世,战争纷繁,人人自危,一封家书,胜过万金。父亲旬日之内连升三台的捷报,因洛阳以东为反董拥袁势力所控制,他们全家人也无从得知。她要和卫仲道喜结良缘的事情,父亲也无从知晓。她心急如焚,却无能为力,只能眺望中期盼奇迹。

"琰儿,快回屋子吃饭,别老愣在那儿。"这是母亲第二次催她吃早饭的声音。"母亲,琰妹是个外强内柔的人,还是母亲做主,早择良辰,将她的婚事办了,免得我们都操心。现在兵荒马乱,即是逃荒避祸,跟上男子出行,也方便些。"徐瑷在厨房一边摆弄食物,一边对蔡夫人赵氏说。这时,坐在另一屋子读书的卫仲道也放下手中的书,出门走到走廊,用一根铁钩将枝叶婆娑的桐树枝勾了过来,摘了一朵桐花。他拿着粉红色的桐花,蹑手蹑脚地走到了蔡琰身后,悄然地将花朵藏在蔡琰的背部。蔡琰嗅到了这股甜滋滋的桐香味,才猛地从沉思中醒过。她"哎哟"叫了一声,说道:"你何时藏我身后?像毛贼一样!""你闻闻这多香的花啊!"卫仲道笑着说。蔡琰一把抢过卫仲道手中的花,贪婪地闻着桐花的香味,心情也明媚起来。她笑着走进厨房,将桐花递给了徐瑷,用一种惋惜的语气说:"瑷姐,你闻这桐花多香啊,还没到花蕾绽放的时间呢,被人作践了。"徐瑷说:"这花若开了,在枝上自然是美,但无人观赏,终成残花枯蕊,还不如教人摘了,细细观赏,也不枉一生,琰妹你说呢?"蔡琰听徐瑷这么一说,隐约感到徐瑷试探她的心事,不由得脸上发热,羞出了一片红晕。卫仲道趁机说道:"瑷姐说得对呀,花若人,有人采摘便是幸事……"蔡琰瞪了一眼卫仲道,说:"你休要胡言,误解瑷姐的话!"卫仲道不再解释,只是痴痴地笑。然而,蔡琰却被这一朵淡雅的桐树花惹出了一夜春愁。

蔡邕离家赴洛阳后,他所收留的几个入室弟子,都学有所长,各奔了前程;唯有卫仲道初来蔡家,加之他和蔡琰年龄也相差不多,家族渊源也深,便留下来向蔡琰学习琴艺。学艺时他被蔡琰才华倾倒,千方百计讨蔡琰欢心。一时间,蔡琰情窦初开,无法抗御卫仲道这初爱的追逐,俩人坠入情网。蔡夫人赵氏看在眼里急在心上,写信给丈夫蔡邕求其做主,然而,送出的一封封家书如石沉大海,渺无音讯。这样拖下去也不是办法,蔡夫人便自作主张,择了一个黄道吉日订了婚,又选择在阳春三月的一天,让蔡琰赴河东卫仲道家出嫁。

蔡琰的出嫁,在蔡丘屯甚至在圉城是一件不小的事儿。一方面是因蔡邕为名儒声播海内;一方面卫仲道又是河东名门望族,许多人都从千里之外赶来庆贺。陈留太守张邈亲自参加了蔡琰的婚礼,并派出了一班人马护送蔡琰的婚仪队穿过正在交战的洛东地区,平安抵达河东卫仲道家。自然,蔡邕昔日的弟子门生,或从旧都洛阳,或从江南吴越之地。纷纷赶来了。永寿屋内外,客人熙熙攘攘,欢声阵阵。蔡邕故交丁廙也从洛阳赶来,他写了一篇名为《蔡伯喈女赋》文章,记载当时的盛况:

  伊大宗之令女,禀神惠之自然。在华年之二八,披邓林之曜鲜。明六列之尚致,服女史之话言。参过庭之明训,才朗悟而通玄。当三春之嘉月,时将归于所天。曳丹罗之轻裳,戴金翠之华钿……

与蔡琰相见,勾起了许帆在吴地阊闾城的情事。仅离开两年时间,许帆觉得蔡琰又比先前成熟且漂亮了许多,她虽然眉锁旧愁,素若秋菊,但面若春桃,明眸皓齿,素雅而不呆板,灵动而不张扬。原以为情火已被时间浇灭,谁知一见面,许帆心中的情种又复燃起来。他将从吴地带来的一匹丝绸作为礼物送与蔡琰;蔡琰将印染着淡淡的花布在自己身上试披了一下,红着脸对许帆说:"多谢师兄的重礼啊,你看我比原来亮堂了,还是灰暗了?"许帆愣着神,说道:"当然比原来亮堂了,你穿甚都好看。"蔡琰问许帆道:"你怎么这次来时不带你的夫人呢?"许帆说:"我还没有夫人呢,带谁来!谁能与琰妹媲美?"蔡琰听了许帆这句话黯然神伤,望着低头沉默的许帆说道:"我一到河东,距吴郡更远了,今日不见嫂夫人,何时才能相见!"许帆抬起头,望着蔡琰深情地说:"说不定哪天我一个人偷偷跑来河东找你。自从四年前在吴城见你之后,我再也没有想过要娶别的女人了。你到了婆家那里觉得委屈,就回来,我接你到阊闾城;焦尾琴馆仍在,那儿永远属于你……"他顾不得蔡夫人赵氏在旁,也顾不得蔡琰几天之后就要做别人的新娘,将憋在心里的话一股脑地吐了出来,惊得蔡夫人赵氏羞赧不已,她语重心长地说:"许公子,琰儿自幼手脚拙笨,在家不能缝衣织布,在外不能锄地采桑,空有才学。江南美女如云,你早点成家,也是你师父所愿……"蔡琰低着头,没有作声,而许帆怕来人看到他的窘态,咬着嘴唇速速出了门。

蔡琰陪嫁的嫁妆除了金银玉饰、绫罗绸缎外,还有那把陪她多年的焦尾琴。当初,蔡邕把雷氏琴有意让徐瑗收藏和保管,这把焦尾琴自然陪给蔡琰。作为嫁妆,蔡夫人请了木匠,选了最好的紫檀木涂上清漆,为焦尾琴做了琴匣,蔡琰对琴匣爱不释手。然而,想到第一次远离家乡,远离亲人,蔡琰又不由得伤心落泪,她哭着对母亲说:"都是你们逼我出嫁的,你们怕我待字闺中成老女,坏了名声!"徐瑗用眼瞪了她一下,反驳道:"琰妹休要胡言了,姐姐知你早已心许卫公子,恨不得马上出嫁,何来老女一说?"蔡琰羞得满面通红,捂着脸赶紧跑远了。

蔡琰的出嫁,使追慕她的那几个师兄像失魂的孤鬼,围着永寿屋房前屋后转来转去。他们盼着能在蔡琰离开屯子前,撩起轿车的竹丝帘,好让他们再看一眼。然而,蔡琰没有掀开帘子,没有将那张被泪水锁住的脸呈现给她的师兄们,而是怀着悲痛的心情离开了蔡丘屯,开始了她少妇的生活。

送走蔡琰后,永寿屋一时空荡荡的,蔡夫人赵氏想挽留客人多住几天,便于慢慢地适应这空寂的家。他们看出了这些天忙于家事的蔡夫人,眼睛深陷了,消瘦了许多,都想尽快离开,以使她能安静地休息几天,养养神,她却不肯。最后她仅留住的是与蔡琰昔日一起学琴的顾雍、许帆、徐珣、王庸和徐谦五个人。第二天,蔡夫人照样起床很早,但起床后发现比她起床更早的许帆,站在那

第十五章:远嫁河东

棵海棠树下默然地望着一地的海棠花。蔡夫人问许凡道:"他们还打鼾,你怎么起得这么早,是为琰儿的事?"许帆从沉思中被唤了过来,说:"师娘,我不是想蔡琰的事,我是在想海棠花怎么一夜谢了?落了一地,昨夜没刮风,没下雨,更没落霜啊!"蔡夫人见许帆不改当年的书生气,笑着说道:"那是人摇落的吧,有什么好奇怪的,快回去再睡一会儿。你衣单,别着了凉。"许帆不为所动,仍然想他的心事。蔡夫人放开了鸡棚内的鸡,一群鸡叽叽咕咕地乱窜过来,开始啄海棠树下的花瓣。许帆这时才离开了花树,上到二楼。当他看到蔡琰住的那间房子时,心里猛地一惊,一股寒意仿佛从那间房子的门缝挤出,他不忍心去看,赶紧回屋躺在徐谦和顾雍的身边讲海棠花谢的见闻。他们一听之后,心情沉重起来,均起身向院子望去,那株海棠树只剩下几朵未开放的花蕾,枝叶翠青,而花瓣一地,引来几只鸡儿啄食。一种不祥之感,在他们的思虑中开始浮出。

送亲的蔡家人员少于迎亲的卫家。徐瑗和蔡琰及伴娘——河东卫颢的夫人颜氏共坐一辆轿车,所幸陈留太守张邈派了十几名武士护送,半月之后的一个早晨,他们到达了河东郡安邑县的夏王城。相传夏禹曾住此城,故亦称之为夏王城。其实古城系战国时期所筑,魏豹可能受封于此,当地百姓也称之为魏豹城。由于蔡琰夫君卫仲道乃河东望族,仲道的父亲又是汉末旧吏,他们的婚事成了夏王城的一桩大事,城内的百姓随着鼓乐声,一窝蜂似的出了城门,站在两旁看着娶亲的队伍。蔡琰按照礼仪,先拜天地,次拜高堂,再拜兄弟和朋友,然后夫妻互拜,卫仲道携着新娘含笑进入了洞房。

卫家的儒学气氛并不逊色于蔡家,家藏图书装满了几间屋子。卫仲道的父亲亲自做起了儿子和儿媳的老师,给他们讲《易经》《诗经》《春秋》《左传》等。蔡琰又将她的琴谱琴曲无一遗漏地传之于卫仲道,他们探讨学问,切磋琴艺,其乐融融。

一日,蔡琰提出要去县城东北十里的嫘祖故乡拜谒嫘祖。按照本地风俗,女子不能出门远游,只能待在家里织布养蚕,洗衣做饭。读书识字的已是凤毛麟角了,外出远游者少之又少。因而,蔡琰的游兴被卫老翁一口否定,卫仲道见父亲满脸不悦,低着头走进了蔡琰的房间。他说:"现在夏日炎炎,酷暑难耐,嫘祖乡虽然不远,但道路坎坷。你刚从中原来到河东,气候还未适应,累坏了身子我心疼啊。等以后天凉了再陪你去,可以吗?"蔡琰看卫仲道说话时眼神躲闪,猜度丈夫的困窘。在进入卫家不到三个月的时间,她已感到这深宅大院异于娘家,她的公公也全然异于父亲蔡邕。由于父亲蔡邕是一个尊儒而重性情的人,所以蔡琰的性情里多了一份对美好事物自由探索的特质,这在她所置身的时代,是超越性别的,也是逾越礼制的。她涨红了脸,抱怨卫仲道说:"嫘祖是华夏女人的楷模,种桑养蚕,织布纺纱,我去拜谒她,不但不伤风化,而且追慕淑范,父亲应该支持才对啊,怎么阻挠?"卫仲道连忙解释说:"父亲没有这个意思,只是觉得天气太热了,你初到卫家,在夏王城又是妇孺皆知的美人,抬脚动腿都引人注目,宁静守拙为好啊!"他的解释正好证实了蔡琰的推测,她涨红的脸因愤懑变成了青紫色,"不去了,不去了,永远也不去了!"她说着将已准备好的香纸,祭奠用的水果飧品,都从布袋里掏出来,一屁股坐在炕沿上生闷气。卫仲道没敢怠慢,贴着蔡琰的身子坐在了炕沿边,一手搂住了她,温和地说:"别生气,父亲虽然反对我们去游玩,但我们真的去了,他也无可奈何。快把那些东西收拾起来,趁早晨的太阳不毒,我们就上路吧。"他一边安慰蔡琰,一边自行收拾被蔡琰抛在炕上的香纸果品,蔡琰又禁不住喜笑颜开。

在嫘祖乡,卫仲道蔡琰夫妇凭吊了传说中的嫘祖织布纺纱的旧址,在嫘祖的墓冢前,上香叩头,献上祭品。墓冢周围齐腰深的荒草中开满野花,一只手掌大的彩蝶绕着墓园飞舞,然后落在了蔡琰的发髻上,蔡琰用手一撩,彩蝶飞离了。它绕着坟园一圈后又落在了蔡琰的肩上,蔡琰好生奇怪。卫仲道拔了一根蘼草的长叶想将这只蝴蝶系住带回家,蔡琰制止了他的捕捉,劝道:"别动它,它是嫘祖的英灵啊!我们再上一炷香,告慰一下她的英灵,愿她的神灵保佑我们一家平安,保佑我的父亲在长安平安。他日,我们父女团圆时,我来还愿,我来这里修一座庙,安顿她的神灵。"蔡琰言罢,泪珠在睫毛下闪动。突然,她烧的纸钱被一阵风吹起,落在她肩上的彩蝶扇动着翅翼,向着灰烟飘起的方向高飞了。"夫君,你看嫘祖几千年了,她仍在显灵啊!"卫仲道听后,却不以为然,他说:"蝴蝶呢,这里野花飘香,自然引得蜂鸣蝶舞,你不要太迷信了,那个东西随处都能遇见,不足为奇。"蔡琰嫌他多言,说道:"但这彩蝶手掌一般大,你哪里见过?"卫仲道辩解道:"这里是坟园,草深林茂,自然能养得如此大的蝴蝶,也无人捕捉;若在城里,早被顽童抓住钉在墙上做装饰了。"卫仲道正说这句话时,蔡琰听到草丛里飒飒的草动声,她"啊哟"了一声,一只小白兔在他们的脚下晃动,雪白的绒毛,两只长耳朵在倾听周围的动静,多么的温顺可爱。卫仲道迅捷地向前扑去,一把抓住了小兔,用腰间的绶带丝绑在白兔的一只腿上,要带回家玩。白兔并不惊慌,目不转睛地看着站在一旁的蔡琰,似乎能看透她的内心一样,乞求蔡琰放它回去。蔡琰对卫仲道说:"将它放生吧,多么可爱的小兔,它是坟园的守护神,有它伴着嫘祖娘娘,娘娘就不寂寞了。它和那只彩蝶一样,都是嫘祖娘娘的灵物……"卫仲道不听蔡琰劝阻,坚持要将它带回家。"我会好好善待它的,夫人不必担心。咱家的后花园比这坟园大,百草丛生,百花盛开,白兔在咱家里要比这儿舒服得多。这里每日每时都面临着禽兽捕食之忧、空旷无聊之寂。"经他这么一说,蔡琰也觉得有道理,说:"那就把它放入这只空篮内,我自己提上它,不能让它委屈遭罪,免得嫘祖娘娘对我们不满。"她小心翼翼地将白兔放入荆条编织的篮子,在篮内放上一撮嫩草,在白兔身上苫上几片桐树叶,为它遮阴。太阳已经西斜,坟园外桐树下乘凉的那匹骡驹朝着主人嘶鸣了一声,又低头啃食青草了。他们意识到天色已晚,便匆匆离开了嫘祖乡。

这趟乡游,使得蔡琰心情格外舒畅,天公也为他们作美,晴空万里,艳阳高照。一路上,熟透的桃子随手可摘,香甜可口,地垄上的西瓜洒满遍地,瓜篷下的农夫让他们二人尝鲜,这些都增添了他们的游兴。蔡琰坐在吱吱呀呀的车子上,穿越在田间小路上,哼起了歌谣。她提议夫君二人各作一首小诗,为这次出游作纪念。"你先吟,你是文豪之后啊!"卫仲道礼让蔡琰,也为自己多留一点铺稿的时间,他要蔡琰先吟,自己随后附和。

蔡琰嗤笑他说:"七尺男儿竟怕一个女子,父亲知道了也会骂你的!"她说着脱口吟出一首小诗,诗曰:

夏王城外草木深,嫘祖村中古风存。
淑贤懿美传妇道,桑麻从自丝成巾。
不随帝王杀伐远,只劝农事衣食近。
蝶舞兔走谁差使?万世不泯遗爱心。

卫仲道一听,连连称道:"好诗,好诗!不愧中原才女,蔡家女儿啊!"蔡琰听到他的表扬,含羞地说道:"这不算什么好诗,只是随口吟出罢了,平仄对仗不工,还是等待夫君的奇文妙诗了。"她用手捂住了绯红的面颊,咯咯地笑着,十分的得意。卫仲道就在蔡琰打着腹稿的时候,他苦思冥想了一首诗,诗曰:

> 半亩青冢半亩香,香骨昔日伴君王。
> 春蚕抽丝麻为布,除陋遮羞丑为良。
> 征战仅为地一统,教化始能天下昌。
> 回首夕阳东逝水,玉损香销谁芬芳?

蔡琰听罢,也拍手称好。卫仲道说:"这叫妇唱夫和啊!"

日落前,他们顺利回到了夏王城内的家中。卫煌老翁本来还有一肚子怨气,但听到他们二人竟有诗作带回,便将那憋在肚子的怨气消散殆尽。他连读了三遍,意犹未尽。更出乎他意料之外的是,儿子离开河东时,才思并不显露,仅两年时间,已被熏陶成一个诗书并俱的才郎了;儿媳当然在他意料之中,她是蔡邕之女,一代大儒之后,吟诗作赋俯拾即是。他惊叹他们诗作的思想性是那么一致,即反对战争,又关心百姓生活。因之,当初他主动向蔡家提亲的那份尴尬,今天细想也算值了。他要夫人将存放多年的那匹江南丝绸拿出来,要夫人亲手给蔡琰裁剪一身夏衣,以便锦上添花。

然而,正当卫仲道蔡琰沉浸在幸福之中,一件让卫家忌讳的事情发生了。他们忘记了那只带回来的小白兔,它竟然被一只大黑猫吃掉了,只留下一摊血迹。蔡琰看着地上的血污,说:"当时,我劝你不要带它回家,嫘祖坟园的一物一件都不宜带回来,你不听我劝,才有今日之事。"卫煌一听这只白兔原来是从嫘祖坟园捉回的,心里打了一个寒战,一种不祥之感袭来。他独自叹息道:"唉,你们年纪也不小了,怎么这么不懂事,这怎么办呢!"他愁眉紧锁,用掌直拍自己的大腿。"把那只黑猫打死,是它给我们闯下了大祸。"他唤儿子卫仲道去厨房找猫,接着说道:"我要将那畜生亲手掐死,以求嫘祖娘娘的宽恕……"他没等儿子去捉猫,便霍地一下大步跨进了厨房,从锅台上抓起正在闭目养神的猫,一脚踩在它的脖子上,黑猫连叫唤一声也没有,被他踩死在脚下。卫家人个个吓得面如死灰,大气不敢出一口。蔡琰走近卫煌,嗫嚅着说:"父亲息怒,都怪我们不懂事,没有将它放生。小白兔来到之前,曾有一只手掌般大的蝴蝶在我头顶盘旋,落在我的发髻上不走,后来我们在坟头上烧香祷告,一阵旋风吹起,那只蝴蝶才离开了。当时,我们认为那只奇特的彩蝶可能是嫘祖的英灵,而小白兔窜于我们胯下,我们就忽略了它的来历,才有今日之过……"卫煌听到蔡琰的叙述,"啊"地叫一声,双腿一软,坐在了房檐下的青石板上。

这晚,卫家的人入睡很迟,直到一块黑云掩住了月光。这黑云也似乎重重地压在了卫家每个人的心头,他们虽然一再冲淡这件事的某些征兆,但都心下隐隐不安。

这巨大的阴影首先压垮了卫仲道,是他不听蔡琰的劝说,亲自缚住了白兔,才有今日风波。因而,这晚他一夜未眠,从窗缝外看到漆黑的夜幕上闪电如金蛇狂舞,一条刺眼的闪光线似乎破窗而来,要将他缚住掳去,他吓得用被子捂住了头,屏住呼吸,期盼这骇人的雷电早些逝去。谁知,一阵烈风又吹来,接着又一阵尖厉的猫叫声。"这是父亲踩死的那只猫呀,它怎么还活着?是自己亲手埋的它,它怎兀自活了过来?"他想起了父亲杀猫的恐怖一幕,浑身打着寒战,不由自主地喊道:"夫人,夫人!"蔡琰从睡梦中被惊醒,问道:"怎么了?夫君!"她用手去摸摸卫仲道,但见他用被子蒙头,猜他梦魇,才转过了身子,又听他喊道:"你听,屋外是什么在号叫,是咱家那只黑猫吗?"她听到他在黑暗中发出的颤音,定神一听,果然院子有猫的号叫声,似乎由近及远,仿佛在平时乘凉的大杏树的树杈上。"那是猫的叫声啊,何必大惊小怪。我们在永寿屋居住时,也经常半夜听到猫叫声,知道那是母猫和公猫在寻情交配时的叫声,你难道分不清这种声音?""这不是一般的猫叫声,是父亲踩死的那只猫声,你听——"卫仲道颤声说道。蔡琰顿时明白丈夫不是梦魇所致,一把揭开了蒙在他头上的薄被,用手一抹他的头上全是淋漓虚汗,身子像筛糠似的战栗着,她也随之害怕起来,忙点灯查看。昏暗的灯光照亮了卫仲道煞白的脸,蔡琰见状,忙将魂不守舍的丈夫抱在怀里,发现他的背上也汗如雨下,好不心疼。

天亮后,蔡琰和卫仲道一起去察看院子,仔细辨认泥地上有无猫或野物的爪痕,以佐证昨晚的声音。院外杏树下被雨泡软的泥地上没有一点爪印,只有被风雨摇落的树叶,树身上爬满了觅食的蚂蚁。他们转遍了房前屋后,没有发现猫留下的蛛丝马迹,雷雨打蔫了秋禾,一丛一丛的菊花扑倒在圃园。他们又跑到掩埋黑猫的那块菜地,那个有二尺见方的土坑,被水浸泡后陷下去近一尺深。他们用手掬起黄土填满了坑,并垒了一个土堆,将地垄上一株正在开放的刺芥花移植在了土堆上,想做个标记,便于观察。

一件小事,在人们有意地关注中,正在无形地扩大。卫老翁担心儿子受无妄之灾,心中惶恐不安,时时盯着儿子。他还叮嘱儿媳蔡琰小心照料儿子,蔡琰说:"父亲大人,夫君因惊恐过度所致,只要耐心开导,细加照料,自会慢慢恢复。"卫煌关切地问:"晚上还胡言乱语吗?"蔡琰道:"自那晚后,一直梦魇不断,几乎夜夜能听见黑猫惨叫。"卫家请来了夏王城有名的郎中,望闻问切,开了几服汤药,喝完并不见好。卫煌五内如焚,又请来巫医和法师,想借此来缓解儿子的病症。蔡琰突然想到了另外一个人——呼延娜云姑姑。在朦朦胧胧的意识中,蔡琰一直觉得娜云仍活在世上,仍在西安阳县周边那个草原上漂泊,她若回来,定能治好丈夫的病。她把此事告诉公公卫煌,想亲自去乌拉山下的草原寻找呼延娜云。

卫煌大人为了救治重病中的儿子,凡是别人使用过的各种方法他都想试用,只要能救回儿子的生命,他愿意倾家荡产,甚至以命换命。所以,他支持蔡琰的想法,但反对蔡琰亲自去朔方的草原寻那个女巫医。"那里太遥远了,你一个弱女子,怎么能行呢?可以派别人去,拿上你的书信,也是一样的。"卫煌劝阻蔡琰。卫仲道躺在炕上,眼眶泛出泪花,手拉着蔡琰有气无力地说:"夫人万万不能去,我的病不怕的,慢慢会好起来的……况且已派人到洛阳请邙山真人了。"他吻着蔡琰的手,眼泪滴在她的手上,她也哽咽着,为他揩着泪水。

寻访呼延娜云无甚结果,倒寻到邙山真人那里去了。此时的邙山真人已经是须发皆白的道人。在邙山太清宫的大殿内,他接见了寻访的卫家人。他微闭着双目,说道:"请告诉你家的少夫人,她的夫君在嫘祖坟上捉走了嫘祖的灵兔,被他家的黑猫吃掉了,嫘祖差人到处寻找,最后找到了卫家。嫘祖愠怒不已,将此事告知了黄帝,黄帝龙颜大怒,已将她的夫君捉拿问罪。不日他就要到十八层地狱去忏悔他的罪过了。"卫家来者问邙山真人道:"你看看,我家公子今染重病,是否与我家少夫人有关?"老道沉思了一阵后,说道:"你家少夫人原是阴世宫廷中的一个官人,才华绝世,但羡慕红尘,携着宫中一个宫女私奔,投胎人间。好在她做了蔡家的女儿,因蔡家祖上行善积德,荫及后辈,她才得以逢凶化吉,保全性命;但她一生坎坷,屡遭不幸,骨肉分离。同时,苦难也使她名垂千古，成为不朽之人……"道人的话使卫家人惊诧不已，他们半信半疑，又问他道："先生既然能看出这么多事由，能分辨出阴阳两界，千年孽缘，何不亲自到安邑夏王城走一趟，救我家公子一命，也是先生的功德啊！"邙山真人双手抱拳说道："施主差矣，我乃一道人，只能驱恶避邪，杀魔斩妖，岂敢废黄帝之命！念我与你家娘娘有缘，我送她一道护身符，使她日后出行中不受鬼祟侵扰。"说罢，他从怀中掏出一个黄纸折叠成的三角形纸包，纸外渗出朱砂印痕，他一再叮嘱道："让你家少夫人将它缝在衣服的一角，洗涤衣服时取出，出行时缝入。"卫家人千里寻访，只求邙山真人救他家公子一命，谁知这老道人竟送少夫人一道护身符，愤愤然离去。

邙山真人的一句谶语成真了。卫煌老翁差人站在城外盼着从洛阳带来的消息，蔡琰日夜守护在夫君的身边，须臾不离，忽然听人说："大人，寻访道人的人从洛阳回来了。"蔡琰跌跌撞撞地跑出了屋子，在正堂看到公公仰头长吁短叹。卫煌见蔡琰贸然进来，不知如何答复她。"父亲大人，这是怎么回事？邙山道人寻着吗？"卫煌叹口气，说道："寻着了，但他不肯来，倒是给你一道符。"他从一个羊皮兜里掏出了那件裹着的护身符，递给蔡琰。"他说和你是有缘之人，这道护身符能驱魔避邪，要你不能离身地戴它。"蔡琰惊愕了，她一时来气，把那包护身符扔出门外，大声地嚷着说："那个该死的老道，不能救我夫君，给我符有甚用！"卫煌见蔡琰早已失去理智，沉默不语，倒是泪流满面的蔡琰先开口了："请父亲大人给我备上一匹快马，我要到乌拉山下的草原上找呼延娜云，她是圣医后代，定能救我夫君。"卫煌看到蔡琰此时的精神状态，觉得不宜再刺激她，便顺着她的话说："是啊，仲道需用好药，需好的郎中救治，我们不能靠装神弄鬼之人治病。"他想着等蔡琰情绪平稳之后，再做计议。

蔡琰坚持要去朔方找呼延娜云，谁也劝阻不了她。卫家人没有看出蔡家女儿貌似柔弱，实则刚强。他们为了治好卫仲道的疾病，也抱着一试的心态，只好让蔡琰亲自寻找呼延娜云了。所谓病重乱投医，蔡琰和呼延娜云分别十几年了，在千里大草原找她，仿佛大海捞针。卫家在城里雇了最好的卫卒，选了几匹最好的骏马，由两个族兄弟陪着蔡琰出行了。

第十六章：寻医救夫

蔡琰第一次去朔方，她是仅两岁多的小孩，记忆十分模糊。那时，他们是从洛阳出发，过黄河，越太行山，出雁门，到云中，再向西到了朔方的五原郡西安阳县。而这次只能选择最近的路径，选择一条直线到朔方，才能节省时间。于是，他们骑上了四匹快马，从夏王城出发，由西北翻过稷王山，涉过宽阔的汾河，再翻越吕梁山，到达黄河边。夏日黄河流域正是暴雨成灾的时候，河水势凶猛，奔腾咆哮，他们只好沿着黄河东岸行走，无法渡过黄河。两天之后，他们朝北快出河东郡界，隔河望到上郡时，在一个水流平缓的渡口上，越过黄河，到了黄河西岸的上郡。当他们要向龟兹县行进时，横亘在他们面前的是一条由西南向东北逶迤绵延的长城，中间有一长城塞口，通过塞口几十里即可达属国都尉府治、龟兹县城。

蔡琰一行远望着长城塞口高耸的塞门时，心里一阵惊喜。在她心中，越过这段长城就离朔方不远了。因而，她怀着敬畏的心情，下马伫立。夏末，从塞口吹进的北风，一下子吹干了人和马身上的汗。连日的鞍马劳顿，让蔡琰疲惫不堪，被这冰爽的风一吹，整个人精神了许多。他们走近塞口，准备接受关塞检查。这个关塞是这段长城主要塞障，驻有侯长（二百石俸秩）。蔡琰这天运气不佳，偏逢侯长亲自验查，他是一个典型的北方人，高个头，黑皮肤，满脸邪气。他还是一个贪得无厌之人，这为出行匆匆准备不周的蔡琰一行人带来了意想不到的困难。

蔡琰走到塞门口右边的房子窗前，按照要求填写出入关塞的"致籍"簿（名籍登记簿）。"你们的关传呢？"侯长亲自查验他们一行四人的"关传"证件。"关传证件？"蔡琰也喃喃地自问，她一时被问蒙了，下意识地摸了一下自己的衣兜。她全然忘记了在夏王城里办理这道重要的手续。"因我夫君病危,我们要去五原郡找一名草原上的名医,临行仓促,未来得及办理关传,请官人放行我们吧,夫君病得厉害,生命垂危,请你们行行善吧!"蔡琰向这位侯长大人哀求道。"请大人行行善啊,病人再延误就没命了。"同行的三人齐声向侯长求情。侯长不为所动,并仔细盘查了他们的来历和行踪,问道:"你们是从何而来的?"蔡琰道:"我们从河东郡安邑县夏王城来。""何以证明?"他说。"我们就是那儿的人呀,还要什么证明!"蔡琰争辩着道。侯长上下打量了蔡琰一阵,说:"嘿嘿,河东郡,夏王城?我能听得出你的口音,那肯定是大河以南之人,河东之地,哪来你这么皮肤细嫩的女子呢,分明是撒谎!"蔡琰说:"大人,我是良家女子,今去朔方求医治病,忘记了办理关传证件,求你放我们出行,要什么都可以,只要放我们过关塞。"侯长一脸猥琐,笑着说:"哈哈,我们什么也不要,只要你这个娘子……"

侯长色欲充斥的眼珠像要蹦出眼眶,他不由分说一把将蔡琰拽到自己的面前,蔡琰吓得扑通一声跪倒,连叩了三个头,哀哀地哭求道:"大人,饶小女一回吧,我们所带的钱全部送与大人,放我们出塞,我的夫君才能有救。你的恩情我们今生今世永远铭记,下辈子我愿当大人的奴婢。"蔡琰长跪不起,泪流满面,同行的族兄劝她起来,她说:"侯长大人不让我们出关,我将长跪不起。"她的族兄忙从行囊中取出一串钱,捧在侯长面前。但侯长并不为钱所动,仍然板着铁青色的脸,鼓着死鱼般的眼珠盯着蔡琰。"谁稀罕这个屁东西!这个鬼地方,有它何用!我们只要女人。"他一把打掉了那串钱,蔡琰立刻从地上捡了起来,仍跪着用双手托在侯长的面前。侯长对蔡琰的族兄说:"你收起钱吧,你们三个男子可以过关去办你们的事,这个女人被我们留下了。"他手一挥,关塞门上的木闸栏被拉开了,"快过,快过!"蔡琰看到闸栏门开了,一步扑上前去,想随之奔出塞口,却被侯长拽住衣袖,拉了回来。这时,护送蔡琰的一个姓王的卫卒一个箭步冲上去伸开双臂护住蔡琰,却被侯长一拳砸到脸上,卫卒愣了一下神,正要还手时,却被蔡琰制止。"别动手,王郎,我们身负天大的急事,不能因小失大。"王郎听了蔡琰的话,压住了怒火。但侯长又是一拳打来,他躲闪了一下,侯长没有打着,反而身体失去了平衡,一头栽在地上。侯长恼羞成怒,大喝一声:"来人,把这三个东西给我统统抓起来,杖刑伺候,然后送到城西修补城墙去,将这个女人带到房子关押起来审问。"随着侯长的一声令下,塞门两边戍卫的兵卒突然涌来几十个人,他们厮打起来。王郎功夫不凡,跑到他的坐骑前,解下系在马头上的铁嚼子,翻身上马,与手持兵器的戍卒进行搏斗;戍卒自恃人多势众,挥着长矛大刀,一顿乱砍。然而,他们根本就不是王郎的对手。侯长急令众卒关闭塞门,以防止王郎、蔡琰一行人冲出关塞。厚重的关门吱呀一声闭合了,将他们隔绝在门外。

这时,已近中午。前来关塞处进行市货交易的百姓越来越多,侯长指挥着守城的戍卒将蔡琰他们团团围住。蔡琰担心他们挽弓放箭,故让王郎他们停止打斗,据理力争。但侯长怎肯罢休,用绳索将王郎和蔡琰等人缚住,捆绑在市场那边的拴马桩上,用皮鞭抽打。然后又有两个卒子架着蔡琰走向驻守兵卒的营地,将她推入了一间房子,把房门上锁。蔡琰爬在门内大声呼喊道:"快放我出去,放我出去!我是去朔方找医生为夫君看病的良家女子,你们耽搁了我丈夫的病,天理不容你……"她使劲地捶打着房门,惨烈的声音传出很远,和不远处皮鞭抽打王郎他们的声音混杂一起,响彻空旷的荒原,使赶集市的人因恐惧而提前散场。蔡琰的声音渐渐地嘶哑了,她因口唇干裂,嘴角是殷红的血迹。蔡琰跪在房门内,一只手从门缝内伸出,使紧地扳着门扇,几次折腾下来,便筋疲力尽地昏倒在门口。夏末,阳光炽热,土坯垒成的房子闷如蒸笼,成群的蚊子嗅见了血汗味,爬在她身上叮咬,昏昏沉沉的蔡琰并不觉得痛痒,迷迷糊糊中她似乎看到了朔方的呼延娜云。

就在这时,东部城侯(六百石俸秩)——管理这一长城塞口的上司来了。侯长为了表功,领着东部城侯来到拴马桩前摆功邀赏,他指着被打得血肉模糊的王郎等人说:"这是一行偷奔漠北的流寇,身份不明,妄图闯关奔突。他们性格剽悍,武功高强,打伤了我几名戍卒,我奋力才将他们擒拿,缚于马桩之上。请东部城侯王大人亲自审问他们,说不定还能问出其他的要事。最近一个月,我们塞口按照大人的指令,全力守防,认真盘查,绝不放过一个可疑之人。"东部城侯看到这位年轻的侯长如此负责,赞赏地点了点头。他将手中的长矛朝地上一插,走到卫仲道的族兄面前问道:"你们怎敢偷奔漠北,去与何人相会?是经商、叛国、投敌,还是何故?"卫仲道的族兄回答道:"大人,小民一行是来自河东郡安邑县夏王城卫家。我们是陪我家少夫人去朔方找一名医,我家公子患上了重病,命在旦夕,我们连夜起程,没有顾得上办理关传证件,不料被侯长逮住不放,而且将我们打得死去活来,我家少夫人也被他们抓走,不知关押何处,请大人饶命,放我们一行,去救我家公子的性命。"听完此回答,侯长诡秘地将东部城侯叫到一边,说:"王大人,今天我为大人捞到了一条大鱼,这帮家伙护送着一个年轻漂亮的女子去漠北求医,我想将她扣留下来,送与大人。"侯长说话时咽了几口唾沫,"待会儿,我领大人去看她。"东部城侯听罢哈哈大笑,径直走到卫仲道的族兄前问他道:"你家少夫人何地人,娘家何人,夫家何人?你要如实交代。""回禀大人,我们是从夏王城来的。叔父卫煌,曾在官府为官,现赋闲在家;我家有名士卫伯儒,现在东郡太守曹操府里做事,公子卫仲道,新婚不久患上了重病,命在旦夕;我家少夫人叫蔡琰,是当朝名臣大儒蔡邕伯喈之女,我们护送她到五原郡西安阳县找一名医,为其夫卫仲道治病。"东部城侯一听他们的身世介绍,惊得目瞪口呆,急忙问道:"有何证据?""没有,只是我家娘娘有着几分陈留口音,你不信去听听吧。""口音不能证明的,王大人,他在瞎吹,蔡邕的女儿岂能嫁于你这无权无势的卫家?他的千金能吃这么大的苦出入漠北?"侯长向他的上司使了一下眼色,但他并未看出上司脸上掠过的一份惊喜。"先给他们松绑,歇息歇息,别中暑了,同是内地人,留点情面,我们去审问那位女子,以便弄清她的真实身份。"侯长对东部城侯的意见不敢说二,口是心非地说:"也是,也是!"

　　东部城侯王大人疾步来到蔡琰的室外。他看到了倒在门槛下的蔡琰,一只手死死抓着一扇门的下角,她因长途跋涉、体力透支,加之悲伤过度,处于昏迷状态。王大人唤侯长先给她嘴里灌些水,蔡琰喝到一丝凉水后,慢慢地清醒过来。这时王大人问她道:"娘子从何而来?姓甚名谁,年方几何?"蔡琰颤动着干裂的口唇,话未说出,又呜呜地哭了起来。"娘子慢慢地说,不要伤心,慢慢说与本官,本官会酌情处理。"王大人弯下腰,诚恳地向蔡琰说。面对这位并不凶狠的官人,蔡琰意识也清楚了许多,说道:"小女乃河东郡安邑县夏王城里卫家,当地望族,夫君卫仲道;娘家系陈留郡圉县蔡丘屯蔡氏,我父蔡邕,曾任我朝尚书。小女刚刚新婚不久,夫君患上了重病,小女有一姑姑在西安阳县,她医术高明,特去请她为夫君诊治。不料出行急迫,未在夏王城办关传,在此被阻,又被戍卒打伤,侯长还要强拉我做他的小妾。"侯长一听牵连到了自己,急忙打断蔡琰的话斥责道:"休要胡说!小贱女,你还冒充蔡邕的女儿,诬我对你非礼。"他欲伸出一脚踢蔡琰,却被王大人制止了。"你是蔡邕的女儿,有何物证?"王大人问。蔡琰摇摇头说:"小女出行仓促,未带任何与家父有关的物什。"王大人说:"那我问你几个有关蔡邕的事情,你若知道,也可以证明你是他的女儿。"蔡琰道:"大人请便,只要是小女子知道的,如实回禀。"这时,侯长也知趣地退在了一边,偏着头,神情紧张地盯着他的上司,想听听他是怎样去审理这名女子的。王大人问道:"你知道你的父亲昔日曾遇到过一个在洛阳城西园买官的船夫吗?"蔡琰回答道:"知道,那大约是我一岁半时的事情,听父亲讲,那天他带我们一家人去洛阳城南太学游玩,那时父亲手书的《熹平石经》刚刚立在太学门前,前来参观临摹的人成千上万,塞满巷道;那天父亲特别高兴,游趣不减,带我们去西园看刚刚开市不久的卖官鬻爵。在那里,他遇到了一个大字不识的船夫,父亲看他人憨厚老诚,替他填写了表册,并帮他选择了适合的官职。父亲常常以此作为笑料,经常给人讲我朝卖官鬻爵的笑话。听说那个人后来干得还不错,当上了河津塞尉。这些事我记不得,我的姐姐记得很清楚,父亲更记得准确,他还经常打听他的情况。"东部城侯听到这里,心理惊喜异常。"娘子别说了,你是蔡尚书的女儿。"他顾不得身边的下级侯长,向前扶起了蔡琰,激动地说:"娘子,你和你父亲那时所见的船夫叫王河,金城人氏,他是我的父亲。父亲屡屡提起蔡尚书,并以此为荣。"王大人用手拍着自己的胸脯,一个劲地说:"太离奇了!太离奇了啊!"蔡琰看到这张憨态可掬的脸庞后,努力在复原他的父亲昔日那张面容,但她当时太幼小了,无法记起。这种绝处逢生的意外,使她喜极而泣。

　　王河,那位昔日与蔡邕有一面之缘的男子,他的儿子王猛在长城脚下奇遇了蔡邕的女儿蔡琰,这是一种怎样的缘分?王猛吩咐人为蔡琰擦洗沾满污垢的脸和衣衫,并派戍卒在荒滩上猎了一只黄羊和几只兔子,为蔡琰一行人接风洗尘。蔡琰求医心切,对鲜美的野味无心细细品尝。王猛将黄羊的后臀留下,要蔡琰他们在路上食用。"我们这里难吃到内地的猪肉,只能捕些野物,委屈了娘子一行,等娘子返回时,我设法弄些好的吃。"王猛苦笑着说。蔡琰感激地说:"谢谢大人了,这野味是最好的,在中原我们根本吃不到,只是小女心急上火,口舌麻木,再好的饭也尝不出味道来。小女真不知道该怎样报答大人的恩德。日后,大人若能回到中原来,小女定为大人弹唱一曲最拿手的古琴曲,或为大人书写

第十六章:寻医救夫

一幅字画。"王猛爽朗大笑,说道:"那太好了,能听到娘子的琴曲和得到娘子的字画,我王猛三生有幸,我父亲虽然大字不识一个,却和当代名儒有交,我王猛戍边时能和才女结识,真是幸运之至。"其他人一边吃肉喝酒,一边听蔡琰和东部城侯王猛畅聊,都为这段奇缘啧叹不已。"小的该死,冒犯娘娘,望娘娘宽恕!"侯长咧着大嘴笑着说。"侯长不必愧疚,因我一行仓促,有错在先,还请侯长谅解。"蔡琰莞尔一笑,答道。

东部城侯王猛为蔡琰一行人就地办了一个四人的"关传"。他告知蔡琰,欲往北行,关塞愈多,盘查愈严。没有"关传"寸步难行。第二天的早晨,天际如鱼肚色一样发白时,侯长为他们提前两个时辰开拉关门。王猛站在关门前,为他们送行。蔡琰骑在马上不时转过头来,看着王猛挥动的手势,一种少有的感动驱使她不由得再看一看这个城塞。马蹄哒哒,疾驰而去,她耳边吹起呼呼的风声。在长城的东北方,升腾起一个西瓜大的太阳。这时,长城变成了一条飘动的灰丝带,而蔡琰一行仿佛奔驰在荒原上的几只黄羊,飞速前行。马背上的蔡琰摸了一下自己的胸口,有一种发烧的感觉,她认为这是吃黄羊胆所致,一天前的那份屈辱被一种宽恕抵消了。她的脑子闪过侯长那对色欲充斥的眼珠,心里反而产生了一丝怜悯。

出了龟兹城不久,便是一望无际的草滩,偶然碰见了一个牧民,他告诉蔡琰,这里自古以来就没有什么路径,也没有官方驿站,要取捷径抵达大河岸边的朔方郡,必须穿过一片沼泽盐碱地,然后再穿过浩瀚的沙漠。牧人说他在此地已生活几十年了,只见过打仗的队伍曾直插而过,但从未见到过商人和流民从这里直抵朔方。"深处还有牧民和庄户人家吗?"蔡琰下马问道。"没有,只有在龟兹县城周边有零散的牧民,深处什么也没有。这一代百年来每年都有战争,汉人与匈奴之间,匈奴与匈奴之间的战争不停,牧民不是被拉去打仗就是逃离了家园。你看那些高出地面的土城,过去都有人家,现在都荒废了,像这类土城很多,你一路会不断地看到它。"牧人指着前方不远的废墟说。蔡琰踌躇起来,问护送她的王郎和族兄道:"我们怎么办呢?从这里径直穿过风险太大了,你们跟随我出行,要冒这么大的风险,怎么能行呢?你们上有父母,下有妻子儿女,万一进去出不来怎么办?现在我们从原地返回走大道还能来得及,只是多了一千里路程,迟到五六日,但我们会安全回来。至于我夫君的疾病,只好听天由命了。"他们听见蔡琰这般通情达理,十分感动,更加坚定了走出这片不毛之地、以最快速度到达西安阳县的决心。王郎抢先说:"娘娘的诚心感人至深,事已至此,返回长城以南,再走大道,虽然我们安全,但卫公子的病危矣!救命要紧。只要我们不迷失方向,快马疾走,用四五天时间就能闯过去。只要娘娘能坚持得住,我们男人是没有问题的。昔日我护送那些盐商曾在此地以西的地方走过,也是荒滩、盐碱、沙漠之地,我有经验,只要认准方向,分清东南西北,就能穿过那些荒无人烟的地段。""怎么才能辨清方向呢?"有人问他。王郎说:"一是要看太阳的方向,早晨天亮后太阳从东方升起,晚上从西面落,北面永远没太阳,我们一直要朝北面没太阳的方位走;二是看树木和荒草的斜向,这里长年刮北风,树干的身子总是向南倾斜,草也一样,叶子的背面翻起朝上的,也是向南倾斜。记住这些基本的特征,就不会迷失大的方向,就能走出北边的荒漠。"蔡琰觉得王郎说得在理,但想到牧人告诉她的那些险情,仍坚持放弃直插沙海的捷径。在她看来,他们的生命和她夫君的生命一样重要。

他们在牧人的指导下,准备了些食物。王猛送她的那块黄羊大臀已有了异味,天热怕腐烂,他们就地吃了。只将王猛送的那些牛肉干保留,以防万一。牧人给他们讲,沿途关键是饮水问题,沙漠边沿的草滩里也有水洼之地,但那些水是不能饮用的,盐碱太大,人畜饮用后立即腹泻脱水,那是更危险的。"我这袋水你们拿去吧,遇到困难时可能会帮你们的。"牧人看出蔡琰犯愁的样子,解下挎在肩上的一个羊皮缝制的水袋给她。"在这里我能为你们做点事也是缘分,假若没天大的急事,谁会来这里?"牧人坚决不收蔡琰送的五铢钱,说:"这儿的水不值钱,再往北走就值钱了,比那些五铢钱值钱。我们有汲水的井,要多少有多少水……"

告别了牧人,往北行进中,渐渐地牧草稀疏了,成了戈壁滩。一撮一撮的骆驼草,一丛一丛的红柳树,构成了这里的风景。低洼处有清澈的浅水,水边有白晃晃的碱渍。他们的马在奔跑中偶尔停下来啃一撮野草,又被主人加鞭赶路。马身上滚落着汗珠,喘着粗气奔驰。慢慢地戈壁滩变成了一堆一堆的小沙丘,沙丘不高,高出地面仅有四五尺,最高也不出丈余。沙丘之间的低处偶有几株孤零零的荒草,再往北,什么植物都消失了,只有一望无际的沙海。他们按照牧人教他们的方法,把握着沙丘的斜度和走向,尽力保持着体力不被消耗,身子放松,爬在马背上。然而,他们哪里知道,马与人在这片沙漠深处是共存共生体,同等重要。人可以通过理智与饥渴进行抗争,而畜生却难以做到。马儿遇到沙漠中的水洼就停下来,无法驱赶。蔡琰手上没有力气,被马拖着一直滑向池边。她的马就这样饮用了最忌晦的盐碱水,顷刻便开始腹泻,没走十里路,前腿一软,跪倒在沙滩上,再也没有站立起来。他们只好停下来,围在这匹骟马旁,计算了一下时间,今天是进入沙漠深处的第三天。他们面面相觑,心情沉重。太阳直直照射在沙地上,像火舌一样舔着他们每一个人,一会儿时间,蔡琰的胳臂和脸蛋上泛起了像烧伤后的红泡,用手一摸,肿泡就破了,流出水滴。蔡琰紧咬牙关,感到一阵刺心的疼痛。他们在沙地上刨了个小坑,用小刀刺断马后蹄上的一条血管,血流如注,很快流满了那个小坑。那匹驮着蔡琰从夏王城到大漠深处的马看着主人,慢慢地闭上了眼睛。蔡琰离开了他们有十几步远,背过身子,听到那匹放了血的马最后嘶叫了一声,她的眼泪扑簌簌地流了下来。然后,她不顾一切地扑过去,趴在那匹马背上,呜咽着说:"我有罪啊,有罪啊!"

他们四个人用力将这匹死马拖离此地。然后,将立在一边的那三匹马拉到了血池边,让它们饮用。这几匹马嗅出了腥味,然后转过了头,看死在一边的同伴,不肯低头饮用,只是发出一阵低沉的哀鸣。沙漠中很少有生灵的声音,这声音听起来惨烈而恐怖。最后,因过度的饥渴,它们不得不舔尝池中的鲜血,一池血液很快被吸干了。他们看着马儿吸血,本来干渴的心理也产生了一种贪婪和欲望。然而,池中的马血很快被舔尝完,余下的被太阳晒成了一层血痂,变成了黑色,连仅有的腥味都没了。他们牵着马,朝那具马尸望了望,怏怏而去。

经过几天跋涉,终于走出了这个后人被称为毛乌素的沙漠,抵达了黄河的南岸。蔡琰坚持不喝那袋救命的水,他们把它留给了驮着两个人的那匹马喝。当他们出了沙漠,走到水草丰美的黄河岸边时,每个人脸上胳膊上布满了干裂的厚痂。西安阳县城浑黄的城垣及周边那个广阔的草原又一次映入她的眼帘,愈是接近它时,蔡琰的心愈是往下沉,和她当初决定来寻访呼延娜云时的心情恰恰相反。她驻马伫立,心里不禁自问道:她在哪里呢?

按照蔡琰的猜测,十二年前,呼延娜云从蔡丘屯出走后,肯定是回到了西安阳县城,因为那里有蔡家的三间厦房,娜云姑姑腹内怀着蔡家的血脉,为了孩子她不可能延续她的游医生涯,她会定居在某一个地方,西安阳县城,既适

合她，也适合她的孩子。所以，蔡琰在短暂的踌躇之后，便第一步去探访十四年前他们曾居住过的屋子

城墙依旧是那么的古老，墙外的几排沙枣树似乎没有增长年轮，仍矮矮的，枝瘦叶疏，沙枣果已成熟了，挂满枝头，城门朱红色的门楣油漆早已斑驳脱落，两侧镶嵌着她父亲当年写的那副楹联，字迹因被众人拓贴而显得陈旧。眼前的一切，好像昨天发生的一样。蔡琰没有向城内的任何人讨教，就一步不差地拐过几个街巷，走到了那座当年她父亲用二两黄金购置的家。虽然是厦房，但独家独院，坐东面西，即是现在看，在这个边陲小城仍是不错的住宅，大概当初父亲打算永远在这里住下去，因而对茅屋的结构和风水朝向都做了设计。

院门虚掩着，蔡琰上前推门问道："屋内有人吗？""谁呀？"院内一个稚声稚气的男孩应声道。蔡琰心头一惊，像电击了一般，又像被人推进了院内。男孩个头很高，圆脸大眼，鼻子高挺，脸膛黑里透黄，头发也黄黄的。从外表上看，他已成了一个威猛男子的形象，但声音又那么的稚嫩。男孩看到一个秀气飘逸的女子和三个男人站在了屋前也十分惊奇。蔡琰说："小弟弟，你的家人呢？"男孩回答："我的阿妈出远门了。"蔡琰哦了一声，她为同行的三个人解释道："小弟弟说，他的母亲出远门了，这里的匈奴人把母亲称作阿妈。"蔡琰又问他："那你阿爸呢？"小孩没有回答她的问话，脸上却有了不愉快的表情。蔡琰后悔自己失言，不该问这么多话。她说："请问你的姓名？"小孩答道"呼延蔡"！蔡琰一听到呼延二字兴奋不异，这是呼延娜云的姓氏！在离别后的十几年中，自己无一日不在思念的姑姑的姓氏。她虽是女儿之身，无法到广袤的草原来寻找，但蔡家人应该来到这里寻找她——不，来救赎自己的灵魂！现在，自己千里寻她，竟是为救自己的夫婿，多么自私而卑劣的人性啊！想到这里，蔡琰愧恨难言。面对眼前这个孤单而纯真的小男孩，蔡琰怯生生地向后退步，一直后退到了院门口，靠在了门框上。蔡琰哆哆嗦嗦地用手摸了摸衣兜，掏出了一串五铢钱，看了看，然后又放了回去。最后，她又抖颤着手，从自己的胸前解下那个白脂玉佛，走上前去，用手捧给小男孩，说："小弟弟，你将这个玉佛戴在胸前，能保你们母子平安，时间不早了，我们要去投宿，我走了……"她还想再说几句话，但声音哽咽着，没有说出口，她退出了院子。"给我这个何用？你们找我阿妈，她回来后怎么找你们呀？"小男孩看着蔡琰转过身子，用衣袖不停地抹流出的泪水，头也不回

地消失了。他靠在了院门外那株沙枣树旁,百思不得其解。

蔡琰能从千里沙漠挺过来,但无法挺住这心理的重压。她像被雷电击中了似的,踉踉跄跄地扑进了一家客店,倒在了炕沿上,发着高烧。随她而来的几个男子都很担心她的身体。他们问她道:"你怎么没有给小男孩说清楚就逃离了呢?是我们走错了地方吗?那往后怎么办呢?"蔡琰摇了摇头,痛苦且无奈地说道:"算了,过一两天,等我换过气能行动时,我们回……""那卫公子还等着我们救命啊!"他们齐声说道。蔡琰没有回答这个紧迫而现实的问题,将那欲滴的泪强忍住,不再作答。他们更糊涂了。

就在这夜,蔡琰被一种巨大的痛苦折磨着。半夜,她小心地推开门,拖着发烧的疲软身躯,借着月光,一步一晃地走到她白天逃离了的院落外。这座县城在她幼小的心灵中曾有过不可磨灭的烙印,那座灰砖青瓦的房屋是西安阳县的衙门,北街那一排敞开没有门窗的篷子状房子,是当年的市场,出售全是居民的生活用品。城墙的女墙处,是父亲蔡邕服刑期间每日侯望的墙垛口。望着垛口,她似乎看到了父亲朝她注视的目光……当年,呼延娜云姑姑携着自己走遍了每个大街小巷;在一棵老枣树下,姑姑为她摘取青皮色的枣子,为她捕捉到了树上垒窝的云雀。十三年了啊,这一切似乎弹指一挥,而古城依旧,风物依旧,她的记忆依旧。蔡琰蹑手蹑脚地走近院门,这套木门是老榆木做的,它被朔方凌厉的风雨吹打后,干裂出一道道缝隙,最宽处有一指宽。蔡琰将耳朵贴在门扇上,用一只眼向院内探望。这时,一间屋子的门敞开着,门上吊着一根草绳,草绳冒着火星。她从门缝飘出的烟味知道,这是牧人惯用的一种驱蚊方法,即用艾草搓成绳子晒干点燃,艾的香味既能保健又能驱蚊蝇。仍是白天见到的那个小男孩,他没睡觉,坐在这间屋子的檐下,神情自然地哼着歌儿。顷刻,这座小屋变得恬静而温馨。他唱的歌儿是一首他不理解的歌曲,那是他的阿妈才明白内容的歌曲:

关关雎鸠,在河之洲,窈窕淑女,君子好逑……

十三年前,也是在这座小院子,蔡琰第一次听呼延娜云唱这首古老的歌,那时她的爷爷蔡质听到后十分惊讶,他惊奇这个匈奴女子怎会将汉人的歌谣唱得那般摄人心魄。而今夜男孩的歌声，又一次传递着怎样一种信息呢？蔡琰换了另一只耳朵，闭上眼睛，将耳朝着那个门缝，听男孩唱道：

参差荇菜，左右流之；窈窕淑女，寤寐求之，
求之不得，寤寐思服。悠哉悠哉，辗转反侧。

蔡琰听着这首她太熟悉的歌，又一次肯定了小男孩的母亲是呼延娜云无疑了。她站在门外，想进一步知道娜云及孩子的情况，然而，直到很晚的时候，月儿爬过了树梢，屋檐下变得黑黝黝，也不见姑姑的身影。男孩是怕一个人孤独进屋，还是等候他的阿妈，还是等夏末的凉风？她也想等待屋子有另一个人出现，或院子外传来一阵脚步声。等了许久，什么也没有，随着歌声的停止，那间小屋的门吱呀一声关闭了。她的心咯噔了一下，像被人猛然间搡出了这座院子的外面。是啊！蔡家人是没有资格关注的。一种揪心的疼痛吞噬着蔡琰，她趴在院门外呜呜地哭泣。

蔡琰想很快离开西安阳县城。她不断地鞭笞自己的自私。那座院子已经寂寞很久了，久而久之，寂寞变成了一种习惯与平静。十二年前，呼延娜云从围城蔡丘屯出走后，一路靠乞讨回到了她生活过的草原，她肚子内孩子一天天成熟，也一天天撕裂着她的心肺。她不能把孩子生在马背上啊！也不能生在牧人的毡房。无奈之下，她想到了座小院，这是她和孩子唯一的去处。出乎她意料的是，她前脚踏进院子，后脚跟进来一个男人，这个男人不是别人，就是须卜李拉部落广场腾空而来斩断缚在她身上绳索的那个人。他没留下姓名，只递给了她一柄寒光闪闪的利剑。当年，他救了呼延娜云，并迅速回到他的部落，将发现出逃的呼延氏后人在西安阳城这一惊天秘密告诉部落首领时，他们教他速速带娜云回来。但是，当他来到西安阳城时，娜云已经随院子的主人起程回了关内。但他一直坚信她会回到朔方草原，所以，每隔一些日子就要来探究一次。现在她真的回来了，还挺着怀孕的大肚子回来了。当他告诉娜云自己是同部落的族员时，娜云也异常兴奋。他是一个血气方刚的年轻人，威猛帅气；她对他的第一印象是那么好，以至于低下羞涩而绯红的脸，不敢抬头看他一眼。他对她说："跟上我去呼延族部落吧，凭着你的家世和祖上的影响，你可以把我们的部落

团结一心,振兴起来,成为这片草原的霸主。"她抬起头,看了看他,说道:"好兄弟,我现在还不能这样跟着你去,我肚子里孕有一个汉人的孩子。有一个心仪的汉人男子,他虽然负了我,但孩子是无辜的,我要把他生下来,抚养成人,把他交给他的父亲。等我完成了我的责任后,我会回到呼延族群的……"

呼延娜云很感激他的救命之恩,甚至感觉到了他对自己执着的爱恋。他叫呼延勇男,实际年龄比呼延娜云小两岁,但做事老成,有勇有谋,呼延娜云便称他为兄弟。随着她的分娩临近,她已不能骑马外出了,生活也没有保障了。他虽然走南闯北,但仍是一个没有接触过女人的男子,面对如此窘境,他只好守候在她的炕前。分娩的那一夜,呼延娜云凄惨的叫声,吓得他六神无主,抖抖索索地剪了连接他们母子的脐带。这件事也将他和呼延娜云紧密地联系在一起,他们成了情人。当孩子有了记忆,有了分辨能力后,他们把那种性爱转入了隐蔽,只有等到晚上孩子睡着时,她虚掩着门,等他的到来;当孩子能跑能玩能语言表达时,他们不再在这座小院约会,而是她骑马去他的毡帐,她为了给孩子留下一个完美的母亲形象,就这样十几年含辛茹苦,往来于两个家庭之间……蔡琰呜呜的哭泣声似乎传进了小院,传进了小男孩的耳朵,小男子推开了一页窗扇,趴在窗台听。蔡琰赶忙止住了哭声,想上前去叫一声他,或再看一眼他;但她挪动了一只脚之后,就无法迈出第二只脚。她知道,那个叫呼延蔡的小男孩,虽然和她的血脉有着某种联系,但他们之间有一道无法逾越的鸿沟。他和他的母亲呼延娜云一样,他们的祖上极力想让他们维持和祖先的根系,让他们唱那首古老的情歌,讲古老的故事。然而,愈是这样,愈使他们像草原上的猪毛草一样,没有根基,随风飘落,无处歇脚。所以,蔡琰救治夫君的使命和一个已被遗忘多年的伤痛做着斗争,她无法面对一个可怜的匈奴女人和一个茕茕孑立的汉匈混血儿。

蔡琰做好了回家的准备,她对同伴们说:"呼延娜云不在了,草原太广阔了,无处寻觅。我的夫君若上苍保佑,我们还能见到他;若天妒英才,他也就离开了人世的苦海,不必为人世间那些事儿痛心了……"她说这些话时,不敢看和她一起出生入死的那些随行者的脸,她也知道自己是自欺欺人。呼延娜云实实在在地生活在这片草原上,只是她害怕见到她。如果不很快离开驿馆,不离开西安阳县城,呼延娜云将出现在她的面前,她的十几年来所赖以生存的精神大厦难道要被娜云推倒吗？

他们从驿馆的马厩里给马加了草料,整理好行装,准备返回。突然,这时门外闪出一个男孩,他的目光向房内搜寻。他的目光和蔡琰相遇了,蔡琰心头一惊,不由自主地迎了上去。小男孩正是呼延蔡,他看到了蔡琰,倏地从巷道消失了。蔡琰立在门外怅然若失,怀疑自己眼花了。当蔡琰还在门口发呆时,小男孩又从巷道出现,他的身后跟着一个女人。蔡琰一眼就认出来了,她是呼延娜云姑姑。蔡琰迎了上去,呼延娜云也从儿子的身后闪出身子。在她们相距只有几步之遥时,她俩像被钉在了地上一样,都呆呆地看着彼此,似乎搜寻着某种记忆。自然,呼延娜云无法将这位亭亭玉立、风姿绰约的少妇与昔日那个佩带玉佛的女孩联系在一起,她显然是无法做出判断,迟疑的目光最后落在蔡琰那对眼睛上。蔡琰是能认出呼延娜云的,尽管眼前的娜云,已失去了青春时期的水灵与妩媚,风霜在她的脸上刻下了一道道浅浅的印痕,她的体态比十几年前圆厚多了,甚至腰围和臀部变得不再纤细和翘起。然而,她那双大而明亮的眼睛依然澄澈,像草原上的蓝天一样,是那么晶莹剔透、纯净无杂。蔡琰扑了过去,声泪俱下地喊道:"呼延娜云姑姑——我是琰儿——"呼延娜云将蔡琰搂在怀里,口里喃喃地说:"琰儿——琰儿,我知道是你……"娜云不断抚摸着蔡琰的头发、肩膀,把脸贴在她的脸上。她俩都闭着双目,不敢看一眼对方,她们呜呜的哭泣声凄切而哀怨,从巷道传向苍凉的古城,传向深锁的昔日小院。王郎等人跑出了驿馆门外,看到了相拥而泣的两个女人,看到了在一旁呆立的小男孩呼延蔡,被眼前的一幕所震撼。

十二年前那个夜晚,呼延娜云拖着怀孕七个月的笨重身子,从蔡丘屯出走。深秋之夜,月色朦胧,风声飒飒,她头也不回地沿着古道离开屯子,离开永寿屋。她到蔡家一年有余,极力想做好一个乡村农妇,种田割草,刷锅燎灶,伺候舅姑,足不出户。因而屯子以外的地方她极少去过,去过最远的就是立在永寿屋阳台上看到的那条铁底河,那是她经常洗涤蔡谷和姜氏衣裳的地方,而西面的围城,虽然很近,她怕别人看她的那种异样的目光,始终未去过。但她知道,只要记住向北而行,无论多远,她就能一步步走近她心中的草原。虽然这次她只身一人出行,但相比大漠而言,这一路人口稠密,她坚信只要有人居住的地方,就能打听到去朔方的路。她要回到草原去,将腹中的生命放逐到草原,让蔡家的血脉成为一株无处漂泊的萍蓬,既为了复仇,也为了她的先人……

她们什么也没有说,什么也没追忆,恐触及各自的隐伤,只是默然地流泪。许久,她俩才相互擦拭了眼泪。呼延娜云是蔡琰来到的第二天回到家里的,看到了儿子脖子上那块白脂玉,她摸着玉佩泪如雨下,所有的思绪都回到了那个令她不堪回首的叫蔡丘屯的地方……她用袖子抹了一下泪水,对着儿子说道:"走,我们找那个留下玉佛的女子去!""阿妈,我们为什么要去找她?你为何哭泣呢?""别问阿妈好吗?将来你慢慢会知道的。"于是,她领着儿子来到了这家驿馆。

呼延娜云明白蔡琰有要事而来,蔡琰知道娜云的生活有了重大的改变,她们心照不宣。最后,还是蔡琰的族兄挑明了来因,娜云二话没说,便打点行李南下救人。娜云犯愁的是:年幼的呼延蔡怎么办?是将他留在漠北,还是带他南下安邑?让他随着姐姐蔡琰回到中原,认祖归根?这又是一个艰难的抉择啊!十二年来,呼延娜云从未给儿子讲过他的亲生父亲,只告诉孩子他的阿爸在汉朝做官,因王命在身,不能回漠北来。她不能用真相伤害儿子幼小的心。

"阿妈,这一行人跟咱家有什么联系,路这么远,你为何非要去那儿给人看病不可?"离开驿馆准备行李的这一夜,呼延蔡向满脸愁云的母亲问道。"她是一个汉朝被贬官员的女儿,十几年前他们在西安阳县流放时,曾救过阿妈的命。"呼延蔡听了母亲的解释不再说什么。过了约半个时辰,呼延蔡突然又问:"汉朝被贬官员的女儿,那肯定和我阿爸一起做过事,她怎么没有提起过我阿爸?""朝廷可大了,官员多如牛毛,你的阿爸官太小,她怎么能知道呢!"呼延蔡长出了一口气,又沉默了。呼延娜云生怕儿子再问,赶紧上炕用被子捂了头兀自睡了,留下呼延蔡一人暗自神伤。这一去需月余时间,呼延娜云为呼延蔡准备了足够的食物,将他托付给邻居照管,自己便随蔡琰启程了。

蔡琰和儿时一样,非要和呼延娜云同乘一匹马,其实她们早已不是昔日那对女孩了,蔡琰长高了许多,呼延娜云胖了许多,随行者把最强壮的那匹马让给了她俩。仿佛十三年前的那个早晨,踏着晨露、闻着花香,向着蓝天的另一尽头奔驰。呼延娜云抱着蔡琰,蔡琰的后背又在一蹭一蹭地摩擦着娜云的乳房,乳房鼓得像两只欲飞的小鸟,乳白色的液汁渗出薄薄的衣衫,沾在了蔡琰的后背上。

呼延娜云并没有如蔡琰所期望的那样使卫仲道起死回生。他们快到夏王城时,蔡琰立马在一个高出城的土墚上看到了令她痛心的一幕:一枝高出城墙丈余的木杆上,飘动着一顶用白布白纸做成的灵幡;落日的余晖映照着惨淡的古城,风中传来低沉的唢呐声。定神一听,是哀乐。蔡琰几乎跌下了马背,呼延娜云紧紧地搂住她,为她开释道:"按照迷信的说法,梦凶得吉,见凶见丧也得吉,公子将有吉兆。"她能感到蔡琰停止了的心跳和凝固了的血脉——她的身子在下滑,骨骼在塌缩,仿佛十几年前在西安阳县城壕外的沙枣树下,抱起她那一刻一样虚弱。

卫家笼罩在一片悲痛之中,院子里搭建了灵棚,棚内停放着一口杨木做成的棺材,选择这种棺板主要基于木板易腐烂,死者也随之易灵魂出窍,尽快投胎转生。棺材尚未盖棺入殓,只等蔡琰最后瞻仰。卫仲道殁前有遗言,他等不及见到正在朔方为他求医的爱妻,但愿自己死后,妻子回到围城娘家,重新嫁人。蔡琰才不满十六岁啊!只有她重新开始生活,他的阴魂才能散矣!

蔡琰因悲伤过度,整日神情恍惚,饮食不进,靠呼延娜云的调治,才度过了亡夫后的日日夜夜。她身子和理智稍好些后,便提出要与呼延娜云一同去朔方,和她一起生活,一起养育呼延蔡。但这要求被呼延娜云拒绝了,她对蔡琰说:"你的叔父蔡谷虽然护卫天子到了长安,但只要他在人世一天,他就有责任管护他的儿子。你能唯一为我做的是:回到娘家去,告诉你的叔父,他的一个儿子流落在朔方草原,就像西安阳城北那个长城阙口飞的鸿雁一样,他的儿子正是那只离群的雏雁,对着天空孤鸣……"

蔡琰低下了头,代表蔡家向娜云忏悔。呼延娜云已失去了青春,失去了尊严,失去了爱情,她还要失去自己的儿子吗?想到此时,蔡琰不再坚持自己单纯的想法。亡夫后的百日祭,她在丈夫的坟头上献上亲手做的"祭饭",并在寒食节那天,送了亲手缝制的寒衣,为了呼延娜云姑姑的嘱托,以及夫君卫仲道的遗愿,她回到了蔡丘屯。回到屯子时,已是风雪凄迷的腊月,故乡铁底河结了厚厚的冰,永寿屋外的积雪泛着刺眼的寒光。院门深锁,门前那只狗,皮毛像雪一样白,隔着门缝向她摇着尾巴,并发出吱吱的亲昵声。她想发现门外的脚印,却半天搜寻不到。她不想去敲门,只是怯生生地立在院门外。她没有热情,也没有眼泪,仿佛一樽冰雪堆成的雕像。

第十七章：寡居被掳

初平三年（公元192年）春天，一代枭雄董卓权倾一时，呼风唤雨，如日中天。他的西凉兵团犹如虎狼之师，攻城略地，所向披靡，其中一支由李傕、郭汜、张济率领的约十几万兵马，与反董卓的一支主要力量——当时汉献帝西迁时留守洛阳的河南尹朱儁率领之军战于中牟。朱儁，一个汉末旧臣，想凭借昔日的人望，纠集散落在洛阳周围的残兵游勇，企图和骁勇善战的西凉羌胡兵马决战，以阻止西凉兵向东挺进。一战之下，朱儁的部队溃不成军，顷刻瓦解，而李傕、郭汜、张济的羌胡兵更加骄横和野蛮。他们顺势对颍川、陈留两地进行了洗劫，所到之处，烧杀掳掠，无恶不作。几千年来，一直物阜民丰的中原腹地，一时变成了人间炼狱。

蔡琰回到娘家后，一切都变得陌生了，这是心理所致。徐瑗姐姐在蔡琰出嫁后，也随夫迁回了夫家。过去她是因蔡邕髡钳徙朔方和亡命吴会无人看家才留下的。现在，他们回来了，她和羊衜一起到羊氏家是顺理成章的事。羊衜徐瑗夫妇一走，偌大的永寿屋内剩下了蔡夫人一人，真可谓形影孤单，孑然一身。蔡琰丧夫的噩耗，使得蔡家的年在一种极为悲伤的氛围中度过。除夕夜，屯子远近传来不停歇的爆竹声，赵氏蔡琰母女却待在永寿屋客厅的大屋子里，相拥而泣。昏暗的油灯，照着她俩蜡黄的脸。"爆竹和礼花我都买齐了，你站在门前点燃一下吧，好赖也是过年！"蔡夫人从她怀中推开了蔡琰，要她去放爆竹。

蔡琰仿佛全然没听见母亲的话，突然想起了另一件事，说："母亲，我该给卫仲道在十字路口烧张冥钱，除夕夜，他也该回到了河东的夏王城了，我还得给他准备些祭饭。"母亲用衣袖给她擦了擦泪，点了点头。母女二人将那盏油灯由窗台移到灶台边，开始忙碌起来。蔡琰将煮熟的肉各取了一些，摆在盘子里，说:"荤菜类还缺一条鱼,今年河水冰厚,捕鱼费力,加之大雪下个不停,我也懒得动。卫仲道在咱家学习时,最爱吃铁底河里捕的小鲤鱼,他一次能吃一条。他们河东郡那面也有汾河,虽也有鱼,但我在他家从未见到他吃鱼,所以祭饭里最好有条鱼。"蔡琰说着看了看在案边剥葱皮的母亲,母亲没有应她的话,她又说:"我现在到河边去捕捞也来得及。"赵氏转过头惊讶地说:"你怎么了?天已大黑了,能看得见路吗?再说村子人见了不笑话咱家!"蔡琰说:"天刚黑,雪地如昼,用铁钎锉个洞就捕住了。"蔡琰说罢,转身打开屋门,说:"母亲看,外面亮如白昼。"屋门一开,一股寒气卷门而入,赵氏浑身打了一个寒战,对女儿喊道:"快进屋子,把你冻出病了,年关到哪里找郎中。"蔡琰被母亲像哄小孩似的唤进了屋子。

蔡琰执意要去捕鱼,赵氏见拦不住她,就对蔡琰说:"黑灯瞎火地不要到河边去了,我去你叔父家借一条。""借来的也是死了的鱼,我要去捕条鲜活的鱼炖熟,今年恰逢我在家里,有这个条件,明年……"蔡琰没有说下去,赵氏用眼睛瞅着女儿说:"怎么了,明年不再陪母亲了?"蔡琰辩解道:"不是这个意思,母亲——别乱想了,只要你不嫌弃女儿,女儿终生不再嫁人了,陪你到老。"蔡琰说罢又是流泪。蔡琰想到自己是亡夫之人,娘家只能是暂且栖身之地,长住有违风俗。而且,从踏入蔡丘屯第一天起,她就感到了这种习俗所造成的冷漠。

近月时间,她足不出户,除了读书、写字,就是弹琴,村邻得知她回到娘家的消息,也是从永寿屋传出的琴声中判断的。过往的行人都知道这是当朝名臣左中郎将蔡邕的老屋,但从那幽幽悲凉的琴声中,却听出了另一种韵味,他的心爱的女儿因新婚亡夫,又回到了娘家。人们对他们投去怜悯的目光。"她才十五岁,虚岁十六,年龄小啊!她仍是个妙龄少妇,绝佳丽人,琴棋书画,样样精通。"有人在蔡夫人赵氏面前赞叹蔡琰道:"她是那么端庄美丽,站在永寿屋楼台上,亭亭玉立,仍像仙女下凡似的。"母亲把这些话说给蔡琰,蔡琰苦笑着,偶然走到镜子前顾影自怜。"我离开屯子仅半年多一些,还能老成什么样,这些人以为我出嫁十年八年了?"其实,她理解母亲的心意:趁年轻美貌,赶快再嫁一个人,找个归宿。永寿屋虽大,但不是她的久居之地。因而,她要趁今年自己尚在娘家,捕条鱼,为卫仲道献上。

赵氏执拗不过女儿,只好为蔡琰找出往年穿的厚棉衣,说道:"别冷着受凉,这两年你运气不顺,要时刻注意。"赵氏一边唠叨一边将棉衣裹在了女儿身上。她们走下了楼,踩着积雪,向铁底河边捕鱼而去。正如蔡琰说的那样,虽然天已黑了下来,但遍地积雪,恍如白昼。平时一到夜晚就沉寂的乡村,在除夕夜变得热闹多了,村庄不时有人穿梭往来。母女二人怕村邻看见,便绕道而行。自然,这条河边仅有她们一家在捕鱼,也未被他人看到。她捕到了三条鱼,炖好后盛在陶盆里,准备去屯子的十字路口祭奠。赵氏知道女儿固执,便陪着她一起去祭奠。

蔡琰跪在路口,声泪俱下地说:"夫君啊,你在冥世哪里?我今夜给你送祭饭来了。这人间的除夕,没有你,我只好一个人孤零零地回到了蔡丘屯。你生前喜欢吃鱼,我为你做了,这鱼来自故乡铁底河,是你和我一年前曾下水摸鱼的地方……"蔡琰一边哭着祷告,一边用一截竹枝不停地拨弄着未烬的纸钱。融化的雪水,流到她的膝盖下,渗入了她的裙摆,她全然不觉。直到灰飞烟灭,寒雪覆盖了痕迹之后,她们才返回。

除夕夜,是亲族亲属在一起守岁之夜。赵氏、蔡琰母女守岁五更,长对孤灯相顾无言。在过去的岁月里,无论是在漠北的草原,还是在吴会的戢山脚下,他们一家人相依为命,每一个除夕之夜都被亲情温馨包裹,而今年除夕,她们却感到的是一种难言的寒意。蔡琰看着靠在炕角的母亲一脸疲惫,她将油灯的灯花拨了一下,不料一个喷嚏,将灯击灭,她一边从炕洞里往外刨火星续火,一边对母亲说:"我的父亲现时在想我们,我打喷嚏呢。""你是今夜出门受冷着凉,不光打喷嚏,还要流鼻涕呢!你父亲现在是朝廷大官,今夜和皇帝大臣们在一起,他们在长安城里赶热闹,还能想起咱们母女二人?"蔡琰看见母亲的眼眶泛泪,急忙劝慰道:"父亲是一个贫贱不移、富贵不淫、威武不屈的人。他现在老了,早把世事看透了,看淡了,还赶甚热闹?他是身不由己啊!"蔡琰坚信自己的父亲是至纯至善之人,没有回信,是因为道路阻塞,驿路中断。但是父亲既然被新主重用,为何连一封家书不捎?蔡琰想着想着,心中泛起一丝忧虑:朝廷人事复杂多变,朝宠夕贬,伴君如伴虎,她的父亲生性正直,不善应变,恰如坐在一个火山口上,随时被喷出的烈焰吞噬。况且父亲被董卓信任,目前各路征讨董卓的大军蓄势待发,一旦皇上清君侧,父亲也难脱干系,或者他已被绑在了董的战车上,走向了一场无法预测的战争。

油灯的灯花拨掉后,灯光亮了许多,母女二人讨论了一阵蔡邕,又想到了蔡谷。蔡琰说:"我的叔父是个负心人,若不是娜云姑姑嘱托,我今生再也不愿见到他,我真的好想让朝廷把他再次贬到朔方去,让他偿还那份孽债。""傻女儿,别胡说了,你是离你叔父近还是离那个呼延娜云近?"母亲说,"你怎么不把那个呼延蔡带回家来?我们蔡家到你这一辈人丁不旺了,缺男丁,他回来,正好归宗认祖。"蔡琰听到母亲的话,眉头一蹙,气呼呼地说:"我凭什么将人家带回!即是蔡家绝了户,也不能叫人家来顶门立户,蔡家谁养过他?关照过他?"赵氏被蔡琰的话呛得打嗝,不再作声,将脊背靠在炕旮旯,望着晃动的灯火,陷入了沉思。

大年初一的拜年,尤为隆重和热闹。凡是一个屯子的蔡姓,不管那个朝代来蔡丘屯聚集,先祭拜祖宗祠堂,后按辈分顺序拜年。大家来到了栗子树下,敲锣打鼓,鼓鼗击磬,抬着祭祀的猪、羊、牛、香案,叩头跪拜,像一个盛大的节日一样。因蔡琰是出嫁的女子,又是夫君新亡,不能参与这些活动,她在栗树下站了一会,就觉得如芒在背,赶快逃回了家中。

因蔡邕远在长安,庄村流传着不同的说法,他们对这位朝廷大臣前景众说纷纭。永寿屋这年的春节气氛比不上往年,使得天生敏感的蔡琰甚觉无味,她闲得无聊时,翻开家藏的那本《周易》,用几根蚰蜒草的茎占起卦来。母亲问她为谁占,占得怎么样?追问了几遍,她只是摇头并不作答,急得母亲下了楼,开始清扫被拜年人踩污的雪地。母亲走后,她又翻开刚才的那个卦,字斟句酌起来。卦为六十四卦中第五十六卦,上九爻辞曰:"鸟焚其巢,旅人先笑后号啕,丧牛于易,凶。"象曰:"以旅在上,其义焚也。丧牛于易,终莫之闻也。"蔡琰愈是分析,愈加不安。这上九爻辞的意思再明白不过了,它说的是鸟儿的巢窠被焚烧,周人的邑落被抢劫,四处流落的周人啊,美好的日子已成往事,悲惨的现实即在眼前。狄人牵着牛羊去,往后的日子怎么过……她对照了自己的现状,又对照了远在长安的父亲处境,心情沉重,闷闷不乐。母亲打扫完院子,看了她的神情,又问起她来,她说无事,始终没有告诉母亲卦的内容。

春天姗姗而来了,随之,蔡琰的心情被大自然的气象所感染,她似乎已从亡夫的痛苦中艰难走出,常坐在屋檐下晒太阳,听瓦棱上流下叮咚叮咚的滴水声,犹如银铃般清脆美妙。她青春的血液也开始缓缓波动,她感到了春困,偶尔有一种生理的骚动,但很快被那些无穷的烦恼冲淡了。她经常弹琴,往往一曲未毕就戛然而止。总觉得有种郁郁寡欢的东西侵扰;她又开始练书法,临摹父亲的《熹平石经》拓片,从箱内翻出父亲书写的续补汉书的"十志"近千篇汉史的手稿资料,还有《月令章句》《独断》《释诲》等文章,逐一阅读和品赏,借此消遣,想解脱生活的无聊和寂寞。总之,这年的春天,她曾断言,自己已无法找回十六岁之前对生活的那种感觉了。她对前来打探她消息的许帆说:"帆哥,你一直单身总不是办法吧,你虽然对我一片痴情未改,但我已是寡居之人了,没有资格和你成对。另外,我已不是一年前的琰儿,年未老而心已老,体未衰而心已衰。"蔡琰一说到老字,似乎觉得不妥,有些羞愧,自己才虚岁十七刚满十六周岁,怎么敢在大自己四岁的许帆面前言老呢?她补充道:"我虽然年龄不大,但我已经历了人生所没有经历过的事,少年颠沛流离,新婚亡夫,哪件事没遇上?再说,我也是个命硬之人,克夫之命,不能给贤兄带来不利。"许帆哈哈地笑着说:"仲道兄病故,天妒英才,那是他的阳寿所限,与你是不相干的。琰妹淑娴仪美,天生丽质,我若能娶你为妻,乃三生有幸。我不怕你有克夫之嫌呀!"蔡琰笑了笑,说道:"你别自毁长城啊,我可不能这样,我今生不再嫁人了,我要伺候老母亲,将来父亲致仕回家了,再伺候他老人家。"许帆待在蔡丘屯不走,软缠硬磨。他说通了蔡琰母亲,母亲劝蔡琰道:"许帆等你等了这么多年,心可诚了;他家是吴地巨富,你又在江南生活过十多年,习惯那里的风土人情,跟上他去,你也受不了什么罪。当年卫仲道求婚时,许帆也向你求婚,那时你若嫁于许帆,就不会遭这么大的难了。""母亲,你别再说这些事后的话了……"正当蔡夫人唠唠叨叨没完的时候,蔡琰已转过身子进了另一间屋子,掩着鼻子呜呜地哭。许帆和蔡夫人不知如何是好,站在窗前也伤心落泪。

在这极度空虚和寂寞中,许帆的到来仿佛一缕春风吹进了永寿屋,给蔡琰精神上莫大的安慰。在她看来,这纯属一种偶然的巧合,没有必然性。但她无法拒绝温暖和爱抚,像严冰拒绝不了春的融化一样,那些点点滴滴的涓流,润物无声。终于有一天,蔡琰回答了许帆想要知道的话,她对他说:"我要嫁你,但必须有一条,我要面见我的父亲,征得他的同意才行。我第一次和卫仲道订婚,父亲虽然远在长安,不能耳命面提,但父亲来信让我自行选择,母亲做了主。现在,我回到了娘家,仍要父母做主,等着他的回话吧。说不上还要等半年一年,或三年五年的。现时天下大乱，到处在打仗，何时才能见到我的父亲呢？你年龄不也小了，不能因我而耽误了你的婚事，天涯何处无芳草……"许帆听后，激动得不能自已，在蔡琰和她的母亲面前发着誓言，要等到他的师父蔡邕首肯的那一天。他一直陪蔡琰到暮春的四月初，才赶回吴城向他的父亲许灿通报。

谁也没有料到，这次离别，成了许帆和蔡琰之间、蔡琰和母亲之间的最后的生死之别。当蔡琰站在永寿屋二楼阳台上西望长安，许帆一步一回头地望着蔡丘屯袅袅炊烟时，他们根本不知道一支西凉兵的羌胡队伍在中牟击败了朱儁队伍后，沿着古道向着东南的颍川和陈留两地洗劫而来，所到之处，烧杀掳掠，鸡犬不留。大批的难民扶老携幼，四处逃亡，他们哪里能与这十几万铁甲为逆。风声传到围城后，赵氏蔡琰母女二人，手足无措，没了主意。她们想到了刚刚离开蔡丘屯的许帆，假如他晚走一步的话，可以带着她们二人到吴地去避难。现在去哪儿呢？投亲靠友，一时也想不起合适的，太山羊氏、安邑卫氏距离太远，而附近的亲戚家，同样地遇到了劫难。但是，又不能坐以待毙，只能随着庄村的人向南逃亡。

赵氏蔡琰母女二人将需要带的东西装成了两个箱子：一个箱子是金银辎重，这是他们祖宗几辈人积攒下来的财富，一个箱子是蔡邕昔日收集的文稿资料。家里那把焦尾琴是必带的，庆幸的是比这更宝贵的雷氏琴由徐瑗保管，藏于太山羊衙家了，否则仅琴一项就够累赘了。她们给家中的骡子添了草料，从邻村唤来雇工王牛，便开始了逃难。两箱子东西已搭在了骡子身上，王牛挑着担子刚要出门时，兵匪们已冲进了院子，他们呵斥道："往哪里跑？把东西卸下来，我们要看看。"赶骡子的王牛说："我们家姑娘要去婆家，我们为她送行。"兵匪的一个头头说道："送什么去婆家，留下我们用，娘娘和骡子我们全部收缴了，送到兵营去，那个老妪滚蛋去！"他一脚将王牛踢倒在地，把骡子身上的两箱东西掀翻。"给我打开看，有用的带走，无用的丢掉。"兵匪们把箱子打开，将蔡琰从家中挑选的父亲著作扔了一地，又将那些金银钱币装在一起带走。蔡夫人赵氏哭喊着说："大人啊，我们是送女儿去婆家的，请你们开开恩吧！"蔡琰扑上前，从地上捡起那张焦尾琴死死地抱在怀里，又抱着母亲的身子，浑身打着哆嗦说："母亲，我们怎么办啊？"母亲说道："孩子，我们到此只有向他们求情了。"

蔡琰和母亲双双跪在了那个匪兵头子的面前,哀求道:"大人,饶我们母女一命吧,家中的一切东西你们都拿走,放我们母女二人活命。"匪兵的小头目说:"你别啰唆,这是我们中郎将李傕大人的命令,为了补充粮饷,安定军心,所到之处,百姓要主动捐粮捐款,青年男女要补充兵源,若不自觉者,要强征暴敛。你的女儿,年轻美貌,我们羌胡人到中原来,最喜欢的是中原的女子,把她送给我们李中郎将,你享福,我也能沾个大光啊。"他说罢,嘻嘻一笑说,"老太婆,看在你女儿的面子上,其他东西我都不要了,骡子我们牵走,这个小伙和你的女儿我们也带走,留你活命,好好守住你的家业。"匪兵小头目把蔡母推搡在门的一旁,说:"娘子,跟上我们走!"蔡琰这时已意识到大难临头,她看见母亲扑上前来抱住了匪兵小头目的腿,苦苦哀求道:"大人,请你行行善,将我女儿留下,我只有这么一个女儿,她小啊,她不能没有我。你们把她留下,我愿意随你们到兵营去。"匪兵小头目不耐烦了,一脚猛踢,将蔡母踢倒在地。"我们要你这老东西何用,你不想活了!"蔡琰看到母亲倒在地上又往起爬,她挣脱了另一匪兵的撕扯,扑在母亲怀里,哭喊着说:"母亲,我不能离开你啊,要死我们母女一块死算了,苍天啊,你睁睁眼!"蔡琰被一个匪兵从母亲身边拖走,拉出了门外。蔡母从抛在院子的行李中将那把焦尾琴拾起,冲出院外,喊道:"琰儿,你要好好地活下去,你把这把琴带在身边,无论走到何处,以此物为证,就能找到你父亲,你父亲也能找到你,我们母女总有见面的那一天。"蔡琰接过琴,把它紧紧地抱在怀里,对母亲说:"母亲,你要活下来,要千方百计到长安去,告诉我的父亲,让他来救救我。母亲,我等你们——"蔡琰凄惨而尖厉的声音,渐渐地消失在蔡丘屯原野。赵氏朝着女儿及蔡家雇工被掳去的方向跌跌撞撞地追赶着,最后,她的双腿软了下来,便一点一点地向前爬行。由于用力太猛,她的双膝和双手都被磨破了,血从指甲缝里渗了出来,就这样爬着爬着,赵氏昏了过去。

围城附近遭此羌胡匪兵洗劫,每家每户无一幸免。男子被拉去充军打仗或被杀,妇女被掳去分配到羌胡兵营中,供大小头目使用;粮食和牲畜全部充军,老人和孩子遭到屠杀和遗弃,最后病死和饿死。整个颍川和陈留两郡百姓所剩无几,百里炊烟绝断。劫后的城乡像坟场一样的寂静,食尸的野狗野狼成群结队,窜于门庭和城壕间。午夜时分,冰凉的夜露打湿了蔡夫人赵氏的身子,她打了一个寒战,猛地醒了过来。她想起来自己从昨日正午时分躺在这里,已过了六个时辰。晚上的田野是那么的沉寂,一点声音也没有,她将左手一伸,却触到一个毛茸茸的东西。她下意识将手抽回来,转过身子一看,黑暗中,一只白狗卧在她的身边。她想起来了,这是自家的那只大白犬。当她跌跌撞撞地追赶女儿时,这只狗抢在前面追赶绑在骡子身上的蔡琰去了。现在它回来了,回到了她的身边。"琰儿还好吗,她今夜在哪儿呢?"赵氏喃喃地问大白狗。狗通人性,它舔着她满手的血污,黑暗中给了她温存。她强撑着一手拄地,一手扶在白狗的身子上站了起来,然后一瘸一拐地往家中返回。沿路,她平时熟悉的那些村邻的屋子,有的被洗劫一空,有的火光冲天。她知道,罹此大难的并非她一家,这些羌胡兵烧杀抢掠,无恶不作。她恨不得自己身为七尺男儿,挥剑杀敌,杀尽这些羌胡兵。带着一腔愤怒,她来到了自家的门前,家门是敞开的,院内一片狼藉。丈夫的手稿,撒落了一地,没有装订好的纸张被风吹在墙角或挂在树权上。她坐在门槛上,背靠着门框,一边叹气,一边落泪。她望着漆黑的夜幕,觉得自己好像掉进了一个深不见底的古井,恐惧而窒息;古井边是女儿声嘶力竭的呼唤:"母亲——你若活下来,一定要千方百计去长安,让父亲来救我,我等你们——"她四处搜寻着女儿,什么也看不见,天幕像井盖一样压下来,她被蒙在里面无法呼吸……

赵氏是蔡丘屯死里逃生的唯一女性。平时,屯子的鸡鸣声会把她从清晨中唤醒,她便站在"永寿屋"的楼台上,瞭望田野上那些日出而作、日落而息的农夫。那时,虽然她一人守护着这偌大的家业,在空寂中度着余岁,但生活安逸而平静。现在,随着这群羌胡匪兵的烧杀掳掠,围城变成了一座空城,村庄一日内变成了坟场,她就成了这坟场里一个似人似鬼的怪物,蓬头垢面,身后跟着一只狗,从这家门内进去,又从那家门里出来。她整用了三天时间,查看了所有的住户,一个人也没有了。又过了几天,从外地陆陆续续逃亡回来几个人,她赶紧打听女儿的下落,得到的消息是:从颍川和陈留一带掳掠去的女人,被关押在距围城五十余里外的一个叫邓卫堡的小堡子内,驻有重兵把守着堡门,不准他人出进。羌胡兵要将这批妇女进行挑选,按其长相、年龄、体态等标准选出后,分别配送给不同等级的将领和头目,成为他们的妻妾。挑选剩下的女人,将送给下级头目和士兵玩乐。

蔡夫人赵氏想去那个邓卫堡营救女儿,但她根本不知道那个地方在哪里。

她将散落在院子的那些书籍和文稿整理了一下，然后重新装入了木箱，并找了更大的一个箱子把家中剩余的书籍装好。她知道这些东西是丈夫蔡邕和女儿蔡琰最为看重的宝贝，它陪伴着他们从洛阳到西安阳，再从江南吴会回到这里，辗转上万里，和他们的命运一样多舛。她在院子的西墙角挖了一个大坑，将两只箱子埋入，她怕自己日后年老健忘，便搬来一个大石头压于上面，作为标记，然后摸着那只叫虎子的大白犬，自言自语道："虎子，你看到了吗？石头下埋藏着咱家老爷和小姐的东西。日后我不在了或记不起了，你就帮我记住守住。"虎子听她这么一说，摇着尾巴，似在回应她。她拍拍虎子的背，咬牙站起来，带上简单的行礼，离开了屯子，一路打听邓卫堡，去救女儿。

　　用了三天时间，蔡夫人终于赶到了邓卫堡，可蔡琰已经被转移到王堡子。蔡夫人又用了三天时间，追到了王堡子。这两处都是集中关押从颍川、陈留掳掠来的女人。匪兵们怕她们相互认识而串通闹事，把这些妇女一个村一个村登记清楚，按年龄分别集中于这两个城堡内。蔡夫人怎么才能打听到她的女儿蔡琰呢？她把所带的钱一点一点交给守城的长官和看守的兵卒，可还是未找到女儿。无奈之下，她又回到了家中。她后悔花掉了那么多钱，有这些时间，走一趟长安也快到了。

　　正当蔡夫人筹划去长安城找丈夫的时候，有一天夜里，一个熟悉的声音把她从沉睡中惊醒："琰儿——琰儿，嫂子——嫂子——"白狗虎子趴在门槛下，用前爪使劲地刨门槛的挡板，向着门外的人狂吠。蔡夫人从来人的声音上判断非亲即故，连忙穿好衣服，心有余悸地对着门外喊道："谁在喊呀？半夜三更的。""我是蔡谷，嫂子——"这"蔡谷"二字一出，蔡夫人趔趔趄趄地小跑着去开门，把他迎进了屋子。她在灯火中，用力在寻找十几年前那个结实、帅气、青春焕发的小叔蔡谷。她怀疑自己还未从刚才惊吓中醒过，或是因蔡谷沿途劳累，风餐露宿，越过了那么多作战地带，灯光下的他黑而瘦，眉头紧锁，脸上的谦卑一如他父亲蔡质。这一瞬间又勾起了她另一个记忆——十几年前的那个夜晚，蔡邕被朝廷拘捕后，她抱着两岁的蔡琰去叔父蔡质家里，他的脸上也如今晚蔡谷这般惶恐和不安，十几年过去了，难道厄运重新扑来了？她盯着蔡谷的脸，想从中得到答案。然而，蔡谷看着枯瘦如柴的嫂子，怀着同样急切的心情，想知道蔡琰、徐瑗等人的下落。可战乱年代，得到的答案往往是坏的。蔡谷转而微微一笑，对赵氏说："嫂子，你能不能给我弄些吃的？""哦，对对对！"赵氏苦笑一下，自己只顾担忧丈夫，忘了眼前风尘仆仆、饥肠辘辘的小叔。自从女儿被胡人抓走后，她每日昏昏沉沉，仅靠临走时做的干粮充饥；再者因胡人打劫，家里油米不剩，只有几个即将发霉的甘薯躺在竹篮里，赵氏皱着眉头，忽然想起来地窖里还藏着一些带不走的黍麦，这才长出一口气，开始准备做饭。

蔡谷趁着嫂子准备饭的空当，强忍着饥饿，拖着沉重的双腿，从楼上到楼下转了一圈。月亮这时升高了，像一张银盘挂在蔡家祠堂前大栗树梢，近得伸手可及；蝉儿在墙角的草丛里鸣叫，墙外有无数的青蛙迎合着叫。在他看来，这些自然界的低等生灵胜过了苟且偷生的人。这个夏夜，和十几年前的夏夜并无二致，但空寂的蔡丘屯、空寂的永寿屋让他恍若隔世。他从一楼到二楼，一间一间地着看，每间门都紧闭着，上了锁。当他走近昔日呼延娜云住过的那间屋子时，他的头发竖了起来，身上因为紧张微微出汗，他不敢正视这间小屋。他觉得这间小屋囚禁着一个幽灵，见他来了便破窗而出，要向他讨债。他屏住呼吸，急速从门前闪过，却听到了屋子里似乎有人走动，一种窸窸窣窣的声音，这让他更加确信：呼延娜云死了，她用死惩罚了他，也拷问着他的良知，让他痛不欲生。想到这件事，蔡谷悲从中来，饥饿感似乎也被驱散了，他逃也似的回到了正屋。

嫂子赵氏已经将饭做好，一大碗面条和几片干鱼，蔡谷狼吞虎咽地吃着，以掩盖自己的悲伤。赵氏不无怜悯地说："谷弟，唉！我知你这些年心里很苦，为了呼延娜云，折磨自己。告诉你，呼延娜云她还活着，她在西安阳县城生了你们的儿子，琰儿为了给她的夫君治病，曾将她接来中原数日，只可惜琰儿福浅，没有守住夫君，回了娘家，就被胡人掳走了，生死不明……"赵氏说着呜呜哭起来，蔡谷听了这两个消息后，惊得碗筷从手中滑落下来，只听砰的一声，碗碎了，打破了这空寂的永寿屋。

"怎么？琰儿被掳走了！"他重复着问了三遍，赵氏愈发哭得伤心，抽泣着将自己寻找女儿的经过也讲了一遍。蔡谷也将兄长遇难的事情向嫂子详细说了。赵氏本来因失去女儿就悲不自胜，又闻丈夫遇害的噩耗，几乎昏厥了过去。

直到第二天拂晓，蔡夫人才醒了过来，她下炕对蔡谷说："谷弟，我们蔡家已是待诛之家，能活一个是一个，你赶紧逃命吧，这也是你兄长所愿。中原已经没有我们的立足之地,你去朔方找呼延娜云,找你的儿子呼延蔡。呼延蔡的骨血还是咱蔡家的,这也是琰儿心心念念的事。"蔡谷哽咽着说:"嫂子啊,现在我们死生同路,要逃命一块儿逃,我先带你去太山羊衜家,那儿有徐瑗照顾你。你若有三长两短,我死后无法见兄长,无法向琰儿交代。"蔡夫人果决地说:"不了,我的夫君已死,琰儿被掳,以她的个性,受辱必死无疑,活下我有何用!苍天无眼,使我们一家三人生时未能团聚,死后不能同穴。你的兄长蔡邕终生喜爱琴棋书画,平日藏的书画及所写手稿等,我已装箱埋于院子西墙角下,上有石块作为标记。那时,曾想到他有朝一日回家,修史续记,以了夙愿,现在已无望了。你一定要活下来,日后将那些东西交于朝野有志之人,以续汉史,流传千古。"蔡谷知道嫂子一向倔强,自知无法说服她,说:"我们逃走吧,只要有活命,才能找到琰儿,才能为我兄报仇雪耻,为他洗清冤仇啊。""算了,我老了,行将就木,苟活下来又有什么意义呢?你快走吧,去朔方那里,荒远之地,朝廷抓不到你。"赵氏说着将蔡谷推出了门外。

　　蔡谷不忍心将赵氏留下,站在大门外徘徊了许久,思虑再三,他还是决定带嫂子出逃。他敲门几次,都无回应,心里隐隐不安,顿感不妙。他找了一个墙角,抓住一撮蒿草翻墙进内,大声喊道:"嫂子——嫂子——"院内无人应答,厨房门敞开着,她将所有能吃的东西堆在了大石槽边,其用意很明显,是让家中的白狗能吃到喝到,多在院子看守些时日。而她人呢?仅有半个时辰,屋内发生了什么?蔡谷将所有的屋子门都打开,仍然没有找到她。这时,他发现了虎子在水井边,头朝井口往下看,前爪刨着井口石,发出吱吱的号叫声。他一下子明白了,嫂子已经投井自尽了。蔡谷对着黑幽幽的井内大声喊:"嫂子——嫂子——嫂子。"回声阵阵,然后归于死寂。他在水井边大声号啕,这是平生第一次这么放声痛哭,哭声似乎感染了虎子,它也扬天悲哭,这看似荒唐的人狗混合哭声,为蔡家在永寿屋的生活拉上帷幕。蔡谷用一块老榆树墩压住了井口,算是掩埋了嫂子。随后,便踏上了逃亡之路。

　　永寿屋深锁的院门,一直到了三个月之后的一天才被打开。这是初秋的午后,许帆来到了门外。他从吴地阖闾城一路急速赶来,想把一个特别的好消息告诉蔡琰和她的母亲,那就是他的父亲许灿非常支持他与蔡琰的婚事,并给了他一笔丰厚的聘礼,足可将蔡丘屯这几千顷的土地购置于蔡琰名下。一路上遍野哀鸿,让他忐忑不安,他快马加鞭地来到了蔡丘屯。可永寿屋大门紧锁,唯有一只瘦骨嶙峋的白犬死在门前,尸体上空蝇虫飞旋。他沿途听说蔡丘屯已被洗掠,心中顿感不祥,找来石头,砸掉锁子,院内情景不堪入目:昔日整洁古朴的永寿屋狼藉满地,一股刺鼻的臭味迎面扑来,让许帆心里一阵无名的恐惧袭来。他大声喊着蔡琰的名字,无人回应。他进了蔡琰昔日住的那间屋子,所有东西摆放如初,唯不见她的人。他坐在炕头,想从这屋子里寻得半点痕迹和指示。就这样,他一直坐到希望之光随着夕阳遁入原野。

这一夜,许帆入眠很晚。他对赵氏蔡琰母女的各种遭遇的推测和憧憬交织在一起,他的心情平静不下来。加之他的那匹枣红色马进厩后一夜不停地嘶鸣,是缺水缺草,还是缺料?他几次想下楼看看,但懒得起身。偌大的一个院子,空空荡荡的,甚至整个屯子和四邻都空空荡荡;他心里产生了一种孤独感,想到自己一个男子住在这里都觉得孤单和心怯,不知蔡琰和她的母亲如何度日的。马的嘶鸣声又起,许帆反而觉得院子多了一种气息,他便睡着了。

第二天,许帆起床迟。晚上噩梦连连,致使他又渴又躁,准备早上打些水来。当他使出浑身解数掀开井口那个大木墩时,井内一股恶臭扑鼻而来,他捏着鼻子探头一看,吓得他魂飞魄散,一个趔趄差点跌倒。原来井内有一个人的尸体。他缓了半天,镇定心神,才发现木墩上有虎子抓过的血爪之印,推断这井内尸体不是蔡琰便是其母。他又怕又悲,顾不得许多,对着井内大喊:"琰,对不起,我来晚了。"

许帆想打捞尸体证明自己的推断,可是凭着他这南国男子的身体,怎能完成这项重任?蔡丘屯人人逃难,自顾不暇,每日都有人死去,谁还来帮他这个痴情者?他决定先住下来,守候这里,也慰勉自己的情感。

许帆砸掉了永寿屋所有门上的锁子,打开屋门,让秋天潮湿的霉味散掉。他用蓍草绑在竹竿上,把屋子所有的蜘蛛网扫落,还将园圃整出一片菜地。他并不想恢复永寿屋昔日的热闹,只是用劳动排遣着寂寞。他每天在楼台望着通往围城的那条小路,从逃难者匆忙奔走的身影中寻找自己熟悉的那个身影。他每过十天半月,便骑马到围城去。这座古城变得残败空寂,街道行人稀少。他买些柴火油盐,顺便打听一下有关蔡琰及母亲的事。围城没人识得赵氏蔡琰母女二人。但他们非常熟悉他的师父蔡邕,他于初平三年的春天在长安遇害了。他听到后脑子嗡地一下，所幸他骑的是一匹老马，能识得回屯子的路，将他驮回了永寿屋。

蔡丘屯空寂了一段时期后，逃离家园的村民陆续回了几个。但这丝毫未改变村庄的空寂。人们看到昔日那个玉树临风的许公子形如枯槁、憔悴不堪。后来许帆父亲许灿来蔡丘屯寻他，接他回阖闾城，但被许帆回绝了。他的父亲欲哭无泪，知他情根太深，又请来郎中为他看病。郎中说："他耽搁得时间太长了，疯实了。"父亲为他娶了一个本地的女子，然而，他并不上心，一有时间骑着那匹老马，往返于蔡丘屯和阖城之间。

第十八章：弱女琴声

蔡琰被捆绑在她家那匹黑色骡子身上，驮到了邓卫堡。她的头部朝下，脚腿朝上，绳子嵌入她的皮肉中，她的四肢变成了铁青色，面部肿胀得像发酵的蒸面，目眦将裂。她被两个胡人架着，重重地抛进一间黑暗闷热的屋子。她凭着对时间的记忆，从被劫持到落地，她已经走了一天半的时间。记得，她一直将头悖着行进的相反方向，直到她的母亲悲天跄地的身影一点一点从视线中消失，她便昏了过去。现在她落地了，被人猛地投掷于地，巨大的疼痛将她唤醒。她想睁开眼看看身边的一切，可肿胀的眼皮像千斤巨石一样压得她无法睁开眼皮，她只能靠着听力来分辨周围的一切。她听到屋角有一个女人声响，她问："大姐，请问这里叫什么地方？"对方回答道："什么地方？鬼地方！我也不知道这里是什么地方。糊里糊涂死吧。你是从哪里来的？怎么伤成这样了，还抱着那把破琴？你是卖艺的吗？""我是陈留围城人。"蔡琰回答着她的提问。"啊，那咱们还是同乡，我也是陈留人。我被关在这里三天了，我兜里有吃剩的半个饼，你不嫌的话，吃下去。"蔡琰被好心的同乡所感动，嚼起了同乡给的半个玉米饼，可她口干涩，难以下咽。同乡对蔡琰说："他们把我扔到这里后，再也没人管了，没有水喝，没有饭吃，这群匪兵不知掳了我们要干什么。"蔡琰说："给她们做妻妾。""是吗？那他们是会管的，咱们不至于饿死闷死在这里了。"同乡听到蔡琰说要做妻妾，情绪似乎稳了些。"我宁可死，也不为他们所占。"蔡琰虚弱的声音里有一股倔强。"我不能死，我家里还有三个月大的孩子，我被抢走时，孩子还在我怀里吃奶……"同乡说完，大声哭泣起来。

随后，这间屋子关进了十几名妇女，她们都是胡人从附近的地方抢劫来的，年龄多在十六七岁，多数还未出嫁，挤满了屋子，哭天嚎地，寻死觅活。她们看着躺在地上半死不活的蔡琰,也不敢靠近,只是哆哆嗦嗦地抱成一团,哭爹喊娘。

这天,门外的开锁声响了,屋门打开,亮光直刺这群女人的面目,她们个个惊慌失措,不知道将要发生什么事情。一个羌胡兵头目开始分配这批妇女,他们喊着里面关押的女人全部出屋子,站在屋外接受挑选。"你说从陈留围城来的那个女子呢?"一个胖胡兵头目大声问另一个瘦头目。"她就关在这个屋子,大人。""人呢?"那个胖胡兵头目用眼睛在人群中扫射,站在屋外的女人们吓得往后退缩。蔡琰躺在屋子的地上,辨出那个被问询的头目正是劫她来的人,一股仇恨的火焰从她的心头蹿起,此时,她恨不得自己变成一匹野狼,冲上去咬碎那胡人的头颅。但她全身无力,甚至连转身的力气也没有,代之而出的是痛苦而绝望的呻吟。不料这声音成了指引,瘦头目指着地上的蔡琰说:"大人,就是这个女人。"他箭步走上前,旁边的女子个个吓得往后退了几步。他踢着蔡琰的腿骂道:"你装什么死,站起来!我们大人等着验你哩。"蔡琰没有作声,用尽全身力气,猛地抱住了瘦头目的一条腿,一口咬住了他的腿肚,"啊呀——"瘦头目大喊一声,双拳像雨点似的砸向蔡琰,虚弱的蔡琰不堪重击,又一次昏了过去。

"住手!"胖头目大喝一声,"你想将她打死吗?"瘦头目说:"大人,这女人看似弱不禁风,谁知如同疯狗,不给她点教训,她怕是不收敛。要不是早答应将她献给李傕大人,我现在就将她剁成肉酱!"说完,瘦头目还使劲踢了一脚蔡琰。"好了,不管怎么样,我们兵营还是缺少女人,这女人这么不知好歹,就将她分给伙夫刘蔫,他跟随咱们入关作战多年,年近五十,还没沾过女人身。"瘦头目急忙说:"大人,我挨了她一口,干脆给我吧。"他顾不得伤痛,笑眯眯地望着胖头目。"还是给刘蔫吧,这满城关押的都是女人,除了给李傕大人、张济大人、郭汜大人每人选几十个外,剩下的都归咱们,你随便挑。"他们将这些女人造册登记,一个个送到兵营去了,唯独剩下蔡琰,倒在屋子的一角,双手抱着被打蒙的头,双腿蜷曲着,等待胡人的宰割。

蔡琰最后被那个叫刘蔫的伙夫背走了。他是一个五十挂零的男人,出生在武威郡武威县。他四方脸,狮子鼻,水泡眼,颈短头大,生得一副憨实敦厚的面孔。他背起蔡琰像背着一捆韭菜,蔡琰用脚踢他,不断地骂着他,他却并不恼怒,一个小跑步向着他的营帐走去。然后,他像放置一件宝贝似的,小心翼翼地将她放在他的帐子里。这是一排用木板搭建的临时住所,背面靠着城墙,三面用很厚的板块围拢,非常的坚固实用。他为蔡琰端来一盆净水,为蔡琰洗刷脸上身上的污垢。他说:"娘娘,等天黑下来,我将你的衣裳脱下,为你洗净,天气热,两天不洗就发臭,你的衣裳多少天未洗了,太脏了。"他看见蔡琰不搭理他,又说:"娘子的脸一洗,头发一梳,肿一消,可是个美人呀,再穿一身新衣,哈哈,我刘蔫这辈子算走红运了。"蔡琰过了半天才说道:"大人,我是一个有孩子的女人了,家中尚有六十多岁的老母,请你放我回家,回圉城蔡丘屯。"他听到蔡琰要回家,神情紧张起来,说:"娘子,现在兵荒马乱,你能回哪里去?哪里是你的家?你一出这个堡子,走不到十步,就有人将你抓去,你不想活命了!这里遍地都是我们西凉来的兵,哪个兵不想弄到个女人带回去?李傕、郭汜等将军们可体恤我们这些兵卒了,入关时他们就承诺给每个兵卒在中原弄到一名女人,只要能生儿育女的,一律随军从属;我们西凉地广人稀,人口繁衍不起来,关键是缺女人呐。像我这么一大把年纪的男人,没婚娶的到处都是。你遇上了我们这批羌胡兵,能跑掉?"他一边说,一边警惕地打量着这间木板搭成的简易帐子。他唤来了两个年龄很小的伙夫,说道:"娃儿,到附近再找几块木板来,给我隔一间单独住的,没木板就卸几张门扇,给我背来。"小伙夫找来几页门扇,为他隔出了一间一丈见方的单间帐子,四周用土夯实,用一块很厚重的楸木板作为门。他自己离开蔡琰时,在门外用一个木橛扛住,防止她逃走。

刘蔫为蔡琰炖了一只鸡,炖得熟烂,还亲自为她剔除鸡肉中的骨头。天一黑,他硬是伸手脱掉了蔡琰身上的衣服,将自己的一件长衫披在她身上,为她遮羞。他一边洗蔡琰的衣服,一边安慰她说:"娘子,你别害怕我刘蔫,我虽为伙夫,但娘子不愿意做的事,我决不干,不挨娘子的身子。"蔡琰听了刘蔫的话后,心情稍微放松一点。她披着刘蔫的长衫,坐在木板支成的床上,尽量将身子缩小,怕露出其他部位,招来祸端。这是她被分配给羌胡匪兵后的第一个晚上,邓卫堡内一片喧嚣,不时传来女人的惨叫声。蔡琰知道,这是不断从陈留、颍川两地抢劫来的女人被胡人施暴后悲惨的叫声。

这夜,她坐在床上,能透过板缝看到那些羌胡兵在偷窥她,他们光着身子,蹑手蹑脚,像鬼魅一样,一拨一拨的,一夜没有离开她的帐外。刘蔫傻笑着不无自得地对她说:"让尕种流涎水哩,别介意,有我在,他们不敢进咱的帐子,谁进来我用这把菜刀把他的锤子剁了。"他让蔡琰放心睡觉,自己拿了一只用泥土做的埙,屁股坐在帐外一截圆木上,吹起了胡曲。这单调的音律,悠长的韵味,是典型的西域音乐。他很惬意,对着暖风圆月吹了许久,一直吹到月亮从城西隐下。

刘蔫回到了帐子,他原以为蔡琰睡着了,便想在床的另一边躺下睡。他解开了衣带,露出健壮的肌肉,胸部的毫毛从胸膛处一直长到肚脐眼下,厚密得如同马鬃,加上他体骼高大,仿佛一匹西域草滩上寻情的公驴。他身上散发出一股腥膻味和一股油烟味。蔡琰并没有入眠,她霍地从床上翻起,尖叫了一声,用身上盖的薄布单紧裹着精光的身子,向着床铺的另一头后缩。"娘子,别怕!我在外面困乏了,躺在床边睡一会,明早天不亮还要给兵卒做饭吃。"他说罢,便温顺地躺在床的一边,给蔡琰让出了三分之二的床面来。蔡琰坐在床的旮旯,一直到乏困得不能自持时,头向着他的相反方向睡下。刘蔫并没有像她所害怕的那样野蛮和粗暴,蔡琰听到他胸部起伏的声音和不断翻身的声音,知道他并没有入眠,而是在想象身边的女人滋味,他和他的头目一样,都是一群兽类,一群侵略者。蔡琰想到这里,不禁打一个寒战。刘蔫翻了一下身子后,对着蔡琰说:"娘子,快点入睡,你的身子太虚弱了,等天亮后我到随军的郎中那里给你弄些消肿的药水,擦洗几次,你的伤疤就好些了,肿胀会自然消退。不要犯小孩子脾气,不吃不喝,自己折磨自己。你知道人死也并不是那么容易的事,况且你身后有小孩、有母亲,你死了能心甘?我五十过头的人了,既无老亦无少,一个单身汉,几次想死都下不了决心……"刘蔫长吁了一口气,似乎陷入了一种深沉的回忆中,身子沉沉地压在床板上,好长时间没有活动。

蔡琰没问刘蔫的身世,她无法理解这个胡人为何不能安安稳稳地在家乡劳作却跟随这支胡兵东征西伐。她知道这支羌胡兵的来历,他们来自董卓的西凉兵团。然而,她的父亲蔡邕,也是董卓召辟,不,应该是被董卓绑架,他会不会像这些羌胡兵一样为虎作伥呢?她马上打断这个想法。她想到了她的母亲,此时她一个人孤苦伶仃,每日站在蔡丘屯的路口不分晨昏地等着她、盼着她,就暂时放弃了速死的念头,那种想活下去的愿望又困扰着她。她想把自己的真实身份说给这个看似老实巴交的刘蔫,想获得意外的帮助。但一想到她的父亲蔡邕已两年没有音讯,许多消息都是小道传播,不足为信,又打消了这种自救的想法。世事无常,局势混乱,一日三翻,她只有首先保住性命,才能等待父亲营救,才能保证父母的晚年,这是孝道的首要,她开始变得安稳了。

刘蔫没有对她施行强暴,这位看似威猛的西凉人,在一个弱女面前压抑着他的欲火。他是平生第一次靠近一个女人,女人身上特殊的体香味让他如醉如痴。他记起了小时候爬在谷水河边草丛中,窥看河边洗浴的女人,一只小黄蜂蛰了他的小鸡鸡,他的小鸡鸡顿时肿成了棒槌,羞得他不敢走出草丛回家。那些洗浴的女人的奶子和大腿是那样的圆润和细腻。他的母亲在他呱呱坠地时,因产后大出血死去,父亲靠一只羊的奶水救活了他。五岁的那年,他的父亲在一次部落与部落的争斗中死去,他成了部落一家牧主的奴隶,每天与牛羊骡马为伴,羊圈牛圈便是他的家。十五岁那年,凉州刺史招兵,他和同部落的胡玉儿一同入伍戍边。他自幼被饥馑留下了痛伤,当了戍卒后对炊事向往,想着这个差事总能吃饱肚子。所以,他一当伙夫就是三四十年,乐此不疲。队伍行到哪儿,他们就把锅灶建在哪儿。和他同时入伍的胡玉儿,如今是中郎将李傕部曲的一名"左骑千人官"。胡玉儿最是了解他的苦衷,作为一个随他征战几十年的老伙夫,半生围着军旅的锅台转。这次胡玉儿掳得这中原女子,将她分给自己,也算对得起他了。从戎几十年,五十岁后能生还,还有女人陪他,回到部落他也算是有出息之人。他细心照料蔡琰,除了看她柔弱动了恻隐之心外,更多的是出于一种长远考虑——总有一天她会温顺地钻进他的臂弯里,像他小时候钻进父亲的怀里一样。她会为他生儿育女,传宗接代。

第二天晚上,刘蔫同样是一个姿势躺在床边仅有三分之一的床上。蔡琰白天睡觉,晚上在做着警惕。白天,刘蔫给蔡琰端来一盆药水,要蔡琰擦洗她的身子。他给蔡琰门上扛上了木橡后,却没有走远,在木板缝里偷偷地看蔡琰的身子。他急速膨胀的欲望像一只豹子看到一只小羚羊一样,他为了控制自己的欲望,只好逃离了帐子。但他眼前总不断闪现那个汉人女子的影子,儿时谷水河畔洗浴女人奶油色的身子,渐渐被蔡琰乳白色的身子所代替,而又重合在一起,他分不清这是真实还是一种记忆中的梦幻。他一时神情恍惚,在案墩切肉时切伤了右手拇指。蔡琰看到他的手指裹着的棉布带渗出了血,顺便问了声:"你的手指怎么啦?"仅这么一句问候,刘蔫感动得热泪盈眶。这也是他平生第一次获得了一个女人的关注和问候。"我在切肉时因想娘子,被菜刀剁了手指……"他怯懦地说,黝黑的脸膛上竟然泛出一丝羞意。"呸,无耻之徒!"蔡琰像被污辱似的向他喷去一口痰。他没有怪罪她,用手背抹了一下,规规矩矩地坐在床沿边。这一夜,他似乎是睡着了,蔡琰能听到他的打鼾声。她后悔自己自讨没趣地询问他的手伤,觉得自己向这胡人男子传递了一个错误的信息。他收敛了自己的欲望,从此之后,他在她面前更加拘谨,更显得殷勤。他把给上司做的美味佳肴偷偷地带回帐子,给蔡琰食用。他带回了几包草药,熬成药水,让蔡琰擦洗面颊和脊背上的伤痕。蔡琰的肿痛消失了,恢复了她先前那种纤弱秀丽的姿色。

一连几十天,蔡琰都在这不到一丈见方的帐内。刘蔫几次想靠近她,都被她巧妙地拒绝了。她要他设法围县蔡丘屯打听她的母亲,他满口答应,并派了一个小卒走了。蔡琰看到每到夜晚,刘蔫都坐在帐子外,吹他那个泥土制作的三孔埙,单调的胡乐,如泣如诉,让她听了更加压抑。一天,他问蔡琰道:"娘子怎么带着那么破烂的琴,像从火堆里捡出的,你弹一曲,让我也听听。"蔡琰哼了一下,怎能为禽兽弹琴?她抚琴追思母亲的话,泪水滴在了琴腹上,模糊了她的双目。刘蔫派去打探母亲的人能否带来音讯?能否报得平安?她从他派人去围城的那一刻起,心里就不停地默念着。一天晚上,她无法入睡,坐在床沿边,弹起了琴曲《蓼莪》,歌词唱道:

    蓼蓼者莪,匪莪伊蒿。哀哀父母,生我劬劳!
    蓼蓼者莪,匪莪伊蔚。哀哀父母,生我劳瘁!
    瓶之罄矣,维罍之耻。鲜民之生,不如死之夕矣!
    无父何怙?无母何恃?出则衔恤,入则靡至。
    父兮生我,母兮鞠我。
    抚我畜我,长我育我,顾我复我,出入腹我。
    欲报之德,昊天罔极!
    南山烈烈,飘风发发。民莫不穀,我独何害!
    南山律律,飘风弗弗。民莫不穀,我独不卒!

一曲终了,蔡琰潸然泪下。在她悠扬低沉的琴声中,邓卫堡整日整夜的喧闹声戛然而止,万籁俱静,万物都在倾听着这催人泪下的琴声。刘鸢自然没有入睡,他仍坐在帐外的木墩上,听着这如泣如诉的琴声和歌声。有人披衣走出帐子,寻琴声而来,这些胡兵到关内中原已多年,忽然被这琴声勾出了思家的情绪,想起了父母及兄弟姐妹,想起了塞外的凉风和牛羊的膻腥味。刘鸢走进了帐子,问蔡琰:"娘子,你的琴曲弹得太好了,整个堡子人都听迷了。你弹的曲子我们胡人能听得来,好像思念亲人的曲调,那歌词是什么意思?我是不识字的人,娘子能否为我讲讲?"这一次,蔡琰并没拒绝刘鸢的要求,一边操琴,一边唱道:

> 高高的,是莪蒿?不是莪蒿是青蒿。可怜我的父母,抚养我倍劳苦。
> 高高的,是莪蒿?不是莪蒿是牡蒿。哀哀无告我父母,抚养我受痛苦。
> 水瓶已空空,乃是罍之耻。我这苦人活受罪,还不如早早死!
> 没有父母依靠谁?出门含伤悲,进门无所归。
> 父亲生育我,母亲养育我。抚爱我,护持我,频频回顾情难舍。
> 出入都要怀抱我。想报双亲大恩德,苍天不公降灾祸!
> 南山高巍巍,暴风呼呼吹。人们生活无不善,为何我独受灾难!
> 南山高巍巍,暴风呼呼吹。人们生活无不幸,为何我独难送终!

刘鸢听罢,自是感动不已,他还要蔡琰重弹重唱,蔡琰又是重复了一遍。从木板搭成的帐子里走出一群伙夫和其他兵卒,他们聚集在了蔡琰的帐外,异口同声称赞她琴好嗓美。他们都艳羡老伙夫刘鸢能弄到这么一个美丽且善琴善歌的女人,他们知道他是沾了左骑千人官胡玉儿的光。否则,掳到的女人再多也轮不上他。"这家伙尿血了,来红运了。"一个伙夫靠近刘鸢,猛地用手撕下他的短裤,让他的下体裸露,并一个巴掌打在他的要害处,说道:"你的这个东西有艳福了啊!"

刘鸢的艳福是短暂而苍白的。他一天天看着蔡琰脸上有了红润,并派人将蔡琰生还平安的音讯报于蔡丘屯她的母亲时,这支羌胡兵接到了要马上开拔的命令,邓卫堡乱成了一片。这天一大早,胡玉儿来到了炊事队,他告诉部下,队伍马上要离开邓卫堡,向西行动,凡是能带的食物要全部带上,从颖川、陈留抢劫来的女人在行军过程中要集中押送。一旦到了驻地,大家再各领各的女人。当他看到那个赐予刘蔫的女子时,顿时傻了眼,她一袭薄绸衫,怀抱着一把琴,显得恬淡素雅,分外娇媚。"刘蔫,这是你的那个?"他直勾勾地盯着蔡琰,眼睛放着光彩。"大人,她就是大人赏与小人的那个娘子。""是吗?哈哈哈,刘蔫不愧是个伙夫,十天半月就将一只死羊喂得这么肥嫩!"刘蔫憨憨一笑,忙不迭地说:"大人,这娘子不但娇嫩,还弹得一手琴,声音绝美。""那好啊,现在就为我弹上一曲,这戎马倥偬,难得听到琴声啊!"胡玉儿色迷迷地盯着蔡琰,从她的头顶一直看到她露出长衫的腿肚。蔡琰知道他是这支羌胡兵中级别不低的头目,但她并没有弹琴,这群禽兽一般的胡兵,不但强暴了她的同胞,洗劫了她的家乡,怎能为他们弹琴呢?胡玉儿见蔡琰一脸愠怒地盯着自己,他气呼呼地说:"这个小娘子,那天你撕咬我的部下,本来犯了死罪,顾念刘蔫随我多年,便将你赐给他,谁知你这不知好歹的,竟然不知恩图报,还敢不弹琴!"他刷地变了脸色,牙齿咬得咯咯响。蔡琰并不示弱,霍地伸出指头,指着胡玉儿怒斥道:"你们这群羌胡兵,杀人放火,抢劫掳掠,无恶不作。你们杀了我们的父母兄弟,奸淫了我们的姐妹,如同禽兽。我活着不能生吞你们的肉,死了变成鬼也要在阴间向你们讨债!"胡玉儿怎能容忍蔡琰的辱骂,一把将蔡琰扯过来,掐住了她的脖子,像拎着一只小鸡一样将她提将起来。这时,随行的人都惊呆了,刘蔫扑通一声跪在胡玉儿面前,向他求饶道:"大人息怒,家室无礼,我代她向大人赔罪;她一弱女子,经不起大人的虎威,我愿代她受过,请大人惩戒。"

　　胡玉儿看着老实巴交刘蔫头像捣蒜似的叩着地,狰狞的面孔恢复正常,松开手,将蔡琰扔在地上,说:"将这个刁女人给我带走,将她单独关押起来,不得和任何人接触。"刘蔫顿时傻了眼,上前扑倒在地,哀求胡玉儿道:"大人,看在我跟随你几十年,鞍前马后,为你做饭、伺候你的份上,饶了她,让她随我行军。大人若怕她闹事,请你批准我退伍还乡,我已年过半百,无妻无妾,无嗣无后,大人可怜可怜我,让我带她回咱谷水河川,能生个后,也不枉我随大人半生了。"刘蔫说话时,早已泪流满面。胡玉儿心里一软,他们之间毕竟是自小一起玩耍长大的,送他一个女人算什么?看着地上的蔡琰,轻纱薄影,体态典雅,这般女子,在胡人中是断然找不到的,想着她被伙夫刘蔫享用,心里又生妒火。这胡玉儿又用另一种口气对刘蔫说:"没出息的东西,站起来！你真是色迷心窍,这女子还骂我们是禽兽,杀了她都不以解我心头之恨。将这个女人槛车押行,防止她逃跑和寻死。"不管刘蔫怎么求情,胡玉儿都不为所动。

以李傕、郭汜等为首的这支羌胡兵,撤出了颍川和陈留两地,急速向着长安进发。这事发生在长安之变后的夏末秋初。四月之后,飞马传来了董卓军师贾羽檄书,言及长安之变,董卓无故被王允等人设计谋杀,西凉军在长安遭到了清洗和杀戮。消息传到洛阳前线,西凉兵团,人人义愤填膺,群情激愤。他们发誓要回师长安,直捣京都,以清君侧,为董卓报仇雪耻。他们马不停蹄,旗旌蔽日,杀声阵阵,用了半月时间,就畅通无阻地越过洛阳,抵达函谷关。

蔡琰没有随着被羌胡兵掳掠来的妇女一起转移,这群抛家离子的妇女,悲天跄地,在兵卒的押送下,徒步穿越崇山峻岭、激流险滩,一步一回头地离开中原故乡,向着西京长安转移。而蔡琰被押解在胡玉儿的骑兵之中,她坐着槛车,一匹快马拉着她疾驰,最先到达了函谷关。她虽然失去了自由,但少了步行之苦。从槛车的槛栏外,她看见了被战争摧毁的村庄,昔日嘉禾遍地的中原沃土,现在百里荒无人烟;函谷关下的谷水呜咽,关口风声鹤唳,大批的流民劫妇在羌胡兵驱赶下,像蝼蚁一样爬行在陡峭的谷水盘山古道上。由于人畜拥挤不堪,不时有人坠入急湍的河水之中,尖利的嘶叫声不绝于耳。蔡琰随着胡玉儿的那支队伍大营行进,当进入函谷关时,因谷隘路窄,车骑人马只能变成单队穿越,他们暂宿了下来。蔡琰被人从槛车上解下后,投入到了关城内一间小屋,监管她的两个兵卒很殷勤地给她端水洗浴,并送来中原人喜吃的鸡鸭鱼肉,准备了绵软的床席。蔡琰甚为纳闷,她一个囚犯,怎么能有这般待遇？羌胡人多吃牛羊肉,而偏为她准备的是汉人的嗜好,她觉得这其中肯定有阴谋。

果然,到了半夜,囚她的那间屋子门打开了,进来的正是将她打入槛车的胡玉儿。他脱下了盔甲,从腰间取下了短剑,仅留下身上很薄的睡衣,将那一脸的络腮胡子刮得干干净净,掩饰了那副凶神恶煞相。他进门后,迅速将屋门关上。蔡琰知道来者不善,并且预感到这是一个无法摆脱的噩运。她想在屋子找到一件能自卫和发泄仇恨的器具,但这间七八尺见方的屋子,除了一张床外,什么也没有。她一下子吓瘫了,拼命地向着床的一角躲藏,将床上的布单裹在了身上,仿佛一只小龟缩进了甲壳。胡玉儿没有对她的弱小产生丝毫的怜悯和同情，他脱去了睡衣，光着身子上了床，用他武夫般粗大的手撕开了裹在她身上的布单。蔡琰挣扎着，用手抓他的头发，用嘴咬他的胳臂，一切都无法减弱他的兽欲。他高大威猛的身躯像一头雄狮博弈一只绵羊，重重地压在了蔡琰的身上，她吓昏过去……许久蔡琰才醒来，身子像筛糠似的颤抖，冷汗湿了头发和床席。她手里攥着一撮他的头发，臀下一摊鲜血，她被他强奸了。他像一只饱食后的饿虎，躺在床的另一边喘息着。蔡琰一头撞在了屋子的墙壁上，她没自毙，撞出了额前拳头大的血包。等她清醒过来，已是第二天的黎明，胡玉儿离开屋子时撂下了一句话："你别寻死，你也无法死去，伺候我胡玉儿有你吃的喝的。我们西凉兵将荡平天下。到时，你能享受荣华富贵，能成诰命夫人呢！同时，从现在起，我每晚要到你身边过夜，这样才能激励我杀敌立功。"离开函谷关时，她由槛车换为轿车，驾车的是一位机灵活泼的胡人青年，随从是一个同样年龄的胡兵。蔡琰呆呆地坐在里面，思维仍停格在函谷关夜的那一幕。她已无法分辩自己朝着哪个方向在行进，她最早的记忆中，从邓卫堡开拔时，听到这支队伍要到长安去，那时她想：长安是她父亲蔡邕尽忠的大汉的京都，也许在那里她有机会见到父亲，父亲会救她，救她走出这人间地狱。现在连这点记忆都消失了。

　　胡玉儿不管在行军途中或作战中，一有时间，不分白天或晚上，就来到蔡琰的身边。他虽然也五十多岁了，但那胡人的身体特质，使他对汉人血统的女人有一种无尽的征服欲，蔡琰每次都像一只绵羊在雄狮的蹄爪下被拨来拨去，她被踩蹋得浑身乏困倦怠，甚至阴道破伤出血。秋去冬来，她在胡玉儿的魔窟中变成了一具淫尸。她被安置在长安附近一个镇子里，这是一家富豪家的深宅大院，羌胡兵马一到，镇子里的人全部逃亡了，这个宅院成了胡玉儿"左骑千人官"的大营。高垒的院墙，厚重的大门，门外层层严守，使蔡琰从未敢越雷池一步。她听到这是长安城的郊外，猛然间，她恢复了记忆，想到远在千里之外的母亲，想到近在咫尺的父亲蔡邕，她哇的一声哭出了声，吐出了一口黏乎乎的痰液，痰粘在她从未离身的焦尾琴上。羌胡队伍中的医生说她患上了魔障症，被魔鬼夺取了心，失缺了心智。现在终于有了函谷关夜之后的第一声哭泣，一阵发泄和倾诉，她走出了抑郁与混沌，一双眸子有了一丝渴望与灵性的闪光。

第十九章：长安陃难

春天来到了渭河两岸，长安廓外的春天比铁底河畔的春天来得迟。斑鸠的叫声总是那么哀婉，似在叩问蔡琰精神深处的愤懑。蔡琰感觉自己是一只百足之虫，死而不僵，每逢一个年轮，就要脱去一层甲壳，完成一次痛苦的嬗变。她看到屋檐下的砖缝中爬出的虫子，就想到了自己，想到了人生的严冬，同时更加思念她的父母。她站在自己那间屋子前，每天能看到终南山返青的绿色，能看见枝头上雏鸟的反哺和试飞。胡玉儿自进入长安后和她行房的次数大为减少，尤其当医生说她患上了魔障症后，他就极少来这屋子。她的心理压力开始减轻，她有从性奴的噩梦中走出的迹象。蔡琰每天看到这座院子不断有掳掠来的女人，她们年幼得像童孩似的，却被猎狗一般的羌胡兵践踏和蹂躏。在这黑暗的日子，蔡琰唯一的希望便是父亲，只有父亲才能让她摆脱这人间地狱。

最近，胡玉儿像躲瘟疫一样躲着蔡琰。在一个月明星稀的夜晚，蔡琰坐在屋檐下，抱着焦尾琴，唱道：

高高的，是莪蒿？不是莪蒿是杜蒿。哀哀无告我父母，生我养我受痛苦。
水瓶已空空，乃是罍之耻。我这苦人活受罪，还不如早早死！
没有父亲依靠谁？没有母亲依靠谁？出门含伤悲，进门无所归。
南山高巍巍，暴风呼呼吹。人们生活无不幸，为何我独难送终……

一曲歌罢，琴声悠悠，她泪水汪汪，哭声凝噎。胡玉儿这晚也恰好宿于这院子内，第一次听闻了这如天籁一般的琴声和歌声。进入长安后，他虽多次参加宫廷的歌舞盛宴，但从没有听到过这么美妙的琴声和歌声。他披上睡衣，趁着月色，寻声而来。他万万没有想到弹琴人竟是蔡琰。蔡琰看着胡玉儿向她缓步走来，马上起身抱着古琴，回到了屋子，关上了门。胡玉儿站在窗下说道："娘娘，能再弹一曲吗？你的琴比你的人更好更妙，这是我今生今世听到的最好的琴声和歌声……"蔡琰隔窗说："可以，但你要答应我一件事。""尽管说吧，娘子跟随我来长安一载了，这是今天第一次开了玉口，但说无妨。"蔡琰给他开了门，请他坐在床边，说："我请你到长安城内打听一个人，他是我的父亲，汉献帝身边的左中郎将蔡邕，他也是董太师的肱股之臣。四年前，他离开陈留老家，辟入董太尉府，后随汉献帝西迁长安，我们父女分离后音讯隔绝；你若能帮我找到他，你我之间的恩怨一笔勾销，权且当作你我前世一段孽债，我现世给你还了……"胡玉儿一听，如雷击顶，顿时惊得目瞪口呆，冷汗直冒。大名鼎鼎的蔡中郎无人不知，他是董太师的座上宾，又是西凉兵团的知遇，当董卓遇刺后，满朝文武为诛之而后快，唯有蔡中郎为之哀叹，因之被王允下狱，死于非命。倘若这女子真是蔡中郎的女儿，他近一年的强暴和奴役，怎能承担起如此的罪责呢！西凉兵内的贾羽、李傕、郭汜、张济、董越等这些将领哪个不敬重蔡中郎，哪个能放过他？他故作镇静地提了一下衣领，让脖子上的汗向外散发。他问道："娘子既是蔡中郎之女，有何物证？"蔡琰已看出了这个淫魔的色厉内荏和他的局促不安，便将怀中的焦尾琴往前一推，说："这就是我父亲闻名遐迩的焦尾琴，你已听过了琴音，天下何处有此音？大人若不信的话，可叫一识琴者辨认它。"胡玉儿抖抖索索地接过琴，一眼就看到了琴尾上被火烧的焦痕，进一步验证了这位被他长期奸污蹂躏的女子就是蔡中郎之女。他自感罪孽深重，但仍不放过再听她一次弹奏，他说："我一定到长安城去打听你的父亲，他若平安，我要亲自将娘子送还与他，让你们父女团圆。娘子还能为我弹奏一曲吗？"蔡琰没有推辞，仍旧弹了一曲最能抒发她此刻心情的《蓼莪》，胡玉儿听得认真，心中暗暗赞叹。他对蔡琰说："果然是名琴之音色，名师之传人啊！"

这晚，按照常理，胡玉儿要在蔡琰那里留宿，但他心乱如麻，无心享受性爱的欢愉。想到蔡邕曾是董太师的座上宾，他的女儿却被西凉兵掳掠到了兵营，备受摧残，这是一种多么不可思议的恩怨因果啊！自然，他很侥幸知道了她至今未曾向任何人透露过的身世。他心里十分明白，一旦她被外界传知，将遗祸无穷。羌胡兵中的大小将士将不可饶恕他，他会成为众矢之的，被人碎尸万段。

然而，进行杀人灭口，是逃脱惩罚的最为简单有效的方法。但他面对这样一个手无寸铁的弱女少妇，又觉得于心不忍。自从他在郑卫堡见到她的那一刻起，他为她的风姿所倾倒，在函谷关的第一夜，他体验到了中原女子的细腻与滋润，她们异于羌人胡人的粗犷奔放；今晚，在听了她的琴曲，又领略到中原文化的博大精深。所以，他徘徊于院子的廊檐之下，寻找一条保全自己又不杀蔡琰的路，这条路，让蔡琰悲惨命运更加漫长。

蔡琰日夜等待胡玉儿的来临，犹如一年前她在等候刘蔫派人去打探母亲消息时一样，都是有去无回，石沉大海。诚然，消息都是确凿的。刘蔫派去的那名小卒在他回营时，队伍已经开拔了，他独自一人追到了灵宝县的秦函谷关，卒子告诉刘蔫："我到了蔡丘屯，好不容易遇见了村庄一个老妪，她说被掳的那个娘子是汉中郎将蔡邕的女儿，她的母亲死生不明，未出现在屯子，也可能不在人世了，其父在长安辅佐新帝刘协。"刘蔫一听，知道自己和这支队伍闯下了大祸，他将这个消息秘密封锁，庆幸她被胡玉儿抢走。其实他和蔡琰行军扎营一直一起行动，有时近在咫尺和隔墙，他不敢见她，怕她见了问起打探她母亲下落之事。一次，他见到了胡玉儿，胡玉儿拍了一下他的肩膀问道："你丢了那个娘娘心不疼吗？"他慷慨大方地回答道："心不疼，大人之所爱也就是我之所爱了，我一个老伙夫怎能配那么美丽的娘娘，怎能敢和大人争风吃醋！"胡玉儿听了哈哈一笑说："你这个蔫驴，到底是个实诚人，心宽豁。"

这夜，蔡琰的琴声骤然响起，住在镇子附近的刘蔫，一骨碌爬起床，将耳朵贴在窗缝听。进入长安京畿之后，几百年的京城旧壤也多靡靡之音。然而，这么美妙的琴韵歌声却曾未闻，哀哀凄凄，催人泪下。他细细一听这首歌的歌词，他曾经听到过，听完一曲，他终于想起来了，那是一年前的一个夜晚，那个姓蔡的娘子在他的床上弹唱的，人去琴空。现在她的琴声就在"左骑千人官"的帐内，就在距他仅有百步之遥的那个深宅大院内，所以才如此清晰。这琴声勾起了他对蔡琰的记忆，她那白净的肌肤，柳叶长眉，樱桃小口，薄纱影映下的乳房和胴体及散发着女人特有的体香味，让他着迷。虽然，胡玉儿第二天就为他选送了另一个女人，她也是陈留人氏，但他从她身上找不到她的那种韵味。他想到了从木板缝隙中偷窥她洗澡的情景，同时想到了胡玉儿曾告诉他函谷关他如何占有她的兴致，他身上的热血顿时沸腾，悄悄地走近了囚禁她的那座庄院。庄院的院墙很高,无法逾越。幸好在墙外有株柳树,他顺势爬了上去,坐在树杈上。院内的一切他看得一清二楚,蔡琰居住的那间屋子坐北朝南,门前有棵枣树,枣花蜜甜。他透过树荫看到蔡琰抚琴的姿势,月色清凉,风摇枣叶,若隐若现。他故意咳嗽了一声,想引起她的注意,自然是没效果。他又顺手折了一支柳枝,春天的柳枝皮是分离于肢体的,他用它做了一个柳笛,吹奏起胡曲。这时,她停止拨弄手中的琴弦,目光向着墙外搜寻。就在她狐疑满腹的当儿,胡玉儿踱着方步来到了她的屋外枣树下。他高大的身躯,在月光下能看得清清楚楚。刘蔫的心像被蝎子蜇了一样,心肺向一块儿收缩,他几乎从柳树上掉下来,多亏他抓住了一个树杈。他看到蔡琰将胡玉儿拒之于门外,立马觉得她为自己出了气。然而,仅过了一会时间,她又将门开了,他看不到了屋子内的男女,但他知道接下来的结局。

这一夜,刘蔫没有睡着觉,他想象中的那种情节,折磨着他,他不停地翻身、喘气、咬牙。直到他想到了她的身世时,陡然像谁迎头向他浇了一盆冷水。她是蔡中郎的女儿啊,躲都来不及呢,谁想引火烧身!胡玉儿和刘蔫一样,也是采取了回避蔡琰的办法,为了躲避蔡琰的追问,他便移居到了另一个镇子。这个镇子距原来"骑千人官"大营远点,即是蔡琰坐在墙头上弹奏《蓼莪》,也传不到他的耳里,也动摇不了他的决心。

夜晚,胡玉儿想到自己追随李傕东杀西拼,冲锋陷阵,自然,朝廷给予了许多的好处,他由左骑千人官擢升为"胡骑尉司马",俸秩六百石。然而,蔡中郎的女儿在他的帐内,这是他始料不及的。若将她留在身边,传出风声怎么办?他苦思冥想,最后想定了一个主意——他唤来了刘蔫,对他说:"蔫老兄,你是否看中了那个能弹琴的女人?"刘蔫一听胡玉儿突然间冒出这么一个话题,他吓得出了一身冷汗。想起了几月前那个晚上的情节,他在脑海中搜索当时的情景,愣愣地看胡玉儿脸上那种狡黠的笑,他断定这其中必有蹊跷。"不敢,不敢啊,我怎敢与大人争风,她是天下美女,只能英雄配美人,像大人这么有功的将军才享用合适。"刘蔫也学着他的模样狡黠地笑着说。"老蔫这个蔫蛋,怎么突然间会说话了?你看上她,我就将她送与你,怎么样?一年多前,在邓卫堡时,你抱住我的腿给我磕头,现在还给你,你还不赶快磕头谢我!"刘蔫连连摇头说:"小的不敢,我和大人虽然是同乡,自幼情同手足,但她现在是司马大人的爱妾,我刘蔫怎敢要！"听了这话,胡玉儿甚为感动,对这个老实巴交的伙夫心生敬意。胡玉儿原想将蔡琰送与刘蔫,让他带着她回到谷水河畔,种田牧畜,颐养晚年,同时也远离了京城,以免别人了解她的身世,给自己带来杀身之祸。

又隔了几天,胡玉儿对刘蔫说:"兄弟你随我几十年,一直是个伙夫,我虽不才,但做了将军,镇守京畿,为感谢你的勤勉和诚实,我决定送你一些财物和我帐内的那百十个女人,她们都是关内的汉家女人,你带领十几个人,将这批财物和女人押送回边郡武威县,留四五名年轻的女子,为我们生儿育女,壮大族丁,其余卖给东边的匈奴人,换些骡马牛羊,你好生为咱们经营。现在咱们西凉兵团虽然把持了朝政,汉人乖乖地俯首听命,但这好景也恐怕不长,汉人地盘大,人口多,我们迟早会被他们赶出长安。到那时,我和兄弟们回到凉州也有立足之地,也好招兵买马,占地为王。"刘蔫一听胡玉儿让自己带着这么多的金银财宝和女人返回原郡,乐不可支,说:"大人,我就一直等着这一天呐！我们在武威待惯了,入关后到了中原和关中总有一种外来之感。再说打仗么,总是有死有伤,我们来时,几万羌胡兵,现在剩下多少？种田放牧还是安稳。再说我们也老了,死了骨头总不能扔在汉人的地皮上。"刘蔫的话说得胡玉儿也有几分伤感,但他们并没有忘记如何处置蔡琰的方式。刘蔫问胡玉儿道:"那个善鼓琴的女人呢？"胡玉儿半天没有回答。"那一同卖掉吗？"他盯着他的眼睛和嘴角,胡玉儿嘴角绷紧了一下,说道:"你喜欢她的话就留下用,不喜欢就卖掉吧。但要记住一条,这些女人不能卖回内地,越远越好。匈奴人最稀罕汉族的女人,能卖到好价钱。"刘蔫说:"卖了她你不心疼？"他说:"心疼啥？我帐子的女人哪个不心疼,她不同于别的女人只能是善琴罢了。我们胡人有胡乐,汉乐猛听是好,但听多了也觉得不新鲜。"

蔡琰从此再未见过胡玉儿,她所企盼的父亲的消息只能成为一个梦想而存在。这时,刘蔫又一次出现在她面前。夏日的关中平原,暑溽难耐,蔡琰正坐在枣树下乘凉,上衣是一件薄纱做成的背心,只将胸部掩住,两条胳臂裸露于外,汗珠从她的乳房乳头上渗出,像一个铜钱大的湿痕。刘蔫注视着她的胸部,那种浓烈的女人汗味钻进他的鼻孔,他吸吮着。他直接宣布蔡琰要随着他们去西域的武威县,蔡琰先是惊讶,后来便高兴起来,问刘蔫:"什么时候走,我快憋死了,我进入这个镇子整一年时间了,墙外是个什么样子都不知道,现在跟你是向东走,还是向西走?""向西,一直向西。"刘蔫答道。蔡琰一听到朝西走,是沿着一条远离长安、远离陈留的行程,她的心情又蒙上一层阴霾。长安近在眼前,她都无法见到她的父亲,无法取得联系,而远离长安那不是更加渺茫了吗?留在蔡丘屯的母亲如何能寻找到自己?想到这里,蔡琰说:"胡大人答应了我一件事情,一直未曾兑现,我要见他一面呢。"刘蔫说:"胡大人现在升为胡骑尉司马了,忙于国事,难见了。"蔡琰满腹狐疑,自己的父亲是皇帝身边的大臣,应该是世人皆知。胡玉儿既升了官,带个信儿总不难吧?

仲秋时节,胡玉儿掳掠的财物在刘蔫的护送下,开始转移。上百名女人塞满了几十辆牛车,车厢底装着从洛阳、颍川、陈留、长安掠到的金银珠宝、丝绸布料、瓷器铁皿等,上面站立着这批被掳的女人。拉车的是从关中弄来的有名的秦川牛,膘肥体大,行动迟缓。这批女人已被幽禁得时间长了,第一次站在车栏上,看到秋色渲染的关中平原,免不了激动。稻菽千里,林木葱茏,渭河像一条练玉,飘动在田畴如画的山川之间。长安通往西凉的古道像一条走蛇,逶迤在渭河的右岸。她们开始叽叽喳喳地说话,语音杂乱。这种短时间的激动和兴奋,原于幽禁的解除和对大自然的本能反应。当其中一个长安女人用关中话讲:这是一条西去的古道——再往西就要进入关山之东的陈仓,这是一条远离长安远离中原的不归之路时,车上的女人们开始号啕大哭起来,她们哭喊着自己亲人的名字,将车上的木栏用拳头砸得咚咚响。一个押送的兵卒手挥赶牛的鞭子,将车上哭声最大的那个女人抽了一鞭,呵斥道:"哭个屁,这些娘儿们坐着车嫌舒服了,下车来和我们一样步行吧!路远着呐,哭的日子还多着哩,急啥?"他这一鞭子和一声高声的呵斥,起到了杀一儆百的作用,那些放声痛哭的女人,立即止住了哭声,只是眼泪比先前更多了,像连珠似的从面颊滚落下来。牛车咣啷啷的声音,响在静谧的田野上,终南山隐入了天际。牛车的后面,不时盘旋起一群追逐的乌鸦……

蔡琰怀里抱着那张焦尾琴,这也是她唯一的行李。她挤在缓慢行进的牛车上,回首八百里秦川和坐落在川中的她无法接近的长安城郭,她的心绪像被人用刀咔嚓剪断了一样。她有一种预感,预感这是一条不归之路,是万劫不复之路。秋风吹透了她的单衣,吹来了北面山上的云雾,落下了立秋后的首场秋雨。还未到达陈仓时,她已感到行路难;雨很凉,泥泞的土路上牛车不时陷入泥潭,需要人全部下车推车,才能走出。她经受不了这凉秋雨淋,开始发烧,浑身酸疼,身子打着哆嗦,双手紧抓车栏也站立不住,她只好蹲在别人的脚下。车子一晃,车上的女人顺势倒下,压在了她身上,压得她喘不过气。她挣扎着爬起来,又紧紧抓住车的木护栏。这样无数次的折腾,她昏倒在车上,浑身糊满了泥污。半夜,在陈仓的一个驿站夜宿时,押送卒子点名时发现少了一个女人,最后在车厢内找到了蔡琰。蔡琰双手抱着那张琴,像一只泥鳅,没了人样。

刘蔫作为押送这批财物的头目,有责任安全地送这些女人达目的地,所以,他对蔡琰实施了救治。他从驿站找来了一个郎中,郎中把脉后说:"她因秋寒受凉,身体虚弱,邪气攻身,患上了癔症。休息一下,将寒气驱出体内,自然就好了。"蔡琰睁开眼,口中吐出一团白沫,仍旧说着离奇古怪的胡话。她睁大眼睛怒视着四周,说道:"你唤你们的董卓来,你们这些羌胡匪兵,将我女琰儿劫持去西凉做什么?你们掳掠了颍川、陈留、洛阳、长安,你们屠杀了成千上万的百姓,你们犯下了滔天之罪!我的女儿年幼弱小,却被你们蹂躏作践,你们的大帅董卓知道了也不会饶过你们的……呜呜……我的琰儿,父亲对不住你们母女,我在阴间也要找董卓算账的!"刘蔫站在一侧,偏着耳朵听蔡琰梦呓般的胡言乱语,他问道:"你是谁啊,说话口气这么大?""我是大汉名臣左中郎将蔡邕!"刘蔫一听,吓得魂飞魄散。他知道她是蔡中郎的女儿,然而,他无法理解死去一年多的蔡中郎魂附女儿,竟能说出这般硬气的话。他本来做贼心虚,自从得知她的身世后,就一直心神不安,心存恐惧。如今这么真切地应验着阴阳交替、死生不灭,让他对生命第一次产生了敬畏。他想到自己一介伙夫,虽无杀过人,但宰杀过无数牛羊鸡猪,它们都是生灵,它们都有不散的魂灵吗?想到此,刘蔫的头皮发麻,头发立即竖了起来,身上打了一个寒战。

刘蔫将蔡琰移到了驿站的一个单间屋子,闭上门,烧了一沓冥钱和几炷香,对着躺在床上迷迷糊糊的蔡琰,边烧香边祷告道:"我一个奉命行事的胡卒,人微言轻,请蔡中郎饶恕我。我保证一路照顾好你的女儿,请你离开我们的车队,免得我们一路受惊吓。"他祷告毕,给蔡琰喝了一大碗姜汤,汤内煮有几根大葱。蔡琰服后不久就清醒过来,发现自己身上盖着一条棉被,汗水湿透了衣衫。她听见屋外淅淅沥沥的雨声,才想起了她如何头晕目眩地抓不住牛车的栏杆昏倒在地。对于自己说了些什么话,如何来到这间小屋,她全然没有印象,也无人提起。只是觉得仿佛一场梦境或一场死亡体验似的,睡着了又醒了。她没有哭啊,怎么眼皮胀肿眼眶干涩？她努力地寻找这干涩和肿胀的过程,终于什么也没有觅得,却看到了那把沾有泥疤的焦尾琴,还在她怀里抱着。她打了一阵呵欠,醒后又睡着了。

　　连绵的秋雨,一直下到这年的秋末。她是这群被掳女人中的特殊者,从陈仓驿站开始,刘蔫为她弄来了一个用麦秸秆编织的草帽和一件厚裌衣。同车的女人看到她比她们娇贵,除了妒忌外,还产生了一份不应有的嫉恨。雨水虽然淋不到她的面颊上,但顺着草帽沿溅到了同车的其他难友的身上。她们都瞪着眼睛看她,嘴角抿出一丝嘲笑。蔡琰无奈,只好将那顶草帽收了起来,一任风吹雨淋。在秋风秋雨愁煞人中,他们进入了陇山古道。雨中陇山,有着"陇阪高无极,苍山望不穷"的磅礴气势,斜风细雨,古道曲折,群峰苍茫；山峦上的枫树、栎树、桦树、椴树等,已被秋风吹成了金黄色,树叶随风飘落到了头顶、车厢和女人的绾髻上。满山的兰芷、苜蓿、毛菊等,都被秋寒凉透,多了几分凝重。密林深处,不时传来豹子、狼、狐狸的叫声；锦鸡从眼前不时窜出,声音响彻山壑。蔡琰和她的姐妹们是第一次接近陇山汧水,都被这山势水势所震慑,望而生畏。陡峭的山沟,狭窄的古道,车子在雨中打滑,上一步退两步。面对这种险峻,必须将装载辎重的车停下来,用三五头牛拉一辆车,一段一段地运转。而车上的女人,自然要下车徒步攀登。他们像蜗牛一样,在缓慢地移动,仿佛两年前走出函谷关时情景重演。山中没有驿站,更没有粮食,他们就采摘秋果充饥,靠雨水解渴。蔡琰虽然有刘蔫送她的那件裌衣,但终难抵御这山巅的秋寒,又一次旧病复发,说着谁也听不懂的胡话。她被抬上载有辎重的车子上,不分昼夜地行进。当她退烧清醒时,已是秋末的季节,霖雨结束,寒霜早早地铺在苍黄的大地上,雁阵不断地掠过头顶,一声声鸣叫,使得蔡琰不由想起若干年前——她们一家髡钳徙朔方时的情景,尤其眼前的长城,这道浑黄的土墙,一直延伸着她的记忆,延伸着她的命运轨迹。虽然她已不是第一次见到长城,但对长城这道防御工事仍有一种好奇和冲动,她不禁呵出了一声。同行的一个西凉卒子对她说："这个地方叫萧关,是四大名关之一,娘娘糊涂一路了,不识得？"对于萧关,她当然知道。她知道自己已随这支被劫持的流民过了陇山,到达了安定郡的高平县境内。她望了一下萧关四周的城堞和起伏不断的山峦,心里默念着班彪《北征赋》中句子：

> 隮高平而周览兮，望山谷之嵯峨。野萧条以莽荡，迴千里而无家。风猋发以漂遥兮，谷水灌以扬波。飞云雾之杳杳兮，涉积雪之皑皑。雁邕邕以群翔兮，鶤鸡鸣以哜哜。游子悲其故乡，心怆悢以伤怀。抚长剑而慨息，泣涟落而沾衣。揽余涕以於邑兮，哀民生之多故……

这是一支凯旋的队伍，兵卒扛着车骑将军李傕的帅旗，在走近萧关的时候，几十辆牛车一字排开，颇为壮观。刘蔫一介伙夫，第一次领着这么多的兵卒，又押送着皇帝赐予骑尉司马胡玉儿的赏镐，他也格外的神气，愈往西行，他愈趾高气扬。他知道，一过萧关以西，汉人势力就随之薄弱。他站在关前，颐指气使地对关尉说："给我们准备些酒肉，我们是李傕部曲，是押送皇上赏镐西凉兵的御礼返乡，请关尉给予方便。"

关尉是一个中年汉子，听口音他是洛阳以东的河内郡人，戍卫萧关多年，做事极其认真。这是通往西域和北方的一个非常重要的军事要塞，他的俸秩要比普通的关塞尉高出许多，系六百石官员，驻防的兵源也多出几倍，将近三百多名士卒。刘蔫一个极低微的伙夫，不谙朝政规矩，自以为以李傕部曲的名义就能唬得住。关尉不屑一顾地回敬了刘蔫一句："卑将知道李傕大人，他是董卓的部下，是他带兵焚毁了洛阳皇城，抢劫了百姓，掳掠了妇女，早有所闻，今日一见，果真如此。你们是李傕的哪个部曲？竟然有那么多抢劫来的财物？"刘蔫一看这个关尉的牛劲，气不打一处来，他想：现在的东汉朝廷属于西凉人的了，妇孺皆知，你这个小关尉在装糊涂。"大人，你说话可要沉着点气，这怎么是劫来的？这可是皇上赐给的，是御赐之物，有人给皇上说了可要治你罪的。我们西凉兵为靖肃纷乱，匡正社稷付出了多少人的生命，多少人背井离乡，入关征战，这么点东西算什么？"刘蔫对关尉虽是解释，也是放话唬他。刘蔫将通行的符信递于关尉，镇静自若地等待着审查。不料，这关尉严肃地对他说："不行，不行！符信记载不清楚，只说你们一行押运财物回武威县，但没附详细清单，这么多的女人是干什么用？分明是掳掠来的良家妇女，这是大汉的关塞，不允许那些掳掠到的东西堂而皇之地通过。"刘蔫一听急了，说："这是皇上赏犒给我们羌

第十九章：长安陨难

233

胡队伍的女人，因我们保驾有功。""皇上的诏书呢？"关尉伸出手向刘蔫要。这时，原本在萧关吃饭歇息的兵卒和女人均已下车，等候过关，她们扎成一堆，听到了关尉这些话后，不约而同地跪下，齐声哭诉道："大人，我们是从陈留被掳掠来的，我们有父母儿女，我们离开家乡两年多了，请解救我们回家……"一霎时，哭天嚎地之声响在萧关周围。

这位关尉自坐镇萧关以来，也是第一次遇到这么多女人跪在关前泣诉；她们都是被劫持来的城乡妇女，要被押送到千里之外的边荒绝域，其哀痛可想而知。他面对着这群衣衫破烂，在寒风中打战的被劫持者，眼睛湿润了。他知道，西凉羌胡兵自董卓带入关内后，野蛮残暴，飞扬跋扈，为所欲为，酖杀少帝，胁持献帝，已为千夫所指。作为汉朝的守关将领，在天职与良心之间反复权衡后，关尉做出了大胆且有折中的决定：将掳掠的这一百多名妇女留下，遣散回家，其余财物同意放行。刘蔫这时才傻了眼，看到关前两排兵卒手持刀戟林立，他眼睛瞟了一下，足有百十名兵卒，个个威风凛凛，严阵以待。他看到后，作为羌胡武装的优越感消失了，随之在他脑海中浮出了一幅大汉疆土的版图，这版图像滴在纸张上的墨痕一样在扩散，一直扩散到他们自认为是羌胡地盘的河西走廊、祁连山南北、谷水河畔。他开始有些胆怯，把身子靠在最前面那辆牛车辕上，不再作声，一任关尉指拨。关尉做事细致，他亲自造册登记，并逐一询问这批被掳掠的女人情况。

蔡琰站在排成一行的女人中，她是倒数第三个。两个时辰后，她才走到关尉的案前，面对关尉的询问，怯生生地回答道："小女蔡琰，今年十八岁，家住陈留郡圉县蔡丘屯，家父蔡邕汉左中郎将，母赵氏，陈留遭劫后死生不明……"关尉听到她的叙述后，从头到脚上下打量着她，似乎不太相信眼前这位弱女就是蔡中郎的女儿。作为董卓的座上宾，朝中近臣的蔡中郎，他的女儿为何遭西凉兵劫掠呢？想到蔡邕在朝廷和董卓串通一气，为虎作伥，犯下了协逆之罪，他的女儿也应一并诛杀。他将狐疑的目光瞬间变成了严厉，问道："你在陈留被劫前获得过其他信息吗？比如朝廷中来人找过你们？"蔡琰回道："小女没有得到任何消息，三年前的春天，小女嫁于河东郡安邑县夏王城的卫仲道。婚后半年，夫君不幸病故，小女返回了娘家圉城蔡丘屯寡居。一天早饭后，羌胡兵冲进了院子，打伤了我的母亲，劫走了家中的雇工和骡子，将我绑在一匹骡子的背上，驮到了百里之外的邓卫堡。之后小女被羌胡匪兵头目胡玉儿强占至今。现在他们又要押送我到他们的老家去，永做他的妻妾和家奴。小女被劫过程刘蔫最清楚，他可以作证。"听着她的诉说，关尉半信半疑，问刘蔫道："该女人说的是实话吗？"刘蔫说："她的身世小人可不了解，但她随胡骑尉司马大人一直从陈留到长安倒是事实。"蔡琰一听刘蔫的证词，无奈间又将怀中的焦尾琴递于关尉，说："这张琴是家父蔡邕有名的焦尾琴，世人皆知，请大人明鉴。"关尉摇摇头，说："我对琴道陌生，但知道蔡中郎是鼓琴高手，先皇曾屡次召辟而不就，不过现在和逆贼董卓……"他把话说到半截时停了下来，看了一眼刘蔫和蔡琰。刘蔫突然像谁在屁股上刺入针芒，跳了起来，指着关尉斥责道："大人别乱讲，你莫非是王允的同党，未诛逆贼？什么逆贼董卓！王允就是这么欺骗世人的，皇上已诏告天下了，你个小关尉恐怕不知道吧？董太师忠于皇上，遭到朝廷奸佞的谋杀，奸臣王允、黄琬等一帮已被铲除，西凉兵再一次挽救了大汉社稷，挽救了黎民百姓，功莫大焉。你小小的关尉不怕杀头？"刘蔫说罢大喊一声道："来人，把王允的同党给我拿下，交朝廷问罪！"押送财物的几十个卒子手持兵器奔了过来，围住了关尉，刘蔫说："大家听着，这个关尉，系王允同党，因远未诛，他口出狂言，污蔑董太师，贬我西凉兵，应当和王允一样诛杀不赦！"在他的吆喝下，这些西凉兵卒剑戟直指关尉。关尉也不甘示弱，呼来守关戍卒又将刘蔫他们围了一圈，双方僵持不下，欲使武力。蔡琰被卷在对峙的士卒中间，刀枪在她耳边铮铮作响，围外有人大声喊："你快些钻出来，别被误伤了，快些！"有个女人大声在喊她，她全然像没听见一样。关尉没有讲完的那段涉及她父亲的话，直刺入她的脑海中，让她匪夷所思：父亲到底是忠？还是奸？她一时陷入了痛苦。她想去进一步问问关尉大人，因为刘蔫一个伙夫所知道的朝廷大事远不及这名戍边将军。她又从人群中往内挤，想挤到关尉身边问个究竟。她力气太弱小了，无法挤入这激烈冲突的场面。冲突双方最后妥协了，将那些抢劫来的财物放行，而掳掠来的百余名女人留在关内，报告朝廷待后遣散回家。

蔡琰挤到了关尉身边，气喘吁吁地说："关尉大人，我是蔡邕的女儿……"关尉制止了她的诉说，将手一挥说道："这个女人你可以随他们出关了，去吧，跟上他们可能留活命，我们不挽留你！"蔡琰听关尉这么一说，像接到了死刑判决一样，欲哭无泪，欲诉无门，她跪在关尉面前，抱住了关尉的腿。刘蔫上前拉

第十九章：长安陷难

她,对她说:"娘子,别再唠叨,这是关尉为你开恩,快随我们出关吧。"蔡琰不理会刘蔫,向关尉哀求道:"关尉大人,我是蔡邕的女儿,我是大汉庶民,你们不能将我抛弃,我绝不到羌胡那里去,请大人救小女一命啊!"关尉铁青着脸,没有反应。她又说:"你若不留我和这些女人一起回内地,我今日要死在你的脚下,死在长城塞下。"她说罢,猛地起身将头撞在关门的城墙上。她用力很猛,超出了一个女人的能量,一股鲜血从她的头顶流出,染红了城墙的沙土,顺着她的发髻流在了面颊上,划出了几道血痕。她被抬进了萧关内一间土坯屋子,被人进行了清洗和包扎。她的冲动,使得关塞内更加骚动和不安,被截留下来的这批女人一齐聚在关前,目睹着押送他们的那些羌胡兵离关而去,才回头来簇拥在蔡琰的屋前。她们被驱赶在城墙的一角,冻得瑟瑟发抖。她们很害怕夕阳腾地落下,而夜晚来临后,她们第一次感到滞留中的害怕和孤城的苍凉。

蔡琰用血溅关门的悲壮方式,争取到了留居关内权。然而,当她真的幸运留下后,理智经常在提醒她,她要得到关尉和她共同罹难的这群女人的理解并不是一件容易的事。她头顶上的伤痕不久便弥合了,但她心理上的伤痕却在撕裂出更大的伤口。她并不了解身处的确切位置,但她能辨别出每天清早太阳升起的地方——东方是长安,是她父亲尽忠和殉身的地方,再往东便出潼关和函谷关,中原有陈留郡的圉城蔡丘屯,那里有母亲守护的永寿屋。她生命的一半被碾死了,被切割了,而尚有一半如游丝般在飘动,母亲在抓着她,拽着她。

关尉秦铿将军被蔡琰所震撼,他望着她留在城墙上的血渍凝视良久,他本应用鞋底抹一下就能抹去,但他没有抬起那只用厚牛皮做成帮底的鞋,因而那血迹保留了好长时间。一种困惑在纠缠着他,这种纠缠使他在写给皇上的奏章——禀报被羌胡兵掳掠去西凉的女人名单时,少写了一个人,她没有被提及。

第二十章：滞留萧关

冬日的阳光,乏力地普照在陇山陇原上。站在萧关四顾,白雪覆盖下的山川河脉连成了一片,像翻滚的雪浪,上下跌宕,起伏不平。分不清哪儿是沟,哪儿是壑,更不用说能分清哪条是路,哪条是径。满山遍野的树木,现在变得稀疏起来,像脱光衣裳的瘦汉,裸露出生硬的肋骨。古树杈上,有鹙鸟在寻找蛀虫,用喙节奏均匀地啄击着,将躯干上的伤疤啄出一个圆圆的洞,雪地上落出一抹棕红色的木屑和蛀虫的空腔。平日活跃的那些雀儿,逆着寒风飞起又落下,像风卷起的枯叶一般飘忽不定,飞着飞着,便有掉队的雀儿扑棱棱一阵下落,似冻僵在雪地里。少数幸存者最后落脚在萧关长城墙脚下,它们借着太阳微弱的温力,在启动肢体的机能,啄着身上的羽毛,不再叽叽喳喳。站在高巅之处,能看见南来北往的旅人、征夫在雪地上追寻古道,他们只能凭着经验或者记忆行进,人影小得像虫子在蠕动。只有听到骡马的嚼铃时,才能判断出他们距离不是很远。然而,要想见到人仍需半天时间。那些晃动的蜉蝣像被钉子钉在原地不动似的,因为空旷,小小的声音便能传出很远,甚至隔着几座山峦都能听到那并不清脆的音响。此时的萧关,成了一幅巨大的雪雕组合,剔透而泛着寒光!

关尉秦铿坐在案前,不时地在火盆上添加木柴。这是他遇到史上最严寒的冬天,从初冬落地的第一场雪到春暖消融,他们经历了最难熬的漫长冬季。往年的冬季,进出萧关的行人比其他季节要少很多。然而,自西凉兵开赴关内参与宫廷权力斗争以来,这条古老的通道显得热闹多了,不时有小股的队伍东来西往,或者驿卒的快马穿梭送达文书。作为关尉,除了平日要操练成卫关塞的士卒,守护这一线的长城,还要处理突发事件。今年,他又添加了另外一件事,那就是截留下来的这批被掳妇女须暂时安置。他等待着朝廷的诏书,一直等到腊月快近年关,还没有回音。从每次哒哒哒的马蹄声中,他的情绪就出现一次波动。他把不断向火盆添加柴薪的焦虑,转为在城堞上的步履,他一反常态地在城头墙上多次巡检。风像刀子一样在他脸上划过,寒透羊皮做的过膝的皮袍。他本想遣散一下焦虑的心情,但当他看到从关塞一处山腰下冒出一股青烟时,不但没有排遣焦虑,反而更是心情不安了。这不是点燃军情的狼烟,但对此他有一种习惯性的紧张反应。他知道,青烟袅袅处是那批妇女的安置处。这件事情最终如何结局,他其实是自缚手脚,自讨苦吃,是凶是吉尚不得而知。但有一个不争的事实,这批人在不断地减少,有半夜逃跑的,有因病死亡的,尤其是冻死冻残的每天都在发生。一个不大的萧关,长时间养活这么多人,已不堪重负。现在大雪封路,在春节前遣返这批人已没有可能,她们在饥寒交迫中煎熬。想到这里,他的焦虑变成了焦躁,他急急地走下城墙。

　　蔡琰靠在一个青蒿堆成的柴垛旁晒太阳。她的四周是正在吃树叶、吃荞麦秆、糜谷秆的羊群。她和那些等待回家的女人被分别安置在这山腰的一排羊圈内,这是守关士卒屯田之处。他们除了朝廷的供给粮食外,其家属和平时过往人的吃住全靠屯田所得支持。陇山上点缀的那一片一片不大的田畴,多数是这些屯田将士长期开垦和耕作。他们养有牛羊骡马,平时便在山林里放养,冬天一到,将林间的落叶草蒿存放在畜舍处,以保冬季食用。在萧关,家畜家禽过冬的最大威胁不在草料,而在严寒。尤其牛羊幼崽,多数一产下来便被冻死,这些冻死的崽儿也就成了他们食肉的来源。蔡琰一嗅到这种膻腥味就联想到那些离开母体后叫唤几声便冻死的牛羊小崽仔,她心里就有一种痛感。她们在羊圈内躺在草秸堆里过夜,为了防止深夜冻僵第二天起不了床,唯一的办法是挤在一起,或靠在一只绵羊身边,而所能依偎的便是那些怀孕的母羊,它们不善于活动,性格温顺,可以整夜卧着不动。熬过夜间后,白天便有惨淡的阳光,最早照临这个背风向阳的山坳。那些羊儿开始用蹄爪刨开山垛一样的残秸败叶,这时蔡琰不能与羊为伴,便一个人孤独地背靠着草垛晒太阳。那些被掳的女子都远远地躲着蔡琰,她们坐在另一个草垛旁聊天。一个女子说:"嘻,她原来是蔡中郎的女儿,怪不得一路上她坐车戴笠而行,我们步行淋雨。""曜!蔡中郎可是朝廷的大红人的座上宾啊!"说话的是一名关中女人,一口秦腔。"声音小点,她和羌胡兵有关系,她若背了舌,我们就惨了。"又是一个颍川口音的女人说。经她这么一提醒,她们全部停止了谈话,山坳一时沉寂了,只能听见羊吃秸草的啃嚼声。蔡琰知道她们故意回避她的原因,她的精神上背了一个沉重的十字架,这让她不寒而栗。

在这之后的几天内,和她同住在这个羊圈的七名女人趁夜逃跑了。她事先有种预感,她有意想和她们热络,拉近关系,以便和她们同时出逃,但她们好像知道她的这点小心思,拒绝她的融入和同行。那夜,她其实醒着,听见了她们在午夜时分悄然起了身,一个个蹑手蹑脚地离开了羊圈。她们害怕她知道,才采取了一个一个地离开的方法。她们走后,她害怕极了,不敢睁开自己的眼睛。漆黑的夜晚,这个山坳仅剩下百十只羊、两只家犬和一个牧羊的关塞卒子。她蜷缩在羊圈内的草垛内,将草秸秆往自己的身上苫。她害怕豁口里窜出一只狼或豹子,将自己叼走。她想起身走向羊圈另一边,那个牧羊的卒子就住在一只小土窑内,他用木板挡着窑门。她想唤醒他,但她怕他知道后把她们追回来,加倍治罪。距离春节仅剩半月时间,如果出逃顺利的话,大年三十之前,她们就能回到关中的老家。她想到了这种结果,便决心硬撑也要熬过这夜。她听见了圈内狗的叫声,连着听见第二条狗也吠,整个方圆很多的地方的狗叫声响起,她知道她们已走出很远了,才心里稍宽慰了一些。有狗的叫声,狼是不敢接近羊圈的。这样,她一直熬到了天明。

第二天,她被传唤到关尉那里。关尉秦铿问她道:"你和她们同在一个羊圈吗?她们怎么出逃的,你要如实地说。"蔡琰答道:"她们没有告诉我半句有关出逃的话,如果告诉我,我也会跟上逃回家了。我的陈留老家尚有年过六十的老母亲,孑然一身,孤苦伶仃,我比她们更恋家。"关尉觉得她说的倒是实话,正要再进一步深究时,有人进门禀报:在山下不远处一雪坑内发现了三具女人的尸体,全都冻僵了。身体还没有完全冰冻,体腔内还软着,时间当在四五个时辰内。"你也跟上去看看,是否是昨夜出逃的三人?"蔡琰跟在关尉身后,绕过一个山梁,在一个雪坑里看到了这三具死尸。蔡琰吓得往后退,滑倒在雪坑边。她一眼就认出了这三个人,她们就是和自己在同一羊圈内住的女人,其中那个操秦腔女人,耳门内灌满了雪,眼睛半闭,死未瞑目。

由于出逃者被冻死在雪地里,关尉利用这件事唬住了正准备或打算出逃的女人。她们为了活命一直在等待,熬过了这年的年关,她所在的羊圈安置点又派来了几个年轻女人，恢复了最初的人气。除夕之夜，她们吃了一顿鲜嫩的羊肉。蔡琰吃不下去，她知道这就是那些给她温暖的母羊生产的羊羔，它们只咩了几声就倒在了冰天雪地上。她一看见就忍不住想落泪。这夜，她发着高烧，旧病复发了，平时纤细柔弱的女声突然变成了粗壮洪亮的男人腔，说了很多胡话。和她同宿一个羊圈的几个女人吓得躲远了，而这个羊圈内只剩下她一人。她醒后透过羊群，看到了圈外的雪地上有几只狼正猫着腰，觊觎着这边的羊群。这个羊圈的栏栅是用树枝和荆条围成的，栏栅内外又加了一层酸枣枝，酸枣刺特别的尖利，防范着猎物的翻越。然而，时间久了只能使入圈的绵羊不能外跑，而防御狼和豹子这样的猎物，形同虚设，主要靠的是护圈的家犬。白晃晃的雪地上爬着五只狼，它们把身子伏得很低，贴着雪地。蔡琰能看清每对墨绿色的眼睛，像暗夜的寒星一样莫测而恐怖。它们伏击着，用前爪不断地刨地上的雪，扬起一股雪沫，狼是在试探周围的反应。果然，圈内的狗吠了起来，两只家犬发出激烈的汪汪叫声，将嘴伸出栏栅的空隙，冲撞着木栅。狼似乎已掌握了圈内的动静，仅这两只狗是无法保卫这百十只羊；狗也怯于狼威，更主要的是狗仗人势，狗缺少了主人支持，吠声中底气不足，自然界弱肉强食的法则在这暗夜彰显得那么鲜明。羊群使劲地向蔡琰的草垛边拥挤，狼开始冲撞栏栅，两只家犬没见主人为它仗势便退到蔡琰的草垛边。蔡琰使劲用手将身边的草秸挖出一个洞钻了进去，她用衣裳蒙住了自己的头，害怕看见这血淋淋的一幕。她听见羊被狼撕咬后挣扎声以及狗短促的战栗声。这场厮杀一直持续到黎明鸡叫，近两百多只羊其中有一半被狼咬死，狼群吃饱喝好后，又拖走了几只。

躲避蔡琰的那帮女人和牧羊卒子回来后，满地的羊血横流，死了的羊穿肠破肚，和地上的血冻在一起。最后一个被咬死的羊歪着头，从喉管里流着殷红的血。那些躲避蔡琰跑到附近安置点的女人们受到了处罚，白天从羊圈背运羊粪到垧畔，晚上才准收工，持续了多日。她们向关尉申辩说："我们害怕她啊，她说着鬼话，女腔变成了男腔，一阵哭一阵笑，她哪里是人，简直是妖！"关尉不相信这些女人的话，她们一直等着她说胡话时为她们洗污。自然，她们没有等到那一天。

对于羁留在萧关的人来说，春天的脚步是那么迟缓。当关中平原和洛伊河畔春意盎然时，这里仍然寒风凛冽，春寒料峭。她们等待朝廷统一组织有保障的遣返，却等来了相反的结果。关尉秦铿手拿着朝廷尚书台送来的文书，捶胸扼腕。文书说道：

……所报车骑将军李傕部曲掳掠关东妇女一事，系李傕、郭汜、张济、樊稠等诸将领为激励将士勇猛诛杀朱儁、吕布、王允等奸逆而为之，我皇施恩，慷慨赠之赐之，并有安抚赏功之效。边境虽远，汉恩隆及，羌胡俗陋，汉女教之。望汝等悉数奉还，礼送出关，风顺万里。

关尉喟然长叹道："怎么悉数奉还呢？关塞扣押的羌胡兵掳掠的妇女一共一百零三人，偷逃的冻死病死的现剩下不到七十人，难道还要我从内地给他们补充三十几个女人不成！这成何体统，我大汉王朝怎么以出卖自己的子民来抚宁边陲呢？"他嘱守关士卒，将所有羁留的妇女集中在一个地方食宿，严防出逃，便于羌胡队伍派人来清点交接。女人们知道这个消息后，群情激愤，整个宿营地骚动不安，其中许多人精神开始崩溃。有夜间上吊自杀的，也有冒险出逃求生的。蔡琰却出乎意料得平静了许多，她无法把握自己的命运，也只能任其自然了。尽管这七十名女人吃住在一起，她仍无法成为其中的一员，因为她们看到过从长安到萧关一路刘蔫是如何关照她的，自从知道蔡琰的父亲和以董卓为首的西凉兵有着某种联系，她们都在憎恶她。

西凉兵离开老巢日久，思乡心切，早有返回之意；加之李傕和郭汜内讧，在长安相攻连月，死以万计。相战中，李傕给羌胡兵许以御物、宫女、妇女等，到了六月，李傕，郭汜准备议和，李傕部的羌胡兵向李傕索要所许之物，多次在宫廷外大喊大闹。汉献帝觉得这是祸端，让侍中刘艾给西凉人宣义将军贾羽说："卿前奉职公忠，故仍升荣宠，今羌胡满路，宜思方略。"贾羽便招来羌胡头目，设宴款待，并加以封赏和馈赠了财物。羌胡兵原来所掠财物和妇女可以随军带回。这样，既满足了羌胡兵的要求，又削弱了李傕的势力。献帝大加赞赏，视西凉出身的贾羽为忠诚谋臣，行归正果。

胡玉儿自然挂牵着他运往武威老家的那批财物和女人，派出了一支约百十人的骑兵，星夜赶路，到萧关去押送羁留了两个年头的那批女人。他知道，那批女人肯定像饥民一样面黄肌瘦，衣衫破烂，表情呆滞，和他的大部队同行有失体面。他要他们先到达萧关,将她们带回武威,按原来的方式处理,多换些匈奴人的骡马,以扩充他的骑兵队伍。

蔡琰随着胡玉儿派来的队伍离开了萧关,她看到关尉秦铿站在关门前,面无表情地对她说:"……娘子,你在萧关一年了,我们还未听过你的琴声呢?唉,可惜啊……"蔡琰无心琢磨他的叹息,一步一回头地穿过关门口设置的木栏卡子。这次和上次行程不同的是,全部人员都必须步行,没有马骑车乘,这更增添了跋涉之苦。加之这批人在萧关羁留期间饥饿和寒冷将体力消耗严重,个个像被风能吹倒似的,异常羸弱。于是,一路的打骂声和叫苦声不绝于耳。羌胡兵的马鞭经常抽打在被掠妇女的身上,噼里啪啦像爆竹声响。留下的这些女人都属于胆子小,性格懦弱,没有在萧关趁机逃走的人,她们像被驱赶的一群绵羊一样,低着头,依偎一起前行。

蔡琰舍不得扔掉随她过冬的破棉袍,她将它和那把始终未离身的焦尾琴,用一根冰草拧成的草绳捆绑在一起,背在背上。她已完全失去了青春妇女的靓丽,被夏日的太阳晒得黑瘦黑瘦。押送她的羌胡兵谁也不知道她的身世,谁也没注意到她。她知道胡玉儿早已忘记了她,了解她身世的刘蔫也早到了老家,她只能和她们面临同一命运。一月后,他们在一个黄河渡口坐着羊皮筏子过河,这个渡口叫鹯阴口,蔡琰从筏子客口中得知,这是大河上游的一个重要渡口,这条大河对于蔡琰来说并不陌生,它承载了她及其家族那么多的苦难,她是在不同的年龄涉过不同的津口,一步步走向苦难的深渊。

鹯阴口的黄河,平缓舒坦,河水清冽,两岸是茂密的农田,瓜果飘香,热风吹雨。再往远处是耸立的黄河石林,一束一束,像雨后的春笋。这优美的风景勾起了蔡琰许多往事:儿时,她和父母亲、爷爷奶奶、叔父蔡谷一起伫立黄河孟津口,汹涌澎湃的黄河,浊浪翻滚,吼声如雷,令人耳鸣目眩。她曾两次渡过西安阳县南五原郡和朔方郡之间的黄河渡口,那里苇草芦花茂盛,野鸭翻飞,凉风习习。这些大自然的美景,却无法洗涤人世的罪孽。她每过一次黄河,都要遭罪一次。想到此,她产生了寻死的念头。她抱紧了怀里的琴与棉袍,双目一闭,跳了下去。这时筏子上的女人们尖声大叫起来,筏子几晃,上面的八个女人相继落水,撑筏的艄公扑通跳下水进行打捞。

蔡琰因怀里抱着琴与棉袍,没有下沉,反而第一个浮出水面,被艄公抓住胳臂捞出，拖在河岸的沙滩上。押送她的羌胡兵走到她身边，用脚踢着她的肚子，骂道："贱货，想死没那么便宜，等我交了差，再死也不迟。"他将蔡琰拖到岸边的土坎上，将她头向下，倒出了吸进她肚子的河水。那几个掉入河水的女人，都被救出了水，被拖在这个土坎边，一个个像溺水的旱鸭子倒挂一排。艄公跪在羌胡兵面前告饶："大人，这实在不是小民的撑船手艺差，而是有个女人猛不防跳入水中，致使筏子倾斜，其余纷纷落水。请大人不要发怒，小人不要这趟渡河费了。"羌胡卒子怒目而视，问道："哪个先跳水的？你给我指认她！"艄公把眼睛揉了一下，从这横七竖八的溺水者中逐一辨认。他看到了蔡琰，她仍抱着那捆破行李，其中就有一把古琴，当时他撑筏子时就注意到了她，她坐在筏子上表情呆滞，神色恍惚，谁知她竟寻思死呢！

"是她，抱琴的那个女人！"艄公指着蔡琰说。蔡琰因最早被打捞出水，已清醒了过来，软瘫的身子微微动了一下。卒子走到她身边，用脚狠狠地踢着她，骂道："哼，这个傻贱货，想死抱那么大的行李干啥？抱个大石块才能沉到河底呀！"他给艄公说，"把这些女人要一个不少地安全送到对岸，你知道吗，这是皇上的赏犒。你别小看这些没人样的女人，每个到了边境那里，要换回十几匹好马，比你这个粗汉值钱一百倍，小心点啊！"他说罢走了。艄公听说是皇帝的赐物，吓得出了一身冷汗。他知道在他的筏子上一共坐着九个女人，船翻后，从河中捞出了八个女人，一个已被河水冲走了，或沉入了河中的暗涡了，他没敢告诉羌胡兵，想蒙混过去。由于有了落水的教训，渡过河岸后，兵卒逐一核对人数，其中少了一个女人，到底这条筏子上乘着多少女人，只能由艄公和乘者说清楚。卒子见到唯一能说话的蔡琰问她道："你跳水时一块坐着几个人？"艄公抢先说："八个人，是吗？"他对她用手势做了一个八字的暗示。她答道："八个！"想死的人而未死，不想死的人却死了，蔡琰痛苦地闭上了眼睛，泪水涌了出来。

在失去了死亡的权利之后，蔡琰将这一切归于了一种宿命。她知道这是大河上游，有人告诉她距这里不远就是金城郡，郑伯津就在金城附近的河段。她突然想到了那个叫王河的人，他当年来到洛阳西园买官鹭爵，他的儿子王猛在她去朔方草原寻找呼延娜云时帮助了她，那时王猛担任通往龟兹南部那条长城的东部城侯，王河也是一个曾划羊皮筏子的艄公。她为自己能帮鹢阴口艄公说谎感到了一丝欣慰，同时欣慰落水的女人脱离了人世的苦海，除此之外，她还能做些什么呢。

第二十一章：强卖匈奴

蔡琰没有路过金城郡，也无缘到那个黄河渡口郑伯津，而是从鹯阴口再过逆水（庄浪河）到令居塞，翻越乌鞘岭到达武威郡姑臧县城。令居塞系令居县县治所在地，在涧水（大通河）右岸，这是一条陇上通向河西走廊的咽喉。元狩二年春（公元前129年），汉武帝派遣骠骑将军霍去病，率万骑出陇西郡，开辟河西之事，就是沿着这条道路西行的。九月的乌鞘岭，寒气袭人，时而晴空万里，时而雪花纷飞，盘山古道，透如蛇迤。蔡琰没有扔掉的破烂棉袍正好派上了用场，一到半山腰，草木枯黄，寒霜铺地，她用一条草绳将宽敞的棉袍拦腰紧束，仍觉得寒犹未尽。待到山顶，不时有大雁哀鸣而过，凄凄切切，更添加了几分悲凉。蔡琰看到羌胡兵站在山顶欢呼雀跃，因为他们从这里能望见家乡了，山岭的北面就是通往河西走廊的门户。

"走到家门口了！"羌胡兵中有人骑在马上高呼，将马鞭在空中挥舞着，爆出了一串鞭响。蔡琰憎恶地看了一下他们，知道自己进入了魔窟的门口。沿着一条西北斜向的两山通道，像喇叭口一样的豁口，愈走愈宽，眼前便是茫茫的戈壁碎石。山上寸草不生，裸露焦土色的山体。走廊的南面是一列如犬齿错立的山脉——祁连山，北面是断断续续互不接连的山脉，呈现出不同的颜色。时而赭红，时而墨深，时而焦黑。空气变得异常干燥起来，蔡琰的口唇干裂出一道道血纹，用舌头一舔，味道甚咸。她口干舌燥，想喝水，但这一路难见水源，河谷是干枯的河床河滩，石缝里偶尔爬出一只蜥蜴，也喘着气，张着大口寻找着有草的湿地。

蔡琰不知在这戈壁荒漠中走了多少天，终于见到了荒漠中的绿洲，见到了丰厚的草地和牧羊人。那些羌胡兵一改疲惫和愁容，又是欢呼和跳跃。那些来自内地的马，它们未曾见到过这么齐腰深的野草，也一样引颈长嘶，它不顾羌胡兵的鞭抽，低头将牧草连根拔起，卷入口中，它尝到了这比戈壁滩中的骆驼刺等要美味的青草，拼命地充饥。草原上有许多一洼一洼的浅水，羌胡兵告诉这群女人："那是盐碱水，喝不得，喝了它走不多远就拉稀脱水，死了喂狼。"即使这样警告，仍然禁止不住她们对水的渴望。有女人蹲下掬了一手窝看似清净无杂的水，喝了一口后吐出了，咸味浓得像吃了一把盐，弄得舌头麻木。她们在看到一匹食草过饱又痛饮了咸水的马胀死时，才确信该水不可止渴，打消了尝试的念头。一个羌胡兵指着那匹马说："信吗？看看它。死个马不要紧，死个女人等于死了十几匹马。再坚持三四天，翻过这道苏武山，就进入谷水河谷了，到了宣威县城，那里有水有饭，让你们喝个够吃个够。"蔡琰听到苏武山三个字，她麻木了许久的脑海被激活，面对着这座并不巍峨的山岭，她的思绪飘荡于山的周围，似十月朔风一样，吹起万顷牧草，瑟瑟而鸣。

　　武帝天汉元年（公元前100年），匈奴政权新单于即位，汉武帝为了表示友好，派遣中郎将苏武率领一百多人的使节团，带着大批的金银珠宝、丝绸财物出使匈奴。不料就在苏武完成任务、准备返回长安时，匈奴上层发生了内乱，且鞮侯单于夺得了匈奴的最高统治权，苏武一行人受到了牵连，被扣留下来，并要求他背叛汉朝，臣服单于。最初，单于派人向苏武游说，许以丰厚的俸禄和高官，苏武严词拒绝。匈奴知道对这位汉使劝说无用，就用酷刑。当时正值严冬，单于命人把苏武关入露天地窖，断绝饮食。苏武在地窖内受尽了折磨，渴了吃雪，饿了就嚼身上的羊皮袍。即使这样，单于都无法改变苏武的信念。单于见濒临死亡的苏武仍未屈服，只好将他放了出来。出于对苏武气节的敬重，匈奴人不忍心杀他，又不想让他返回汉廷，于是将他流放到北海牧羊。在北海，苏武牧羊达十九年之久。随着时间的推移和汉匈关系的缓和，他牧羊的牧场也由原来的北海逐渐南迁，即到达了休屠泽一带。汉昭帝始元六年（公元前79年）匈奴壶衍鞮单于为了和西汉王朝和解，准于苏武回国，汉派使臣接回了苏武及当年随他出使匈奴的使者——存者只剩九人，回到了长安。长安城外，载道欢迎这位具有大汉民族气节的英雄……

　　蔡琰从小就熟知这段历史，父亲不止一次地给她讲有关苏武牧羊的故事，尤其苏武和李陵互别时的赠诗，她仍能倒背如流：

黄鹄一远别，千里顾徘徊。胡马失其群，思心常依依。何况双飞龙，羽翼临当乘。幸有弦歌声，可以喻中怀。请问游子吟，泠泠一何悲。丝竹厉清声，慷慨有余哀。长歌正激烈，中心怆以摧。欲展清高曲，念子不能归。俯仰内伤心，泪下不可挥。愿为双黄鹄，送子俱远飞……

　　蔡琰万没想到，今时她所驻足的这座山岭，就是二百九十年前汉中郎将苏武曾牧过羊的地方。她的身心像被谁用一根钉子钉在了这历史的一幕中，仿佛听到一个巨大的声音在向她说："蔡琰，你要挺住，坚持住，你怀里有你父亲的焦尾琴，你要活着回去啊。"这声音是那么的清晰又那么的遥远。是前汉中郎将苏武的声音，还是后汉中郎将她父亲的声音？她分不清楚。她有一种飘然的虚无感和空灵感。"快走！掉队了饿狼吃了你！"一个响鞭在她的头顶炸开，打断了她的遥想。有个胡兵用马鞭指着远处说："东面那个山叫狼跑泉山，遍地都是狼，狼比羊多；你们这些瘦女人不够狼填牙缝，骨头带肉没十斤，一个女人喂不饱一只狼。"这批畏狼如虎的女人，齐刷刷地将头扭向了那座山头看，墨似的山梁上一起一落的秃鹰，它巧妙地把身子隐遁于同色的山体上，鸟瞰着山下草丛里的兔子、狐狸、鼠类和羊只。"快走，那山顶的老鹰也能抓走人呢，等着啄你骨髓呢！"又一个胡兵接着恫吓这群女人。蔡琰不屑地看了看这群胡兵，把肩上的行李耸了耸，加快了脚步。

　　胡玉儿的队伍在接近武威县城五里的地方，他们遇到了这支被押送的女人。他坐着一辆从长安城里弄来的华贵马车，看到这批衣着破烂、面有饥饿色的女人，脸色沉了下来。他知道这批女人剩下不足六十名，因在萧关滞留两个年头，这使他对那些把持关键部位的汉人官员又增加了一份仇视。他没有忘记曾陪他从函谷关到长安城郊一年多的蔡琰，他唤人把蔡琰从人群中叫到了车前，隔着车帘望了一下她，唯一能使他认出的是那把焦尾琴仍背在她的背上，琴尾露出那一抹焦黑。胡玉儿想让蔡琰把琴留下，但看到她那瘦小得老鹰能叼走的身子，便放弃了这最后的掠夺。他命令前面押送女人的人马加快前行，从古城北门入城，而他的大队人马停止前行，等到入城仪式准备好了之后，从南门进城。

　　刘蔫倒是没有忘记蔡琰。当他听到一年前他率队押送的这批女人从萧关起解，来到武威时，又一次亢奋不已。他算是沾了胡玉儿大光的人，当年把那十几车财物运到老家后，仅做了点小手脚就发了大财。他莫敢张扬，只用一块金锭就买了几十匹良马和五间瓦房。在武威城里，谷水河畔，称得上是个牧主了。他没有急于续妻生子，在长安郊外驻屯时，胡玉儿给他配了一个女人，也是陈留人。这个女人年龄不但比蔡琰大得多，心眼更是多了，她趁他不备时，逃走了，还卷走了他积攒的财物。现在他盼着胡玉儿能给他捎带回一个不出钱的女人。这几天，刘蔫刮净了脸上的胡子，脱下平时穿的羊皮衣，换上一件从关内带回的棉布袄，骑着一匹高头大马，等押解那批女人的队伍的到来。

终于，等来了队伍。刘蔫没敢进入到队伍中去寻找，而是立马于一个只有丈八尺高的土丘之上，远远地观看。她们完全出乎他的想象，也完全异于他在萧关前押送时的场景：她们手拄着木棍，一瘸一拐，头发像鸡窝似的，沾着沙土和柴屑。他的目光在这堆人中搜寻蔡琰，长时间他才认出了她，她穿一件草灰色棉袍，破烂的棉絮被风吹翻着，像一头从草丛中窜出的豪猪；她的发髻没有盘在头上，没有络子束缚，而是披在肩上，垂在额前。一根草绳将宽敞的破棉袍束在腰上，风掀起棉袍的一角，露出了身内一件浅蓝色袂衫。她的背上有那把焦尾琴，这才让他终于确认了她。除了那把独特的古琴外，他看到了棉袍下浅蓝色夹衣，那是在陈仓之夜，他看到被雨淋得像落汤鸡似的她，在驿站的小店里找来了这件袂衣。那时她穿上它是那么的楚楚动人，虽然她发着高烧，口里说着胡话，仍不失典雅与高贵。现在，除了她背上的焦尾琴没有改变，其余都不能觅出昔日的光彩，更不能与邓卫堡月夜裸浴的她联系起来。他本想大喊一声她，然而，这种冲动瞬间消失得无影无踪。他像一个丢失了东西的孩子，没精打采地回到了他为一种梦想而营造的那座宅院。

胡玉儿堪称衣锦还乡，武威县城像过大节一样热闹。他本是一个地方豪强，据有良田千顷，草原百里，快马千乘，兼有一支五百骑的武装，又仗有朝廷的官秩。县令为了巴结他，在城内的广场上搭建了戏台，唱了三天大戏，举办了胡舞。他将掳掠来的宫女安顿妥帖后，又安排给蔡琰她们这些被劫的女人每人发一身新的棉衣，剪发洗盥，为的是和匈奴人做买卖交换时有个好价钱。蔡琰知道让她们换穿新衣的用意，她想留在武威县城生活，这儿虽然是边陲羌胡之地，但仍属于大汉朝廷鞭及的地方。她想到了刘蔫，这个诚实的胡人，昔日曾保护过她,尽管这种保护出于一种性的占有,但她原谅了他们的罪孽。然而,他是否尚在武威?是否还活在世上?她不知道也无法打听他。她们被暂时安置于城东的"尚武园"的一排茅屋内,睡的是火烧的土炕。这夜,是她入住的第十个晚上,城内举行着盛大的胡舞会。胡笳声、鞞鼓声、铜锣声,响彻夜空。她们的暂住地离舞台不远,蔡琰想到这晚全城的人都会观看这难得的胡舞演出,也许刘蔫就在看热闹的人群中。想到这里,她走到窗子前,将琴置于窗台上,弹奏起了儿时父亲教她弹唱的一首歌,那是王昭君的《怨诗》,歌曰:

秋木萋萋,其叶萎黄。有鸟处山,集于苞桑。养育毛羽,形容生光。既得升云,上游曲房。离宫绝旷,身体摧藏。志念抑沉,不得颉颃。虽得委食,心有徊徨。我独伊何,来往变常。翩翩之燕,远集西羌。高山峨峨,河水泱泱。父兮母兮,道里悠长。呜呼哀哉,忧心恻伤。

一曲歌罢,这座院子内已哭声一片,被关在房子内的女人们已经知道自己将要走向何方。这是王昭君王嫱将入匈奴时所作的歌曲,昭君是被前汉朝廷派去的,有和亲的使命,并且是仪仗如林,旌旗闭日,体面出嫁;而这批女人是被掳掠而来的,将要卖给匈奴人,她们的处境和心境是截然不同的两重天地。即是如此,当时的王昭君也一样呼父呼母,悲天跄地。蔡琰被歌词感动着,她的精湛的琴艺和对人生理解,演绎出了这首歌的原味。歌声琴声传出窗外,正在舞台下观看胡舞的人们顿时肃静下来,他们原以为歌声是来自舞台的乐队,但仔细一听,这是来自舞台不远处的那座院落。声音抑扬顿挫,如泣如诉,让他们完全忘记了台上胡人扭动的腰肢。

刘蔫本一伙夫,他也能品出歌声琴声之味。在这边陲羌胡之地,昭君是妇孺皆知的人物,她的怨愁词曲成了人们出嫁姑娘或别离愁苦之时的必奏之曲。所以他能听懂其中的含义和哀怨。他想今夜的弹唱者绝非一般女人所为,他开始以为是这次初来的宫女,不胜离愁之苦。但继而一想,这琴声的细腻和韵味只有蔡邕的女儿蔡琰才能弹出。他的心情沉重起来,他拨开人群,寻到了飘出琴声的这座院落,他立在墙角下,想走到她的窗下。但看到门口守卫的兵卒,他只好彷徨了一阵,躲在墙根的阴影下,想探个究竟。他的想法很简单,想要她做老婆,生儿育女,传宗接代。然而,他的想法又被她的身世动摇了,尤其十天前她出现时那丑陋不堪的形象在他眼前晃动,他转身离开了。

　　回到家里,刘蔫无法入眠,他的心被蔡琰的琴声诱惑了。他想:当初在邓卫堡第一次见她时,她也一样的寒碜,不出十天,他能使她变个样儿。现在他的条件更好了,若把她接到家里后,用上一个月时间,让她吃饱穿暖,她肯定能恢复到以前的模样。他越想越睡不着觉,起身又来到了她住的院子外。月儿渐渐西坠,墙下的阴影也越拉越长,蔡琰的琴声早已停止。然而,院内的女人哭泣声仍时高时低,他承受不了这种哭声,想分辨出掺和在一起的声音中她的那种声腔——有朔方烙印,又有陈留口音的声腔,但是他没有听到那绝望的颤音。

　　刘蔫回到家里已是鸡鸣头遍,满脑子都是蔡琰的影子。"我能使她恢复到原来的模样!"他心里一直在念叨着。他没解衣睡觉,没等到天亮就决定去找胡玉儿。不料,胡玉儿带着他弄到的那些宫女,回到谷水河畔的庄院去了。这处庄院,是一处面河背靠小丘岭的新修庄院,它完全是仿照长安城郭或董卓的郿坞修建的,筑有坚固的城墙和防御体系,在整个西凉也独树一帜。刘蔫心急如焚,据他所知,胡玉儿的管家已和匈奴人取得了联系,找到了买家,很有可能就在最近几天内成交。

　　刘蔫已全然不顾她的身世复杂,他想:蔡邕已死去三年,时过境迁,朝野早已淡忘了这位儒臣。羌胡大帅李傕、郭汜等人当初都因董卓而敬重蔡邕,现时他们为争权夺利而相互攻讦和残杀,群龙无首,失去了统一的理念,有谁还顾怜蔡邕之后呢?他从马厩拉出那匹白驹,备好鞍辔,风驰电掣般沿着谷水河朝南奔走。他看到天空渐露曙光,东方显出了鱼肚白,鱼肚白又变成了粉红色,接着出现橙红色的彩霞,继而又出现了一道发亮的光——这种初晨的感觉许久没有了,也可能是慵懒的原因或年龄的原因,他总在太阳爬上对面那个小山岗时才起床。这次他为蔡琰而去找胡玉儿,觉得时光在向前推移了三十年。那时,他和胡玉儿到边境的市场去赶早集就得起这么早,天色也是这么变化的。寒霜铺满草滩,河水在薄冰下哗哗地响,一股暗流在涌动。

　　刘蔫站在院子的回廊前,啧啧地惊叹不已。胡玉儿拉着刘蔫的手说:"蔫兄,别瞅了,快进客厅吧!"刘蔫把头转来转去,瞅完正殿看厢房,用手摸檐下的廊柱,冒出了这么一句话:"这比皇宫还阔绰啊!"胡玉儿哈哈大笑说:"那还差

第二十一章:强卖匈奴

远了,这只是在谷水河一带有些名气,怎能与洛阳、长安城内的官府比?你没见过董太师的郿坞那才气派,李傕在长安的府邸那才叫阔绰,真是小巫见大巫了。"刘蔫心里想:你胡玉儿,怎敢和董太师的郿坞比阔?你只是谷水河里的泥鳅,董太师是大河的蛟龙,没可比性。他只是这么想,莫敢说出口。他说:"这就够阔气了,你升官晋爵,财物美女样样都不缺了,哈哈。"胡玉儿也一阵大笑,说:"那也有老兄的功劳啊,你押解的那批财物历经千辛万苦才安全到达家乡,功不可没。所以,才有这良田千顷、牧场百里、厦房百间啊!"刘蔫很是羞愧地说:"我只是完成了一半,那一百零三名女人被萧关关尉秦铿扣押了,辜负了大人的重托。那太可惜了,听说在萧关那批女人折了一半,把其中最好的跑得跑死得死,有的还喂了狼!听说蔡琰那个女人被折腾得不成样了,你再见过她吗?"胡玉儿诡谲地盯着刘蔫的眼睛,问:"你怎么知道她叫蔡琰,知道她的身世?"刘蔫说:"我一直是到了萧关后秦关尉盘问她时才知道的,她是和董太师一道被王允害死的蔡中郎的女儿啊!"胡玉儿沉默良久,然后缓慢地说道:"我当时为这个女人担心不少,她刚来长安后,我怕她使人传出话,那时董太师被害,西凉兵的几个大帅个个义愤填膺,同时为蔡中郎鸣不平,他们若知道蔡中郎的女儿被我强占,非宰了我不可。所以才让你赶快带上她远走边郡,卖给匈奴人了之。不料她命大造化大,在萧关竟然挺过来了,这次又能随着来到边境,看来她欠我胡玉儿前世账到今世来还报,陪我睡了一年多,最后还能为我换回十几匹良马。"他说罢,又盯着刘蔫的眼睛看。

刘蔫想从他嘴里听到一句怜悯她的话,好让他为蔡琰求情,但胡玉儿像对待骡马一样对待她,令他大失所望。他只好如实地说明来意:"胡大人,那个蔡琰现在对你也无所谓了,她的父亲蔡邕死了快四个年头,其他大人也各自征战,无暇顾及,能否将她卖与我?匈奴人给大人多少匹马,我也以同样数给大人,行吗?"刘蔫说时手都在发抖,以致茶水泼在了自己的衣服上。"你看上她了?"胡玉儿偏着脖子不解地问。刘蔫说:"我念其可怜,实话说我还没占过她的身子呢!"胡玉儿又问道:"你真的没占过她的身子?你不怕她是蔡邕的女儿?"刘蔫沮丧地垂着头,回答他道:"真的呀,所以我想她并不怎么怨恨我的。"胡玉儿嘲笑了他,然后神情严肃地说:"你不怕,我却怕啊,你要知道她记仇于我,而感激你的。"他想胡玉儿的话也有几分道理,继而一想,如果今后对蔡琰好,她会慢慢消除那段隐伤。刘蔫说："我们把她留下，也是从匈奴人手中解救她出来，她也一样会感激大人的。昨晚，我在武威城内听到她弹唱王昭君的《怨愁》歌，她一把鼻涕一把泪，我听后心里怪难受的。昭君出塞时都这样痛苦不堪，而她心里怎样？况且她还伺候过大人一年多哩。"刘蔫的最后一句话多少让胡玉儿有所触动。"晚了，怕已经来不及了，天亮之前，她们就被弄到匈奴人的地界了。"胡玉儿叹了一声，接着说："女人么，嫁鸡随鸡，嫁狗随狗，说不定到了匈奴那儿还享福呢。匈奴那边女人少，只要是女人都是稀罕货。"刘蔫一听到胡玉儿说"晚了，来不及了"的话，像五雷击顶，愣怔了。他们不再说话，只喝闷茶。沉默了一阵后，刘蔫低着头，怏怏地走出了胡玉儿的府邸，他又飞身上了马。

　　胡玉儿的"晚了"二字，是他为制造的一个人间罪恶做着注释——汉献帝兴平二年（公元195年）十一月初，寒凝大地，朔风怒吼。黎明前，沉睡中的武威城响起了第一声鸡鸣声，早醒的人们知道这鸡鸣声过后仍是夜的延续，天幕漆黑一片，寒星寥落，残月如钩，边陲孤城在沉睡中做着噩梦。位于城东的"尚武园"，在鸡鸣声里开时有人吵吵嚷嚷。被安置在这里的那批女人排成了两行纵队，她们穿着一色的草灰色棉袍，一律的束发盘髻，从院子内疾步出门，向着城东北很远的那处边境市场进发。押解她们的兵卒披甲戴盔，表情严肃。他们没有告诉这批被掳的女人将去哪里，只是说转移她们到新的地方。他们要求她们用小跑步跟上押解的兵卒，因天黑有人不时被土坎和草根绊倒。蔡琰就因此被绊倒了许多次，新穿的棉袍膝盖处糊上了泥渍，手掌也沾满泥污。幸好她把焦尾琴背在背上，没有触到冰碴和地面，这也是她多次跌跤的原因之一。到了这个交易市场后，蔡琰看到了那帮戴着毡帽，穿着翻毛羊皮袄的匈奴人。他们围着一堆燃烧的篝火，火光映照出他们黝黑的脸膛和浓密的胡子。在他们附近，有几百匹马，用绳子一个连着一个串在一块。马的鼻孔不时喷着一股青草气味，黑暗中能看到一股白烟。拿她们做交换的羌胡头目蹲在一段东西方向的残垣断壁下烤着火。这段只能掩住人头的土墙，已是市场唯一的陈迹，天冷时能挡住北面的寒风。

　　女人们被唤到了墙下，请来了匈奴人过目。匈奴人嫌弃这批妇女过于瘦弱，开始砍价，羌胡头目辩解道："这是我们胡骑尉司马从洛阳、颍川、陈留、长安等地选来最好的女人，年幼长相好，不料在通往萧关途中被汉人关尉扣留了近两个年头，缺吃少喝，才瘦成了这个样子。到了你们那里有牛羊肉有奶酪，不出一月，个个都是又白又胖的女人。"匈奴人揣摸到羌胡人急于出手的心理，不紧不慢地砍价磨牙。最后，羌胡头目摊牌，说道："别再砍价了，这也是最后一次，我们羌胡兵即将撤回老家，这次入关是跟随董太师勒兵勤王，拥戴皇上坐了位，才犒赏了这么多女人，平时哪来这个东西。"经他这么一说，匈奴人才知道汉朝的宫廷之事，认为这是难得的一次买卖，平时在这里能碰到一两个被贩卖的女人都算运气好，哪来一批六七十个女人？匈奴人要在天亮前把她们驮在马背上带走，不然怕天一亮这些女人记住路，偷着跑回来。所以，双方都做了些让步，每个女人换得匈奴好马十匹，双方皆大欢喜。

　　女人们紧紧依偎在土墙下，眼睁睁地看着他们的交易，羌胡人的语言她们一路上听多了，大部分都能理解，尤其交易时的手势和内地人的规则相差无几。蔡琰熟悉匈奴语言，她由最初的痛苦变为一种恐惧，身子颤抖着，一个劲往人堆中挤。她闭上了眼睛，怕看见眼前的一切，怕看见跳动的火把，怕看见匈奴人和羌胡人那一双双鼓起的血红的眼珠，这比萧关之夜雪地里觊觎羊群的狼眼更令人惧怕。她被一个匈奴人像抱只羊羔那样，身子软绵绵地驮在马背上，向着东北清晨最早泛白的地方疾驰而去。

　　刘蔫赶到时，集散了，人都不见了。只有几堆燃烧后的篝火灰烬，散着余温。他用马鞭把篝火拨了拨，灰堆内尚有火星，柴火是来自很远的匈奴地域的红柳根，只有沙漠的地方才有这么干枯的根枝。他用脚跐了跐地上的马粪，已经冻成了冰块，上面结了一层白霜。他想找到一些有关女人的痕迹，绕着市场周围转了几圈，最终在北面的墙根下找到了，有冻结在地上的棉絮，上面粘着粪便和女人的经血。棉絮陈旧，布屑是草灰色的。他想到了在武威城外看到这群女人时，蔡琰身上就裹着这么一件破烂棉袍。他能想象出她们在被卖往匈奴时，那种痛苦和恐惧；他是做饭的伙夫，亲手宰杀过牛羊牲畜，当待宰的牲灵见到铮亮的刀斧砍向自己的同族类时，便被吓得屁滚尿流，一样控制不住肠胃内的粪便，何况柔弱的女人！他又用脚跐了跐那些带经血的棉絮和粪便，也一样的坚硬如铁。他用马鞭杆子将墙上的干土块撬下，踩成粉末，盖住了那几摊暗红的血污后，怅然离去。

后 记

"文姬归汉"是一个凄美的故事,千百年来广为流传,妇孺皆知。然而,至今鲜有人去探究这个故事背后潜藏的历史原因和相关的历史人物。蔡文姬的父亲蔡邕,是汉末杰出的文学家、音乐家、书法家。他们父女二人生活在一个战乱频仍、朝纲废弛、外戚干政、宦官擅权、豪强逞凶的黑暗时代,这个时代的成员有着无法逃离的宿命,因之,这个故事是一段不忍卒读的血泪史。

小说《蔡文姬:弱女琴声》系长篇历史小说之上部。上部《弱女琴声》讲述了少年文姬跟随父亲蔡邕徙朔方、流亡吴会以及丧偶寡居后被羌胡兵掳走卖往匈奴的悲惨经历,描写了在封建皇权制度下,宦官士大夫朝不保夕、人人自危、相互残害的生存状态,以及文姬一家三代忠孝慈悲的家国情怀。中部《没入匈奴》和下部《大汉遗爱》正在创作中。《没入匈奴》将讲述蔡文姬被卖入匈奴部落后,先做了王庭塾师,后又成为匈奴西部帅右谷蠡王的妻子,她利用自己的特殊身份,传播汉文化和先进的生产技术;她秉持和平理念,积极修睦汉匈关系,发展畜牧,赢得了匈奴人的称颂。《大汉遗爱》讲述汉丞相曹操感念故旧,用黄金白璧等财物赎回没入匈奴的蔡文姬。文姬为了完成父亲续补汉史的遗愿,参与朝廷编纂汉史之业;她和第三任丈夫董祀一起,拓荒屯田,尽事农耕;她出入相府,吟咏林泉,与建安七子多有交往;她写出了流传千古的名作《胡笳十八拍》和五言《悲愤诗》等,她的这些音乐和诗歌对后世影响极大,灿若星辰。

史书对于蔡文姬没入匈奴的时间及《胡笳十八拍》是否为文姬所作存在争议,本书通过考证对比和推理,认为文姬系初平三年(公元192年)被入洛的羌胡兵掳去,经长安沿回中道出萧关到武威,最后卖给了匈奴西部帅右谷蠡王为妻,而非兴平二年(公元195年)没入匈奴右贤王去卑所在地平阳。本书通过对文姬所行路径及现存历史遗迹的考证，认为《胡笳十八拍》中"夜闻陇水兮声呜咽，朝见长城兮路杳漫"一句系她真实的经历和感受。

汉匈战争史是本书的又一条主线，贯穿于三部的始终。持续了上千年的中原汉人与北方匈奴的战争，是历史上时间最长、死亡最多的战争。这些战争给两地的人民带来无穷的灾难。有些史学家在研究这些战争时，为了美化统治者，过度地解读了少数人耀眼的历史光环，漠视了成千上万个鲜活生命的历史作用。其实战争的理由极其平实和朴素，即为了生存，为了食物，为了资源，为了女人。从人类学的视角去解读这段历史也许更合理，对那些消亡在历史深处的匈奴人不应忘记，强者怜悯弱者是一种文明。

本书写作时参考书籍有《后汉书》《三国志》《东汉会要》《全后汉文》《匈奴史》《秦汉文学编年史》，以及《考古》《历史研究》等刊物和地方史志上的有关文章和研究论文。

本书在写作和出版过程中，得到了兰州市委宣传部、甘肃省委宣传部等上级单位的支持，得到过许多朋友同事同仁同学的关心和帮助，在此一并表示感激和感谢！

二〇一八年六月三十日于兰州